Fiona Blum
Die Insel der Orangenblüten

Fiona Blum

Die Insel der Orangenblüten

Roman

GOLDMANN

Sollte diese Publikation Links auf Webseiten Dritter enthalten,
so übernehmen wir für deren Inhalte keine Haftung,
da wir uns diese nicht zu eigen machen, sondern lediglich auf
deren Stand zum Zeitpunkt der Erstveröffentlichung verweisen.

Penguin Random House Verlagsgruppe FSC® N001967

1. Auflage
Originalausgabe April 2023
Copyright © 2023 by Fiona Blum
Copyright der deutschsprachigen Erstausgabe © 2023
by Wilhelm Goldmann Verlag, München,
in der Penguin Random House Verlagsgruppe GmbH,
Neumarkter Str. 28, 81673 München
Dieses Werk wurde vermittelt durch die
Montasser Medienagentur, München.
Gestaltung des Umschlags und der Umschlaginnenseiten:
UNO Werbeagentur, München
Umschlagmotiv: © FinePic®, München; Alamy / Zoonar GmbH
Redaktion: Ilse Wagner
BH · Herstellung: ik
Satz: Uhl + Massopust, Aalen
Druck und Bindung: CPI books GmbH, Leck
Printed in the EU
ISBN 978-3-442-20643-8

www.goldmann-verlag.de

*Es war einmal vor langer, langer Zeit, da lebte ein König,
der keine Söhne hatte, aber drei schöne Töchter.
Die drei zogen aus, das Königreich zu retten,
jedoch nur Fantaghirò, der Schönsten und Klügsten von allen,
sollte es gelingen ...*

Prinzessin Fantaghirò,
frei nach: Italo Calvino, »Italienische Märchen«

TEIL EINS

Schwestern

1

Es war die Zeit des Ginsters. Die Luft war erfüllt von seinem intensiven Duft, und Bienen und Falter umschwirrten die großen Büsche mit ihren satten goldgelben Blüten. Die Maisonne wärmte schon, und obwohl es noch früh am Morgen war, kam Don Pittigrillo in seiner schwarzen Soutane ins Schwitzen, als er die steinige Via Guglielmi hinaufstieg. Den ungepflasterten, gewundenen Ausläufer der einzigen Straße der Insel überhaupt noch »Straße« zu nennen war sehr euphemistisch, und er war froh über das trockene Wetter zu dieser Jahreszeit. Denn während der herbstlichen Stürme und im Winter verwandelte sich dieser Abschnitt der Straße regelmäßig in eine unpassierbare Schlammpiste, deren feiner rotbrauner Sand bis hinunter ins Dorf gespült wurde. Die Trockenheit war aber auch der einzige Vorteil, den der heutige Tag zu bieten hatte. Es sollte verboten sein, im Frühling zu sterben, dachte Don Pittigrillo erbost, während ihm der süße Ginsterduft, vermischt mit den Gerüchen von Rosmarin, wildem Thymian und Lorbeer, in die Nase stieg. Man sollte nicht sterben müssen, während um einen herum das Leben aus allen Nähten platzte. Doch da war nichts zu machen. Da ließ sein Chef nicht mit sich reden. Wie er überhaupt sehr eigenwillig war, wenn es um den Tod ging, das hatte er im Fall seines Freundes Ernesto wieder einmal eindrucksvoll bewiesen. Don Pittigrillos Miene verfinsterte sich. Bei allem Respekt, er war nicht einverstanden mit dieser Entscheidung seines obersten Dienstherrn. Ganz und gar nicht. Niemand hatte geahnt, dass ausgerechnet Ernesto Peluso, dieser Bär von einem Mann, dieser kraftstrotzende, temperamentvolle Kerl, dessen Lebensinhalt es gewesen war, andere Menschen mit seinen Kochkünsten glücklich zu machen, ein schwaches Herz hatte. Und doch war es so gewesen. Er war einfach umgekippt, in seiner Küche, bei der Zubereitung seines – Don Pittigrillo warf einen vorwurfsvollen Blick in Richtung Himmel – wahrhaft göttlichen Tegamaccios. Gott sei Dank hatte Greta, seine jüngste Tochter, sein Kochtalent geerbt, sonst wäre Ernesto Pelusos göttliches – wieder ein vorwurfsvoller Blick nach oben – Tegamaccio ebenso wie all die anderen wundervollen Kreationen seiner Küche mit seinem Tod wohl für immer in Vergessenheit geraten. Und das nur, weil der Allerhöchste mit seinem unergründlichen Willen beschlossen hatte, dass nun Schluss sei für den Mann.

Ein Fasan spazierte gemächlich eine Weile vor Don Pittigrillo her und flatterte dann auf die Kante der bröckelnden Trockensteinmauer, die den Weg zum Hügel hin begrenzte. Dort blieb er sitzen und betrachtete den vorbeihastenden Priester gelassen, ohne an Flucht zu denken. Die Fasane, die auf der Insel lebten, waren zahm und glückliche Nachfahren der Vögel, die der Marchese Giacinto Guglielmi seinerzeit zur Jagd ausgesetzt hatte. Die Guglielmis hatten um die letzte Jahrhundertwende das Castello der Insel bewohnt und die Villa Isabella, wie es genannt wurde, mit Glanz und Glamour erfüllt. Mit Beginn des zweiten Weltkriegs endete die Ära der Guglielmis, sie verließen die Insel, und die Villa Isabella verfiel, der Park verwilderte. Die Fasane der Guglielmis blieben nach deren Weggang auf der Insel und vermehrten sich im Laufe der Jahrzehnte prächtig. Da ein staatlicher Erlass die Jagd auf der Insel verbot und alles, was hier kreuchte und fleuchte, unter Naturschutz stand, waren sie mit der Zeit so zahm geworden wie Haushühner. Sie fraßen aus der Hand, hockten sich auf die Terrassen und vor die Hauseingänge, und sogar die Hunde und Katzen, die hier lebten, ließen sie weitgehend in Ruhe. Das Einzige, was ihrem geruhsamen Leben ein wenig Aufregung bescherte, waren die Tagestouristen, die im Hochsommer die Insel unsicher machten. Doch noch war es nicht so weit. Don Pittigrillo blieb einen Augenblick stehen, um zu verschnaufen, und ließ seinen Blick über das mit Winden und Brombeergestrüpp überwucherte Gitter der alten Villa wandern. Zwischen Zedern und Eichen war der zinnenbekrönte Turm zu sehen. Es herrschte vollkommene Stille. Nur die Vögel zwitscherten. Man erzählte sich, dass sich auch die prächtigen Pfauen der Guglielmis vermehrt hatten und noch immer in dem weitläufigen, verwilderten Park der Villa lebten. Doch im Gegensatz zu den Fasanen hielten sich diese geheimnisvollen Tiere versteckt, man bekam sie nur äußerst selten und angeblich nur unter ganz besonderen Umständen zu Gesicht. Don Pittigrillo hatte von den fünfundsechzig Jahren seines Lebens die meisten auf dieser Insel verbracht und noch nie einen Pfau gesehen, aber wenn man an so etwas wie einen allmächtigen Gott und das ewige Leben glauben konnte, war der Glaube an Pfauen, die sich in einem vergessenen Park verbargen, nun wirklich ein Kinderspiel. Er ging weiter. Viel Zeit blieb ihm nicht mehr, bis die Trauergäste eintrafen, da konnte er nicht herumtrödeln und über Pfauen nachdenken, wenngleich ihn solche Dinge faszinierten und er gern seine Gedanken in rätselhafte Gefilde wandern ließ. Was die ungewöhnliche Entspanntheit der Tiere auf der Insel anbelangte, so hatte Don Pittigrillo eine ganz eigene, wundersame Theorie, ebenso zu der Frage, wann und vor allem wem sich die Pfauen zeigten. Er war der Überzeugung, dass dies alles dem heiligen Franz von Assisi zu verdanken war, der im dreizehnten Jahrhundert seine Fastenzeit auf der Insel verbracht hatte. War es nicht Franz von Assisi gewesen, der mit den Vögeln gesprochen hatte und dem alle Tiere Brüder und Schwestern gewesen waren? Don Pittigrillo war überzeugt davon, dass der friedliche Einfluss dieses heiligen Mannes auf der Insel bis heute fortdauerte und sich vor allem auf die Tiere auswirkte, die für derartige Schwingungen empfänglicher waren als die Menschen. Diese Ansicht behielt er jedoch lieber für sich. Es kursierten in dieser ach so aufgeklärten Welt schon genügend seltsame Geschichten, auch religiöse, viele von ihnen so absurd, dass sich das Nachdenken darüber kaum lohnte. Da musste Don Pittigrillo nicht noch eine weitere in die Welt setzen, selbst wenn er seine eigene Geschichte keineswegs für absurd hielt. Er glaubte daran. Aber schließlich war er Priester, und das Glauben war sein tägliches Brot.

Er hatte die Anhöhe erreicht, auf der die kleine romanische Kirche *Michele Arcangelo* stand. Von außen war sie unscheinbar, aus den groben ockerfarbenen Steinen der Insel erbaut und unverputzt. In ihrer schmucklosen Bauweise und mit dem offenen Glockenturm erinnerte sie eher an eines dieser gottvergessenen staubigen Kirchlein aus alten Western – Don Pittigrillo war ein großer Fan von Italowestern – als an eine ordentliche italienische Kirche. Die kunstvollen Wandmalereien des schlichten Innenraums jedoch waren von einer stillen, zarten Schönheit, die Don Pittigrillo immer wieder sprachlos machte. Er konnte verstehen, dass Paare hier oben in dieser Kirche heiraten wollten, auch wenn der Anstieg etwas beschwerlich war. Es war ein wunderschöner Ort, umgeben vom Blau des Trasimeno-Sees, romantisch und irgendwie verzaubert. Beerdigungen gab es hier jedoch nur noch äußerst selten. Das lag daran, dass nur die Menschen auf dem kleinen Friedhof zur letzten Ruhe gebettet werden durften, die bereits eine Grabnische hier besaßen und zum Zeitpunkt ihres Todes auch auf der Insel gelebt hatten. Die Pelusos lebten hier seit vielen Generationen, Ernestos Mutter hatte sogar noch den König von Italien gekannt. Als Greta mit der traurigen Nachricht zu ihm gekommen war, war es daher keine Frage gewesen, dass Ernesto hier seine Ruhestätte finden würde wie alle Pelusos vor ihm. Don Pittigrillo war sehr froh darüber.

Nachdem er sich in der kleinen Sakristei umgezogen hatte, ging Don Pittigrillo noch einmal in die Kirche, um zu prüfen, ob alles bereit war. Der Sarg war gestern Abend schon gebracht worden, man hatte in Anbetracht des unbefestigten, mitunter recht steilen Weges auf eine Prozession zur Kirche verzichtet. Jetzt stand er geöffnet vor dem Altar, Ernesto im guten Anzug, der breite, kräftige Mann mit einem so gelassenen und friedlichen Gesichtsausdruck, wie er ihn zu Lebzeiten nie gehabt hatte. Der Sarg war umgeben von weißen Lilien, die zusammen mit frischem Ginster einen wunderbaren Duft verströmten. Auch die Kerzen brannten bereits. Don Pittigrillo sah auf die Uhr und schnalzte unwillig mit der Zunge. Die Kapelle sollte längst da sein. Das war wieder einmal typisch. Orazio Mezzavalle, der Kapellmeister, war der unpünktlichste Mensch, den er kannte. Er würde vermutlich sogar zu seiner eigenen Beerdigung zu spät kommen. Der Priester ging nach draußen, nestelte die Packung Zigaretten aus den Tiefen seines Messgewandes und zündete sich eine an. Einen so guten Freund beerdigen zu müssen, das ließ auch ihn nicht unberührt. Beten allein half da nicht. Don Pittigrillo nahm einen tiefen Zug und bewunderte dabei die Aussicht auf den See, der still und friedlich vor ihm lag. Er bemühte sich, an das ewige Leben zu denken, das seinen alten Freund jetzt erwartete, und versuchte, sich für ihn zu freuen, doch es gelang ihm nicht. Die Aussicht auf die Ewigkeit erschien ihm wenig reizvoll, gemessen an einem erfüllten Leben, das noch viele Jahre hätte dauern können. Sein Blick wanderte den Weg hinunter, den er gerade gekommen war, und er sah, dass die Trauergemeinde bereits im Anmarsch war. Ein langer Zug schwarz gekleideter Menschen bewegte sich langsam zu ihm herauf. Er warf einen Blick auf seine Armbanduhr. Die Fähre aus Passignano hatte vor Kurzem angelegt, sicher waren damit auch viele Freunde und Bekannte Ernestos vom Festland angekommen. Die Bewohner der Insel würden ohnehin vollzählig erscheinen, daran gab es keinen Zweifel. Als der Zug sich allmählich näherte, erkannte Don Pittigrillo Ernestos Töchter, die vorausgingen. Er kannte sie, seit sie auf der Welt waren, hatte sie getauft, ihnen die heilige Kommunion erteilt, sie gefirmt, ihnen für einige Jahre ihre so rührend harmlosen, kindlichen Beichten abgenommen und versucht, ihnen beizustehen, als es nötig gewesen war. Und es war, weiß Gott, nötig gewesen.

Inzwischen hatte er nur noch Kontakt zu Greta, der Jüngsten, die als Einzige auf der Insel geblieben war. In der Kirche sah er sie nie, genauso wenig wie Ernesto, der ein ebenso leidenschaftlicher wie halbherziger Atheist und ein ebensolcher Kommunist gewesen war, was stets zu anregenden Diskussionen geführt hatte. Don Pittigrillo wusste nicht genau, wie Greta es mit dem Glauben hielt, sie sprach nie darüber, und er hatte sie noch nie danach gefragt. Wie Ernesto selbst, konnte seine jüngste Tochter recht abweisend und schroff sein, wenn es um Dinge ging, über die sie nicht sprechen wollte. Diese Frage war es ihm nicht wert, es sich mit ihr zu verscherzen, daher verzichtete er darauf, ihr gegenüber »den Pfaffen rauszukehren«, wie Ernesto es immer genannt hatte, wenn Don Pittigrillo seiner Meinung nach zu missionarisch daherkam. Ihr Fehlen in der Kirche war für ihn keine große Sache. Auch wenn er sich gefreut hätte, sie dort begrüßen zu dürfen, genügte es ihm doch zu wissen, dass Greta ein guter Mensch war. Und das konnte man beileibe nicht von allen Kirchgängern behaupten. Er traf Greta auch ohne Kirchenbesuch häufig, und zwar in ihrer Trattoria, wo er Stammgast war. Sie kochte mit dem gleichen Talent und derselben Begeisterung, wie ihr Vater es getan hatte. In der letzten Zeit hatte Ernesto ihr daher immer mehr die Küche überlassen. Er hatte begriffen, dass es nichts mehr gab, was er ihr noch beibringen konnte. Ohne Groll, vielmehr mit Stolz auf seine Tochter, hatte er begonnen, sich mehr um seine Gäste zu kümmern, mit ihnen ein Gläschen Wein zu trinken, zu plaudern und auf den See hinauszuschauen. Don Pittigrillo kannte Greta genau. Man musste nur einen Teller ihrer Tagliatelle al Tartufo kosten, ihren Sugo di Carne oder das Tegamaccio, jenen umbrischen Fischeintopf, für den die *Trattoria Paradiso* legendär war, dann wusste man alles über Greta Peluso, was es zu wissen gab.

Ihre Schwestern hingegen kannte er nicht mehr. Zu ihnen hatte er jeden Kontakt verloren. Sie ließen sich selten auf der Insel blicken. Lorena, die Älteste, die jetzt in einem offensichtlich maßgeschneiderten Kostüm und hohen Schuhen über den unebenen Weg gestöckelt kam wie eine Filmdiva, noch eher als Gina, die mittlere Schwester. Gina lebte seit Jahren im Ausland, zuletzt in Deutschland, wie er von Ernesto wusste, und kam, wenn überhaupt, nur zu Weihnachten nach Hause. Sie war immer schon am wenigsten greifbar gewesen, ein bisschen wie ein kleiner, seltsamer Vogel, den der Wind nur aus Versehen auf diese Insel geweht hatte. Die hübscheste der drei Peluso-Schwestern war als kleines Mädchen quirlig und fröhlich gewesen, mit einem herzförmigen Engelsgesicht und einem dichten seidenweichen Haarschopf. Als Teenager hatte sie sich dann jedoch alle erdenkliche Mühe gegeben, alles Engelsgleiche an sich so nachhaltig auszumerzen, dass man sich kaum noch an die frühere Gina erinnern konnte. Angefangen hatte es damit, dass sie sich mit dreizehn Jahren ihre Haare radikal abrasierte. Dieser Akt hatte nicht nur bei ihrer Tante Adelina für Entsetzen gesorgt, auch Don Pittigrillo war erschrocken darüber gewesen, wie aus dem kleinen, niedlichen Mädchen quasi über Nacht so ein struppiger, zorniger Teenager hatte werden können. Fortan trug Gina zerrissene Jeans, zerknitterte T-Shirts und karierte Hemden, und ihr Blick wurde kritisch, distanziert und finster. Sie fing mit dem Rauchen an und trieb sich mit den »bösen Buben« der Insel herum, allen voran dem heutigen Kapellmeister Orazio Mezzavalle und Enzo Fusetti, beide ein paar Jahre älter als sie. Sobald es in den folgenden Jahren irgendwo auf der Insel oder auf dem nahen Festland Ärger gab, konnte man sicher sein, dass Gina Peluso mit von der Partie war. Das hörte erst auf, als sie das Abitur in der Tasche hatte. Kurz darauf verschwand Gina und tauchte nur noch sporadisch auf. Don Pittigrillo war deshalb besonders neugierig auf diese mittlere Tochter. Als die drei Frauen näher kamen, konnte er sehen, dass Gina ihre Haare auch heute noch extrem kurz trug, was ihrem aparten Gesicht etwas Ruppiges und gleichzeitig Verletzliches gab. Zerrissene Jeans und Karohemden gehörten gottlob der Vergangenheit an. Sie trug stattdessen einen strengen schwarzen Hosenanzug, der die Wirkung ihrer kurzen Haare noch verstärkte. Aus der Ferne sah Gina wie ein junger Mann aus, der Ärger suchte.

Neben ihren beiden älteren Schwestern hatte Greta in ihrem schlichten Rock, der einfachen Bluse und den flachen Schuhen dagegen etwas von einem Aschenputtel. Allerdings nur auf den ersten Blick. Betrachtete man sie genauer, vergaß man, was sie trug, vergaß auch alles andere. Greta war nicht so hübsch wie Gina und nicht so eindrucksvoll wie Lorena, aber auf eine ungewöhnliche Art und Weise interessant. Mit ihrem dunklen Teint, den ungewöhnlich hellen Augen und einer Fülle von schwarzen Locken, die sie seit Kinderzeiten als eine Art Wuschelkopf trug – Don Pittigrillo kannte sich mit den korrekten Bezeichnungen von Frauenfrisuren nicht aus – und die ihr Gesicht wild und ungebändigt umrahmten, wirkte sie fast ein wenig koboldartig, wie der Priester mit seiner lebhaften Fantasie und seiner Vorliebe für Geheimnisvolles schon immer gedacht hatte. Sie ähnelte kaum ihren beiden Schwestern, die nach dem Vater geraten waren. Vor allem Lorena hatte die kühn geschwungene, immer etwas arrogant wirkende Adlernase der Pelusos geerbt. Greta dagegen war, mit Ausnahme der blauen Augen, die niemand sonst in der Familie hatte, ihrer Mutter wie aus dem Gesicht geschnitten. Während die drei langsam näher kamen, fragte sich Don Pittigrillo, und das nicht zum ersten Mal, wie Ernesto es wohl ausgehalten haben mochte, beim Anblick seiner Tochter ständig an Tiziana erinnert zu werden. Er hatte nie gewagt, seinem Freund diese Frage zu stellen. Vermutlich hätte er ohnehin keine Antwort darauf bekommen. Jetzt hatten die drei Frauen die Kirche erreicht, gefolgt von Ernestos Schwester Adelina, Lorenas Mann und den Kindern sowie den übrigen Verwandten, Freunden und Bekannten. Je nach Kondition waren alle nach dem Aufstieg mehr oder weniger stark außer Atem. Adelina Peluso war hochrot im Gesicht, ihr schwarzer Beerdigungshut, den Don Pittigrillo schon von anderen Gelegenheiten her kannte, war verrutscht, und sie fächelte sich mit einem Taschentuch Luft zu. Ihrer leidenden Miene nach zu schließen sowie der Art, wie sie sich luftschnappend am Arm von Lorenas Ehemann Diego festklammerte, schien sie kurz davor, ihrem Bruder nachzufolgen. Doch Don Pittigrillo wusste es besser. Adelina hatte eine Rossnatur, sie war trotz ihrer erheblichen Leibesfülle zäh wie eine Kreuzotter, und es bedurfte mit Sicherheit mehr als ein paar Minuten Fußmarsch, um sie in die Knie zu zwingen. Zuletzt kamen die Mitglieder der Kapelle angehastet, die Instrumente geschultert. Don Pittigrillo warf demonstrativ einen Blick auf die Uhr, und Orazio, der schon lange kein böser Bube mehr war, sondern Klempner wie sein Vater, senkte schuldbewusst den Blick. Unter dem strengen Blick des Priesters ordneten sie ihre Kleidung. Die Männer banden sich die schwarzen Krawatten um, die Frauen strichen sich die Haare glatt, und dann packten alle ihre Instrumente aus und verschwanden in der Kirche. Don Pittigrillo richtete seine Aufmerksamkeit wieder auf Ernestos Töchter. Greta wirkte ausgesprochen beherrscht, was Don Pittigrillo nicht verwunderte. Sie verfügte über eine innere Stärke, die fast unheimlich war, was vermutlich mit ihrer Geschichte zusammenhing. Obwohl sie mit Sicherheit am meisten litt, schien sie ruhig, fast ungerührt. Ihre ungewöhnlichen blauen Augen trafen die seinen, klar und offen wie immer, wenngleich ihr Blick tieftraurig war. Offenbar hatte sie nicht geweint. Lorena dagegen trug eine große Sonnenbrille und machte einen ziemlich mitgenommenen Eindruck. Sie war blass unter ihrem Make-up, und auf ihren Wangen zeigten sich Tränenspuren. Ginas Miene war verschlossen und distanziert, allerdings auf eine Art, die ihre Anstrengung verriet, nur ja nicht die Beherrschung zu verlieren. Als Don Pittigrillo ihr die Hand reichte und unbedachterweise »Guten Morgen, Ginetta« sagte, so wie alle sie genannt hatten, als sie noch klein und niedlich gewesen war, begann Ginas Kinn zu zittern. Mit einer hastigen Handbewegung entzog sie ihm ihre Hand und wandte den Blick ab, ohne zu antworten. Don Pittigrillo nahm ihr diese Reaktion nicht übel. Es war dumm von ihm gewesen, sie mit ihrem Kosenamen anzusprechen, der aus einer Zeit stammte, als alles noch gut und das Leben schön und sorglos gewesen war.

Der Priester hatte großes Mitleid mit den drei Frauen. Einen Elternteil zu verlieren war immer ein tiefer Einschnitt, gleichgültig, wie alt man war. Und in ihrem Fall war es schon das zweite Mal. Fast auf den Tag genau vor fünfundzwanzig Jahren hatten sie ihre Mutter verloren, und Don Pittigrillo hatte die Tragödie hautnah miterlebt, so wie alle anderen Inselbewohner auch. Tizianas rätselhaftes Verschwinden in jener verhängnisvollen Sturmnacht hatte niemanden unberührt gelassen, doch am schlimmsten hatte es natürlich die Töchter getroffen. Sie waren noch Kinder gewesen, die beiden älteren Mädchen Teenager und Greta erst acht Jahre alt. Don Pittigrillo fragte sich noch heute manchmal, wie es ihnen gelungen war, darüber hinwegzukommen. Aber vielleicht waren sie das auch gar nicht. Über den Verlust der Mutter steigt man nicht einfach hinweg wie über ein Hindernis auf seinem Lebensweg. Der Schmerz verkapselt sich mit der Zeit, zieht sich zurück, aber er verschwindet nicht, das wusste Don Pittigrillo, dessen Eltern beide früh verstorben waren, aus eigener Erfahrung. Und er hatte wenigstens um sie trauern können, was den Pelusos bis heute nicht vergönnt war. Don Pittigrillo warf erneut einen vorwurfsvollen Blick nach oben in Richtung des strahlend blauen Himmels. Noch so eine Sache, die er seinem Gott persönlich übelnahm. Solange Ernesto noch am Leben gewesen war, hatte niemand an der alten Wunde gerührt. Dafür hatte sein alter Freund gesorgt. Ernesto war so etwas wie das Pflaster gewesen, das alles verdeckte. Doch die Wunde darunter war nie verheilt, hatte nie verheilen können, und vermutlich würde sie jetzt, wo das Pflaster nicht mehr da war, wieder aufreißen. Don Pittigrillo blickte in die Gesichter der drei Peluso-Schwestern, und ihn beschlich ein ungutes Gefühl. Er fragte sich, was wohl ans Licht käme, wenn es so weit war. Was würde von der Wucht der Wahrheit mitgerissen, was zerstört werden, sofern es ihnen gelang, sie zu finden? Was würde am Ende übrig bleiben? Er blinzelte, um die beunruhigenden Gedanken zu vertreiben, nickte den dreien knapp zu und wandte sich dann rasch um. Nun galt es erst einmal, Ernesto unter die Erde zu bringen. Das war Last genug für heute. Alles andere zu seiner Zeit. Doch während er gemessenen Schrittes voraus in die kühle Kirche ging, schickte er ein ungestümes Stoßgebet in den Himmel und bat Gott, den Unerklärlichen und manchmal Unerträglichen, der ihm seinen besten Freund genommen hatte, inständig darum, dass alles gut werden würde.

2

Greta folgte Orazio Mezzavalle und seiner Musikkapelle, deren Trauermarsch voller falscher Töne ebenso holperte und stolperte wie die Trauergäste auf ihrem Weg den Hügel hinunter. Ihre Schwestern waren ein Stück zurückgeblieben. Die Illusion der Zusammengehörigkeit, die ihr gemeinsamer Gang zur Kirche zumindest nach außen hin vermittelt hatte, begann bereits wieder zu bröckeln. Doch Greta spürte kein Bedauern, sie war es gewohnt, ohne ihre Schwestern auszukommen. Sie fühlte sich unwirklich, ihre Füße schienen kaum den Boden zu berühren, und wäre nicht Tante Adelina gewesen, die sich bei ihr eingehakt hatte und mit leiser, nörgelnder Stimme ihre Kommentare zur Predigt, Musik und den Anwesenden abgab, wäre sie vermutlich davongeflogen. Greta hob das Gesicht in den zartblauen Frühlingshimmel und wünschte sich, ihre Tante würde sie nicht am Boden halten. Sie würde zu den Olivenbäumen hinaufschweben, schwerelos, sich in den dunklen Ästen der Zedern verstecken und die Trauergesellschaft von oben betrachten, wie sie sich den Weg wieder hinunterbewegte, langsam und doch zielstrebig auf die Trattoria zumarschierte wie eine Kompanie von schwarzen Waldameisen auf der Suche nach Futter. Greta wusste, sie würde erst begreifen, dass ihr Vater nicht mehr lebte, wenn sie allein war. Doch noch war es nicht so weit. Es galt, die Freunde und Verwandten zu bewirten, ihnen zu danken für das letzte Geleit, das sie ihrem Vater gegeben hatten. Babbo hätte es so gewollt. Er hätte sich gutes Essen und viel Wein zu seiner Trauerfeier gewünscht. Und Musik. Auch wenn sie so falsch klang wie die von Orazios Chaotentruppe. Oder aber gerade deshalb. Perfektion war nicht die Sache ihres Vaters gewesen. Und ihre auch nicht. Das überließ sie ihrer Schwester Lorena. Sie hatte die Perfektion gepachtet, da war für die beiden anderen Peluso-Schwestern nichts mehr übrig geblieben. Vermutlich war Lorena deshalb auch Anwältin geworden: Weil Gerechtigkeit auch eine Form von Perfektion war. Greta dachte lieber mit dem Bauch, auf ihn konnte sie sich meist verlassen. Und Gina? Die dachte immer erst dann, wenn es zu spät war. Als sie den Dorfeingang erreichten, schüttelte Greta Tante Adelinas Klammergriff ab und blieb stehen. Die Trattoria ihres Vaters war das erste Haus auf der Seeseite, ein schlichtes dreistöckiges Gebäude, behäbig, breit und unverputzt, aus den Steinen dieser Insel gemauert. Das Grundstück grenzte an den Park der Villa Isabella, der rückwärtige Garten führte an dessen verwitterter Mauer entlang hinunter bis zum See. Da die Trattoria mit ihren fünf Tischen drinnen und noch einmal fünf im Garten viel zu klein war, um alle Trauergäste zu beherbergen, hatten sie entlang der Parkmauer ein Büfett aufgebaut. Es war noch ein wenig zu früh zum Mittagessen, so gab es vor allem Kleinigkeiten, wie man sie zum Aperitif servierte. Sie hatte gestern zusammen mit Domenico, ihrem Pizzabäcker, und Adelina den ganzen Tag und die halbe Nacht gekocht und gebacken, und jetzt standen auf den weiß gedeckten Tischen große Steingutplatten, beladen mit goldgelb frittierten Olive Ascolane und Supplì di Riso, Schinken und klein geschnittenen Würsten aus Norcia, fetter, glänzender Porchetta, Crostini mit Trüffelpastete, Pecorino, Schüsseln mit gekühlter Panzanella, dem Brotsalat, den ihr Vater im Sommer so gern gemocht hatte, Krüge mit grünem Olivenöl, kleine Schälchen mit grobem Salz, Oliven und frische Torta al Testo, die umbrische Variante der Focaccia, selbst gebackenes Brot mit dunkler, harter Krume. Außerdem gab es noch

Süßes wie Cantuccini, knuspriges Mandelgebäck, zum Vino Santo und Schalen mit weichen, fluffigen Ricciarelli und bunten Fave dei Morti, sogenannten Totenküchlein, die eigentlich zu Allerheiligen gebacken wurden. Da sie aber das Lieblingsgebäck ihres Vaters gewesen waren, hatte Greta sie für heute ebenfalls vorbereitet, gegen den erbitterten Widerstand von Adelina, die nichts davon hielt, gegen christliche Traditionen zu verstoßen. Selbst dann nicht, wenn es zu Ehren ihres toten Bruders geschah. Domenico war nach der Trauerfeier mit seinem Fahrrad schnell vorausgefahren und hatte alle Schüsseln, Schalen, Teller, Servietten und Gläser nach draußen getragen, den Weißwein in eisgefüllte Kühler gestellt und die Wasserflaschen gefüllt. Sie musste nicht nachsehen, ob alles bereit war, auf Domenico konnte sie sich verlassen. Dennoch zögerte sie hineinzugehen. Die Trauergäste scharten sich um sie, ihre Schwestern sahen sie fragend an, und sie spürte, wie ihr der Schweiß ausbrach.

Adelina stieß sie an. »Du musst was sagen, Greta. Es hätte sich eigentlich schon oben, gleich nach der Beerdigung, gehört. Die Leute meinen sonst, wir wären zu geizig, sie einzuladen …« Greta hörte nicht mehr hin. In ihren Ohren rauschte es. Sie hasste es, vor vielen Leuten zu sprechen. Um ehrlich zu sein, sprach sie überhaupt nicht gern, seit sie als Kind mehrere Jahre vollkommen stumm gewesen war. Zwar hatte sie eines Tages wieder angefangen zu sprechen, dennoch hatte sie noch immer das Gefühl, es nicht richtig zu können. Die Worte kamen nicht so flüssig und mühelos aus ihrem Mund wie bei ihren Schwestern, bei ihrem Vater oder bei Tante Adelina, die ohne Punkt und Komma reden konnte. Und wenn ihr einmal nichts mehr einfiel, fügte sie einfach ein paarmal ein *Madresanto* oder ein *Diomio* hinzu und redete dann schnell weiter, so als hätte sie Angst davor, dass sich zwischen ihren Sätzen ein Abgrund auftun könnte. Adelina fürchtete sich vor den Pausen zwischen den Wörtern, als ob dort Dämonen lauerten. Deshalb bekreuzigte sie sich auch andauernd, vermutete Greta. Hinter Tante Adelinas breitem Rücken lauerte das Böse, stets bereit, beim geringsten Anzeichen von Unaufmerksamkeit zuzuschlagen. Bei Greta dagegen war es andersherum. Sie fürchtete sich vor den Wörtern zwischen dem Schweigen. Es war die Abwesenheit von Wörtern, die sie wie ein tröstlicher Kokon umhüllte und ihr ein Gefühl von Sicherheit vermittelte. Wenn es Dämonen gab, dann kamen sie wortreich daher, nicht schweigend, davon war Greta überzeugt.

Wieder knuffte Adelina sie in die Seite. »Jetzt reiß dich mal zusammen, Greta. Mach den Mund auf. Was sollen die Leute denken?«, zischte sie.

Greta schluckte, suchte in ihrem Kopf, ihrem Bauch, wo auch immer nach den richtigen Worten und fand nur Leere. Das Atmen fiel ihr plötzlich schwer. Da glitt ihr Blick zu Don Pittigrillo, der ihr zunickte und sie dabei mit seinen gütigen Augen so freundlich ansah, dass sie wieder atmen konnte. Sie straffte die Schultern und räusperte sich. Dann sagte sie, mit einem mühsamen Lächeln, an die Wartenden gerichtet: »Mein Vater heißt euch in der *Trattoria Paradiso* willkommen.«

Sie blieb zusammen mit Adelina neben der Tür zur Trattoria stehen, erleichtert, ihre Aufgabe gemeistert zu haben, und nickte jedem Einzelnen zu, der eintrat. Die Trattoria und der Garten füllten sich schnell mit Leuten, die beiden Aushilfen boten zusammen mit Domenico Wein an und geleiteten die Gäste ans Büfett. Nach und nach ließ die Anspannung unter den Trauernden ein wenig nach. Bald würde man beginnen, wieder unbefangen miteinander zu plaudern, Erinnerungen auszutauschen und – das vor allem – zu essen. Greta und ihr Vater hatten in der Trattoria schon öfter nach

Beerdigungen die Feier ausgerichtet, und Greta war immer wieder über den großen Appetit von Trauergästen verblüfft gewesen. »Trauer macht hungrig«, hatte ihr Vater dann gesagt. »Es ist anstrengend, sich mit dem Tod zu beschäftigen. Mindestens so viel Arbeit, wie von der Insel ans Festland zu rudern.« Und dann hatte er gelacht und eine weitere Schüssel mit dampfenden Spaghetti nach draußen getragen. Greta musste schlucken, als sie daran dachte. Jeder Handgriff, jeder Teller, jeder Gedanke, der mit der Trattoria zusammenhing, würde sie in Zukunft an Babbo erinnern. Wie sollte sie das ertragen? Greta hatte keine Tränen, sie verspürte keinen Hunger, keinen Durst, sie fühlte überhaupt nichts, außer dem noch immer schier übermächtigen Wunsch, einfach davonzuschweben – wie ein Blütenblatt, eine Vogelfeder, ein Staubkorn – und alles hinter sich zu lassen.

»Den nicht!« Adelina packte Greta hart am Arm und schob sie in den Gastraum. Als sie die Tür zuschlug, klirrte die Glasscheibe.

Greta war erschrocken zusammengezuckt, als ihre Tante sie so unsanft aus ihren Gedanken gerissen hatte. »Was ist los?«, fragte sie.

»Der kommt hier nicht rein«, murrte Adelina und deutete durch die Glasscheibe auf den Mann, der in einigem Abstand auf der Straße stand.

Greta folgte ihrem Blick. Der Mann war allein, offenbar waren alle anderen schon in die Trattoria gekommen, ohne dass sie es bemerkt hatte. Er trug einen schäbigen schwarzen Anzug und ein am Kragen ausgefranstes Hemd, das mehr gelb als weiß aussah. Seine Schuhe waren ausgetreten und staubig, und er hatte keine Socken an.

»Das ist Tano«, sagte Greta verwundert. »War er etwa auch auf Babbos Beerdigung? Ich habe ihn gar nicht gesehen.«

Tano war ebenfalls Insulaner, doch nicht wirklich Teil der kleinen, höchstens noch fünfzig Seelen zählenden Gemeinschaft derjenigen Menschen, die hier ständig wohnten und nicht nur wegen der Touristen im Sommer herkamen. Er hauste in einer winzigen, baufälligen Kate in der Nähe des alten Hafens, war Fischer, verbrachte aber den Großteil seiner Tage vor allem mit dem Trinken. Er mied die Gesellschaft von Menschen, und man sah ihn manchmal wochenlang nicht, bis er plötzlich auftauchte, meist in Begleitung eines seiner großen schwarzen Hunde. Dann kaufte er im winzigen Lebensmittelgeschäft von Cinzia Locatelli ein, Spaghetti, Reis, Brot, Hundefutter, Wein und Schnaps, trank manchmal einen Espresso in der Gelateria nebenan und verschwand wieder. Heute hatte er keinen Hund dabei, und ganz entgegen seinem sonst eher schroffen Auftreten wirkte er unsicher, kurz davor, die Flucht zu ergreifen.

»Keine Ahnung, wo er war und wo er hinwill.« Adelina schnaubte. »Hier rein kommt er jedenfalls nicht.«

»Aber wenn er auf der Beerdigung war, ist er ebenso willkommen wie alle anderen«, widersprach Greta und wollte die Tür öffnen.

Adelina legte ihre Hand auf Gretas Hand und hielt sie mit eisernem Griff fest. »Das wirst du schön bleiben lassen«, zischte sie. »Tano stinkt nach Schnaps und Scheiße. Ich glaube nicht, dass er sich jemals wäscht. Außerdem pöbelt er die Leute an. Willst du etwa alle unsere Gäste vergraulen?«

»Es ist eine Trauerfeier. Da wird er sich schon benehmen.« Greta riss sich los und öffnete die Tür. Doch es war zu spät. Tano war schon weg. Greta lief hinaus und sah ihn mit krummem Rücken in Richtung Hafen schlurfen. Sie wollte ihn rufen, doch Adelina, die ihr nachgelaufen war, zerrte sie zurück in die Trattoria. »Jetzt lass doch den alten Säufer. Du machst dich ja lächerlich. Wahrscheinlich wollte er ohnehin nur glotzen.«

Gina und Lorena erwarteten sie im Garten. »Wo wart ihr denn so lange?«, fragte Lorena.

»Gesindel vertreiben«, sagte Adelina unwirsch, und als Lorena fragend eine Augenbraue hob, winkte ihre Tante ab. Greta schwieg. Sie ärgerte sich, dass sie sich von Adelina hatte zurückhalten lassen. Babbo hätte Tano nicht abgewiesen. Ihm waren alle willkommen gewesen. Ob sie sauber waren oder nicht.

»Wein?« Lorena reichte Adelina ein Glas von dem Tablett, das hinter ihr auf dem Tisch stand, doch die Tante schüttelte fast entrüstet den Kopf. »Aber nein! Der ist nicht gut für meinen Blutdruck.«

Lorena stellte das Glas schulterzuckend zurück, ohne es Greta oder Gina anzubieten. Sie hatte sich frisch geschminkt, die Tränenspuren waren beseitigt, der Teint wieder makellos. Ihre Sonnenbrille hatte sie sich in die Haare gesteckt. Gina dagegen wirkte noch immer blass und angespannt. Sie hob mit fahrigen Bewegungen die Zigarette an den Mund, zog daran und hielt sich mit der anderen Hand an ihrem halb leer getrunkenen Glas fest. »Ich kenne keinen dieser Leute«, murmelte sie. »Alle sprechen mich mit Namen an, aber ich habe keinen Schimmer, wer sie sind.«

»Du warst zu lange weg, Liebes.« Adelinas Stimme bekam einen weicheren Klang. Gina war immer schon ihre Lieblingsnichte gewesen. Zumindest so lange, wie sie so funktioniert hatte, wie Adelina es von einem jungen Mädchen erwartete. Danach war ihre Zuneigung jedes Mal in Zorn umgeschlagen, sobald ihr Blick auf Ginas fast kahlen Kopf gefallen war. Die beiden hatten sich in der Zeit die heftigsten Gefechte von allen geliefert. Doch seit Gina weit weg wohnte und überdies eine erfolgreiche Geschäftsfrau geworden war, wie man hörte, war sie in der Achtung ihrer Tante wieder gestiegen. Adelina hakte sich bei ihr unter. »Komm mit, ich stelle dir alle vor.« Gina trank mit einem großen

Schluck ihr Glas aus und ließ sich dann widerwillig von Adelina mitziehen.

»Erinnert ihr euch noch an unsere kleine Ginetta? Gina lebt jetzt in Deutschland«, hörte man Adelina zu Cinzia Locatelli vom Lebensmittelgeschäft und ihrem Mann sagen. »Stellt euch vor, sie hat eine eigene Firma ...«

Zwischen Lorena und Greta breitete sich das unbehagliche Schweigen zweier Menschen aus, die sich irgendwann, vielleicht ohne es zu wollen, voneinander entfernt hatten und den Weg zurück nicht mehr fanden. Als sich jedoch ihre Blicke für einen Moment trafen, erkannte Greta in den Augen ihrer Schwester die gleiche Fassungslosigkeit, die gleiche Unfähigkeit zu akzeptieren, dass ihr Vater einfach nicht mehr da war, die sie selbst verspürte.

»Lorena ...«, begann Greta zögernd, auf der Suche nach den richtigen Worten, um ihr zu signalisieren, dass sie beide das Gleiche fühlten, doch Lorena hatte sich bereits abgewandt, der Moment der Nähe war verflogen. Ihr Blick suchte Diego, ihren Mann, der mit den Kindern am Büfett stand und sich gerade ein frittiertes Reisbällchen in den Mund schob. Sie verständigten sich wortlos über irgendetwas, was Greta nicht zu deuten wusste, dann sah Lorena auf ihre Armbanduhr, die zusammen mit einem silbernen Armreif edel funkelnd an ihrem Handgelenk klimperte, und sagte: »Wie lange wird das hier noch dauern, Greta?«

Greta sah sie erstaunt an. »Es hat doch gerade erst angefangen ...«

Lorena verdrehte die Augen. »Ja, schon. Aber ich finde es irgendwie pietätlos, diese Fresserei nach einer Beerdigung. Die sind alle nur hier, weil es etwas umsonst gibt.«

Greta schwieg. Wie sollte sie ihre Empörung über diesen Satz in Worte kleiden, wenn Lorena, die doch auch Ernestos Tochter war, es nicht von selbst verstand? Wie sollte sie ihr, die ebenso hier aufgewachsen war, in dieser kleinen verschworenen Gemeinschaft,

erklären, dass all diese Nachbarn, Freunde und Bekannten das Bedürfnis hatten, noch eine Weile zusammen zu sein, miteinander zu essen und zu trinken und sich auf diese Weise von Ernesto zu verabschieden? Dass es gut und richtig so war, wie es war?
»Babbo hätte das nicht so gesehen«, sagte sie schließlich leise.
»Natürlich nicht.« Lorena seufzte. »Unserem Vater war es immer am wichtigsten, was die Leute denken. Hat immer am Althergebrachten festgehalten. Genau wie Adelina.« Sie sah sich um und musterte halb belustigt, halb verächtlich, wie die Tante Gina herumführte wie ein Zirkuspferd.

»Fehlt nur noch, dass Gina einen Knicks machen muss«, sagte sie, dann kniff sie die Augen zusammen, musterte die Schwester genauer und murmelte: »Trinkt Gina etwa schon das dritte Glas Wein? Du meine Güte. Es ist noch nicht mal Mittag. Am Ende tanzt sie womöglich auf dem Tisch …«

Greta zuckte mit den Schultern. »Und wenn schon? Wenn das ihre Art ist zu trauern …«

Lorena starrte sie empört an. »Das ist doch nicht dein Ernst!«

»Was stört dich daran? Etwa, was die Leute sagen …?«

Lorena öffnete den Mund, um etwas zu erwidern, dann klappte sie ihn wieder zu und schüttelte den Kopf. »Wie dem auch sei, wir müssen bald los. Diego hat noch einen wichtigen Termin, den er nicht verschieben konnte, und für die Kinder ist das ja auch nichts …«

»Warum?«

»Was, warum?«

»Warum ist das nichts für sie, auf der Trauerfeier ihres Opas zu sein?«

»Weil … weil … ich sagte doch schon: Diese Fresserei ist einfach abstoßend. Wahrscheinlich endet das alles in einem Besäufnis. Das hat mit Trauer nichts zu tun.«

In dem Moment kam Gina zurück. Ihre Wangen waren leicht gerötet, und ihre Lippen hatten den verkrampften Zug verloren. »Jetzt bin ich wieder auf dem Laufenden, was die Bewohner der Isola Maggiore anbelangt.« Sie verzog das Gesicht zu einem kleinen Lächeln, dem ersten, seit Greta sie hier auf der Insel begrüßt hatte. »Alle Todesfälle, Geburten und Eheschließungen der letzten Jahre mit eingeschlossen ...«

»Ob du das heute Nachmittag auch noch alles weißt?«, warf Lorena säuerlich ein.

»... stellt euch vor, Matteos Mutter ist auch hier. Sie habe ich doch tatsächlich gleich wiedererkannt ...«, erzählte Gina weiter, und erst dann fiel ihr Lorenas Bemerkung auf. Sie unterbrach sich. »Was willst du damit sagen?«

»Alkohol ist nicht gerade förderlich fürs Gedächtnis, sagt man ...« Lorena warf einen vielsagenden Blick auf das neue Glas Wein, das ihre Schwester von ihrer Vorstellungsrunde mitgebracht hatte. Ginas Miene verdüsterte sich. »Kümmere dich um deinen eigenen Kram, Lorena«, fauchte sie und kippte den Wein in einem Zug hinunter.

»Natürlich. Deine Sache.« Lorena hob beide Hände in einer Unschuldsgeste. »Diego, ich und die Kinder nehmen übrigens das nächste Boot. Fährst du mit, oder willst du lieber weitertrinken?«

Als ihre Schwestern gegangen waren, sah sich Greta prüfend um. Die Sonne stand inzwischen hoch über dem Garten, und es war sehr warm geworden. Domenico hatte die beiden großen Schirme aufgespannt und das Eis in den Weinkühlern neu aufgefüllt. Das Büfett leerte sich langsam. Greta holte Nachschub, schnitt zusätzlich gekühlte Melonen und Orangen in Scheiben und schickte eine der beiden Aushilfen in die Gelateria, um eine große Schale Zitroneneis zu holen. Gegen vier Uhr waren die meisten Gäste gegangen. Auch Pina Ferraro, von der Gina gesprochen hatte, verabschiedete sich. Matteo Ferraro war mit Gina im Gymnasium in dieselbe Klasse gegangen. Sie waren eng befreundet gewesen.

»Wie schön, dass Gina wieder da ist«, sagte Pina Ferraro mit einem falschen Lächeln in ihrem früh verwelkten Gesicht. Greta hatte Matteos Mutter noch nie ausstehen können. Sie war ein boshaftes Klatschweib und eine Heuchlerin.

»Wird sie dieses Mal für länger bleiben?«

Greta zuckte mit den Schultern. Gina wohnte in Lorenas und Diegos Stadtwohnung in Perugia, wie immer, wenn sie nach Hause kam, was in den letzten Jahren höchst selten vorgekommen war. Greta hatte keine Ahnung, wie lange sie zu bleiben gedachte.

»Ist sie allein hier?«

»Ja«, gab Greta knapp zurück. Das jedenfalls wusste sie mit Sicherheit.

»Noch immer nicht in festen Händen?« Pina Ferraros Miene trübte sich, scheinbar besorgt. »Wie schade. Meine beiden Töchter haben ja schon sehr früh geheiratet …«

»Und wie steht's mit Matteo?«, fragte Greta und traf damit den wunden Punkt von Pina Ferraro. Ihr Ältester dachte nämlich zu ihrem großen Kummer nicht daran, sein Junggesellenleben aufzugeben, schien es vielmehr in vollen Zügen zu genießen. Das hatte Greta von ihrer Nachbarin Nunzia erfahren, deren Tochter Franca auf dem Festland, in Passignano, wo auch Pina wohnte, einen Friseurladen hatte und daher über alles Bescheid wusste. Greta selbst hatte Matteo, der in Perugia lebte, schon seit Jahren nicht mehr gesehen. Mit zwölf Jahren war sie eine Weile unsterblich in ihn verliebt gewesen, hatte den Schulfreund ihrer fünf Jahre älteren Schwester regelrecht angehimmelt. Er war immer nett zu ihr gewesen, hatte sie nie wie ein Baby behandelt oder aus dem Zimmer gescheucht wie Ginas andere Freunde, und sie hatte sich eingebildet, er würde sie auch ein bisschen mögen. Doch darin hatte sie sich bitter getäuscht.

Pina Ferraros Lippen wurden schmal. »Nun ja. Jeder, wie er möchte, nicht wahr? Ich werde Matteo jedenfalls erzählen, dass Gina wieder da ist.«

Greta nickte. »Tun Sie das, Signora Ferraro. Es wird aber nichts nützen.«

Pina sah sie empört an. Sie öffnete den Mund für eine scharfe Erwiderung, doch dann besann sie sich eines Besseren und wandte sich brüsk ab.

Adelina, die das Gespräch mitbekommen hatte, schüttelte den Kopf. »Manchmal weiß ich nicht, was schlimmer bei dir ist, Greta. Wenn du den Mund nicht aufkriegst oder aber wenn du ihn aufmachst.«

Dann waren nur noch die engsten Freunde ihres Vaters da. Greta kochte Espresso und stellte eine Flasche Grappa auf den Tisch. Als die Sonne langsam zu sinken begann, packte Orazios Kapelle auf Bitten der verbliebenen Gäste noch einmal die Instrumente aus und spielte zum Abschied für Ernesto, der ein großer Fellini-Fan gewesen war, *La Passerella d'addio*. Alle Anwesenden, mit Ausnahme von Greta, die noch immer keine Tränen in sich fand, weinten, als die fröhliche und doch so melancholische Zirkusmelodie erklang. Damit ging die Trauerfeier für Ernesto Peluso zu Ende, und alle waren sich darin einig, dass es ein würdiger Abschied gewesen war. Sie bedankten sich wortreich bei Greta und schlichen nach und nach davon, wohl wissend, dass die *Trattoria Paradiso* fortan nicht mehr dieselbe sein würde. Nunzia, ihre Nachbarin, fiel Greta schluchzend um den Hals, während ihr Mann Clemente leicht verlegen danebenstand und aufmerksam seine schwieligen Hände betrachtete. Greta tätschelte ihr die massige Schulter, roch Veilchenparfum, Haarspray, Schweiß und den etwas muffigen Lavendelduft, den ihr schwarzes Kleid verströmte. Vermutlich trug sie es nur zu Beerdigungen, und das übrige Jahr hing es ganz hinten im Schrank, mit einem Duftsäckchen am Kleiderbügel.

»Mein armes Mädchen!«, schniefte Nunzia, während sie sich widerstrebend von Greta löste. »Jetzt bist du ganz allein auf der Welt.«

»Sie hat doch noch ihre Schwestern«, wandte ihr Mann ein. Als Nunzia ungeachtet dieses Einwands wieder zu weinen begann, warf Clemente Greta einen verlegenen Blick zu und reichte seiner Frau ein Taschentuch.

»Ja, natürlich.« Nunzia beruhigte sich ein wenig und schnäuzte vernehmlich. »Ihr haltet zusammen, du, Lorena und Gina, nicht wahr?«

Greta nickte zögernd. »Sicher tun wir das.«

Nunzia sah sich um. »Wo sind die beiden eigentlich?«

»Sie mussten schon gehen«, sagte Greta.

Nunzia starrte sie aus vom Weinen geröteten Augen an. »Wie? Sie sind schon weg?«

Greta nickte etwas unbehaglich. »Diego, also Lorenas Mann, hatte wohl einen Termin …«

»Was hatte der?« Nunzias rundliches Gesicht färbte sich dunkelrot.

»Nunzia! Wir sollten jetzt auch gehen …« Clemente, der ahnte, was gleich kommen würde, versuchte, seine Frau zu bremsen. Doch Nunzia schüttelte seinen Arm ab wie eine lästige Fliege.

»So? Dieses solariumgebräunte Windei hatte also einen Termin? Am Tag des Begräbnisses seines Schwiegervaters?« Ihre schwarzen Augen verengten sich zu Schlitzen, die fast ganz hinter den dicken Wülsten ihrer Wangen verschwanden.

Greta winkte ab. »Das ist schon in Ordnung …«

»Und Lorena und Gina? Hatten die auch einen Termin?« Clemente schob seine Frau jetzt energisch zur Tür. »Das ist doch wirklich nicht unsere Sache ...« Er drehte sich entschuldigend zu Greta um: »Danke, Greta. Und wenn du was brauchst ...« Nunzia schimpfte weiter, während Clemente leise auf sie einredete, und ließ sich nur äußerst widerstrebend dazu bewegen, die Trattoria zu verlassen. Greta sah ihnen nach und musste ein wenig lächeln. Sie mochte die aufbrausende Nunzia und ihren ruhigen, bedächtigen Mann.

Nachdem aufgeräumt war, die Aushilfen und Domenico gegangen und Adelina sich auf Drängen von Greta ebenfalls zurückgezogen hatte, kehrte endlich Stille ein. Greta wischte die bereits blitzblanken Arbeitsflächen noch einmal ab, spülte die Kaffeemaschine, die Domenico bereits gereinigt hatte, rückte Tische und Stühle zurecht, zupfte Tischdecken gerade. Als sie beim besten Willen nichts mehr fand, was noch zu tun gewesen wäre, ging sie hinunter zum Steg, setzte sich auf die noch sonnenwarmen Planken und ließ die Füße ins Wasser baumeln. Unter ihren Zehen huschten kleine Fische zwischen den grünlichen Schlingpflanzen davon. Die Sonne stand inzwischen tief am Himmel und tauchte ihr kleines Boot, das dort angebunden vor sich hin dümpelte, in mildes Abendlicht. Ein Reiher flog vorbei, und im Schilf am Ufer raschelte die Nutriafamilie, die dort ihr Nest hatte. Greta sah zu, wie die Sonne langsam unterging, und spürte, wie die Luft kühler wurde. Im Abendrot leuchtete die Fassade des alten Hauses, in dem sie seit ihrer Geburt lebte, dramatisch rot auf, und was ihr bisher immer so schön, friedvoll und tröstlich vorgekommen war, erschien ihr heute unheilvoll, ja fast bedrohlich. Dann verschwand die Sonne hinter dem Horizont, und das Licht erlosch. Sie legte den Kopf in den Nacken und sah nach oben in den Himmel, in den sie heute so gern entschwebt wäre. Die Schwalben kreisten über den Häusern, und die Luft war erfüllt von ihrem hohen, schrillen Pfeifen. Sie war unfähig, irgendwohin zu fliegen. Noch nicht einmal ihre Gedanken mochten sich erheben. Ihr Vater war tot. Es gab ihn nicht mehr. Nunzia hatte recht gehabt. Sie war allein. Eine ganze Weile blieb Greta noch sitzen, bemüht, diesen erschreckenden Gedanken zu erfassen, voll und ganz zu begreifen, ihn sich einzuverleiben, um ihn dann loslassen und weitermachen zu können, doch es gelang ihr nicht. Ihr Blick wanderte zu dem kleinen Fenster ganz oben im Giebel des Hauses.

»Was soll ich tun, Nonna?«, flüsterte sie. »Wie soll es weitergehen?«

3

Die beiden Räume unter dem Dach waren das Reich von Nonna Rosaria gewesen. Dort hatte sie ihr Schlafzimmer gehabt und das sogenannte Nähzimmer, das für Greta als Kind so etwas wie eine Schatzhöhle gewesen war. Obwohl ihre Großmutter nun schon seit sechsundzwanzig Jahren tot war, war dieses Zimmer nahezu unverändert geblieben. In jenem schrecklichen Sommer, in dem ihre Mutter verschwunden war und der damit ihr ganzes Leben in Vorher und Nachher geteilt hatte, hatte keiner aus der Familie Peluso die Kraft oder das Interesse aufgebracht, sich um die beiden Zimmer der Nonna zu kümmern, die wenige Monate zuvor gestorben war. Damals hatte Greta sie mit stummer Hartnäckigkeit in Besitz genommen und nicht mehr hergegeben. Noch heute schlief Greta neben dem Nähzimmer, im ehemaligen Schlafzimmer der Nonna, das sie sich neu und modern eingerichtet hatte. Im Nähzimmer dagegen stand noch immer alles an seinem angestammten Platz: die mechanische schwarze Singer-Nähmaschine mit dem kleinen Tisch unter dem Fenster und daneben der alte hölzerne Webstuhl, von dem niemand mehr wusste, wie man ihn bediente, die Aussteuertruhe aus dunklem Holz in einer Nische neben der Tür. Es gab noch immer die Kartons voller Stoffreste in den bis oben hin vollgestopften Regalen, Marmeladengläser, gefüllt mit bunten Knöpfen, kleinen Perlen, Schnallen, Troddeln, Bordüren, Spitzensäumen, Fadenspulen in allen Farben, Schneiderkreide, eine riesige Schere und sogar noch einige der Kleidungsstücke, die Nonna Rosaria bis kurz vor ihrem Tod regelmäßig für sich und die Enkelinnen genäht hatte: Kittelschürzen mit Blumenmuster und altmodisch geschnittene, knielange Röcke für sich selbst, bunte Hängerchen mit gesmokten Oberteilen und Perlenbordüren als leichte Sommerkleider für die kleinen Mädchen, die sie damals gewesen waren. Greta wischte dort regelmäßig Staub, putzte die Fenster und fegte den Boden. Hin und wieder öffnete sie die alte Aussteuertruhe und ließ ihre Hände über die vergilbten Stoffe gleiten, die dort lagerten, atmete den schwachen Duft der Lavendelsäckchen ein, die sie jedes Jahr neu gegen die Motten hineinlegte, oder saß einfach nur da, zwischen Nähmaschine und Webstuhl, und hing ihren Gedanken nach.

In jenem Sommer, in dem ihre Mutter verschwindet, denkt Greta nicht mehr an das Zimmer, für eine Weile vergisst sie sogar die Großmutter, ihren Tod und alles davor. Sie vergisst Nonnas fröhliches Lachen, das ihren rundlichen Körper erbeben ließ und ihr Lachtränen in die Augen trieb, vergisst das rhythmische Geräusch der Nähmaschine, wenn sie das Fußpedal zum Schwingen brachte, ihre Mandelkekse, die sie in einer bunten Blechdose immer für ihre drei Enkelinnen bereithielt, und die dünne schwarze Pfeife, die sie manchmal rauchte, an stillen Sommerabenden, wenn die Sonne glühend über dem See unterging. In jenem Sommer, der das Leben der Familie Peluso wie ein brennendes Schwert in Vorher und Nachher teilt, ist es nicht möglich, an etwas zu denken, was vorher war. Jede Erinnerung verstärkt den Schmerz, der so unbegreiflich ist, ins Unermessliche. In den Tagen, die folgen, in denen die Zeit stillsteht wie das viel zu warme Wasser des Sees und alle warten, ohne zu wissen, worauf, weint Greta kein einziges Mal, obwohl die Traurigkeit ihr manchmal das Herz so eng macht, dass sie glaubt, sterben zu müssen. Doch sie fürchtet sich davor, nie mehr mit dem Weinen aufhören zu können, wenn sie einmal damit anfängt, und deshalb ver-

sucht sie, die Tränen zurückzudrängen, sobald sie ihr in die Augen steigen. Und dafür reichen schon die kleinsten Dinge. Die Pasta al Sugo, die ihr die Tante hinstellt und die ganz anders schmeckt als die ihrer Mutter, der Anblick ihrer Haarbürste im Bad, ihre goldfarbenen Sandalen im Flur, mit den leicht schiefen Absätzen und den Glitzersteinen. Alles ist noch da, nur sie selbst nicht. Man könnte meinen, die Mutter sei nur einkaufen gegangen und habe sich verspätet, und manchmal versucht Greta, sich das einzureden. Es ist schließlich Tante Adelina, die, vier Monate danach, an einem regnerischen Tag im Oktober, alles, was einmal der Mutter gehört hat, in zwei große Kisten packt und wegräumt. Und Greta, die ihr dabei zusieht, hasst sie dafür mit einer stummen Inbrunst, die ihr selbst Angst macht. Danach kann sie nicht mehr anders, sie muss weinen, und sie weint, bis sie sich leer und ausgetrocknet anfühlt wie ein staubiger Fetzen Papier, der irgendwo am Randstein liegt und von der Sonne und der Hitze so ausgebleicht ist, dass man nicht mehr erkennen kann, wofür er einmal gut war. Sie würde sich gern von ihrem Vater trösten lassen. Sie wünscht sich, er würde ihr die Haare zerzausen, die fein wie dunkle, gekringelte Federn sind und in denen keine Spange und kein Gummi hält, und sie möchte ihn sagen hören: »Briciola, das ist doch nichts, was uns umhaut, oder?« Sie wünscht sich, dass er sie mit dem alten Spitznamen anspricht, den ihr Nonna Rosaria gegeben hat: Briciola, Krümelchen. Doch Babbo nennt sie nicht mehr so, und er ist nur noch unten in der Trattoria und kaum noch bei ihnen oben in der Wohnung. Und wenn doch, ist er gar nicht wirklich da, starrt abwesend in die Luft und gibt keine Antwort, wenn Lorena oder Gina ihn etwas fragen. Greta würde sich auch gern von ihren Schwestern trösten lassen, mit ihnen zusammen in Lorenas Bett liegen, so wie früher, und kichern, Zeichentrickfilme ansehen und Nonnas Mandelkekse essen. Doch die beiden haben keine Zeit für sie. Lorena lernt Tag und Nacht, ihre

Augen hinter der Brille sind klein und gerötet vom vielen Lesen, ihre Stirn ist immer gerunzelt, und noch während des Essens liegt ein aufgeschlagenes Buch auf ihren Knien. Sie murmelt sogar lateinische Vokabeln vor sich hin, wenn sie auf dem Klo sitzt. Und Gina scheint ihre kleine Schwester gar nicht mehr zu sehen. Sie ist nach diesem Sommer eine andere geworden. Es hat damit begonnen, dass sie sich ihre Haare abgeschnitten hat, diese glänzende Wolke dunklen Haares, die Tante Adelina immer gekämmt und für die Schule in Zöpfe geflochten hat. Ginas Blick ist zornig geworden, sie kaut ununterbrochen Kaugummi, und ihre Lehrerin, Signora de Tetris, ruft ständig bei ihrem Vater an, um sich über sie zu beschweren. Ihr Vater sagt stets dasselbe: »*Ich weiß, Signora, ich weiß. Haben Sie Geduld. Das wird sich geben.*«

Doch Greta hat ihre Zweifel. Einmal bringt Signor Locatelli vom Supermarkt Gina höchstpersönlich nach Hause und erzählt der entsetzten Tante Adelina, dass er sie beim Klauen erwischt hat. »*Eine Cola und eine Tüte Fonzis Käsewürmchen hat sie mitgehen lassen*«*, verkündet er in einem anklagenden Ton und legt beides mit einer vorwurfsvollen Geste auf den Tisch. Tante Adelina entschuldigt sich wortreich und bezahlt die Cola und die Fonzis. Als Signor Locatelli gegangen ist, verpasst sie Gina eine schallende Ohrfeige und vergisst dabei vor Zorn sogar, sich danach zu bekreuzigen wie sonst immer, wenn sie Klapse und Kopfnüsse an die Mädchen verteilt. Gina zuckt nicht einmal mit der Wimper. Sie bleibt einfach stehen, mit der glühend roten Wange, und mustert die Tante mit einem Blick, der Greta, die schweigend und unbemerkt auf der Treppe sitzt und zusieht, ein bisschen unheimlich ist.*

Ein anderes Mal erzählt eine Nachbarin Tante Adelina, dass sie Gina nachts an der Hafenmole gesehen hat, zusammen mit Orazio Mezzavalle und Enzo Fusetti und ein paar ihrer nichtsnutzigen

Freunde, die hin und wieder auf die Insel kommen, trinken, feiern und meist eine Menge Blödsinn machen. »*Stell dir vor, Adeli, sie hat geraucht*«, *raunt die Nachbarin ihr zu, und Greta, die wiederum alles mit anhört, stellen sich vor schaurigem Entsetzen die Nackenhaare auf. Rauchen, das tun nur Erwachsene. Und Orazio und seine Freunde, die schon siebzehn Jahre alt sind, also fast erwachsen. Ihre Schwester Gina aber ist erst dreizehn, und Greta mit ihren acht Jahren versteht, dass es ungeheuerlich ist, wenn sie sich zur Schlafenszeit mit den großen Jungs herumtreibt und Zigaretten raucht. Es ist so ungeheuerlich und dabei aber zugleich so spannend, dass Greta eine widerwillige Bewunderung für ihre Schwester empfindet.*

In jenem Herbst, in den ersten lichtlosen, gestaltlosen Wochen des *Nachher*, als die Schule wieder begann, Gina sich eine Ohrfeige einhandelte und beim Rauchen am Hafen erwischt wurde, Lorena den ersten Preis bei einem landesweiten Lateinwettbewerb gewann und Tante Adelina wortlos die goldenen Sandalen ihrer Mutter und alles andere in die Kiste packte und die geblümten Sommerkleider, die hellgraue Strickjacke, die Perlenkette, die Haarbürste, ihr Duft, ihre Stimme, ihre Berührungen aus dem Leben der Pelusos verschwanden, beschloss Greta auszuziehen. Sie teilte es ihrer Familie wortlos, nur durch Gesten mit, denn seit jener Nacht im Juni, als das *Nachher* begann, war ihre Stimme verschwunden. Manchmal dachte sie, ihre Mutter habe sie womöglich mitgenommen, habe sie ihr mit einer ihrer anmutigen Handbewegungen von den Lippen gezupft und eingepackt, um sie an jenem Ort, an den sie gegangen war, wieder freizulassen. Greta gefiel der Gedanke, dass ihre Mutter etwas von ihr mitgenommen hatte und ihre Stimme jetzt bei ihr war. Ihr selbst fehlte sie nämlich kein bisschen. Im Gegenteil. Ihre Stummheit führte dazu, dass man sie in Ruhe ließ. Man begann, sie zu übersehen.

In der Schule und auch zu Hause vergaß man gelegentlich, dass sie da war. Man vergaß zu fragen, ob sie satt geworden war oder noch einen Nachschlag wollte, man vergaß, ihre Hausaufgaben zu kontrollieren, und kam nicht mehr auf die Idee, sich zu erkundigen, ob in der Schule alles in Ordnung war. Greta hörte daher nach und nach auf, Hausaufgaben zu machen, und begann, die Schule zu schwänzen. Nicht so häufig, dass es aufgefallen wäre, aber immer wieder, wenn sie fand, dass es genug war und sie eine Pause brauchte. Zwar fuhr sie mit ihren Schwestern mit dem Boot aufs Festland und begleitete sie zum Bus, der die beiden ins Liceo nach Perugia brachte. Doch dann, wenn der Schulbus weggefahren war, ging sie nicht weiter brav die Straße entlang zur Grundschule, sondern drehte auf dem Absatz um und lief zurück zum See. Dort, in einem Versteck im Schilf in der Nähe der Uferpromenade, saß sie oft stundenlang und starrte ins Wasser, sah den kleinen Fischen zu, die wie lebendig gewordene Sonnenstrahlen im grünlichen Wasser aufblitzten, beobachtete die schwarzen dünnen Wasserschlangen, die sich mit stolz erhobenen Köpfchen durch das Wasser schlängelten, und vergaß für kurze Zeit alles andere, das *Nachher* ebenso wie das *Vorher*, als ihr Leben noch sorglos und leicht gewesen war. Auf diese Weise hüllte sich Greta immer tiefer in den Kokon des Schweigens ein, wickelte ihre Sprachlosigkeit um sich wie einen Mantel aus spinnwebdünnem Stoff, der mit jeder Lage undurchdringlicher wurde. Und so gab es auch keine große Diskussion, als sie beschloss auszuziehen. Ihr Vater versuchte halbherzig, sie umzustimmen, Tante Adelina rang die Hände und schimpfte, Gina zuckte mit den Schultern und schob ihren Kaugummi von einer Backe in die andere, und Lorena sah nicht einmal von ihrem Schulbuch auf. Greta nahm ihr Bettzeug, ihre Bücher und ihre Kuscheltiere, packte zusammen mit der weiter nörgelnden Adelina ihre Kleider in einen Wäschekorb und zog eine Treppe höher in das Schlafzimmer von Nonna Rosaria. Sie fand, das sei der richtige Ort für sie, unter dem Dach, in Nonna Rosarias Bett, wo man aus dem Fenster über den ganzen See blicken und sich vorstellen konnte, eines Tages mit den Schwalben, die ihr Haus unermüdlich umkreisten, einfach davonzufliegen.

Wie richtig diese Entscheidung gewesen war, erfuhr Greta kurz darauf.

Es ist ein paar Tage nach Weihnachten, einem so traurigen, trostlosen Weihnachten, dass es vollkommen aus der kollektiven Erinnerung der Familie Peluso entfernt werden wird. Greta wird vom Geräusch einer ratternden Nähmaschine geweckt. Anfangs glaubt sie zu träumen, doch als sie sich aufsetzt, sich in den Arm zwickt und die Nähmaschine unverdrossen weiterrattert, obwohl Greta unzweifelhaft wach ist, schlüpft sie in ihre Hausschuhe und tapst im Dunkeln hinüber in das Nähzimmer, um nachzusehen, wer auf die Idee gekommen sein mochte, mitten in der Nacht zu nähen. Bereits als sie die Tür öffnet, fällt ihr das Licht der Stehlampe auf, die neben der Nähmaschine steht. Und vor der Nähmaschine, wie eh und je, sitzt Nonna Rosaria, klein und rundlich, und näht. Ihre Füße in den alten Pantoffeln bedienen emsig das Pedal, und die Nadel wieselt geschäftig über einen gelb und orange geblümten Stoff. Das Licht der Stehlampe beleuchtet ihren breiten Rücken und die kurzen grauen, gelockten Haare, die, wie Greta von alten Fotos weiß, früher, als junges Mädchen, tintenschwarz waren. Stumm vor Schreck starrt Greta die einst so vertraute Gestalt an, hört die gewohnten Geräusche, das Rattern der Nähmaschine, das leise Quietschen der Pedale, ja, sie meint sogar, ihre Großmutter zu riechen, eine Mischung aus Glyzerinseife, Zitronenöl und süßem Gebäck, die ihre Großmutter stets umgab und die Trost, Geborgenheit und Mandelkekse versprach. Greta wagt nicht, sich zu bewegen, aus Angst, ihre nach Keksen duftende, emsig nähende Großmutter würde sich womöglich in Luft auflösen, platzen wie eine Seifenblase. Eine Weile bleibt sie stehen und sieht Nonna Rosaria zu, dann schließt sie leise die Tür und geht zurück in ihr Zimmer. Wundersam getröstet schläft sie wieder ein, das Geräusch der alten Nähmaschine noch im Ohr.

Als sie am nächsten Morgen erwacht, läuft sie sofort hinüber ins Nähzimmer, doch ihre Großmutter ist fort, und die schwarze Nähmaschine glänzt leer und unberührt in der Morgensonne.

Nur drei Tage später ist es erneut so weit. Greta erwacht vom Rattern der Nähmaschine, und wie beim letzten Mal sitzt Nonna Rosaria auf ihrem Platz am Fenster und näht. Dieses Mal traut sich Greta, näher heranzugehen und sie anzusehen. Ihre Großmutter trägt ihre Brille ganz vorn auf der Nasenspitze und hat den Kopf konzentriert über den Stoff gebeugt. Sie blickt nicht auf, als Greta langsam näher kommt, es gibt kein Anzeichen dafür, dass sie ihre Enkelin bemerkt. Greta starrt Nonna Rosaria mit einer Mischung aus Furcht und Sehnsucht an, und plötzlich wünscht sie sich nichts dringlicher, als mit ihr sprechen zu können.

»Guten Abend, Nonna.«

Die Worte kommen einfach so aus ihrem Mund geflossen, wie von selbst.

Der Fuß ihrer Großmutter bedient weiterhin das Pedal, die Nähmaschine rattert weiter, und Nonna Rosaria hält weiter ihren Blick auf ihre Näharbeit gesenkt. Doch Greta kann sehen, wie sich ihr altes, runzliges Gesicht zu einem breiten Lächeln verzieht, und sie hört, wie ihre Großmutter sagt: »Guten Abend, Briciola.«

Von jener Nacht an spricht Greta mit Nonna Rosaria. Sie erzählt ihr von dem glühenden Schmerz in ihrer Brust und der nachtschwarzen Traurigkeit, von Lorenas geröteten, müden Augen, ihrer ständig gerunzelten Stirn und von der neuen, zornigen Gina, die nichts mehr mit der Schwester gemein zu haben scheint, die sie gekannt hatte. Und während die Nähmaschine rattert und zahllose Kleider, Bettbezüge, Geschirrhandtücher und Vorhänge entstehen, die am nächsten Morgen ebenso wieder verschwunden sind wie Gretas Stimme, findet Nonna Rosaria auch immer die richtigen Worte, um Greta zu trösten und zu beruhigen. Sie hört zu, gibt ihre typischen knappen Kommentare ab, und manchmal schimpft sie auch ein bisschen über Tante Adelina, die sie ein bigottes altes Suppenhuhn nennt, obwohl sie doch ihre Tochter ist und viel jünger als die Nonna selbst. Hin und wieder erzählt sie auch eine lustige Geschichte aus ihrer eigenen Kindheit, die beide zum Lachen bringt. Es ist ein bisschen so wie früher, als sie noch richtig am Leben war und im Gartenstuhl saß, Getreidekaffee trank und über ihre eigenen Geschichten so lachen musste, dass ihr die Tränen über die faltigen braunen Wangen rollten.

Als Greta wieder zu sprechen begann, an dem Tag, als sie ins Gymnasium kam, wurden die nächtlichen Unterredungen mit Nonna Rosaria weniger, doch sie hörten nie ganz auf. Und auch jetzt noch, wo sie längst schon erwachsen war, kürzlich ihren dreiunddreißigsten Geburtstag gefeiert hatte – natürlich in der Trattoria, mit den Gästen, die sonst auch immer kamen, Orazio mit seiner Kapelle für sie gespielt und sie mit Don Pittigrillo getanzt hatte –, hielt sie gelegentlich noch Zwiesprache mit Nonna Rosaria. Dazu musste sie nicht einmal nachts aufstehen und ihr beim Nähen zusehen. Sie war da. So wie jetzt. Greta spürte die Antwort auf ihre Frage mehr, als dass sie sie hörte, und verstand sofort, was Nonna Rosaria meinte. Fast wunderte sie sich, dass sie nicht von allein darauf gekommen war, so einleuchtend, einfach und schön war der Rat, den ihre Großmutter ihr gab. Leichtfüßig stand sie auf und lief wieder ins Haus, während die nassen Fußspuren auf dem Steg zurückblieben.

Greta ging in die Küche. Sie ließ ihre Finger langsam über die Gegenstände gleiten, die ihr alle so vertraut waren, dass sie sie schon lange nicht mehr richtig wahrnahm. Die Arbeitsplatte aus Marmor, deren Ecke einen Sprung hatte, das dicke Holzbrett, das an der Wand lehnte, die Kupferpfannen darüber, das Gewürzregal ihres Vaters, seine Messer, das zerfledderte Notizbuch von Nonna Rosaria, in das sie mit ihrer steilen, akkuraten Handschrift ihre Rezepte nebst allerlei kryptischen Anmerkungen und rätselhaften Mengenangaben geschrieben hatte, die nur Eingeweihte entziffern konnten. Der Holzofen, den Domenico heute für die Torta al Testo angefacht hatte, glomm noch, und sie legte Brennholz nach. Dann band sie sich die ungebärdigen Haare zurück, schlüpfte in ihren Kittel und begann zu kochen. Während draußen die Nacht hereinbrach und der altbekannte Wind aufkam, an ihrem Boot rüttelte, die Wellen gegen das Ufer drückte und die Pinien im Park der Villa Isabella zum Ächzen brachte, kochte Greta jedes einzelne Gericht, das sie im Laufe der Jahre von ihrem Vater gelernt hatte, noch einmal nach, aus dem Gedächtnis und nur für sich. Und während sie Zwiebeln und Knoblauch hackte, Tomaten häutete, Olivenöl in die schwere Reine füllte, Tegamaccio, Sugo di Carne, Wildschweinragout, Hühnchen in Weißwein, Tagliatelle al Tartufo und alles andere kochte, was ihr einfiel, wurde die Last in ihrem Herzen langsam leichter, und sie konnte ihren Vater gehen lassen. Die Vögel begannen bereits den neuen Tag zu begrüßen, als Greta schließlich den Gasherd ausschaltete, Asche auf die Glut im Ofen streute und ihren Kittel auszog. Sie öffnete das kleine Fenster über dem Gewürzregal, ließ die warme, von Essensaromen, Erinnerungen, Trauer und Freude schwer gewordene Luft auf die Straße entweichen und ging zu Bett.

Don Pittigrillo, der in dieser Nacht nicht gut geschlafen hatte und deshalb schon früh auf den Beinen war, drang auf seinem ruhelosen Spaziergang durch das schlafende Dorf der Duft von Gretas nächtlicher Trauerbewältigung in die Nase. Er blieb stehen, schnupperte, und sein faltiges Gesicht verzog sich zu einem Lächeln. Er dankte dem Allmächtigen und kehrte dann rasch um, um wieder ins Bett zu gehen. Womöglich würden ihm jetzt, da er wusste, dass es weitergehen würde, noch ein, zwei Stunden ruhiger Schlaf vergönnt sein.

4

Während Greta kochte und es ihr gelang, sich auf diese Weise von ihrem Vater zu verabschieden, trugen Lorena und Gina ihre Trauer noch wie ein ungeöffnetes Paket mit sich herum, unförmig und schwer und so fest verschnürt, dass es eines sehr scharfen Messers bedürfen würde, um es zu öffnen. Lorena hatte Gina, wie immer bei den seltenen Besuchen ihrer Schwester in Italien, ihre Stadtwohnung überlassen. Es war beiden lieber so, dann konnte jede tun und lassen, was sie wollte. Die Wohnung hatte jahrelang leer gestanden, seit Lorena und ihr Mann nach der Geburt von Luca, ihrem zweitältesten Sohn, in ein großes, modernes Haus vor den Toren Perugias gezogen waren. Diego hatte sie anfangs gedrängt, die Altbauwohnung zu verkaufen oder wenigstens zu vermieten, hatte sich endlos darüber ereifert, was für eine grenzenlose Dummheit es sei, totes Kapital, wie er es nannte, einfach so herumstehen zu lassen, doch Lorena hatte sich geweigert und war all die Jahre hart geblieben. Sie hielt eine Wohnung in der Stadt für sehr viel nützlicher als Geld auf der Bank, noch dazu, wenn es in irgendwelchen dubiosen Fonds vergraben war, die ihr Mann »spannend« fand. Diego nannte Lorena deswegen eine Krämerseele, kleingeistig und viel zu sehr auf Sicherheit bedacht, doch das störte Lorena nicht. Sie nutzte die Wohnung für gelegentliche Übernachtungen, wenn sie mit Freundinnen oder Kollegen in der Stadt ausging und nicht mehr nach Hause fahren wollte, und fand sie daher sehr praktisch. Seit ein paar Monaten war sie so etwas wie die Rettung des Familienfriedens geworden, denn seither bewohnte Tonino, ihr ältester Sohn, die Wohnung, oder besser gesagt, er hauste darin. Er war, kaum dass er achtzehn geworden war, mit Sack und Pack von zu Hause ausgezogen, und Lorena hatte, wie sie sich ehrlich eingestand, aufgeatmet. Tonino, der die ersten vierzehn Jahre seines Lebens ein mustergültiges Kind gewesen war – sanftmütig, anhänglich, höflich und liebenswürdig –, hatte sich in den letzten Jahren zu einer wahren Plage entwickelt. Er war renitent und aufsässig geworden, und es war kein Tag vergangen, an dem er sich nicht mit seinem Vater, mit ihr oder seinen Geschwistern in die Haare gekriegt hatte. Dazu kamen ausufernde Feste, das bange Warten auf seine Heimkehr, sturzbetrunken, morgens um halb fünf, ein Intermezzo mit der Polizei wegen eines Joints und ein zerlegtes Mofa. Jetzt würde er im Herbst mit seinem Studium beginnen, und Lorena hoffte, dass er vernünftig würde. Immerhin sprachen sie beide seit Neuestem wieder halbwegs normal miteinander und hatten sich kürzlich auf eine Pizza am Corso Vanucci getroffen. Lorena hatte ihn dabei so unauffällig wie möglich gemustert und festgestellt, dass er einen einigermaßen anständigen Eindruck machte. Zumindest äußerlich. Seine Kleider waren sauber gewesen. Über seine Frisur, diese ungepflegten, verfilzten Zotteln, und den kümmerlichen, nichtsdestotrotz sorgsam gezüchteten Ziegenbart konnte man geteilter Meinung sein, ebenso wie über seine radikalen politischen Ansichten, die ihrem Mann jedes Mal eine Ader auf der Stirn anschwellen ließen, wenn die Sprache darauf kam. Alles in allem war ihr Familienleben erheblich ruhiger geworden, seit Tonino ausgezogen war, was Lorena als Pluspunkt vermerkte. Im Gegensatz zu den Freundinnen, bei denen die Vorstellung, dass ihre Kinder einmal ausziehen könnten, eine kollektive Depression auslöste, hielt Lorena nichts davon, ihre Sprösslinge bis zur Heirat oder womöglich noch darüber hinaus zu Hause zu umsorgen und ihnen jeden Handgriff abzunehmen. Sie war Anwältin und keine Bruthenne, und junge Leute sollten so früh wie möglich auf eigenen Beinen stehen. Das formte den Charakter, davon war sie überzeugt. Heute, zur Beerdigung seines Opas, hatte Tonino immerhin von sich aus ein weißes Hemd zur Jeans angezogen. Dazu allerdings seine ausgelatschten Sneakers, die er ständig trug und die aussahen, als wären sie an seinen Füßen festgewachsen. Nachdem Diego einen Tobsuchtsanfall bekommen und damit gedroht hatte, ihn mit diesen »Pennerschuhen« nicht mitzunehmen, war die zehnjährige Alessia in Tränen ausgebrochen. Tonino hatte sich schließlich dazu herabgelassen, die schwarzen Halbschuhe anzuziehen, die Lorena ihm extra für die Beerdigung gekauft hatte, allerdings nur unter Protest gegen diesen »Konsumterror«, wie er es nannte. Kaum hatten sie jedoch die Insel verlassen, hatte er die Schuhe demonstrativ ausgezogen, sie am Bootsanleger abgestellt und war den Weg zum Auto barfuß zurückgegangen, was bei Gina einen kindischen Lachanfall ausgelöst und Diegos Ader bedenklich zum Pochen gebracht hatte.

Diego setzte Gina und Tonino am *Arco Etrusco* ab, dem imposanten Torbogen aus der Römerzeit, durch den man in die Altstadt gelangte. Von hier aus waren es nur noch ein paar Schritte zur Wohnung. Lorena wagte nicht, Tonino zu umarmen, obwohl sie es gern getan hätte, aber sie fürchtete, er würde sie zurückstoßen, deshalb sagte sie nur Ciao zu ihrem mageren Sohn, der mit seinen knochigen, viel zu großen nackten Füßen schweigend neben seiner Tante am Straßenrand stand und seine Eltern verächtlich musterte. Diego, der die ganze Fahrt über geschwiegen hatte, warf ihm seine Sneakers, die im Kofferraum lagen, mit einer zornigen Bewegung vor die Füße, stieg grußlos ein und wendete mit quietschenden Reifen. Er wartete kaum, bis Lorena ebenfalls wieder eingestiegen war, und bretterte dann über die Piazza

Fortebraccio davon. Währenddessen hing die zehnjährige Alessia mit ihrem kleinen blassen Gesicht, das von der hässlichen Brille dominiert wurde, die sie neuerdings tragen musste, am Fenster und winkte ihrem Bruder und Gina zu, bis sie außer Sicht waren. Der zwölfjährige Luca dagegen sah kaum von seinem Smartphone auf und fragte nur nach einer Weile, ob sie auf dem Rückweg bei Burger King im Einkaufszentrum haltmachen könnten, weil er Hunger habe. Lorena lehnte sich zurück, schloss für einen Moment die Augen und versuchte, sich auf den morgigen Arbeitstag zu konzentrieren.

Gina musterte ihren Neffen unauffällig von der Seite. Er hatte sich in den vergangenen drei Jahren, in denen sie nicht mehr hier gewesen war, so erstaunlich verändert, dass sie ihn kaum mehr wiedererkannt hatte. Sein jungenhaftes Gesicht wirkte durch die langen Dreadlocks noch zarter, fast mädchenhaft, daran änderte auch der noch sehr lückenhafte Bartflaum nichts, der sein Kinn zierte. »Deine Schwester hängt wohl sehr an dir«, sagte sie, sich an das kleine Gesicht erinnernd, das an der Scheibe geklebt hatte, mit einer Miene, als würde sie ihren Bruder nie mehr wiedersehen. Ihr eifriges Winken war das Einzige gewesen, das an diesem Tag eine Reaktion bei ihrem Neffen hervorgerufen hatte. Er hatte kurz die Hand gehoben und sogar gelächelt. Doch das Lächeln war so traurig gewesen, dass es Gina direkt ins Herz geschnitten hatte.

Tonino zuckte mit den Schultern. »Sie ist eben noch ein kleines Mädchen und versteht nicht, warum ich nicht mehr zu Hause wohne.« Er bückte sich und schlüpfte in seine Schuhe.

»Siehst du sie ab und zu?«

»Nee.« Er schüttelte den Kopf. »Aber sie schickt mir Briefe.«

Gina hob die Brauen. »Im Ernst? Briefe? Keine Nachrichten auf dem Handy?«

»Sie hat noch keines. Mama ist dagegen. Erst wenn sie ins Liceo kommt.«

»Was schreibt sie denn so?«, fragte Gina, während sie nebeneinander durch den Torbogen gingen.

»Was sie so den ganzen Tag macht. Alessia hat Kaninchen, um die sie sich kümmert. Ninni und Lully heißen die. Und ihre Schulnoten und so was. Manchmal zeichnet sie mir was.« Er zog eine zerknautschte Packung Tabak aus der Hosentasche und entnahm ihr eine bereits gedrehte Zigarette. »Magst du eine, Tante?«

Als Gina sarkastisch eine Braue hob, grinste er kurz und fügte hinzu: »Nur Tabak.«

Diese Präzisierung war durchaus angebracht, fand Gina, während sie eine dünne filterlose Zigarette aus dem Beutel zog, den Tabak an einem Ende wegzupfte und sich dann von ihrem Neffen Feuer geben ließ. Als sie gestern am späten Abend angekommen war, hatte es in der Wohnung gerochen wie in einem Coffeeshop in Amsterdam. Ihr war schon beim bloßen Atmen schwindlig geworden.

»Und schreibst du deiner Schwester auch zurück?«, fragte sie, während sie den kratzigen, ungefilterten Tabakgeschmack auf ihrer Zunge spürte, ein paar Krümel ausspuckte und sich dabei unversehens in Studentenzeiten zurückversetzt fühlte.

Zu ihrer Überraschung errötete Tonino. »Manchmal«, gab er zu.

In Gina regte sich etwas. Eine Art Déjà-vu-Erinnerung. Ihr fiel ein zwölfjähriges Mädchen ein, das vor vielen Jahren auch einen Brief geschrieben hatte. Allerdings nicht an einen Bruder, sondern an einen fremden Jungen. Mit sorgfältig gemalten Buchstaben und Herzchen statt den i-Pünktchen. Und sie dachte an deren ältere Schwester, wie sie feixend den ungelenken, rührend schwärmerischen Brief ihren gackernden Freundinnen vorgelesen hatte.

Was für ein Spaß. Ihr wurde ein bisschen übel. Warum dachte sie ausgerechnet jetzt daran? Diese Geschichte lag schon Jahrzehnte zurück. Gina schüttelte den Kopf, nahm noch einen hastigen Zug von der Zigarette, hörte das Knistern des Papiers und sagte dann, den Rauch ausblasend: »Das ist nett von dir.«

»Na ja. Sie wartet ja drauf. Und sie kann nichts dafür, dass meine Eltern so scheiße sind.« Er zuckte erneut in dieser resignierten, vagen Art mit den Schultern. »Aber ich hab nicht viel zu erzählen. Nichts, was ein kleines Mädchen interessieren könnte.«

»Ich glaube, das ist egal. Hauptsache, sie weiß, dass du sie nicht vergessen hast.«

Er schüttelte den Kopf und gab keine Antwort.

Dann hatten sie das Haus erreicht, in der sich die Wohnung befand, und stiegen hintereinander die steile Treppe in den vierten Stock hinauf. Das Haus war alt, schmal und hoch gebaut wie alle Häuser in Perugias Altstadt, und es gab weder einen Aufzug noch Fenster im Treppenhaus. Die Luft roch staubig, von irgendwoher drang gedämpft Musik. Ein zorniger Mann sang italienisch, ohne dass sie verstehen konnte, worum es ging, es klang nach Hiphop und gleichzeitig irgendwie orientalisch, fremdartig, und Gina wurde bewusst, dass sie keinerlei Ahnung hatte, welche Musik man heutzutage in Italien hörte. Mit jedem Schritt, den sie nach oben gingen, wurde Ginas Herz enger, die Beklemmung, die sie seit Gretas Anruf vor ein paar Tagen erfasst hatte, meldete sich zurück. Kurz bevor sie die Wohnungstür erreicht hatten, blieb sie stehen. Ihr war schwindlig, und sie hatte plötzlich das Gefühl, keinen Schritt weitergehen zu können. Es war falsch, hier zu sein. Es war falsch, dass ihr Vater tot war. Einfach gestorben, ohne dass sie ihn noch einmal gesprochen hatte. Ohne etwas wiedergutmachen zu können. Ihre Hand tastete haltsuchend nach dem Treppengeländer, während ihre Gedanken zu jenem Moment zurückwanderten, als sie es erfahren hatte, zu jenem Moment, an dem alles, ihr gesamtes Leben, in sich zusammengestürzt war.

Mein Vater ist tot. Der Satz hinterließ einen seltsamen Nachgeschmack auf Gina Pelusos Zunge, als ob sie in etwas Fremdartiges, Bitteres gebissen hätte, und löste in ihr eine dunkle Erinnerung aus, der sie geglaubt hatte, endlich entkommen zu sein. Ein flaues Gefühl breitete sich in ihrem Magen aus.

Tot.

Sie wollte dieses Wort nicht in ihr Leben lassen. Sie wollte den Telefonanruf ihrer jüngsten Schwester, mit dem es in ihr Leben eingebrochen war wie ein nächtlicher Eindringling, ungeschehen machen. Sie wollte Gretas seltsame, immer leicht heisere Stimme, die so erschreckend leblos geklungen hatte, vergessen und so weitermachen wie bisher. Fast hätte sie aufgelacht, als ihr bewusst wurde, wie absurd dieser Gedanke war. Als ob es irgendetwas weiterzumachen gäbe.

Gina stand mit hochgeschlagenem Kragen auf dem Bürgersteig, den Alsterkanal im Rücken, und beobachtete die Handwerker, die sich an der Fassade eines alten Backsteinhauses zu schaffen machten. Es nieselte, und der Wind wehte so abweisend und kalt, als wäre der Frühling, der hier oben gerade erst begonnen hatte, unmittelbar in den Herbst übergegangen. Sie war kurz versucht, das Handy ins Wasser zu werfen. Nicht mehr erreichbar zu sein, zu verschwinden, sich einfach in Luft aufzulösen wie der Rauch ihrer Zigarette, den der Wind davontrug, kaum dass sie ihn ausgeatmet hatte. Doch sie widerstand dem Impuls, steckte das Telefon zurück in ihre Jackentasche und beobachtete weiter die Handwerker. Sie hatten jetzt das große Schild über der Tür abgeschraubt und warfen es auf den Boden. Es zerbrach in zwei Teile, die einer der unten wartenden Männer aufhob und achtlos in den Container warf, wo sich schon die Reste der Ladeneinrichtung befanden, die Gina zurückgelassen hatte, unfähig, sich auch noch darum zu kümmern. *Gina's* stand in großen, im Vintage-Style gehaltenen Buchstaben darauf, und darunter, etwas kleiner, *Italian Cooking*. Ihr Vater war absolut verständnislos gewesen, als sie ihm vor einigen Jahren ihr Geschäftslogo gezeigt hatte, kurz nach der Eröffnung ihres Catering- und Eventservices.

»Warum steht das da auf Englisch?«, hatte er zornig gefragt. »Warum nicht *Cucina italiana*? Bist dir wohl zu schade für deine Muttersprache, eh? Englisch, englisch, alles immer englisch! Du könntest es wenigstens auf Deutsch schreiben, wenn du schon in Deutschland bist ...«

Gina hatte versucht, ihm das Konzept zu erklären, die internationale Ausrichtung, den Retrostyle, der Bezug nahm auf das Italien der alten amerikanischen Filme wie der Komödie »Hausboot« mit Cary Grant und Sophia Loren oder der Filmromanze »Ein Herz und eine Krone«. Einen dieser alten Filme hatte sie vor einigen Jahren in New York in einem kleinen Programmkino zum ersten Mal gesehen und war sofort begeistert gewesen. Er hatte einen neuen Blick auf ihre Heimat geworfen, und daraus war die Idee eines Vintage-Restaurants und Cateringservices entstanden. Sie hatte sich alle Filme mit Sophia Loren angesehen, außerdem viele andere alte Filme aus der Zeit. Als sie dann den Sprung ins kalte Wasser gewagt und sich selbstständig gemacht hatte, hatte sich die Aufmachung, das Restaurant, die Dekoration ganz selbstverständlich nach diesen Vorbildern gerichtet, gemixt mit ultramodernen Style-Elementen, alten Filmplakaten und entsprechender Musik. Gina hatte sich sehr bemüht, ihrem Vater das alles zu verdeutlichen, hatte ihm Fotos gezeigt, doch ihr Vater hatte nur den Kopf geschüttelt und nichts verstanden. »Das ist doch altmodisch. Du bist jung, warum machst du nichts Modernes?«

Gina war eine der Ersten in Hamburg gewesen, die erkannt hatten, dass unter den jungen, wohlhabenden, übersättigten Städtern eine Sehnsucht nach Nostalgie bestand, nach handwerklicher, einfacher, bodenständiger Küche und dem entsprechenden Gefühl, das an alte Fotos und Filme erinnerte. Und sie hatte großen Erfolg mit ihrem Konzept gehabt. Einige Jahre lang hatte das Geschäft nur so gebrummt, und sie war kaum zum Atemholen gekommen. Immer wieder musste sie ihren Betrieb erweitern: immer mehr Angestellte, größere Räume, eine offene Küche mit dazugehörendem Stehrestaurant in der neuen Speichercity, eben alles, was gerade angesagt war. Man hatte sie zum Showcooking ins Fernsehen eingeladen, sie hatte auf Kreuzfahrtschiffen und bei Promihochzeiten in ganz Europa gekocht. Und dann war es plötzlich vorbei gewesen. Vegetarisch, vegan, asiatisch, Crossover und Molekularküche waren neuerdings angesagt, man kochte mit Sprossen, Algen, Quinoa, flüssigem Stickstoff. Italienisches Essen war out. In Zeiten des Low Carb war mit Pasta kein Geld mehr zu verdienen. Sie hatte versucht, das Ruder herumzureißen, neue Wege zu gehen, hatte Kredite aufgenommen, in Foodtrucks investiert, das Ganze *Gina's Italian Streetfood* genannt und dafür sogar ihren Vater angepumpt, wohl wissend, dass er der Letzte war, der Geld erübrigen konnte. Und sie war gescheitert. Am Ende war nichts mehr übrig geblieben von dem, was bis dahin ihren Lebensinhalt, ihren ganzen Stolz ausgemacht hatte. Jetzt stand sie hier, vor dem leer geräumten, alten Laden, ihrem ersten, in dem damals alles anfing, und hatte das Gefühl, jahrelang umsonst gearbeitet und gekämpft zu haben. Sie drückte die Zigarette mit der Schuhspitze aus und wischte sich mit beiden Händen über ihr nasses Gesicht. Gut, dass es regnete, da sah man die Tränen nicht.

»Mein Vater ist tot«, sprach sie die bleierne Nachricht, die ihre Schwester ihr vor die Füße geworfen hatte, laut aus. Der Wind trug ihre Worte fort wie eben noch den Rauch ihrer Zigarette, und weiter geschah nichts. Die Handwerker fluchten, ein Radfahrer fuhr vorbei, die Kapuze gegen den Wind tief ins Gesicht gezogen; über ihr segelte eine Möwe und stieß einen lauten Schrei aus, der in Ginas Ohren nach Verzweiflung klang. Ihr Vater war gestorben, und die Welt drehte sich trotzdem einfach weiter.

Tonino wandte sich am Treppenabsatz zu ihr um. »Was ist?«

Gina versuchte vergeblich, den Schmerz abzuschütteln, der sie bei der Erinnerung an diesen Augenblick in Hamburg gepackt hatte, doch es gelang ihr nicht. Wie die Klaue eines Raubtiers hatte sich die Erkenntnis in dem Moment an der Alster um ihr Herz gekrallt und seitdem nicht wieder losgelassen: Es ist zu spät. Du wirst nichts je wiedergutmachen können.

Dennoch setzte sie ihr coolstes Lächeln auf. Darin war sie routiniert: zu lächeln, auch wenn es ihr beschissen ging. Niemand wollte eine verzweifelte Restaurantchefin sehen, die Angestellten nicht und schon gar nicht die Gäste. Und Tonino sollte auf gar keinen Fall mitkriegen, wie es um sie bestellt war. Keiner von ihrer Familie durfte das. Es musste ihr Geheimnis bleiben. Wenn ihre Schwestern erfahren würden, was sie getan hatte, würden sie sie zutiefst verachten. Und es reichte schon, wenn sie selbst es tat. Panik erfasste sie bei dem Gedanken, jetzt – allein in Lorenas perfekter Wohnung – ihren Gedanken ausgeliefert zu sein und nichts tun zu können, um sich abzulenken.

»Was meinst du, Lieblingsneffe, sollen wir nicht noch was trinken gehen?«, fragte sie, um Lässigkeit bemüht.

Als er zögerte, fügte sie hinzu: »Auf deinen Opa.« Sie hoffte, Tonino würde nicht auffallen, wie brüchig ihre Stimme klang, wie verzweifelt.

Seine Miene verriet nichts. Er zuckte nur mit den Schultern und meinte dann, unverkennbar widerwillig. »Von mir aus. Aber nicht lange. Später bin ich verabredet.«

»Klar!« Sie nickte. »Nur auf einen Drink.«

Sie gingen in eine kleine Bar unweit der Wohnung. Gina trank erneut Weißwein – die drei Gläser nach der Beerdigung hatten bei Weitem nicht ausgereicht, um sich auch nur halbwegs zu betäuben –, während Tonino sich auf eine Cola beschränkte. Etwas verlegen sahen sie einander an. Gina fiel auf, dass sie von ihrem Neffen so gut wie nichts wusste. Er wollte irgendetwas Technisches studieren, glaubte sie, sich zu erinnern, aber ihr war entfallen, was genau. Er hob seine Cola, sagte in einem fast provozierenden Ton: »Also, auf Opa.«

Gina hob ihr Glas und trank einen Schluck. Sie überlegte, was sie mit Tonino reden sollte. Ihr fiel nichts ein. Worüber sprach man als Tante mit einem Achtzehnjährigen, den man noch als linkischen Jungen mit Pickeln und Zahnspange in Erinnerung hatte und der jetzt Dreadlocks hatte wie Bob Marley, seine Eltern verabscheute und Haschisch rauchte? Sie sah aus dem Fenster. Eine junge Straßenkünstlerin in einem schwarz-weiß gepunkteten Petticoatkleid und rotem Sonnenschirm postierte sich auf einer Kiste und verharrte dann in einer Tanzposition bewegungslos wie eine Puppe, die rot geschminkten Lippen gespitzt, die Augen weit aufgerissen.

»Habt ihr euch gut verstanden?«, fragte Tonino unvermittelt.

»Was?« Gina zuckte zusammen.

»Du und Opa. Als du so alt wie ich warst.«

Sie überlegte widerwillig. »Na, wie man sich eben so versteht mit seinem Vater«, sagte sie ausweichend. Nur nicht ausgerechnet darüber sprechen. Nicht über diese Zeit.

Tonino kniff die Augen zusammen. »Das ist eine Scheißantwort, Tante«, erwiderte er.

Gina sah ihn verblüfft an. »Na, hör mal!«, sagte sie ärgerlich. Er hielt ihrem Blick stand, wartete offenbar auf eine Antwort, die er weniger scheiße fand.

Sie wurde wütend. Wie kam dieser Grünschnabel dazu, sie so dumm anzureden?

»Wie war's denn bei dir?«, fragte sie herausfordernd zurück. »Wie kamst du mit deinem Großvater zurecht?« Sie erwartete das übliche vage Schulterzucken, doch ihr Neffe antwortete sofort. »Nonno Ernesto war in Ordnung. Eigentlich war er ziemlich cool.«

»Ach!« Gina hob die Brauen. »Cool?«

»Na ja, er war immer gut drauf und hat genau das gemacht, was er wollte.«

»Du meinst aber nicht die Trattoria?«

»Doch, klar.« Tonino nickte. »Ist doch ziemlich abgefahren, dieser kleine Laden auf der Insel.«

»Wie man's nimmt«, sagte Gina säuerlich. Sie hatte als Teenager die Insel gehasst. Die Langeweile, das Gefühl der Isoliertheit, immer Probleme mit der Heimfahrt, wenn man abends weggehen wollte. Und ständig stand man unter Beobachtung der gesamten Inselgemeinschaft. Man konnte nicht einmal in der Nase bohren, ohne dass es jemand bemerkt hätte. Außerdem war die Trattoria der Grund dafür gewesen, dass ihr Vater nie Zeit für sie gehabt hatte. Er hatte sich in der verfluchten Küche verschanzt wie hinter der Wallanlage einer Burg, und seine Töchter hatten keine Waffen gehabt, diese Burg zu erstürmen.

»Wir waren mal zusammen fischen«, sagte Tonino unvermittelt. »Ganz früh am Morgen. Er ist mit mir mitten auf den See rausgefahren, noch bevor die Sonne aufgegangen ist. Das war krass schön.« Sein schmales Gesicht verdüsterte sich. »Ich hätte ihn öfter besuchen sollen.«

Gina schwieg und starrte in ihr Glas. Um bei Toninos Wortwahl zu bleiben: Es war eine Scheißidee gewesen, mit ihrem Neffen noch etwas trinken zu gehen. Sie hätte ahnen müssen, dass es so enden würde. Trauriges Gerede, schmerzhafte Erinnerungen, vergebliches Kreisen um nicht Gesagtes, nicht Getanes, irgendwie Versäumtes.

»Was hast du denn heute noch vor?«, versuchte sie, das Thema zu wechseln.

Da war es wieder, das vage Schulterzucken. »Treff mich mit Freunden.« Er trank seine Cola aus, hastig, wie Gina schien. Als er seinen Geldbeutel zückte, schüttelte Gina den Kopf. »Also bitte!«

Er schob ihn wieder ein. »Danke. Dir noch einen schönen Abend.« Es klang sarkastisch. Er wirkte plötzlich distanziert, und Gina hatte das unbehagliche Gefühl, ihren Neffen enttäuscht zu haben, ohne zu wissen, womit. Als er ging, sah sie ihm durch das Fenster nach. Bei der Straßenkünstlerin blieb er stehen und warf ein paar Münzen in das mit Blumen geschmückte Körbchen. Das Mädchen bedankte sich artig mit einem Knicks, drehte sich wie eine Aufziehpuppe einmal im Kreis und gab Tonino dann einen Kuss auf die Wange. Er grinste, schob die Hände in die Taschen seiner Jeans und schlurfte davon, ohne sich noch mal umzusehen.

Als Diego nach Hause kam, saß Lorena noch immer über ihren Akten. Ihre Augen brannten vom angestrengten Lesen. Wenn es so weiterging, würde sie bald auch noch eine Lesebrille brauchen. Als ob die normale Brille nicht schon genügte. Kontaktlinsen vertrug sie nicht, danach sah sie jedes Mal aus wie ein Kaninchen, und ihre Brille trug sie nur, wenn es nicht zu vermeiden war. Sie hatte sich daran gewöhnt, die Konturen ab einer gewissen Entfernung ein wenig verschwommen zu sehen. Lorena dachte an Alessia, die ihre schlechten Augen geerbt hatte. Auch sie selbst hatte als Zehnjährige bereits eine Brille tragen müssen und war deswegen in der Schule als Brillenschlange und Schlimmeres verspottet worden. Dieses Schicksal hätte sie ihrer Tochter gern erspart. Sie fand, die Brille machte Alessia, die mit ihrem kleinen, blassen Gesicht, den dünnen Haaren und dem mageren Körper nicht gerade eine Schönheit war, richtiggehend hässlich. Doch als sie den Augenarzt gefragt hatte, ob nicht vielleicht wenigstens für die Kleine Kontaktlinsen infrage kämen, hatte dieser sie angesehen, als hätte sie um den Gnadenschuss gebeten. Sie hatte das Thema nie mehr erwähnt.

Lorena hörte, wie Diego in die Küche ging, den Kühlschrank öffnete und wieder schloss, mit Geschirr und Gläsern herumhantierte. Kurz darauf kam er zu ihr, gab ihr einen Kuss und fragte, ob sie ein Glas Wein mit ihm trinken wolle. Lorena nickte gleichgültig, klappte die Akten zu und folgte ihrem Mann ins Esszimmer. Diego hatte den Tisch gedeckt, was so selten vorkam, dass man es eigentlich im Kalender vermerken müsste. Zwar war es nur ein kalter Imbiss, roher Schinken, Burrata und ein großer Teller eingelegtes Gemüse, aber er hatte sich die Mühe gemacht, alles schön anzurichten und sogar Kerzen anzuzünden. Aus der teuren Musikanlage, die wie ein abstraktes Gemälde an der Wand hing, erklang Cecilia Bartoli, *Sol da te, mio dolce amore*, was Lorena entschieden zu dick aufgetragen fand. Misstrauisch blieb sie in der Tür stehen. »Was ist los? Hast du Mist gebaut?«

Diego sah sie gekränkt an. »Das ist nicht fair«, sagte er. »Immer beklagst du dich, dass ich dir zu wenig Aufmerksamkeit schenke, und wenn ich mich dann mal bemühe und dir was Gutes tun möchte, heute, nach der Beerdigung deines Vaters, ist es auch wieder nicht recht.«

Lorena setzte sich, blieb jedoch innerlich angespannt. Erst als Diego ihr mit einem Grinsen gestand, dass die Leckereien, die er aufgetischt hatte, ein Geschenk desjenigen Geschäftsfreundes waren, den er heute Nachmittag getroffen hatte und der eine große Feinkostfirma besaß, entspannte sie sich ein wenig. Das entsprach ihrem Mann schon eher: sich mit fremden Federn zu schmücken, um im besten Licht dazustehen, und sich dann augenzwinkernd selbst zu entlarven, damit man ihm nicht böse sein konnte. Er schenkte ihnen beiden von dem duftenden rubinroten Sagrantino ein, den sie gern trank, und hob sein Glas. »Auf deinen Vater. Möge er in Frieden ruhen.«

Auch das kam Lorena ein wenig pathetisch vor, jetzt, nachdem schon alles vorbei war und Diego bisher nicht den Eindruck gemacht hatte, besonders erschüttert zu sein. Doch ihr Mann hatte mitunter einen Hang zu großen Gesten, und so zwang sie sich zu einem Lächeln und hob ebenfalls ihr Glas. »Auf Papa.«

5

Nicht nur Don Pittigrillo konnte wieder gut schlafen, als ihm der Duft aus Ernestos Küche in die Nase stieg, auch die anderen Bewohner nahmen es mit großer Erleichterung auf, als sie am nächsten Tag sahen, dass die Trattoria wie üblich geöffnet hatte. Neben der Kirche und dem kleinen Lebensmittelladen war die *Trattoria Paradiso* der einzige öffentliche Ort auf der Insel, der den Inselbewohnern ganzjährig zur Verfügung stand. Die Eisdiele, die Snackbar und der Souvenirladen am Anleger existierten nur für die Touristen. Ihre Betreiber waren Leute vom Festland, die jeden Abend mit dem letzten Boot zurückfuhren. Im Winter, in der Nebensaison und bei schlechtem Wetter öffneten sie erst gar nicht. In die *Trattoria Paradiso* konnten die Insulaner auch bei schlechtem Wetter gehen, im Winter und nachdem das letzte Boot in Richtung Festland abgefahren war. Ernesto Peluso hatte nie ein Problem damit gehabt, die mittlerweile mehrheitlich doch recht betagten Einwohner der Isola Maggiore in seiner Trattoria bei einem Espresso oder einem Gläschen Wein stundenlang Karten spielen, über Politik oder das Wetter diskutieren, schweigen, Zeitung lesen oder Kreuzworträtsel lösen zu lassen. Hin und wieder brachte jemand eine zerschrammte Gitarre oder ein Akkordeon mit, und die Alten sangen Partisanenlieder. Manchmal wurde sogar getanzt in dem kleinen Gastraum mit dem schwarzweißen Terrazzoboden und den ockergelb gestrichenen Wänden, an denen neben Ernestos Schrotflinte bunt bemalte Teller hingen und eine ganze Menge vergilbter Schwarz-Weiß-Fotos von der

Insel und der Familie Guglielmi, die einst in der Villa Isabella residiert hatte. Unter diesen Bildern gab es eine leicht verschwommene Aufnahme, auf der der König von Italien, Vittorio Emmanuele III., zusammen mit den Wirtsleuten vor der Trattoria stand. Er hatte sich während eines Aufenthalts in der Villa Isabella einmal von Ernestos Großmutter, die damals noch ein junges Mädchen gewesen war, bekochen lassen und war von ihrer Trüffelpasta so begeistert gewesen, dass er fortan jedes Mal, wenn er auf der Insel zu Besuch war, in die Trattoria kam. Aus diesem Grund hatte Ernestos Vater Umberto seiner Trüffelpasta auch den Namen Tagliolini del Principe gegeben. Sie wurde mit großer Geste am Tisch zubereitet, mit einem kleinen goldenen Papierkrönchen versehen serviert und bildete neben dem Tegamaccio di Nonna Rosaria den kulinarischen Höhepunkt des Restaurants. Die Trattoria trug in jeder Hinsicht zum gesellschaftlichen Leben der Inselbewohner bei. Man konnte sagen, sie *war* das gesellschaftliche Leben. Taufen wurden hier gefeiert, Familienstreitigkeiten beigelegt, Versöhnungen von Eheleuten zelebriert. Wollte einer ein besonderes romantisches Ereignis begehen, trug Ernesto einen Tisch auf den Steg hinaus, und man konnte an einem weiß gedeckten Tisch bei Kerzenlicht speisen, um sich herum nur das Wasser und das Rauschen der Pinien am Strand. Bei Fußballweltmeisterschaften wurde der Fernseher im Garten aufgestellt, und es gab selbst gemachte Weltmeisterpasta in den Landesfarben zum Public Viewing auf den bunt zusammengewürfelten Gartenstühlen. Zu Ferragosto veranstaltete Ernesto Peluso jedes Jahr ein Fest mit Spanferkel am offenen Feuer und auf Holzkohle gegrilltem Fisch, und Orazio Mezzavalle und seine Leute spielten auf, als gäbe es kein Morgen.

Ernestos plötzlicher Tod hatte deshalb alle bestürzt, nicht nur, weil er ein allseits geschätzter Zeitgenosse und Freund gewesen war, sondern auch, weil damit das gesamte Zusammenleben der Insulaner in Gefahr geriet. Man versuchte sich zwar damit zu beruhigen, dass Greta mindestens so vortrefflich kochen konnte wie ihr Vater und die Trattoria daher wohl auch in Zukunft weiterführen würde, doch man wusste es nicht. Greta Peluso war jung, erst Anfang dreißig, und womöglich würde sie die Chance nutzen und die Insel verlassen, wie es ihre beiden Schwestern getan hatten? Hinzu kam, dass sie zwar das Kochtalent, aber nicht die joviale Art ihres Vaters geerbt hatte. Greta Peluso war so schweigsam, dass es irritierte, obwohl jeder auf der Insel wusste, woher es kam. Nach dem Verschwinden ihrer Mutter war sie für einige Jahre völlig verstummt, und kein Arzt weit und breit hatte ihr helfen können. Erst als sie ins Gymnasium kam, hatte sie plötzlich, von einem Tag auf den anderen, zu sprechen begonnen, und auch dafür hatten die Ärzte keine Erklärung gehabt. Seitdem sprach sie wieder, ohne hörbare Behinderung oder sonstige Störungen, jedoch schien sie die wenigen Wörter so sorgfältig abzuwägen, als hätte sie nur einen beschränkten Vorrat davon zur Verfügung. Diese allerdings trafen meist punktgenau. Sie tratschte nicht und schimpfte nicht über andere. Sie jammerte nie und trug keine Gerüchte weiter. Doch sie sagte immer und jedem unverblümt ihre Meinung, ohne Rücksicht auf dessen Befindlichkeiten, weswegen sie auch ein wenig gefürchtet war. So manch einer hatte sich nach einem Gespräch mit ihr schon gewünscht, sie hätte sich fürs Schweigen entschieden.

Ihre etwas beängstigende Art, immer gnadenlos die Wahrheit zu sagen, war, so die allgemeine Meinung, auch der Grund, weshalb es keinen Mann in Gretas Leben gab. Zumindest wusste niemand etwas darüber, und das war ungefähr das Gleiche, denn so etwas wie eine Liebschaft ließe sich auf der Insel kaum geheim halten. Männer mochten es nicht, wenn Frauen zu direkt waren, das wusste jeder. Männer wollten umschmeichelt werden und auch umschmeicheln, die Wahrheit wirkte sich dabei eher störend aus. Doch fürs Schmeicheln hatte Greta keinerlei Talent. Gelegentliche Avancen von Gästen prallten an ihr ab wie Tennisbälle an einer glatten Wand. Dabei war sie keineswegs unhöflich und abweisend, im Gegenteil, in dem Blick ihrer ungewöhnlich hellen, leuchtenden Augen lag jede Menge Gefühl, was schon so manchen jungen Mann zu der Annahme verleitet hatte, man müsse sich nur ein bisschen anstrengen, um sie zu erobern. Doch Greta Peluso ließ sich nicht erobern. Sie blieb unnahbar und verschlossen wie eine glänzende, schimmernde Nuss, spazierte, den Kopf hoch erhoben, mit wippenden schwarzen Locken und leuchtenden Augen durch die einzige Straße der Insel, offensichtlich vollkommen unberührt von den Begehrlichkeiten der Männer und all den anderen Dingen, über die sich normale Sterbliche Gedanken zu machen pflegten. Ihre ganze Liebe und Leidenschaft, zu der sie unzweifelhaft fähig war – auch darin waren sich die Bewohner der Insel einig –, steckte sie in das Kochen, was zu aufsehenerregenden Ergebnissen führte, um derentwillen schon einmal ein Restaurantkritiker aus Rom die Trattoria besucht hatte. Im Gegensatz zu ihrem Vater und ihrer Tante war Greta davon jedoch gänzlich unbeeindruckt geblieben. Sie hatte weder Charme – zu dem sie gar nicht fähig war – noch besondere Mühe aufgewendet, um den römischen Kritiker zu beeindrucken, sondern gekocht wie immer und ihm danach höflich die Rechnung präsentiert. Der Mann war ein wenig irritiert gewesen, berichteten danach diejenigen, die das Schauspiel beobachtet hatten, war er es doch gewohnt, spätestens dann, wenn er erkannt wurde – und das wurde er meistens –, hofiert und am Ende eingeladen zu werden. Man wusste nicht, wie die Geschichte ausgegangen war. Nie hatte jemand eine Kritik über die *Trattoria Paradiso* in einer Zeitschrift gelesen, was aber vor allem daran lag, dass solche Zeitschriften auf der Insel nicht gelesen wurden und Greta selbst nie darüber sprach. Mehr Gäste vom Festland hatte es jedenfalls nicht gebracht, doch darüber waren die Einheimischen auch nicht traurig.

Fürs Erste ging also das Leben auf der Insel weiter, auch ohne den bedauernswerten Ernesto, dessen sterbliche Überreste nun vom Erzengel Michael auf dem Hügel bewacht wurden. Die Trattoria hatte weiterhin geöffnet, bewirtete mittags vor allem Touristen und abends die Einheimischen. Alles war wie immer. So schien es jedenfalls. Wenn man jedoch mit der Küche der *Trattoria Paradiso* vertraut war, fielen einem so nach und nach Veränderungen auf. Don Pittigrillo, der jeden Tag kam, weil er keine Haushälterin hatte und nicht kochen konnte, bemerkte es als Erster. Gretas Gerichte hatten eine neue Note bekommen. Er konnte nicht sagen, was es war, ob es sich um eine neue Zutat handelte oder ob etwas fehlte, es war der Gesamteindruck, der sich ein wenig verändert hatte. Es beeinträchtigte den Geschmack der Gerichte keineswegs, sie waren köstlich wie zuvor, sie schmeckten nur minimal anders. Vielleicht war es eine Prise Melancholie, die sich eingeschlichen hatte, vielleicht noch Spuren der Trauer über den Tod des Vaters oder aber etwas ganz anderes, etwas Neues, das noch im Reifen begriffen war und von dem man nicht sagen konnte, was es zu bedeuten hatte.

Ein paar Tage nach der Beerdigung saß Don Pittigrillo nach einem leichten Abendessen, das aus Panzanella, frittierten Salbeiblättern und etwas Oliven- und Trüffelpaste auf geröstetem Brot bestanden hatte, noch mit einem Gläschen Rotwein auf der Terrasse und genoss die letzten Sonnenstrahlen. Bis auf die Kartenspielrunde, zu der auch Orazio Mezzavalle und Clemente von gegenüber gehörten, waren keine Gäste mehr da. Don Pittigrillo spielte auch gelegentlich mit, doch heute hatte er keine Lust. Er hatte etwas auf dem Herzen und wartete nur auf eine günstige Gelegenheit. Schließlich war es so weit. Greta kam auf die Terrasse, die geöffnete Flasche Montefalco und ein leeres Glas in der Hand. Sie hatte ihren Kochkittel ausgezogen und die Haare gelöst, was bedeutete, dass die Küche für heute geschlossen war. Sie setzte sich zu ihm und goss sich ein Glas ein. »Möchten Sie noch einen Schluck?«, fragte sie den Priester, und als dieser nickte, schenkte sie ihm nach.

Eine Weile sahen sie einträchtig schweigend auf den stillen See hinaus, der in der Abendsonne golden schimmerte. Das Festland war kaum zu erkennen, nur die Mauern von Castiglione erhoben sich blass und fern aus dem Dunst. Es schien meilenweit entfernt.

»Die Nutrias haben Junge«, sagte Greta plötzlich. »Ich habe heute Morgen sechs gezählt.« Sie deutete in Richtung Steg. »Sie haben ein Nest dort vorn im Schilf.«

»Schön.« Don Pittigrillo nickte zufrieden. Für ihn war auch das ein Zeichen, dass es weiterging. Hing nicht alles mit allem zusammen? Und weil das so war, musste er seine Frage nun endlich loswerden. Um eine alte Sache endlich abschließen zu können. Wenn es nur nicht so schwierig wäre.

»Wie geht es dir?«, begann er behutsam.

»Gut.« Greta sah ihn erstaunt an. »Wieso?«

»Na ja, ich meine, wegen deinem Vater ...«

Jetzt lächelte sie, ein seltenes kleines Lächeln, das ihre verschlossene Miene zum Strahlen brachte. »Machen Sie sich keine Sorgen. Es ist alles gut. Die Nonna hat mir einen Rat gegeben, und den habe ich befolgt.«

Don Pittigrillo nickte nur, fragte nicht weiter nach. Greta hatte die Angewohnheit, von ihrer Großmutter auf eine Art zu sprechen, als säße sie direkt neben ihr. Dabei war sie gestorben, als

Greta sieben Jahre alt gewesen war, ein knappes Jahr vor dem Verschwinden der Mutter. Don Pittigrillo selbst hatte sie beerdigt. Er war jedoch immer schon der Meinung gewesen, dass es mehr auf dieser Welt gab, als die Schulweisheit einen träumen ließ, und seine Jahre auf dieser Insel, entrückt vom Festland und fernab von jeder Doktrin, hatten diese Überzeugung nur noch verstärkt. Wenn Nonna Rosaria aus dem Jenseits Greta gute Ratschläge gab, dann sollte es ihm recht sein.

»Und deinen Schwestern?«

Gretas Lächeln verblasste. Sie sah zum See hinunter und schwieg.

»Habt ihr schon miteinander gesprochen?«

»Worüber?«

»Wie es weitergeht?«

»Wie soll es weitergehen? So wie immer.« Greta machte eine weitausholende Geste, die die Trattoria und alles darin umfasste.

»Hat dein Vater denn nichts geregelt?«

»Was sollte er denn regeln?« Greta sah ihn forschend an. »Spekulieren Sie etwa auf ein Vermächtnis für die Kirche, Don Pittigrillo?«

Der Priester winkte erschrocken ab. »Aber nein! Um Gottes willen! Darum geht es nicht.«

»Worum dann?«

Don Pittigrillo seufzte. Er hatte es falsch angepackt. Es war aber auch zu schwierig, dieses Thema. Verlegen räusperte er sich und trank einen Schluck Wein. »Ich dachte an deine Mutter«, sagte er so behutsam wie möglich.

Greta starrte ihn an. Sie erwiderte nichts, aber in ihrem Blick lag eine deutliche Warnung. Don Pittigrillo ignorierte sie. Einmal damit angefangen, musste er es auch zu Ende bringen. »Meinst du nicht, sie sollte endlich auch eine Inschrift bekommen?«

6

In dieser Nacht träumte Greta. Es war jener Traum, der sie seit Jahren verfolgte. *Sie steht am Ufer des Sees. Der See ist voller Zorn. Hellgrün schäumend drängt das Wasser ans Ufer, und der ungestüme Wind zerrt an ihren Haaren, an dem dünnen Nachthemd, das sie trägt. Am Himmel leuchtet ein roter Mond. Ihre nackten Zehen graben sich in den weichen Boden. Es rauscht in den Wipfeln der riesigen Pinien, und die Zapfen landen krachend auf dem Boden, zerbersten hinter ihr auf den Steinen. Ihr Blick ist auf den See gerichtet. Sie weiß, gleich wird sie auftauchen, zwischen den tobenden Wellen, schön und schrecklich zugleich. Gleich ...*

Greta erwachte mit einem Ruck. Ihr Herz klopfte schwer in ihrer Brust, und in ihren Ohren rauschte das Blut. Mit weit aufgerissenen Augen blieb sie liegen und wartete, bis sich ihr Atem beruhigte. Langsam schälten sich die Umrisse des Zimmers aus dem grauen Zwielicht des Morgens. Der große, kahle Raum mit der Dachschräge und den frei liegenden Balken wirkte fremd und seltsam eindimensional, mehr wie eine Zeichnung als ein realer Ort. Das Bücherregal und der Kleiderschrank an der hohen Seite der Wand waren nichts als dunkle Schatten. Gegenüber dem Bett konnte man das Rechteck des Fensters erkennen. Es stand offen, und die kühle Luft des Morgens bewegte sacht die dünnen Vorhänge. Greta kroch aus dem Bett, tappte mit nackten Füßen über den Holzboden. Ihr Herz pochte noch immer wie wild. Sie schlüpfte in die alte Strickjacke, die an einem Haken hinter der Tür hing, und lief hinaus in den verwinkelten Flur, von dem vier schmale Türen abgingen. Ihr Zimmer, Nonna Rosarias Nähzimmer, das Bad und der Dachboden. Eine steile Treppe führte hinunter in den zweiten Stock. Die Schlichtheit, die das große alte Gebäude von außen suggerierte, erwies sich als eine Täuschung, wenn man erst einmal eingetreten war. Generationen von Bewohnern hatten es seit Jahrhunderten ihren Bedürfnissen angepasst, Wände eingerissen und neue aufgebaut, Treppen hinzugefügt und andere einfach ihrer Funktion entzogen. Deshalb glich das Haus innen mehr einem Termitenbau. Es gab viele kleine Zimmer und Kammern, zahlreiche Winkel und Nischen, deren Funktion heute niemand mehr kannte. Die dunklen Flure überraschten mit Abzweigungen, die in Räume führten, die keiner benutzte, ja, an die man sich mitunter gar nicht mehr erinnerte. Dies galt vor allem für den zweiten Stock. Nachdem ihre Mutter verschwunden war, verlor er im gleichen Maße an Bedeutung, wie es das Wort Familie für die Pelusos tat. Die Möbel verstaubten, Wollmäuse vermehrten sich unter den Schränken und Betten so rasant wie echte Mäuse, und graue Spinnweben setzten sich hartnäckig in alle Ecken. Die ganze Wohnung nahm mit der Zeit den Geruch von Verlorenheit an, und nichts davon ließ sich vertreiben, gleichgültig, wie oft Tante Adelina die Spinnweben mit dem Besen entfernte, die Böden wischte und alle Zimmer lüftete. Die Räume gaben die Hoffnung auf eine Rückkehr von Tiziana Peluso schneller auf als ihre Bewohner und begannen auf ihre Art, um sie zu trauern. Blumen verwelkten, kaum dass man sie in die Vase gestellt hatte, die Fotos an den Wänden bekamen einen kränklichen gelblichen Ton, und die leuchtenden Farben der Vorhänge, der Sofakissen und der Teppiche verblassten. Das *Nachher* übernahm das Kommando, und alles, was *Vorher* gewesen war, entfernte sich, verschwand hinter einer Mauer aus Schmerz, die eine Erinnerung nicht zuließ. Nach und nach flohen alle aus dem zweiten Stock, aus der Wohnung, die einmal das Herzstück der Familie Peluso gewesen war und die jetzt an ihrer Stelle trauerte, weil sie es sich selbst nicht gestattete, aus Angst, damit die Hoffnung endgültig aufzugeben. Die Erste, die ging, war Greta, die im Herbst mit Sack und Pack und Kuscheltieren in den dritten Stock zog. Mit achtzehn Jahren zog Lorena nach Perugia, wohnte zur Untermiete in einem winzigen, heruntergekommenen Zimmer in der Altstadt mit Blick in eine Gasse, in die niemals die Sonne schien, und begann, so unbeirrbar und verbissen Jura zu studieren, als hinge ihr Leben davon ab – was vielleicht sogar stimmte. Zwei Jahre später folgte Gina ihr, nachdem sie mit ihren pubertären Eskapaden Vater und Adelina zur Weißglut getrieben hatte. Sie war das glatte Gegenteil von Lorena: flatterhaft, unentschlossen und anscheinend ohne jeden Ehrgeiz, etwas einmal Begonnenes auch zu Ende zu bringen. Die einzige Konstante in ihrem Leben war das Inkonstante. Zuerst eine nicht abgeschlossene Kochlehre in Florenz, dann ein Jahr Sprachenschule in Mailand, ein abgebrochenes BWL-Studium in Rom, ein paar Jahre zielloses Herumreisen auf der ganzen Welt, bis sie schließlich in Hamburg ihren Catering- und Eventservice aufzubauen begann und allmählich allen klar wurde, dass Gina nicht vorhatte, noch einmal zurückzukehren. Im zweiten Stock herrschte derweil Grabesstille. Ernesto war nach Ginas Auszug hinunter zu seiner Schwester in den ersten Stock gezogen, wo sich ohnehin der kümmerliche Rest des Familienlebens abspielte, und hatte nur das Arbeitszimmer im zweiten Stock behalten, das er ohnehin kaum benutzte.

Greta öffnete die Tür zum Nähzimmer, noch aufgewühlt von ihrem Traum, und ging im Halbdunkel durch den Raum, um sich auf den Stuhl vor der Nähmaschine zu setzen, die Beine angezogen. »Er war wieder da, dieser Traum, Nonna«, sagte Greta leise in die Dunkelheit, doch es kam keine Antwort. Ihre Großmutter blieb heute Morgen stumm. Nur das gelegentliche Knacken der alten Holzbalken über Gretas Kopf war zu hören und das leise Plätschern der Wellen draußen am Strand. Sie blieb dennoch sitzen und wartete darauf, dass es Tag wurde und die Eindrücke des nächtlichen Traums verblassten. Sie wusste diese Bilder, die immer wiederkehrten, nicht zu deuten, sosehr sie sich auch bemühte. Doch sie spürte, was sie mit sich brachten: eine so tiefe, bodenlose Angst und Verzweiflung, dass sie jedes Mal das Gefühl hatte, es drücke ihr die Luft zum Atmen ab, wenn sie nur daran dachte.

Endlich ging die Sonne auf. Die ersten Strahlen fielen durch das Fenster, glitten über die rohen Holzbalken und die buckligen Wände wie neugierige Finger und brachten schließlich das ganze Zimmer zum Leuchten. Greta stand auf und verließ das Nähzimmer, um sich anzuziehen und den Tag zu beginnen.

»Wann wurde Mama eigentlich für tot erklärt?«, fragte Greta Tante Adelina, als sie in Gretas roter Ape zum Bootsanleger knatterten. Greta holte wie jeden Morgen die Lieferung der Frischware ab, die ihr die Händler vom Festland zusammenstellten, und Adelina war heute mitgefahren, weil sie hinüber aufs Festland wollte. Zum Friseur und bei der Gelegenheit eine Freundin besuchen. Das Führerhaus des kleinen dreirädrigen Rollermobils, wie die Ape offiziell hieß, war nur bedingt für zwei Personen geeignet, vor allem dann nicht, wenn eine von den beiden Tante Adelinas Körperumfang hatte. Als Greta ihre Frage gestellt hatte, konnte sie spüren, wie Adelina sich versteifte. »Wie meinst du das?«, fragte sie ausweichend.

»Nach dem Ablauf einer Frist von zehn Jahren kann man Verschollene für tot erklären lassen. Wurde das in Mamas Fall gemacht?«

»Woher soll ich das wissen?«, erwiderte Adelina abweisend.

»Hat Vater nie mit dir darüber gesprochen?«

Adelina schüttelte nur den Kopf.

Das war typisch ihr Vater. Er hatte nach ihrem Verschwinden nie mehr über Tiziana gesprochen, mit niemandem. Nachdem Adelina alle ihre Sachen weggeräumt hatte, war es so, als habe es sie nie gegeben. In Gretas Erinnerung war die Zeit, in der sie eine Mutter gehabt hatte, zu einem schönen Traum verblasst, der von Jahr zu Jahr weiter in die Ferne rückte.

»Wieso kümmert dich das jetzt plötzlich?«, fragte Adelina, als sie zum Anleger abbogen. Die Fähre näherte sich gerade dem Steg.

»Don Pittigrillo hat mich danach gefragt.«

»Wieso?«

Die Frage kam schnell, fast furchtsam. Adelina war eine eifrige Kirchgängerin und geradezu besessen von der Sorge, womöglich kein gottgefälliges Leben zu führen.

Greta parkte die Ape am Steg und stieg aus. Adelina tat es ihr nach, was nicht ganz einfach war. Sie musste sich aus dem kleinen Führerhäuschen schälen wie eine Wurst aus der Pelle.

»Sag schon«, drängte sie Greta, kaum dass sie ausgestiegen war. »Was genau wollte Don Pittigrillo wissen?«

»Nichts weiter. Er fragte mich nur, ob wir an Vaters Grab nicht vielleicht auch Mamas Daten anbringen lassen wollen.« Sie musterte ihre Tante nachdenklich. »Eigentlich schon seltsam, dass Vater sich nie darum gekümmert hat, dass es ein Andenken an Mama gibt, oder?«

»Das finde ich gar nicht seltsam«, widersprach Adelina und strich ihr unförmiges schwarzes Kleid glatt. »Es war einfach zu schmerzhaft für ihn. Er wollte sich mit dem Thema nicht befassen, wollte einfach nur vergessen, verstehst du das denn nicht?«

Greta überlegte. »Nein. Das verstehe ich nicht«, sagte sie nach einer Weile.

Adelina wurde wütend wie immer, wenn Greta ihr widersprach. »Du konntest dich noch nie gut in andere Menschen hineinversetzen, Greta«, fauchte sie. »Das ist dein Problem. Lass es dir also von jemandem gesagt sein, der es besser begreift als du: Manche Menschen reagieren so, wenn ihnen etwas Schmerzliches widerfährt. Sie wollen einfach nichts mehr davon wissen.«

»Aber …«, begann Greta, doch ihre Tante schnitt ihr mit einer Handbewegung das Wort ab.

»Schluss damit«, zischte sie leise, während sie dem Mann zunickte, der gerade mit einer Sackkarre auf sie zukam. Es war Pasquale Fusetti, der Bootsschaffner, der ihre Ware brachte.

»Guten Morgen, Signorine«, sagte er fröhlich und tippte sich an seine Kappe. Er trug die blaue Uniform von Busitalia, der die Schifffahrt auf dem See unterstellt war, doch mit dem ihm eigenen Sinn für Mode. Das hellblaue Hemd war einen Knopf weiter geöffnet, der dunkelblaue Pullunder saß lässiger, die Hose knapper als bei seinen Kollegen. Eine Goldkette glitzerte auf seiner üppig behaarten Brust. Er half Greta, die Kisten auf die Ladefläche der Ape zu heben. »Wo geht's hin, Signora?«, fragte er Adelina, die sich kühl von Greta verabschiedete und zum Gehen wandte. »Zu einem Verehrer?«

Adelina runzelte die Stirn. »Aber nein. Wie kommen Sie denn darauf?«

»Weil sie heute so elegant aussehen«, sagte er und deutete auf das sackähnliche Kleid, das Adelina trug. Greta verdrehte die Augen, doch Adelina lächelte geschmeichelt. »Aber ich bitte Sie, Signor Fusetti«, sagte sie. »Das Kleid ist uralt.« Als Adelina endlich gegangen war, sagte Greta trocken zu Pasquale: »Mich wundert, dass dir nicht schlecht wird von dem Süßholz, das du den ganzen Tag raspelst.«

Pasquale seufzte theatralisch. »Warum bist du nur immer so, Greta?«

»Wie bin ich denn?«

»So ... unromantisch. Ein Kompliment ist nichts Unanständiges, weißt du? Es ist mehr so wie ... die Crema auf dem Espresso, die Kaffeebohne im Sambuca ...« Er verstummte, offenbar bemüht, noch weitere Vergleiche zu finden.

Greta gab keine Antwort. Sie untersuchte gerade den Salat nach Läusen. Er kam, wie alles andere auch, von Bauern aus der Gegend.

»Wann gehst du endlich mit mir essen?«, wechselte Pasquale das Thema, als ihm klar wurde, dass sie zu seinen Ausführungen nichts mehr beizusteuern gedachte. Das Fährboot kündigte inzwischen mit einem Hupen die Rückfahrt an. »Ich verspreche dir auch, kein Süßholz zu raspeln.«

»Pasquale, ich ...«

»... ich werde total unhöflich zu dir sein, ein richtiger Rüpel. Ich werde dir kein einziges Kompliment machen, und wenn du willst, benehme ich mich auch richtig daneben. Ich könnte zum Beispiel im Jogginganzug kommen. Und rülpsen, wenn du möchtest ...«

Greta musste lachen.

»Du lachst! Das ist ein Ja, oder?«

»Ich werde es mir überlegen«, versprach Greta, und Pasquale strahlte. Es war ein Spiel zwischen ihnen, das sie schon seit Jahren spielten, ohne dass sie sich jemals woanders getroffen hätten als auf dem Boot oder hier am Anleger, um Gemüsekisten aufzuladen. Vermutlich würde Pasquale vor Schreck in Ohnmacht fallen, wenn sie seine Avancen tatsächlich einmal annähme.

Das Boot hupte ein zweites Mal.

»Ja, doch! Ich komme ja schon«, murrte Pasquale. »Bis morgen, Greta!« Er deutete einen Handkuss an und lief zurück zum Steg.

»Bis morgen!« Greta schloss lächelnd die Klappe der Ladefläche.

»Ciao, Greta.« Überrascht drehte sie sich um und musterte den Mann, der sie angesprochen hatte. Es dauerte ein paar Sekunden, bis sie ihn wiedererkannte: Es war Matteo Ferraro, Ginas alter Schulfreund. Greta hatte ihn schon viele Jahre nicht mehr gesehen, und er hatte sich verändert, war älter geworden, doch seine schönen grün gesprenkelten Augen und sein verschmitztes Lächeln waren immer noch dieselben wie damals als schlaksiger Siebzehnjähriger. Greta öffnete den Mund, um ihn ebenfalls zu grüßen, doch es kam kein Ton heraus. Seit Jahren hatte sie nicht mehr an Matteo gedacht. Wenn es doch einmal aus Unachtsamkeit vorgekommen war, hatte sie den Gedanken sofort voller Wut und Scham beiseitegeschoben. Und jetzt tauchte er plötzlich auf der Insel auf. Das konnte nur eines bedeuten: Seine Mutter hatte ihm von Gina erzählt, und er wollte sie treffen. Sie räusperte sich und brachte schließlich ein kühles »Ciao« zustande. Dann klappte sie den Mund zu und wusste nicht mehr weiter. Stumm musterte sie den Mann, der vor rund zwanzig Jahren einmal ihr großer Schwarm gewesen war und der ihr so übel mitgespielt hatte. Von Franca, Nunzias Tochter, wusste sie, dass Matteo Kunstglaser und Restaurator wie sein Vater geworden war. Er hatte dessen Werkstatt in Perugia übernommen und war offenbar recht gefragt. Zumindest, wenn man den Erzählungen seiner Mutter Glauben schenken wollte. Laut Franca lobte Pina Ferraro aber den beruflichen Werdegang ihres Sohnes nur deshalb in den höchsten Tönen, um nicht auf sein zweifelhaftes Liebesleben angesprochen zu werden. Angeblich war Matteo ein unverbesserlicher Weiberheld, der zahlreiche, immer nur kurze Beziehungen hatte, ohne sich festlegen zu wollen, was seiner Mutter ein steter Dorn im Auge war. Wie ein Weiberheld sah er allerdings gar nicht aus, fand

Greta. Zwar hatte er noch immer diese dichten, dunklen, etwas zu langen Locken, die ihr als junges Mädchen so gut gefallen hatten, doch trug er jetzt einen Vollbart, der ihn älter und etwas melancholisch wirken ließ, ganz anders als beispielsweise Pasquale mit seinen Goldkettchen und den flotten Sprüchen oder Diego, ihr Schwager, der mit seinem perfekten Dreitagebart und dem immer gebräunten Gesicht aussah wie das fleischgewordene Klischee eines Casanovas. Matteo dagegen wirkte eher wie jemand, dem sein Äußeres vollkommen egal war. Er trug ausgebeulte Cargojeans, staubige, schwere Schuhe und ein verblichenes Jeanshemd, und er hatte einen alten Rucksack geschultert.

»Ich habe das von eurem Vater gehört«, sagte er und sah sie mitfühlend an. »Das tut mir sehr leid.«

Greta nickte knapp. »Danke.« Sie ging um die Ape herum, um einzusteigen. »Wenn du wegen Gina hier bist, kommst du umsonst. Sie ist in Perugia.«

Matteo hob überrascht die Brauen. »Wegen Gina? Nein, wieso denn?«

Greta blieb neben der Autotür stehen. »Ich dachte, du wolltest sie besuchen? Sie wohnt in Lorenas Stadtwohnung. Hat dir das deine Mutter nicht gesagt?«

Matteo schüttelte den Kopf. »Ich habe nicht mit meiner Mutter gesprochen.«

»Warum bist du dann hier?«

Matteo warf ihr einen amüsierten Blick zu. »Darf man diese Insel nicht betreten, ohne Greta Peluso vorher um Erlaubnis zu fragen?«

Greta sah ihn finster an. »Na, wie auch immer, ich muss los«, sagte sie dann und stieg ein. Während sie davonknatterte, sah sie im Seitenspiegel, wie Matteo noch immer am gleichen Fleck stand und ihr verblüfft nachsah.

7

Als Don Pittigrillo an diesem Mittag in der *Trattoria Paradiso* die erste Gabel voll Penne arrabbiata in den Mund schob, wusste er sofort, dass etwas passiert war. Die Nudeln waren höllisch scharf. So scharf, dass er sofort ein Stück Brot hinterherschieben musste. Nun gehört es zwar zu den essentiellen Eigenschaften der »wütenden Penne«, scharf zu sein, doch Greta war es bisher immer gelungen, das feine Gleichgewicht zwischen der brennenden Schärfe der Peperoncini und der fruchtigen Süße der Tomatensoße zu wahren. Doch heute war dieses Gleichgewicht definitiv gestört. Don Pittigrillo aß trotzdem den Teller leer, kaute viel Brot dazu und wischte sich zwischendurch mit seinem Taschentuch unauffällig über die Stirn. Währenddessen beobachtete er Greta, wie sie die wenigen anderen Gäste bediente, die – Don Pittigrillo war froh darüber – andere Gerichte bestellten. Sie war noch schweigsamer als sonst, ihre Bewegungen wirkten fahrig, und zwischen ihren Augenbrauen hatte sich eine steile Falte gebildet. Ganz offenbar war sie mit ihren Gedanken woanders. Don Pittigrillo bekam ein schlechtes Gewissen. Waren womöglich er und seine Frage nach ihrer Mutter der Auslöser für die aus dem Gleichgewicht geratenen Penne arrabbiata? Hätte er vielleicht lieber den Mund halten oder wenigstens noch ein wenig warten sollen? Als sie kam und sich erkundigte, ob er noch einen Nachtisch wolle, schüttelte er den Kopf und fragte besorgt: »Ist alles in Ordnung, Greta?«

Greta sah ihn mit ihren hellen, ungewöhnlichen Augen durchdringend an. »Mein Vater ist tot, Don Pittigrillo. Was sollte da in Ordnung sein?«

Er nickte etwas beschämt. »Entschuldige. Ich dachte nur, weil du in den letzten Tagen so gefasst gewirkt hast und meintest, ich brauche mir keine Sorgen machen, weil Nonna Rosaria dir einen Rat gegeben habe ...« Etwas verlegen fuhr er fort: »Es ist nur, weil ... die Pasta schmeckt so, als ob du dich über etwas aufgeregt hättest.« Er hob verlegen die Hände. »Wenn ich es war, der dich beunruhigt hat, täte es mir leid.«

»Nein, Don Pittigrillo, Sie können nichts dafür.« Greta schüttelte den Kopf. »Ich bin nur etwas durcheinander, weil ich heute jemanden getroffen habe, der ... mich wütend macht.« Sie zuckte mit den Schultern, nahm seinen leeren Teller und ging.

Don Pittigrillo sah ihr nach und wunderte sich über diese unerwartete Auskunft. Wem mochte Greta begegnet sein? Wer konnte Greta Peluso so wütend machen, dass sie beim Kochen das Gleichgewicht der Zutaten aus den Augen verlor, wo dies doch nicht einmal der Tod ihres Vaters geschafft hatte?

Es war kurz nach drei Uhr, als Greta die Trattoria zusperrte und sich auf den Weg auf den Hügel machte. Es war sehr wenig los gewesen heute, nur der Pfarrer und noch zwei Tische mit Touristen. Domenico war schon aufs Festland gefahren, und Adelina war noch nicht wieder von ihrem Ausflug zurück. Greta wollte außer Atem kommen und rannte fast den steilen Weg hinauf. Sie hatte keinen Blick für den blühenden Ginster um sie herum, genoss nicht die warme, nach Rosmarin duftende Frühlingsluft, hörte nicht, wie ein Rotkehlchen sie mit ihrem Gesang begleitete. Als sie jedoch an der Biegung ankam, wo der Weg zur Villa Isabella abzweigte, blieb sie abrupt stehen. Dort, direkt vor dem rostigen Tor, stolzierte ein Pfau hin und her. Sein Gefieder schimmerte blau und grün im Licht der Nachmittagssonne, und das Krönchen auf seinem Kopf zitterte leicht. Der Vogel schien keine Angst zu haben, sah sie unverwandt an, und dann, ganz plötzlich, schlug er ein imposantes Rad. Greta wagte kaum zu atmen. Sie kannte die Geschichten über die sagenhaft schönen Pfauen der Guglielmis, die noch immer irgendwo im Verborgenen des verwilderten Parks der Villa Isabella leben sollten, doch obwohl sie ihr ganzes Leben auf der Insel verbracht hatte und das Grundstück der Pelusos an den Park der Villa Isabella angrenzte, hatte sie noch nie einen der Vögel gesehen. Allerdings hatte sie hin und wieder in der Nacht seltsame Rufe gehört, die aus dem Park drangen und durchaus von einem Pfau stammen konnten. Dieser Vogel jedoch, mit seinem filigranen, smaragdfarben schimmernden Rad, befand sich eindeutig außerhalb des Parks der Villa. Gut, er könnte natürlich über die Mauer geflogen sein, selbst Pfauen schafften das vermutlich, doch Greta glaubte nicht, dass das schon einmal vorgekommen war, sonst wäre man ihnen bereits häufiger begegnet so wie den Fasanen, die sich längst über die ganze Insel verbreitet hatten. Der Pfau machte ein paar zierliche Schritte, die wie ein Tanz aussahen, und das aufgeschlagene Rad erzitterte. Greta fühlte sich von hochmütigen Augen kurz gemustert, bevor der Pfau den Kopf senkte und sein Rad wieder einklappte. Gemächlich wandte er sich ab und stolzierte zurück in den Park, und Greta bemerkte erst jetzt, dass das Tor einen breiten Spalt offen stand. Das Vorhängeschloss hing geöffnet an der rostigen Kette. Verwundert hob sie die Brauen. Sie konnte sich nicht erinnern, wann zuletzt jemand hier gewesen war. Die Villa Isabella gehörte, nachdem sie mehrmals den Besitzer gewechselt hatte, seit einigen Jahren der Provinzverwaltung, und die scherten sich nicht darum. Sie hatten ein Schild anbringen lassen, auf dem »Betreten verboten« stand, und danach hatte man nie mehr jemanden hier gesehen. Greta war seit Ewigkeiten nicht mehr hier gewesen und erinnerte sich plötzlich, dass sie und ihre Schwestern als Kinder oft im Park gespielt hatten. Anfangs waren Lorena und Gina immer allein durch die Lücke in der Steinmauer gekrochen, die ihr eigenes Grundstück von der Villa Isabella abgrenzte, wollten die kleine Schwester nicht dabeihaben, doch kaum dass Greta alt genug gewesen war, die Mauer ohne Hilfe hinaufzuklettern, war sie ihnen einfach gefolgt. Nach einiger Zeit hatte sie es auch gewagt, ohne ihre Schwestern in den Park zu gehen, um dort ganz für sich zu spielen. Die Mauerlücke war für Greta damals das Tor zu einem Zauberreich gewesen, der Park mit seinen hohen Pinien und exotischen Pflanzen hatte ihre kindliche Fantasie beflügelt, und sie hatte sich wie eine verwunschene Prinzessin gefühlt. Irgendwann jedoch war die Lücke geschlossen worden, und die Ausflüge hörten auf. Greta konnte sich nicht mehr erinnern, wann das gewesen war, wie sie sich auch nicht mehr erinnern konnte, wer die Mauer repariert hatte. Sie hatte seit Jahren nicht mehr daran gedacht und wunderte sich flüchtig, weshalb es ihr gerade jetzt einfiel. Greta trat näher, schob das Tor ein wenig weiter auf und spähte in den Garten. Eine ehemals kiesbedeckte, inzwischen mit Unkraut überwucherte und von Brombeerdickicht gesäumte Auffahrt führte in einem weiten Bogen nach oben zur Villa. Es war niemand zu sehen, kein Geräusch zu hören außer den Vögeln, die in den Baumwipfeln sangen. Der Pfau war verschwunden. Die ockerfarbene Fassade der Villa Isabella mit ihren neugotischen Türmen und Zinnen schimmerte matt zwischen den Zypressen und Eichen hindurch. Greta sah sich noch einmal um, dann setzte sie ihren Weg den Hügel hinauf fort.

Es war das erste Mal, dass sie seit der Beerdigung zum Grab ihres Vaters ging. Inzwischen waren die Blumen, die die Trauergäste vor der Grabnische abgelegt hatten, verwelkt, die Kerzen heruntergebrannt. Sie blieb ein paar Meter vor der Grabwand stehen und wusste nicht weiter. Heute Mittag hatte sie ein derart dringliches Gefühl verspürt, sofort, auf der Stelle, hier heraufzukommen, doch inzwischen hatte die drängende Eile sie verlassen, und Greta fragte sich, was sie hier eigentlich wollte. Diese glatte weiße Marmorwand mit den eingelassenen Grabnischen bedeutete ihr nichts, ihre Trauer fand daran keinen Halt. Noch gab es keine Inschrift für ihren Vater, auch das kleine emaillierte Foto, das sie in Auftrag gegeben hatte, fehlte ebenso wie die Inschrift für ihre Mutter, wie Don Pittigrillo gemeint hatte. Er hatte recht gehabt mit seiner Frage. Es gab keinerlei Andenken an ihre Mutter, nicht einmal ihren Namen, nirgends. Ihr Vater hatte fünfundzwanzig Jahre lang alle Kraft, die ihm zur Verfügung stand, darauf verwendet, seine so plötzlich spurlos verschwundene Frau zu vergessen, ja mehr noch, sie aus ihrer aller Leben auszuradieren. Er hatte nie mehr über sie gesprochen. Die Fragen seiner Töchter nach der Mutter, ihre unbeholfenen Versuche, über sie zu sprechen, die Tränen, die immer wieder ganz plötzlich aus ihnen herausbrachen – das alles wurde von jenem bleischweren Schweigen, das Ernesto Peluso sich und allen anderen zu diesem Thema auferlegt hatte, erstickt, bis irgendwann keine Fragen mehr kamen und seine Töchter ihre Tränen im Stillen vergossen.

Greta begann, die matten Blumen aufzusammeln. Ihr Vater hatte seine Sache trotz allem gut gemacht, war im Rahmen seiner Möglichkeiten für sie da gewesen. Sie wusste, dass sein Schweigen falsch, aber nicht herzlos gewesen war. Er war unfähig gewesen zu reden. Schweigen war oft die letzte Möglichkeit, die blieb, um einen Schmerz zu überleben, der so tief war, dass es einen innerlich zerriss, wenn man nur versuchte, daran zu denken. Als sie nach ein paar stacheligen Rosen griff, berührten ihre Finger etwas Hartes, und sie zog unter den Blättern des verwelkten Rosenstraußes eine kleine Holzfigur hervor. Sie war ganz offensichtlich handgeschnitzt und fröhlich bunt bemalt. Eine Nixe, mit einem blauen, anmutig gewölbten Fischschwanz. Verwundert drehte Greta die kleine Holzfigur in ihren Händen hin und her. Sie war etwa zehn Zentimeter groß und fein gearbeitet. Doch wer kam auf die Idee, ihrem Vater eine Nixe ans Grab zu legen? Greta klaubte die restlichen Blumen zusammen und suchte nach einer Nachricht, einem Hinweis, von wem die kleine Figur stammen könnte, doch sie fand nichts. Die Blumen im Arm, richtete sie sich wieder auf und ging zum rückwärtigen Teil des kleinen Friedhofs, wo welker Blumenschmuck und anderes Grünzeug verrottete, und warf die Blumen auf den Haufen. Als sie wieder nach vorn kam, sah sie jemanden vor der Grabnische ihres Vaters stehen. Es war Tano. Er betrachtete die glatte weiße Marmornische mit einem ähnlich ungläubigen Gesichtsausdruck, wie sie es eben getan hatte. Links und rechts neben ihm hockten seine zwei großen, zotteligen Hirtenhunde und ließen hechelnd die Zunge heraushängen. Greta verlangsamte ihre Schritte. König Tano, wie Gaetano Garrone von den Insulanern spöttisch genannt wurde, war ein seltsamer Kauz. Er war von Beruf Fischer, und die Hütte, in der er hauste, war kaum mehr als ein gemauerter Schuppen, direkt am Wasser. Die Kate hatte früher einmal zur Aufbewahrung von Fischernetzen und Angelruten gedient und besaß nur ein winziges Fenster. Greta mochte sich nicht vorstellen, wie kalt und ungemütlich es dort im Winter war, wenn es vom See her stürmte, die Mole unter Wasser stand und es tagelang nicht aufhören wollte zu regnen. Dennoch war diese Hütte und das verwilderte Grundstück, auf dem sie stand, neben dem kleinen Boot, das dort vertäut war, König Tanos heiliger Besitz. Der öde Flecken zwischen Hafenanleger und Schilf war mit Stacheldraht eingezäunt, und seine beiden großen schwarzen Hunde, die den ganzen Tag frei herumliefen, verbellten jeden, der so unvorsichtig war, sich in die Nähe des rostigen Tors zu wagen. Wenn die Hunde neugierige Besucher nicht abschreckten, griff Tano zu drastischeren Mitteln. So hatte er vor ein paar Jahren einen Angestellten der Stadt, der eine Einwohnererhebung auf der Insel machen wollte, mit einer Mistgabel angegriffen, und es war nur der Fürsprache von Don Pittigrillo zu verdanken gewesen, dass Tano keine Strafanzeige erhalten hatte. Wenn er betrunken war, und das war er meistens, tat man gut daran, in seiner Gegenwart möglichst nichts Respektloses zu sagen, sofern man sich nicht eine wüste Beleidigung, eine Ohrfeige oder noch Schlimmeres einhandeln wollte. Orazio Mezzavalle, der Kapellmeister, konnte seit diesem Jahr ein Lied davon singen, was er auch gern und in aller Ausführlichkeit tat. Er war Tano in der Silvesternacht auf dem Nachhauseweg begegnet und hatte ihm, weinselig, wie er gewesen war, leichtsinnigerweise mit »Ein gutes neues Jahr, Eure Durchlaucht« angesprochen, was ihn die Ecke eines Schneidezahns und einen vom Schlamm ruinierten Anorak gekostet hatte. Da man nie genau wissen konnte, wann Tanos Reizschwelle überschritten war, hielten sich die meisten Insulaner an den einfachen Grundsatz, ihn überhaupt nicht anzusprechen, ja nicht einmal anzusehen. Einzig Cinzia Locatelli vom Lebensmittelladen scherte sich nicht um seine Stimmungen, sondern plauderte immer mit ihm, gleichgültig, ob er eine Antwort gab oder nicht. Doch das tat sie bei jedem, der in ihren Laden kam. Sie redete sogar mit den asiatischen Touristen, die sich manchmal nichtsahnend in ihren winzigen, vollgestopften Laden zwischen Kirche und Eisdiele verirrten. Angesichts des Redeschwalls, der ihnen dort wie ein Tsunami entgegenschwappte, ergriffen sie meist schnell wieder die Flucht. Tano hingegen war ein treuer Kunde. Er fuhr nie aufs Festland, kaufte alles, was er brauchte, bei Cinzia. Und was man so hörte, hatte sich Cinzia noch nie eine Ohrfeige oder auch nur ein beleidigendes Wort von ihm eingehandelt, trotz ihres ziemlich losen Mundwerks und der Tatsache, dass Taktgefühl nicht gerade zu ihren hervorstechendsten Eigenschaften gehörte.

Greta überlegte, ob sie einfach weitergehen und ihn ignorieren sollte, doch dann dachte sie an den Tag der Beerdigung, als er so verloren vor der Trattoria gestanden hatte, und trat zu ihm.

»Grüß dich, Tano«, sagte sie.

Er fuhr herum. »Greta.« Mürrisch wandte er sich wieder ab.

Sie blieb in respektvollem Abstand zu den Hunden neben ihm stehen und dachte, dass optisch zwischen den Tieren und ihm große Ähnlichkeit bestand. Er hatte die gleichen ungekämmten schwarzen Zotteln wie sie, und auch sonst glich er einem ungepflegten, unberechenbaren Hund, bei dem man nie wusste, wann er zubeißen würde. Sein zerfurchtes Gesicht ließ ihn älter als Anfang sechzig aussehen, was er war. Im Gegensatz zu seinem Gesicht hatte der Alkohol seinem Körper wenig anhaben können. Seine Schultern waren breit, die Arme sehnig und muskulös, und seine Art, sich zu bewegen, ließ noch immer etwas von der sprichwörtlichen Kraft erahnen, die, wenn man den Erzählungen der Alten Glauben schenken mochte, der Fischer als junger Mann gehabt hatte. Greta zweifelte nicht daran. Auch heute noch reichte Tanos Kraft, um den um einiges jüngeren Orazio Mezzavalle zu verprügeln, der auch nicht gerade ein Hänfling war.

»Tut mir leid wegen der Beerdigung«, sagte sie.

Mit misstrauisch zusammengekniffenen Augen sah Tano sie an. »Was?«

»Ich wollte dich zum Essen reinbitten, aber du warst so schnell weg ...«

Tano verzog verächtlich den Mund. »Gib dir keine Mühe, Mädchen.«

Greta runzelte die Stirn. Sie hasste es, wenn jemand sie Mädchen nannte. »Was meinst du?«

»Hab das Gesicht deiner Tante gesehen. Gift und Galle hätte die alte Tarantel gespuckt, wenn ich in ihre heilige Trattoria gekommen wäre.« Jetzt spuckte er nachdrücklich auf den Boden. Ob das Adelinas Reaktion verdeutlichen oder seine Meinung über sie veranschaulichen sollte, blieb offen.

Greta schwieg. Tano hatte recht. Es war Adelinas Schuld gewesen, dass sie so lange gezögert hatte. Aber trotzdem tat es ihr leid. »Babbo hätte dich eingeladen«, sagte sie.

»Vielleicht. Vielleicht auch nicht. Kümmert mich einen Dreck.« Der Blick des alten Fischers blieb einen Moment auf der geschnitzten Nixe haften, die sie in der Hand hielt. Greta betrachtete die kleine Nixe ebenfalls. »Ich habe sie bei den Blumen gefunden. Wer könnte sie wohl hierhergelegt haben?«

»Woher soll ich das wissen?«, blaffte Tano. Auf seine kaum merkliche Handbewegung sprangen die Hunde auf die Beine.

»Ich dachte nur, vielleicht hast du jemanden gesehen?«

»Hab ich nicht. Ich kümmere mich nur um meinen eigenen Scheiß, und das solltest du auch machen«, schnauzte er missmutig. Dann drängte er sich an ihr vorbei und hinterließ dabei einen säuerlichen Geruch nach schalem Alkohol und ungewaschenen Kleidern. Ein paar Schritte von Greta entfernt spuckte er ein weiteres Mal auf den Boden und brummelte etwas, das wie »verdammtes Pelusopack« klang. Die Hunde sprangen bellend um ihn herum und liefen dann den gewundenen, von einem Trockensteinmäuerchen eingefassten Weg in Richtung Hügelkuppe entlang. Tano folgte seinen Tieren, ohne sich noch einmal umzudrehen. Greta sah der abgerissenen Gestalt noch einen Moment nach, dann steckte sie schulterzuckend die kleine Nixe ein und machte sich zurück auf den Weg hinunter ins Dorf.

8

Avvocatessa Lorena Peluso war mit sich und der Welt zufrieden. Allein die vernichtenden Blicke der drei gegnerischen Kollegen, die nach der Urteilsverkündung abrupt aufsprangen und grußlos den Saal verließen, waren Grund genug. Sie klappte die Akten zu, packte sie in die Tasche und blieb noch einen Moment im leeren Gerichtssaal sitzen, um diesen Sieg zu genießen. Er hatte viel Kraft gekostet, Monate intensiver Arbeit, zahllose Scheingefechte mit unangenehmen, unfairen Gegnern, die keinerlei Skrupel hatten und zu allen Mitteln griffen, um diesen Prozess für ihren Mandanten zu gewinnen. Umso wunderbarer war es gewesen, dass der Vorsitzende Richter sie gleich nach der Verhandlungseröffnung mit deutlichen Worten in die Schranken wies. Lorena erlaubte sich ein kleines Lächeln, als sie daran dachte, und verließ den Saal. Vor der Tür standen die drei gegnerischen Anwälte und redeten aufgeregt miteinander. Einer hatte sein Telefon gezückt, vermutlich, um den Mandanten über die krachende Niederlage zu informieren. Lorena beneidete ihn nicht darum. Mit einer geübten Bewegung des Kopfes warf sie ihre Haare zurück und lächelte den Kollegen zu. »Ich wünsche noch einen schönen Tag, *colleghi*.«

Roberto Azzarà verzog das Gesicht und sah sie mit einem gehässigen Blick an. »Freu dich nicht zu früh. Diese Sache ist noch nicht zu Ende.« Sie kannten sich seit vielen Jahren, hatten zusammen studiert und sich schon damals nicht ausstehen können.

»Ach, tatsächlich?« Lorena hob eine Braue. »Ich denke, der Richter hat sich deutlich ausgedrückt? Ich habe da etwas von an den Haaren herbeigezogenen Argumenten gehört ... Du etwa nicht?«

»Wir werden das Urteil anfechten, das ist dir doch wohl klar?« Lorena nickte gleichmütig. »Natürlich. Blöd nur, dass es vorläufig vollstreckbar ist. Wir werden uns also unser Geld erst mal sichern. Und du weißt ja, wie lange die Berufungsverfahren hierzulande dauern. Kann dein Mandant jahrelang auf eine Viertelmillion verzichten?«

Azzarà lief rot an. »Das wagst du nicht. Hast du denn keinen Anstand? Es gibt doch Konventionen unter Kollegen ...«

Lorena lachte belustigt auf. »Anstand? Konventionen? Du machst wohl Scherze.« Sie sah auf die Uhr. »Tut mir leid, dass ich unser nettes Geplauder beenden muss, aber ich habe noch einen Termin.« Sie ließ die drei Männer stehen und verließ beschwingt das Gebäude.

Das Tribunale Civile di Perugia befand sich mitten in der Altstadt, nur ein paar Schritte vom Palazzo dei Priori entfernt. Eine schattige Loggia mit drei hohen Rundbögen trennte den Haupteingang von der Piazza, wo sich Cafés und Geschäfte drängten. Studenten, Touristen, Straßenkünstler und solche, die nur so taten und eigentlich auf Betteltour waren, elegante ältere Damen mit ihren Hündchen an der Leine, Geschäftsleute und Angestellte in dunklen Anzügen und schicken Kostümen – sie alle bevölkerten die langgezogene Piazza, die eigentlich mehr ein Corso als ein Platz war, um die Frühlingssonne zu genießen. Um diese Zeit wimmelte es hier außerdem von Anwälten, Gerichtsangestellten und Richtern. Gleich dem Gericht gegenüber befand sich die Rechtsanwaltskammer, sodass die Cafés und Bars rund um die beiden Gebäude beliebte Treffpunkte der Anwälte mit ihren Mandanten und nicht selten auch mit den Gegnern waren. So mancher Vergleich wurde hier an den kleinen Bistrotischen bei einem Espresso geschlossen, was allen Beteiligten einen langwierigen Prozess ersparte. Lorena grüßte ein paar Kollegen, nickte einer grauhaarigen Richterin zu, die sich bei Zeitung und Zigarette ein Päuschen gönnte, und bog dann in die nächste Seitenstraße ein, wo sich das *Caffè del Corso* befand. Dort hatte sie sich mit ihrer Schwester Gina auf einen Aperitif verabredet.

Lorena blieb vor der spiegelnden Eingangstür stehen und betrachtete sich einen Augenblick prüfend. Weiße Bluse mit luftigem Schalkragen, senfgelbes, perfekt geschnittenes Kostüm und dazu passende Pumps mit hohen Absätzen. Ihre nougatbraun getönten, schulterlangen Haare trug sie offen wie meistens. Sie fand, dass es sie jünger als vierzig aussehen ließ, und sie konnte es sich leisten. Ihre Haare waren immer top gestylt, sie ging einmal die Woche zum Friseur, wie im Übrigen auch zur Kosmetikerin und zur Maniküre. Alles in allem konnte sie sich sehen lassen. Die Gerichtsverhandlung hatte keine Spuren der Anstrengung hinterlassen. Oder aber, die Freude über den Sieg hatten sie einfach weggespült. Sie sprühte sich aus einer Spraydose ein bisschen mit Parfum versetztes, energetisierendes Wasser ins Gesicht, schüttelte noch einmal ihre Haare und trat in das klimatisierte Dunkel des eleganten Cafés. Hier war es angenehmer als auf der Piazza, wo die Sonne um diese Zeit noch heiß gegen die Fassaden prallte und sich kein Lüftchen regte. Sie hatte keine Lust, sich während ihres Treffens wie ein Backhähnchen grillen zu lassen, und Gina würde sich womöglich noch einen Sonnenstich holen, so deutsch blass, wie sie inzwischen war. Lorena warf einen Blick auf ihre roségoldene Armbanduhr. Sie war früher fertig als erwartet, Gina würde erst in ein paar Minuten kommen. Als Lorena auf der Suche nach einem Platz ihren Blick schweifen ließ, entdeckte sie an einem kleinen Tisch in einer Nische ihren Mann. Die Bank, in der Diego arbeitete, befand sich nur ein paar Schritte von dem Café entfernt, und er kam mit seinen Kollegen hin und wieder in der Mittagspause hierher. Lorena hatte sich auch schon hier mit ihm getroffen. Jetzt war allerdings nicht Mittag, sondern Feierabend, und er war nicht mit seinen üblichen Kollegen hier, sondern mit einer Frau, deren tizianrote Mähne ihr wie ein Alarmsignal entgegenleuchtete. Die beiden schienen sich blendend zu unterhalten. Lorena machte einen hastigen Schritt zur Seite und versteckte sich hinter einer der hohen Marmorsäulen, um sie weiter zu beobachten. Sie kannte diese Frau. Es war eine neue Mitarbeiterin der Bank, Maddalena Conti. Lorena hatte sie vor Kurzem bei einem gemeinsamen Abendessen kennengelernt. Schon damals war sie aufs Höchste alarmiert gewesen. Maddalena, oder Lena, wie Diego sie bereits nach kürzester Zeit nannte, war mindestens zehn Jahre jünger als sie, hübsch und dem Flirten nicht abgeneigt, wie sie bei jenem Abendessen eindrucksvoll bewiesen hatte. Sie passte also exakt in Diegos Beuteschema. Lorena fixierte die beiden mit zusammengekniffenen Augen und versuchte, ihre Gesten, ihre Mienen zu deuten. Schlief er schon mit ihr? Oder waren sie noch beim Vorgeplänkel? Bei ihrem Ehemann war es keine Frage, ob, sondern nur, wann. Gina hatte Diego vor vielen Jahren einmal wenig schmeichelhaft mit einem Beagle verglichen: hübsch anzusehen, aber strohdumm, und wenn er einmal auf der Jagd ist, durch nichts mehr zu stoppen. Lorena hatte ihrer Schwester diesen Vergleich damals übelgenommen und ein halbes Jahr nicht mehr mit ihr gesprochen, was nicht schwierig gewesen war, weil Gina schon damals ständig in der Weltgeschichte herumgegondelt war. Aber die Worte waren ihr trotzdem nicht mehr aus dem Sinn gegangen. Gina hatte mit ihrem boshaften Spott nicht ganz unrecht gehabt. Wobei strohdumm schon ein klein wenig hart war.

Immerhin hatte Diego eine leitende Position in der Bank inne. Er verdiente fast unanständig gut, dafür dass er im Vergleich zu ihr viel weniger arbeiten musste. Dennoch musste Lorena zugeben, dass ihr Mann eher einfach gestrickt war. Außer seinem sündhaft teuren Auto und dem Golfspielen hatte er keine Hobbys. Er las nicht, er interessierte sich weder für Kunst noch für Kultur, und was die Politik anbelangte, kümmerte ihn nur die Meinung derer, von denen er sich einen unmittelbaren Nutzen versprach. Einzig für schöne Frauen konnte er sich erwärmen. Das gehörte aber in die Kategorie Jagdtrieb, womit sie wieder bei Ginas Beagle-Vergleich angelangt waren.

Lorena sah ein, dass sie mit der bloßen Beobachtung aus der Ferne nicht herausfinden konnte, ob es sich bei diesem Cafébesuch nur um ein Treffen unter Kollegen handelte oder ob mehr dahintersteckte, zumal sie aus der Entfernung die Gesichter der beiden nicht genau sehen konnte. Dazu hätte sie ihre Brille aufsetzen müssen, aber das vermied sie wenn möglich. Sie überlegte gerade, ob sie es riskieren konnte, kurz durch dieses verhasste Ding zu schauen, um sie ins Visier zu nehmen, als jemand sie ansprach.

»Kann ich Ihnen helfen, Signora?«

Sie drehte sich ertappt um. Ein junger, geradezu unverschämt gut aussehender Mann mit sorgfältig gestutztem Vollbart und langen Haaren, die er zu einem Dutt aufgewirbelt hatte, stand hinter ihr. Das weiße, bis zu den muskulösen Oberarmen aufgekrempelte Hemd, die Hosenträger und die schwarze Schürze wiesen ihn als einen der Baristas des Cafés aus. Er musste neu sein, Lorena hatte ihn jedenfalls noch nie gesehen.

»Ich …« Sie wusste nicht weiter. Obwohl selten um eine Antwort verlegen, fiel ihr auf die Schnelle kein Grund ein, warum sie sich hier hinter der Säule herumdrückte.

Daher hob sie nur in schönster Anwaltsmanier ihr Kinn und sagte forsch: »Zwei Glas Prosecco bitte.«

Der junge Mann nickte. »Wo soll ich sie servieren lassen?« Er zwinkerte ihr zu, und Lorena hatte den Verdacht, dass er genau wusste, weshalb sie hier stand. Vermutlich hatte er sie schon eine Weile beobachtet. Was ziemlich peinlich war, wenn man genauer darüber nachdachte.

Sie warf ihm einen kühlen Blick zu. »Ich nehme sie gleich mit, danke.«

Angriff ist die beste Verteidigung, das galt in ihrem Beruf genauso wie im wirklichen Leben. Lorena steuerte mit den zwei Gläsern Prosecco in den Händen auf den Tisch zu, wo ihr Mann seiner Kollegin gerade etwas auf seinem Handy zeigte. Vermutlich sein geliebtes Auto, dachte Lorena boshaft. Mehr gab es ja auch nicht zu zeigen, wenn er mit ihr ins Bett wollte. Er würde ihr wohl kaum Bilder seiner Frau und der drei Kinder präsentieren.

Er wirkte nicht ertappt, das musste sie ihm zugestehen. Als sie auf ihn zukam, mit ihrem strahlendsten Lächeln die beiden Prosecco-Gläser schwenkend, sprang er auf und gab ihr einen recht echt wirkenden, liebevollen Kuss. Dann aber machte er einen Fehler. Er stellte ihr seine Kollegin ganz förmlich als Signora Conti aus der Kreditabteilung vor, hatte offenbar vergessen, dass sie sich bereits kannten und Lorena längst wusste, dass er sie Lena nannte. Da war ihr endgültig klar, dass er mit ihr schlief. Es war sein dummer Versuch, sich möglichst distanziert zu geben, der ihn verriet. Nun ja, offenbar hatte Gina doch in allem recht, dachte Lorena. Diego ist in jeder Hinsicht ein Beagle. Auch wenn man der Hunderasse damit vermutlich unrecht tat.

Sie lächelte herzlich, reichte Signora Conti die Hand und schüttete ihr dabei – ganz aus Versehen – den Prosecco über die Bluse. Danach heuchelte sie Bestürzung, oh, wie tut mir das leid. Der gut aussehende Kellner kam und wischte mit unbewegter Miene die wenigen Tropfen vom Boden auf, die den Ausschnitt der Signora Conti verfehlt hatten. Diese wiederum verabschiedete sich überstürzt, und Diego sah ihr verdattert nach.

»Ich hoffe, sie hat nichts mehr vor«, sagte Lorena mitleidlos. »Kommt nicht so gut, wenn man so kurz nach Feierabend schon nach Alkohol riecht.« Sie warf einen Blick auf die Uhr, dann setzte sie sich auf den Stuhl, den Signora Conti so abrupt verlassen hatte, und schlug die Beine übereinander. »Ich habe nicht viel Zeit, eigentlich bin ich verabredet. Trinkst du noch ein Glas mit mir?«

Diego nickte wortlos und setzte sich ebenfalls wieder. Als der Kellner ein neues Glas brachte, hob Lorena ihr eigenes und sagte mit einem sarkastischen Lächeln: »Lass uns darauf trinken, dass ich heute ein paar einfältigen Männern das Fürchten gelehrt habe.«

Nachdem ihr Mann seinen Prosecco hinuntergestürzt und dann mit einem undeutlich gemurmelten »Ich muss noch ... bis heute Abend ...« aufgebrochen war, sah Lorena ungeduldig auf die Uhr. Gina war wie üblich zu spät. Schon früher hatte sie alle immer und überall auf sich warten lassen, hatte ihre Turnsachen vergessen, Schulbücher verschlampt, ihre Hausaufgaben nicht gemacht, und nie war ihr jemand lange böse deswegen gewesen. Nicht die Lehrer, nicht Adelina, und der Vater schon gar nicht. Während sie selbst sich ihr Leben lang angestrengt hatte, immer alles richtig zu machen, hatte Gina nicht einmal so getan, als würde sie sich bemühen. Das hatte ihr jedoch nicht geschadet. Eher im Gegenteil. Bei dem winzigsten Zugeständnis an normalerweise übliches Wohlverhalten war Gina mit Lob überschüttet worden, während

Lorena verständnisloses Kopfschütteln erntete, wenn sie einmal nicht wie ein Uhrwerk funktionierte. Nun gut, dafür hatte sie ihr Ziel erreicht. Sie war eine erfolgreiche Anwältin geworden, hatte drei mehr oder minder wohlgeratene Kinder, ein schönes Haus am Stadtrand und keine Geldsorgen. Und nicht zu vergessen, einen Ehemann, fügte sie nach kurzem Zögern hinzu. Allerdings fühlte sich diese Ergänzung so an, als würde sie über den Wurmfortsatz des Dickdarms nachdenken: schmerzhaft und von zweifelhaftem Nutzen. Bei dem Gedanken, was für ein Gesicht Diego machen würde, wenn er wüsste, dass sie ihn mit ihrem Blinddarm verglich, musste sie laut auflachen. Da war Ginas Bild von einem Beagle ja geradezu schmeichelhaft gewesen. Vermutlich hätte sie sich längst von ihm trennen sollen, überlegte sie weiter, doch bisher hatte ihr die Energie und die Zeit dafür gefehlt. Nicht zu vergessen die Kinder. Deshalb hatte sie sich damit abgefunden, einen Beagle als Mann zu haben. Oder sollte sie besser Wurmfortsatz sagen? Sie lachte erneut laut auf.

»Was ist so lustig, Signora?«

Es war die Stimme des gut aussehenden Kellners, die sie aus ihren boshaften Gedanken riss. Er grinste sie an, präsentierte makellos weiße Zähne, ein Grübchen am Kinn und einen von oben bis unten durchtrainierten Körper, und sie dachte, dass er geradezu unverschämt attraktiv war. Es sollte gesetzlich verboten sein, dass solche Männer verheirateten Frauen den Aperitif servieren durften. Sie beugte sich etwas vor, sah ihm tief in die Augen und sagte: »Ich habe gerade über meinen Blinddarm nachgedacht.«

Amüsiert registrierte sie die verdutzte Miene des Kellners, der einen Moment lang nicht wusste, was er darauf erwidern sollte. Dann erspähte sie Gina, die gerade in aller Seelenruhe über den Corso geschlendert kam. Sie hob die Hand und winkte ihr zu.

Als sie an den Tisch trat, stand Lorena auf und hauchte ihr zwei Küsschen zu. »Du bist zu spät«, sagte sie.

»Ist das ein Vorstellungsgespräch oder was?«, gab Gina zurück und ließ sich auf den freien Stuhl plumpsen. Sie trug eine abgewetzte Jeans und darüber ein schmal geschnittenes schwarzes Leinenhemd. Ihre Füße steckten in flachen Lederschlappen, wie sie Lorena nicht einmal als Hausschuhe tragen würde. Gina legte so offensichtlich keinen Wert darauf, anziehend oder zumindest feminin zu wirken, dass sich Lorena in ihrem taillierten Kostüm und den hohen Schuhen augenblicklich provoziert fühlte. Machte Gina das mit Absicht? Zuzutrauen wäre es ihr, dachte Lorena säuerlich. Früher jedenfalls hatte sie keine Gelegenheit ausgelassen, sie so lange zu reizen, bis es entweder zum Streit kam oder Lorena sich genervt mit ihren Büchern in ihr Zimmer zurückzog.

Gina war Lorenas Blick nicht entgangen. Sie runzelte die Stirn. »Was?«, fragte sie.

»Nichts.« Lorena hob in aller Unschuld beide Hände.

»Gefällt dir irgendetwas an mir nicht?«

Lorena schüttelte ihre Haare nach hinten und winkte dem Kellner, der noch immer in ihrer Nähe stand. »Und wenn, wäre es dir doch sowieso egal, oder?«

»Stimmt.« Gina musterte sie aus zusammengekniffenen Augen. Wie immer wirkte sie unterschwellig wütend, kurz davor, an die Decke zu gehen oder jemandem irgendetwas Beleidigendes an den Kopf zu werfen. Doch als der Kellner vor sie trat, löste sich die Spannung so schnell, wie sie entstanden war. Gina wandte den Blick ab und bestellte einen Weißwein, während Lorena nur um ein Glas Wasser bat. Das Glas Prosecco stand noch fast unberührt vor ihr. Sie wartete, bis der Kellner die Getränke gebracht hatte, dazu zwei Schälchen mit Chips und Cracker, an denen sich Gina so ungeniert bediente, als hätte sie keine Ahnung von Transfetten, Geschmacksverstärkern, leeren Kohlehydraten und Hüftgoldalarm. Dann beugte sie sich vor, sah Gina ernst an und sagte: »Wir müssen etwas besprechen.«

Gina streunte durch die dunklen Gassen unterhalb des Corso Vanucci. Von oben drang das Gemurmel und Gelächter der Menschen, die jetzt nach und nach aus den Restaurants und Bars kamen. Sie flanierten den Corso entlang, von der Piazza Grande bis zur Piazza Italia oder, wenn man es romantischer wollte, noch weiter hinein ins lauschige Dunkel der Giardini Carducci bis an die Balustrade, die einen weiten Blick über die schlafende umbrische Landschaft eröffnete. Gina hatte keinerlei Verlangen auf dieses Theater, keine Lust, sich zwischen so vielen gut gelaunten, herausgeputzten Menschen zu bewegen, die sich alle zu kennen schienen, keine Lust auf die lauten Gruppen junger Leute, die vor den Bars und Eisdielen standen, und erst recht keine Lust auf knutschende Pärchen auf den Parkbänken im Schatten der Büste des Dichters Giosuè Carducci. Sie wusste nicht, ob das immer schon so gewesen war oder ob es daran lag, dass sie seit zwanzig Jahren im Ausland lebte. Jedes Mal, wenn sie hier war, ging ihr diese spezielle italienische Gepflogenheit, dieses Flanieren und sich zur Schau stellen, das Palavern und Gestikulieren, das Offene, Geschmeidige, Quecksilbrige ziemlich schnell auf die Nerven. Kurz gesagt, all das, was sie in Hamburg anfangs schmerzlich vermisst hatte. Es war, als stünde sie unfreiwillig auf einer Bühne, umgeben von Schauspielern, von denen jeder seine Rolle spielte, nur sie selbst kannte weder den Text noch die Regieanweisungen. Und besonders jetzt, nach ihrem Gespräch mit Lorena, konnte sie diese sorglose Leichtigkeit, die sich dort präsentierte, kaum ertragen. Es trieb sie weg vom Licht auf dem Corso, hinunter in die abschüssigen, dunklen Gassen der Altstadt, wo es schlagartig ruhiger wurde, einsamer, geheimnisvoller. Langsam ging sie an den hohen, abweisend wirkenden Häusern entlang und dachte nach. Sie konnte noch immer nicht ganz fassen, was Lorena vorhatte. Auf den ersten Blick war ihr Plan ungeheuerlich. Sie hatte entsprechend ablehnend reagiert und sofort geargwöhnt, dass Diego dahintersteckte. Lorena hatte es nicht einmal abgestritten. »Wir haben uns natürlich beide so unsere Gedanken gemacht«, hatte sie lapidar gemeint und Gina dann in kühler, anwaltlicher Präzision alle Argumente dargelegt. Gina hatte an ihrem Wein genippt und zugehört, und während Lorena redete und redete, ein regelrechtes Plädoyer hielt, war in ihr langsam die Überzeugung gereift, dass ihre Schwester recht haben könnte. Der Vorschlag, den Lorena ihr unterbreitet hatte, erschien nicht nur für alle Beteiligten sinnvoll, nein, noch mehr, er öffnete eine Tür, von der Gina geglaubt hatte, dass es sie gar nicht mehr gäbe. Dennoch fühlte sie sich seltsam benommen, wenn sie daran dachte, fast ein wenig schwindlig, und das lag nicht an dem Wein, den sie getrunken hatte. Sie empfand widerwillige Bewunderung für ihre große Schwester, die sie immer nur als perfektionistisch, spießig und todlangweilig wahrgenommen hatte. Heute hatte Lorena ihr gezeigt, dass sie auch ziemlich unerschrocken sein konnte, wenn sie wollte. Gina war sich nicht sicher, ob sie selbst es gewagt hätte, an so etwas auch nur zu denken, geschweige denn, sich unverzüglich daranzumachen, es in die Tat umzusetzen. Fast zu schnell, dachte Gina, während sie an der Stadtmauer entlangschlenderte. Sie kam an einem seltsamen Schuppen vorbei, aus dem laute Musik drang. Über der Tür hing ein neonpinkfarbenes Teletubbi. Die Jugendlichen, die rauchend davorstanden, ähnelten Tonino in Kleidungsstil und Haartracht so sehr, dass Gina unwillkürlich nach ihm Ausschau hielt. Vermutlich war das seine Stammkneipe, und den Typen, die davorstanden, Gras rauchten und sie misstrauisch beäugten, war sie schon im Morgengrauen in Toninos Küche oder im Badezimmer begegnet.

Sie ging weiter. Morgen bereits wolle sie das in Angriff nehmen, hatte Lorena zum Abschied verkündet. »Wir bringen es hinter uns, solange du noch da bist, sonst wird es kompliziert.«

Gina hatte nur genickt, überwältigt von der Tatkraft, die ihre Schwester ausstrahlte. Sie hätte ohnehin nichts zu entgegnen gewusst. Nicht einmal auf die Frage, wie lange sie noch zu bleiben gedenke, hätte sie eine Antwort geben können. Doch das hatte Lorena gar nicht gefragt. Sie hatte ihr zwei Küsschen gegeben, dem unverschämt gut aussehenden Kellner, der sie sehr zuvorkommend bedient hatte, ein hochmütiges und gleichzeitig vielsagendes Lächeln geschenkt und war mit wippenden Haaren davongestöckelt, eine Wolke zarten Duftes nach Acqua di Parma zurücklassend.

Gina blieb stehen und sah sich um. Ihr zielloser Spaziergang hatte sie im Kreis herumgeführt. Sie stand vor der Porta Marzia, einem der erhaltenen Tore der alten etruskischen Stadtmauer am Fuß der Rocca Paolina, unterhalb der Giardini Carducci und der Piazza Italia, wo der Corso begann. Das Tor führte direkt hinein in die mittelalterliche Welt der Rocca Paolina, jene Festung, für die während des Salzkriegs im sechzehnten Jahrhundert Papst Paul III. in einer unerträglichen Machtdemonstration ein ganzes Stadtviertel zuschütten ließ. Diese erst vor wenigen Jahrzehnten wieder ausgegrabene Welt, die über Rolltreppen zu erreichen war, faszinierte Gina immer wieder aufs Neue. Die Einwohner Perugias bemerkten das Außergewöhnliche daran vermutlich gar nicht mehr. In der Stadt verteilt gab es eine ganze Menge Rolltreppen, Aufzüge und unterirdische Verbindungswege, um den Aufstieg in die höher gelegene Altstadt zu erleichtern. Da machte es für die meisten kaum einen Unterschied, ob die Gewölbe, durch die man ging, fünfzig oder fünfhundert Jahre alt waren. Für Gina allerdings schon. Sie fröstelte jedes Mal, wenn sie diese unterirdische Welt betrat und mit der futuristisch beleuchteten Rolltreppe am Haus der einst so mächtigen Familie Baglioni vorbeifuhr, wo hohe Mauern, Torbögen und stille Gassen noch heute steinerne Zeugen jenes erbitterten Machtkampfes waren, den der Papst am Ende gewonnen hatte.

Als sie über die Schwelle trat, fühlte sie sich erneut verschluckt von den alten Mauern und schloss für einen Moment die Augen. Von irgendwoher drang Musik. Sie folgte den Klängen, bis sie auf die ehemalige Hauptstraße des untergegangenen Viertels stieß, wo ein Straßenmusiker mit einem Akkordeon stand. Er war allein, spielte in sich versunken einen Tango, dessen wehmütige Klänge von den Mauern der seit Jahrhunderten verlassenen Adelshäuser widerhallten. Gina blieb stehen, ließ sich von der Musik ergreifen und versuchte, ihre Zweifel endgültig zu entkräften. Lorena hatte recht. Etwas Unwiederbringliches war zu Ende gegangen. Was von ihrer Familie noch übrig war, lag in Trümmern, und das nicht erst seit Babbos Tod. Viel zu lange hatten sie die Wahrheit nicht sehen wollen. Es war Zeit, etwas Neues anzufangen.

9

Als Greta am nächsten Vormittag mit der Lieferung frischer Lebensmittel ins Restaurant kam, war Adelina bereits dabei, die Artischocken zu putzen, die sie gestern bekommen hatten. Die stacheligen Blüten lagen in einer großen Schüssel voll Salzwasser, und ihre Tante halbierte sie mit routinierten Bewegungen, schnitt die Spitzen ab und bog vorsichtig die harten Blätter auseinander, bevor sie sie nebeneinander in eine Reine legte. In Reih und Glied, wie gut gepanzerte Soldaten, lagen sie bereit, um von Greta – mit ihrer speziellen Füllung versehen – in den Ofen geschoben zu werden. *Carciofi al Forno* stand heute auf der Tageskarte, und es war eines der neueren Gerichte in ihrem Repertoire, eine der wechselnden vegetarischen Speisen, die Greta jüngst eingeführt hatte. Adelina war natürlich dagegen gewesen. Völliger Blödsinn, hatte sie behauptet, niemand gehe in ein Restaurant, um nur Gemüse zu essen, und wenn man kein Fleisch mochte, könne man immer noch Nudeln essen. Oder Pizza. Es war Gretas Vater gewesen, der schließlich ein Machtwort gesprochen hatte, und seitdem gab es Carciofi al Forno und andere Gemüsehauptgerichte regelmäßig in der *Trattoria Paradiso*. Sie waren nicht nur bei Vegetariern beliebt, sondern wurden ebenso häufig bestellt wie alles andere, was es auf der wechselnden Tageskarte gab, wie beispielsweise geschmortes Kaninchen, Wildschwein in süßsaurer Soße und natürlich Tegamaccio, für das jede Familie und jedes Restaurant ein eigenes Rezept hatte. Heute war Tegamaccio-Tag. Der Eintopf köchelte bereits in der Glut des großen Holzkohleofens, in dem auch die Pizzas gebacken wurden, leise vor sich hin und erfüllte die Küche mit seinem aromatischen Duft. Greta hatte ihn schon am Vorabend zubereitet. Mindestens vier Stunden Garzeit benötigte man, um die Filets von Schleie, Hecht und Aal, Tomaten, Knoblauch, eine geheime Gewürzmischung und eine gehörige Portion Olivenöl in ein wunderbar sämiges, glücklich machendes Tegamaccio zu verwandeln. Sie bereitete es am liebsten am späten Abend zu, wenn die Trattoria geschlossen hatte und ihre Tante nicht mehr da war, um ihr mit ihrem Genörgel auf den Geist zu gehen. Greta räumte die frische Ware in die Kühlung und begann dann, den Pecorino zu reiben, der zusammen mit Knoblauch, Semmelbröseln und Petersilie in die Füllung für die Artischocken kommen sollte. Als sie nach einer der Gewürzmischungen griff, die auf einem langen Bord über der Arbeitsfläche in Gläsern nebeneinanderstanden, fiel ihr die Nixe wieder ein, die sie gestern am Grab ihres Vaters gefunden hatte. Sie holte sie aus der Tasche ihres Kleides und musterte sie eine Weile nachdenklich, strich mit dem Finger über die glatten, sorgfältig gearbeiteten Konturen und fragte sich erneut, wer sie wohl dort hingelegt hatte. Der oder die Unbekannte würde sicher wollen, dass dieses Geschenk einen würdigen Platz des Gedenkens bekam. Und welcher Platz wäre besser geeignet als hier in der Küche, wo ihr Vater den Großteil seines Lebens verbracht hatte? Sie rückte die Gewürzmischungen, die ihr Vater mit großer Begeisterung ausgetüftelt und immer weiter verfeinert hatte, ein wenig zur Seite und stellte die kleine Skulptur dazwischen. Sie hatte etwas Fröhliches, Freundliches an sich, das verspielte Muster des Fischschwanzes und die bunten Farben passten wunderbar zwischen die Gewürzgläser, die Ernesto ausführlich beschriftet und Greta als Kind mit kleinen Zeichnungen verziert hatte. Sie erinnerte sich noch genau an den Nachmittag, als sie mit ihrem Vater an einem Tisch im Gastraum gesessen und mit ihren Buntstiften Schnörkel, Blumen, Sternchen, Tomaten, Zwiebeln und Paprika auf die Etiketten gemalt hatte. Seit Tagen war das Wetter schlecht gewesen, ein Wintersturm war über die Insel gefegt. Ihre Schwestern hatten sich nach der Schule sofort in ihre Zimmer verzogen, und Adelina machte Großputz in der Küche, weswegen sie das gesamte Inventar im Gastraum auf den Tischen zwischengelagert hatte.

Greta überlegte. Es musste der Winter nach dem Verschwinden der Mutter gewesen sein. In jenen bleiernen Monaten, in denen jeder von ihnen in seinem eigenen tiefen Brunnenschacht der Trauer gefangen gewesen war. Greta war nicht die Einzige gewesen, deren Stimme angesichts des Unbegreiflichen versiegt war. Auch die anderen hatten Schwierigkeiten gehabt, miteinander zu sprechen. Jeder noch so banale Satz, wie die Frage nach dem Brot beim Mittagessen etwa, schien in seiner Normalität geradezu ungehörig zu sein. Alles klang falsch in diesen dunklen Tagen und Monaten, und so sprachen auch die anderen nur noch das Nötigste. Greta hatte sich da schon fest eingekapselt in ihre Sprachlosigkeit, sich verabschiedet vom *Vorher*, von Wörtern, Sätzen, Fragen und Antworten. Am liebsten wäre es ihr gewesen, ihre Mutter hätte nicht nur ihre Stimme mitgenommen, sondern sie gleich mit.

Sie schüttelte unmerklich den Kopf, um die düsteren Erinnerungen zu vertreiben, und widmete sich wieder dem Pecorino. »Schau, Tante, was gestern jemand an Babbos Grab gelegt hat«, sagte sie nach einer Weile und deutete auf die Nixe, ohne sich umzuwenden. »Hübsch, nicht wahr?«

Ein lautes Klirren war die Antwort, und Greta fuhr erschrocken herum. Adelina hatte die Reine mit den Artischocken fallen lassen.

»*Madre del Dio!*«, keuchte ihre Tante und bekreuzigte sich, wobei nicht klar war, ob wegen ihres Missgeschicks oder aus anderen, mysteriösen Gründen. Adelina war nämlich nicht nur besonders fromm, sondern auch ausgesprochen abergläubisch, was einander eigentlich ausschließen sollte, sich in Tante Adelinas ausladender Brust jedoch wunderbar zusammenfügte. Adelinas Universum bestand aus einem dichten Gewebe aus geheimnisvollen Zusammenhängen, Regeln und Vorschriften, die es zu beachten galt, wenn man einigermaßen unbeschadet durchs Leben kommen wollte. Dieses Gewebe, in das alles eingearbeitet war, was auf der Welt und insbesondere in der *Trattoria Paradiso* passierte, nannte man Schicksal, und Tante Adelina stand mit eben diesem auf Du und Du. Sie war sozusagen die beste Freundin des Schicksals und wusste, wie man ihm beikommen konnte, welche Abwehrmöglichkeiten es gab und wo sogar diese versagten. All diejenigen, die dieses rätselhafte Gewebe nicht erkennen konnten oder wollten, und dazu gehörte vor allem Greta, waren für Tante Adelina Hasardeure und Abenteurer, die schon noch sehen würden, wohin sie mit ihrer Leichtfertigkeit kamen. Greta war das allerdings vollkommen gleichgültig. Sie bekreuzigte sich niemals, ging allerhöchstens in die Kirche, wenn jemand gestorben war, und beachtete keine einzige von Adelinas Regeln des täglichen Lebens. Manchmal, wenn Adelina sie besonders ärgerte, machte sie sich auch einen Spaß daraus, ging beispielsweise demonstrativ unter Leitern hindurch, oft mehrmals hintereinander, ohne dass ihr dabei jemals etwas auf den Kopf gefallen wäre.

Dieses Mal jedoch schien ihrer Tante der Schreck tatsächlich in die Glieder gefahren zu sein. Sie stand schwer atmend da, die Augen weit aufgerissen.

»Was ist denn passiert?«, wollte Greta überrascht wissen. Adelina sah aus, als habe sie wahrhaftig ein Gespenst gesehen.

Doch ihre Tante schüttelte nur den Kopf. »Nichts. Ich war nur ungeschickt, das ist alles.« Schwerfällig bückte sie sich und begann, mit den Händen die Scherben einzusammeln.

»Lass, ich mach das«, sagte Greta und holte Besen und Schaufel. Während sie die Bescherung aufkehrte, war Adelina ungewöhnlich schweigsam. Greta hatte eigentlich Händeringen und ein lautes Lamento erwartet, so, wie sie es von ihrer Tante gewohnt war, doch es kam nichts. Blass und stumm stand Adelina neben dem Herd und schien aufrichtig erschüttert zu sein.

Greta sah sich genötigt, sie zu trösten. »Halb so wild, sagte sie. »Dann gibt es heute eben keine Carciofi al Forno. Wir können stattdessen überbackenen Fenchel anbieten oder Peperoni ripieni.«

Ihre Tante nickte schwach. »Wie du meinst ...«

Greta musterte sie prüfend. »Ist dir nicht gut? Soll ich dir deine Blutdrucktabletten holen?«

»Es geht schon wieder.« Adelina schenkte ihr ein ebenso ungewohntes wie zittriges Lächeln. »Dann werde ich jetzt mal den Fenchel putzen.«

»Keine Artischocken?« Don Pittigrillo versuchte vergeblich, seine Enttäuschung zu verbergen. Er saß an seinem angestammten »Sommerplatz« auf der Terrasse der Trattoria, ein kleiner Tisch im Schatten des mächtigen Olivenbaums, der sogar im Hochsommer noch ein wenig Kühle spendete.

Greta schüttelte den Kopf. »Tut mir leid, heute nicht. Adelina hat sie auf den Boden fallen lassen.«

Don Pittigrillo hob überrascht die Brauen. »Geht es ihr nicht gut?«

Er bemerkte ein winziges Zögern, bevor Greta antwortete: »Doch. Nur ein Missgeschick. Möchten Sie stattdessen überbackenen Fenchel?«

Don Pittigrillo war nicht überzeugt. Weder vom Fenchel noch von Adelinas angeblichem Missgeschick. Er hatte sich nun mal auf die Artischocken gefreut, und was Adelina anging ... nun, vielleicht täuschte er sich, aber war da nicht ein Zögern in Gretas Stimme gewesen, eine Spur Irritation? Womöglich hatten die beiden sich gestritten. Worüber? Etwas Ernstes? Don Pittigrillo spürte, wie sich Besorgnis in ihm regte, doch er wagte nicht, weiter nachzufragen. Er warf Greta einen prüfenden Blick zu, während er Tegamaccio bestellte, was immer eine hervorragende Alternative zu Artischocken und allem anderen war. Wirkte sie anders? Nervös? Etwas zerstreut vielleicht. Sie warf immer wieder rasch Blicke in die Küche, während sie seine Bestellung notierte und ihm ein Körbchen mit Brot brachte.

»Und wie geht es dir heute, Greta?«, fragte er schließlich, unfähig, seinen Mund zu halten und von dem kalten Grechetto zu nippen, den Greta ihm gerade hingestellt hatte.

Sie hob in typischer Greta-Manier die Brauen. »Warum wollen Sie das denn schon wieder wissen, Don Pittigrillo?«

Er lächelte. »Es interessiert mich eben. Du und deine Familie liegt mir am Herzen. Wie du weißt, war Ernesto ein sehr guter Freund, und jetzt, wo er nicht mehr da ist, fühle ich mich für dich verantwortlich.«

Greta musterte ihn nachdenklich, dann sagte sie unvermittelt: »Jemand hat eine Nixe an Babbos Grab gelegt.«

»Eine Nixe?« Don Pittigrillo runzelte die Stirn. »Was denn für eine Nixe?«

»Eine geschnitzte Figur aus Holz. Etwa so groß.« Sie spreizte Daumen und Zeigefinger. »Sie wissen nicht zufällig, wer das gewesen sein könnte?«

Don Pittigrillo nahm bedächtig einen Schluck Wein, um Zeit zu gewinnen und sich nicht anmerken zu lassen, wie sehr ihn diese

Auskunft alarmierte, dann sagte er, betont gleichmütig: »Könnte ich die Figur einmal sehen?«

Sie nickte. »Ich zeige sie Ihnen nach dem Essen. Ich habe sie …« Greta sprach nicht weiter, und als Don Pittigrillo sie überrascht ansah, bemerkte er, dass sich ihre Haltung verändert hatte. Die junge Frau wirkte plötzlich wachsam, die leuchtend blauen Augen schmal, das Kinn erhoben. Er drehte sich um, folgte ihrem Blick zum Eingang und entdeckte sofort den Grund für die Veränderung: Dort an der Tür, die auf die Terrasse führte, standen Gretas Schwestern. Lorena, in einem teuer aussehenden, groß geblümten Sommerkleid und strassbesetzter Sonnenbrille, kam jetzt auf sie zu, gefolgt von Gina, die blass und übernächtigt aussah.

»Guten Tag, Don Pittigrillo, ciao, Schwesterchen«, rief Lorena schon von Weitem, und ihre Stimme klang übertrieben fröhlich, was nicht nur Don Pittigrillo auffiel. Greta runzelte augenblicklich die Stirn. »Was wollt ihr?«, fragte sie misstrauisch. Lorena küsste sie auf beide Wangen. »Na, was werden wir schon wollen, Dummerchen? Zu Mittag essen natürlich.« Sie deutete auf einen Tisch, der etwas entfernt von den anderen an der Mauer zur Villa Isabella stand. »Ist der frei?«

Greta nickte mürrisch. Ohne die beiden noch eines Blickes zu würdigen, ging sie zurück in die Küche. Lorena sah ihr kopfschüttelnd nach. Don Pittigrillo lächelte ihnen zu. »Habt ihr einen kleinen Ausflug aus der Stadt gemacht?«, fragte er unbeholfen. Small Talk war noch nie seine Stärke gewesen. Soweit er wusste, hatten die beiden sich in den vergangenen Jahren nie einfach nur so auf der Insel blicken lassen. Wenn er genauer darüber nachdachte, konnte er sich nicht daran erinnern, wann er sie zum letzten Mal hier gesehen hatte, die Beerdigung einmal ausgenommen. Sogar Weihnachten wurde immer bei Lorena gefeiert, angeblich der Kinder wegen. Don Pittigrillo konnte daher Gretas

Argwohn durchaus nachvollziehen, wenngleich er nicht wusste, ob er gerechtfertigt war. Vielleicht wollten die beiden Schwestern einfach nur nett sein? Wieder enger zusammenrücken? Greta konnte mitunter sehr barsch sein, und nicht immer war das angebracht.

»Wir dachten, wir besuchen Greta mal«, sagte Gina jetzt, als hätte sie Don Pittigrillos Gedanken erraten. »Es ist sicher nicht einfach für sie, nur mit der Tante weiterzuarbeiten, jetzt, wo Papa tot ist ...«

Don Pittigrillo nickte erfreut. »Das ist sehr freundlich von euch. Greta macht das gut. Ich glaube, Kochen ist ihr eine große Hilfe. Und für euch ist es vermutlich auch wohltuend, mal wieder hierherzukommen. Die Insel ist schließlich eure Heimat.«

Gina nickte, unbehaglich, wie es schien. »Ja, na ja ...« Sie verstummte und warf einen schwer zu deutenden Blick hinaus auf den See. Lorena dagegen machte ein Gesicht, als hätte sie saure Milch getrunken. Sie wedelte mit einer Hand, als wolle sie eine Fliege verscheuchen. »Diese Insel ist wie das Dornröschenschloss. Nichts bewegt sich. Alles schläft. Nur dass kein Prinz kommen wird, um es wachzuküssen.« Sie lachte bitter auf. Gina gab keinen Kommentar dazu ab. Sie stand da und starrte auf den See hinaus, die Hände in den Taschen ihrer Jeans vergraben, und alles an ihr sah nach Abwehr aus. Sie wollte nicht hier sein, das war deutlich zu erkennen.

Ein ungutes Gefühl beschlich Don Pittigrillo. »Mag sein, dass euch beiden das so vorkommt, weil ihr ein anderes Leben führt als wir hier auf der Insel. Aber ich versichere euch, hier schläft keiner. Im Gegenteil. Wenn man langsamer lebt, erlebt man mehr, als wenn man an allem vorüberhastet.«

Lorena lächelte ihn ein wenig herablassend an. »Das müssen Sie ja sagen, als Priester. Gleichgültig, ob auf einer Insel oder anderswo, es sind doch immer die Kirchenmauern zwischen Ihnen und dem Alltag der normalen Menschen.«

»Kirchenmauern sind kein Bollwerk gegen das Leben, Lorena, sondern eine Einladung«, widersprach Don Pittigrillo sanft, aber bestimmt. »Jeder kann in einer Kirche zur Ruhe kommen.«

»Na, wie auch immer« – Lorena wedelte erneut mit der Hand, jetzt jedoch, um das Gespräch zu beenden –, »wir haben jedenfalls Hunger.« Sie nickte ihm noch einmal zu und stöckelte dann zu ihrem Tisch, wo Domenico bereits auf sie wartete, um die Bestellung aufzunehmen. Gina folgte ihr langsam, fast widerwillig. Die Beunruhigung, die Don Pittigrillo erfasst hatte, wuchs, und auch die duftende Portion Fischeintopf, die Domenico ihm brachte, konnte sie nicht vertreiben. Etwas war im Gange, das spürte er in seinen alten Knochen. Die beiden Schwestern führten etwas im Schilde, darauf hätte er seinen Rosenkranz verwettet, wenn ihm Derartiges erlaubt gewesen wäre.

»Ihr wollt *was* machen?« Greta starrte ihre beiden Schwestern fassungslos an. Gina und Lorena hatten üppig zu Mittag gegessen und waren danach noch geblieben, »um ein bisschen zu plaudern«, wie Lorena sich ausgedrückt hatte. Nachdem gegen halb drei schließlich alle Gäste gegangen waren, war Greta nichts anderes übrig geblieben, als sich auf einen Espresso zu ihnen zu setzen. Und es hatte nicht lange gedauert, da war aus der harmlosen Plauderei etwas ganz anderes geworden. Etwas Furchterregendes. Greta spürte, wie ihr heiß wurde. Wut ballte sich in ihrem Magen zusammen wie eine Faust.

»Wir finden, es ist an der Zeit, an die Zukunft zu denken, Greta«, sagte Lorena in diesem vernünftigen Tonfall, den sie vermutlich auch für widerspenstige Mandanten bereithielt und den Greta widerwärtig fand. Lorena hatte ihn schon als Kind eingesetzt, wenn sie ihrer jüngsten Schwester etwas erklären wollte, wofür sie sie eigentlich zu begriffsstutzig hielt. »Die Trattoria hat keine Zukunft. Adelina ist fast siebzig und nicht gesund, und du schaffst das nicht allein.«

»Ich bin nicht allein. Domenico ...«

»Ach, hör mir doch mit Domenico auf!« Lorena wischte Gretas Einwand mit einer barschen Handbewegung beiseite. »Er mag gut Pizza backen, aber kann er überhaupt bis drei zählen?«

»Du würdest dich wundern«, sagte Greta scharf. Domenico, breit, dunkel, mit großen Händen und pechschwarzen Haaren, arbeitete seit vielen Jahren für sie. Er war eines Tages vor der Tür gestanden und hatte um Arbeit gebeten, und Ernesto hatte ihn eingestellt, ohne weiter nachzufragen, woher er kam und wer er war. Domenico war zuverlässig und fleißig und redete nicht viel, was Greta sehr entgegenkam. Sie mochte ihn, und das nicht nur als zuverlässigen Mitarbeiter, sondern auf eine Weise, von der ihre Schwestern nichts ahnten. Domenico besaß ein eigenes Boot, um vom Fahrplan des Traghetto unabhängig zu sein, und seit letztem Winter hatte es sich hin und wieder ergeben, dass er nach Geschäftsschluss länger geblieben war. Sie hatten gemeinsam aufgeräumt, hatten noch ein bisschen zusammengesessen, einmal hatten sie spätnachts miteinander getanzt, zu einem Lied im Radio, und er war über Nacht geblieben. Das war danach öfter vorgekommen. Er tat ihr gut. Wenn er sie in die Arme nahm, wenn sie ihn nachts neben sich atmen hörte, ruhig und tief, fühlte sie sich stärker, offener als sonst und weniger einsam. Sie sprachen nie darüber, arbeiteten weiter gut zusammen, verstanden sich, ohne viel zu reden, und Greta wusste, dass Domenico sehr viel klüger war, als es den Anschein hatte. Von ihrem Vater wusste sie noch mehr über ihn, doch das würde sie Lorena mit Sicherheit nicht auf die Nase binden.

»Na gut, dann ist er eben ein Genie, dein Domenico. Was nichts an den Tatsachen ändert.« Greta spürte, wie Lorena sie scharf musterte. »Ihr habt doch nicht etwa was miteinander?«

»Das geht dich einen verdammten Scheißdreck an«, gab Greta ruhig zurück.

Lorena zuckte zusammen. »Kein Grund, ausfallend zu werden.«

»Was wäre denn deiner Meinung nach ein Grund?«, fauchte Greta sie an. »Die *Tatsache*, dass ihr beschlossen habt, die Trattoria zu schließen und das Haus zu verkaufen? Wie habt ihr euch das gedacht? Wo soll Adelina hin? Sie ist alt und hat noch nie woanders gelebt als hier. Und ich auch nicht.« Greta spürte, wie sich Angst zu ihrer Wut gesellte und sie zu zittern begann. Sie durften ihr nicht das Einzige nehmen, was sie besaß. Das Einzige, was sie glücklich machte.

»Wir haben noch nichts beschlossen«, mischte sich jetzt Gina ein. »Wir haben dir nur einen Vorschlag gemacht und dich gebeten, darüber nachzudenken. Weil wir denken, dass es gut wäre, dieses Kapitel ein für alle Mal hinter uns zu lassen.«

»Gut für wen?«, fragte Greta bitter.

»Für uns alle. Wenn du ehrlich bist, weißt du das auch: Wir waren alle drei immer an diese Trattoria gefesselt. Nie gab es etwas Wichtigeres, immer mussten wir zurückstehen, immer mussten wir auf diesen Scheißladen Rücksicht nehmen. Und dann noch die Insel!« Gina holte Luft und machte eine weitausholende Geste. Ihre Wangen waren gerötet, sie hatte sich in Rage geredet. »Wir waren hier eingesperrt. Keine Partys, keine Treffen mit Freunden am Abend, nichts von dem, was alle anderen tun konnten. Alles war kompliziert, bedurfte großer Vorbereitungen, und ständig stand man unter Beobachtung. Immer nur die Insel, der See, die Trattoria. Ich könnte heute noch kotzen, wenn ich daran denke.«

Sie beugte sich vor und berührte Gretas Hand. »Es geht uns doch auch um dich. Du fühlst dich verpflichtet, hier auszuharren, während das Leben an dir vorüberzieht wie die Landschaft vor einem Zugfenster. Wegen Babbo. Wir verstehen das. Aber unser Vater ist tot. Willst du wirklich hier versauern, in diesem alten, traurigen Haus voller Gespenster? Willst du wirklich dein Leben lang Tagliolini del Principe kochen, für ignorante Touristen und ein paar alte Fischer, die diese Insel noch nie verlassen haben und nur froh sind, einen Platz zum Kartenspielen zu haben?«

»Was ist schlecht daran, Tagliolini zu kochen?«, stieß Greta zwischen zusammengepressten Zähnen hervor. »Du kochst doch auch.«

Gina lachte auf. »Aber das ist doch nicht zu vergleichen. Ich habe für Hochzeiten von Prominenten gekocht, auf Privatjachten, auf Kreuzfahrten, in Amerika, in England, ja sogar in Dubai, während du mit Adelina hier in dieser Klitsche hockst, weil du meinst, es Vater schuldig zu sein, der nie ...«

»Hör auf«, sagte Lorena scharf, und Gina fuhr herum. »Wieso? Es ist doch wahr! Du hast selbst gesagt, wir dürfen uns nicht unser Leben lang an diese verfluchte Insel binden ...«

»Aber ich sagte auch, wir sollten versuchen, Emotionen außen vor zu lassen und die Sache mit Vernunft angehen.«

»Und was sagt dir deine Scheißvernunft, Lorena?«, unterbrach Greta den Wortwechsel ihrer beiden Schwestern.

Lorena lehnte sich zurück, musterte die Fassade ihres Elternhauses, blähte die Nasenflügel und sagte: »Meine Vernunft sagt mir, dass wir ein altes, renovierungsbedürftiges Haus an der Backe haben sowie eine Trattoria mit viel zu wenig Gästen, um auf Dauer rentabel zu sein, dazu eine alte Tante mit Bluthochdruck, ohne Arzt in der Nähe, und die Verantwortung für all das. Und die Vernunft sagt mir außerdem« – sie zögerte ein wenig, dann fuhr sie schnell fort – »dass zwei von drei Stimmen für einen Verkauf sind.«

Die Stille, die die drei Schwestern nach diesem Satz umgab, war wie aus Glas. Dünnes, sprödes Glas, das bei der geringsten Bewegung in tausend Scherben zerspringen würde. Greta bemerkte aus den Augenwinkeln, wie Gina die Luft anhielt. Doch sie blieb stumm, die Lippen verbissen zusammengepresst. Lorena wich Gretas Blick aus und starrte auf einen Punkt irgendwo in der Ferne. Eine Amsel kam angeflogen und setzte sich auf die Steinmauer, nur eine Armlänge von Greta entfernt. Sie legte den Kopf schief und sah Greta an. Nonna Rosaria hat sie geschickt, schoss es Greta durch den Kopf. Sie wartet darauf, dass ich reagiere. Greta stand auf, und das Glas um sie herum zerbrach lautlos.

»Wo willst du hin?«, rief Lorena ihr nach, als Greta ins Haus ging, doch sie gab keine Antwort. Domenico, der sich gerade umgezogen hatte und aus der Tür des kleinen Raums neben der Küche trat, sah sie überrascht an, als sie nach der Schrotflinte griff, die im Flur an der Wand hing. Sie hatte ihrem Vater gehört und vor ihm seinem Vater und seinem Großvater. Ernesto hatte sie immer gut gepflegt und hin und wieder Schießübungen im Garten gemacht, und auch Greta hatte schießen gelernt. Allerdings war sie nie dazu benutzt worden, auf Tiere zu schießen, zumindest nicht auf der Insel. Die zahmen Fasane der Insel waren seit jeher tabu, und alle Inselbewohner hielten sich daran. Aber dafür war die Flinte auch nicht gedacht. Ihr Vater und seine Vorfahren hatten sie besessen, um sich gegen Eindringlinge, Diebe, Räuber verteidigen zu können. Und dafür brauchte Greta sie jetzt auch.

»Was machst du?«, fragte Domenico beunruhigt, als Greta die Schublade der alten Kommode im Flur öffnete, zwei Schrotpatronen herausholte und die Flinte damit lud.

»Uns beschützen«, sagte Greta und ging, die Flinte angelegt, hinaus zu ihren Schwestern.

Als Greta aus dem Haus trat, sprangen ihre Schwestern entsetzt auf. »Bist zu verrückt geworden?«, zischte Lorena, während Gina keinen Laut von sich gab.

»Haut ab«, sagte Greta. »Und lasst euch nie wieder hier blicken.«

»Ich bitte dich. Das ist doch albern«, sagte Lorena scharf. Sie machte einen Schritt auf Greta zu. »So löst man doch keine Meinungsverschiedenheiten …«

Greta zielte ins diesige Blau des Nachmittaghimmels. Ein Schwarm Vögel flatterte panisch aus dem Uferdickicht auf, als der Knall die Luft zerriss. Lorena und Gina ergriffen die Flucht, und Greta folgte ihnen, die Flinte im Anschlag, aus der Trattoria, die ganze Via Guglielmi entlang bis zum Pier. Dort blieb sie in einiger Entfernung stehen und wartete, während die beiden Schwestern sich auf das Traghetto retteten. Sie sah zu, wie das Boot ablegte, sich tuckernd in Bewegung setzte und langsam im Dunst des Sees Richtung Passignano verschwand. Dann ließ sie die Flinte sinken und ging langsam zurück zur Trattoria, hoch erhobenen Kopfes, während ihr die Tränen über die Wangen liefen.

Aufgeschreckt durch den Schuss waren zahlreiche Bewohner aus ihren Häusern getreten, um zu sehen, was los war. Sie alle sahen Greta Peluso, die Flinte in ihrer rechten Hand, durch die Straße gehen, aufrecht wie immer, den Kopf erhoben, schweigend. Die wenigsten wussten, was vorgefallen war, doch es gab auch einige, die die Flucht der Schwestern mit angesehen hatten. Sie erzählten es weiter, und bald schon wusste die ganze kleine Gemeinschaft der Insel darüber Bescheid, dass Greta Peluso ihre beiden Schwestern mit der Schrotflinte von der Insel gejagt hatte. Man versuchte, sich einen Reim darauf zu machen, und wusste gleichzeitig, dass es nicht leicht sein würde, mehr über diesen aufregenden Vorfall in Erfahrung zu bringen, denn Greta Peluso, diese blank polierte, fest verschlossene Nuss würde nichts preisgeben. Vermutlich würde auch Adelina alles herunterspielen, aus Angst, ihre Familie in ein schlechtes Licht zu rücken. Die Inselbewohner tendierten dennoch dazu, für Greta Partei zu ergreifen. Denn im Gegensatz zu ihren Schwestern, die der Insel schon vor langer Zeit den Rücken gekehrt hatten, war Greta noch immer eine von ihnen, so seltsam sie auch sein mochte. Also kam man zu dem Schluss, dass sie vermutlich gute Gründe gehabt hatte, so zu reagieren, und pflichtete ihr bei, ohne dass man es explizit aussprach. Manchmal bedurfte es rigoroser Mittel, um dem Leben beizukommen. Jeder wusste das. Und nicht wenige wünschten sich, sie hätten, wenn es bei ihnen selbst einmal so weit wäre, nicht nur eine Flinte bei der Hand, sondern auch Gretas Mut, sie zu benutzen. An diesem Abend war die *Trattoria Paradiso* voll wie schon lange nicht mehr. Jeder Tisch war besetzt, alle Inselbewohner waren versammelt, aßen und tranken, was das Zeug hielt, doch keiner von ihnen wagte es, Greta auf den Vorfall anzusprechen. Die Inselbewohner zeigten ihre Solidarität auf andere Weise, und Greta schien es zu spüren, wie sie alles zu spüren schien, was auf der Insel vor sich ging. Wortlos spendierte sie allen Gästen ein Glas von ihrem heiligen Honiggrappa, der normalerweise nur zu besonderen Gelegenheiten ausgeschenkt wurde. Sie hatte ihn selbst angesetzt, in einem alten Whiskyfass, das sie sich extra vom Festland hatte kommen lassen. Und wie das mit den besonderen Dingen so war, so war auch der Honiggrappa mit der Zeit immer besser geworden. Inzwischen hatte er die rotbraune Farbe des Fasses angenommen und schmeckte, wie Don Pittigrillo es einmal formuliert hatte, wie ein himmlisches Stück Hölle, stark und mild, sanft, rau und süß zugleich. Ein bisschen eigentlich wie Greta Peluso selbst, wie sich nicht wenige Insulaner schon so manches Mal gedacht hatten. An diesem Abend hoben sie ihre Gläser zusammen mit ihr noch einmal auf Ernesto Peluso und seine Trattoria und auf das Glück, am Leben zu sein. Clemente wurde überredet, ein paar Lieder auf der Gitarre zu spielen, und spät am Abend, als die meisten der Gäste schon gegangen waren, wurde den Verbliebenen noch ein seltenes Ereignis zuteil: Die herbe, verschlossene, immer schweigsame Greta tanzte mit Domenico, ihrem Pizzabäcker. Und manche meinten, dabei Tränen in ihren so befremdlich hellen Augen zu erspähen. Sie tanzten so lange zusammen, bis Clemente zu spielen aufhörte und die noch übrig gebliebenen Gäste, leicht benommen vom Wein, Grappa und dem Rausch, den einem das Leben an manchen Abenden ganz umsonst beschert, aufbrachen und nach Hause gingen. Denjenigen, die noch aufmerksam genug waren, entging dabei nicht, dass Domenico nicht unter den Aufbrechenden war und man auch den Motor seines kleinen Bootes nicht mehr über den stillen nächtlichen See tuckern hörte, und sie waren zufrieden und irgendwie getröstet, ohne genau zu wissen, weshalb.

TEIL ZWEI

Gespenster

10

Nachdem das Traghetto sie in Passignano abgesetzt hatte, gingen Lorena und Gina schweigend zu dem Parkplatz, wo Lorena ihr Auto abgestellt hatte. Gina hatte schon während der kurzen Überfahrt zwei Zigaretten geraucht, obwohl es verboten war, an Bord zu rauchen, und zündete sich, sobald sie festen Boden unter den Füßen hatte, eine dritte an. Lorena verkniff sich eine Bemerkung darüber. Wenn Gina sich unbedingt ihre Haut ruinieren wollte, bitte, ihre Sache. Außerdem konnte sie die Nervosität ihrer Schwester durchaus verstehen. Ihr war der Schreck auch in die Glieder gefahren. Schon von Weitem zückte sie ihren Autoschlüssel und entsperrte ihren neuen hübschen perlmuttfarbenen Lancia, der auf dem baumlosen Parkplatz in der Nachmittagssonne brütete. Automatisch gingen alle Fenster auf. Trotzdem würde eine Affenhitze im Auto herrschen. Noch bevor die Klimaanlage angesprungen wäre, wäre ihr Kleid zerknittert, und ihre Haare hätten allen Schwung verloren. Dabei musste sie unbedingt noch in die Kanzlei und einen Schriftsatz fertig machen, den sie morgen vor Gericht benötigte. Es widerstrebte ihr, verschwitzt und derangiert dort zu erscheinen. Die Sekretärinnen waren allesamt jung und sahen immer zum Anbeißen aus, ebenso wie ihre Kollegin Samantha Muti, die erst sechsundzwanzig Jahre alt war und neben einer atemberaubenden Figur auch noch über einen amerikanischen Studienabschluss verfügte. Lorena spürte, wie sich ihre Migräne meldete. Es war nie genug. Ständig musste man auf der Hut sein. Ständig besser, klüger, schöner sein als die anderen, und dann wurden einem doch Mädchen wie Samantha vor die Nase gesetzt, die fließend englisch sprachen, einen Social-Media-Account hatten, der *Samantha_LadyLawyer* hieß, und deren french-manikürte Fingernägel nie auch nur den kleinsten Kratzer aufwiesen.

»Das war schon krass«, sagte Gina, als sie im Auto saßen und Lorena losfuhr.

Lorena schnaubte. »Völlig irre würde es besser treffen. Ich wusste ja immer schon, dass Greta seltsam ist, aber das war kriminell ...«

»Du hättest das mit den Stimmen nicht sagen dürfen«, meinte Gina.

Lorena warf ihr einen empörten Blick zu. »Dann bin ich jetzt schuld, dass unsere durchgeknallte Schwester mit der Schrotflinte auf uns geschossen hat?«

»Sie hat in die Luft geschossen.«

»Ach ja? Bist du dir sicher? Ich habe jedenfalls um mein Leben gefürchtet.«

Gina sah aus dem Fenster, und Lorena folgte für einen Moment ihrem Blick. Sie fuhren auf der Schnellstraße, die am See entlangführte. Die Insel, von der sie gerade gekommen waren, lag wie ein grüner Edelstein auf dem tiefblauen Wasser. Zwischen den Pinien und Korkeichen war der zinnenbewehrte Turm der Villa Isabella zu erkennen.

»Ich meinte nur, es war nicht nötig«, beharrte Gina, ohne den Blick von der Insel abzuwenden.

»Natürlich kann Greta sich das selbst ausrechnen, dass wir sie überstimmen, aber meiner Erfahrung nach schadet es nicht, wenn man auf die tatsächlichen Gegebenheiten hinweist. Es ist niemandem damit geholfen, sich in Illusionen zu verlieren.« Lorena spürte, wie ihre Kopfschmerzen stärker wurden, und kramte in ihrer Handtasche nach der Brille. Wenn sie Migräne hatte, wurden auch ihre Augen schlechter. Sie blinzelte angestrengt. Die Sonne blendete, und ihr Gehirn sandte kleine Blitze aus, Vorboten einer heftigen Attacke.

»Aus der Ferne sieht die Insel wunderschön aus«, sagte Gina jetzt.

»Das kann man von den meisten Dingen behaupten. Sogar ein Atomkraftwerk hat eine gewisse Eleganz, wenn man weit genug davon entfernt ist.«

»Bist du eigentlich immer schon so zynisch gewesen?« Gina wandte sich ihr zu.

»Ich? Ich bin doch nicht zynisch.«

»Bist du wohl.«

»Blödsinn. Ich bin realistisch. Das braucht man in meinem Beruf. Apropos Beruf. Wann musst du eigentlich wieder zurück nach Hamburg?«

»Ich kann noch eine Weile bleiben«, erwiderte Gina vage.

»Tatsächlich? Früher hast du immer behauptet, ohne dich würde dein Laden im Chaos versinken.«

»Ich habe inzwischen gute Leute, die kommen schon eine Weile ohne mich klar.«

Lorena nickte zufrieden. »Das ist gut, dann können wir noch alles regeln, bevor du uns wieder verlässt.«

»Glaubst du wirklich, dass sich da noch etwas regeln lässt?«, fragte Gina zweifelnd. »Greta wird uns nicht einmal mehr auf die Insel lassen, geschweige denn mit uns reden.«

»Sie wird sich schon wieder beruhigen. Wir werden ihr klarmachen, dass ... verflucht!« Ein überholender Autofahrer hatte sie geschnitten, und Lorena musste scharf abbremsen. Laut schimpfend überholte sie nun ihrerseits den Autofahrer. »Was für ein Idiot.« Sie spürte, wie sich auf ihrer Stirn Schweißperlen bildeten. Hinter ihrer rechten Schläfe hämmerte es.

»Erinnerst du dich noch an den Tag, als Greta auf die Welt kam?«, fragte Gina plötzlich.

»Wie kommst du denn jetzt darauf?«, fragte Lorena erstaunt.

Gina zuckte mit den Schultern. »Nur so. Seit Papa tot ist, fallen mir dauernd solche Sachen ein. Aus unserer Kindheit. Weißt du noch, als du mit der Hundescheiße in den Haaren nach Hause kamst?«

Lorena spürte, wie sie sich innerlich versteifte. »Flüchtig«, sagte sie spröde.

»Das waren zwei Jungs aus deiner Klasse, die dich immer geärgert haben.«

»Gemobbt haben sie mich«, brauste Lorena auf, »nur hieß es damals noch nicht so. Sie haben mich Brillenschlange genannt. Und behauptet, ich würde stinken.« Die Erinnerung daran ergoss sich wie Säure in ihren Magen. *Lorena puzza,* Lorena stinkt, war der Schlachtruf dieser kleinen Teufel gewesen. Sobald sie Lorena irgendwo entdeckten, hatten sie sich die Nasen zugehalten und hinter ihr hergerufen.

»Wir haben die beiden verprügelt«, sagte Gina plötzlich. »Matteo und ich.«

Lorena fuhr so heftig zu ihr herum, dass das Auto einen kleinen Schlenker machte. »Was sagst du da?«

Gina nickte. »Wir haben ihnen auf dem Heimweg aufgelauert und ihnen gehörig das Fell über die Ohren gezogen.« Sie klang zufrieden. »Danach war Ruhe, oder?«

Lorena gab keine Antwort. Tatsächlich war es irgendwann mit den Hänseleien vorbei gewesen. Sie wusste allerdings nicht recht, wie sie es finden sollte, dass ihre kleine Schwester sich für sie geprügelt und es ihr nie erzählt hatte. Sie dachte an das pummelige Mädchen mit dem Zopf und der dicken Brille, das sie einmal gewesen war. Das ständig errötete, wenn jemand das Wort an es richtete, und noch Latzhosen und Ringelsöckchen trug, als es schon längst zu groß dafür geworden war, das seine Nase kaum einmal aus seinen Büchern hob und dreimal am Tag duschte, um nur ja nicht zu stinken. Eigentlich sollte sie Mitleid mit dem unansehnlichen, plumpen kleinen Mädchen haben, das ausgelacht und gehänselt worden war, aber es gelang ihr nicht. Sie schämte sich für das hässliche, unbeholfene Ding, das sie gewesen war. Noch heute.

Den Rest der Fahrt legten sie schweigend zurück. Lorena ließ Gina am *Arco Etrusco* aussteigen, wendete und fuhr zur Kanzlei. Auf dem Parkplatz im Hinterhof des restaurierten Hauses aus dem siebzehnten Jahrhundert schaltete sie den Motor aus und sah nach oben in den dritten Stock, wo sich das *Studio Legale Orlando-Peluso-Brizzi* befand. Sie waren vier Partner und drei jüngere Anwälte. Seit bekannt geworden war, dass sich der Gründer der Kanzlei, Emilio Orlando, langsam auf seinen Ruhestand vorbereitete und neben seinem Sohn noch ein weiterer Partner gesucht wurde, war zwischen den jüngeren Kollegen ein offener Machtkampf ausgebrochen, der mit allen Mitteln ausgefochten wurde. Anders als ihre Kollegin Paola Brizzi, eine rundliche, gelassene Frau Ende fünfzig, die sich auf Erbrecht und Testamentsvollstreckungen spezialisiert hatte und sich um nichts anderes kümmerte, ließ die angespannte Stimmung, die seit Längerem in der Kanzlei herrschte, Lorena nicht kalt. Sie vermutete, dass Fausto, Emilio Orlandos Sohn, Samantha, »*Signora-Unterstrich-Ladylaywer*« mit dem US-Diplom, den Vorzug geben wollte, was ihr bereits Magenschmerzen bereitete, wenn sie nur daran dachte. Sie wollte keinesfalls mit diesem intriganten Miststück zusammenarbeiten, das noch viel zu jung war, um Partnerin zu werden. Gleiches galt für deren aalglatten Kollegen Franco, der Lorena an ihren eigenen Ehemann in jungen Jahren erinnerte. Ihr Favorit war Carlo, ein etwas schüchterner, aber sehr fähiger Anwalt, der jedoch vermutlich wegen seiner zurückhaltenden Art nicht die geringsten Chancen hatte. Eine ganze Weile saß sie nur da und starrte vor sich hin, vergeblich bemüht, ein Minimum an Begeisterung aufzubringen für das, was noch zu tun war. Den Schriftsatz der Gegenseite noch einmal durchgehen, eventuell eine Erwiderung schreiben, sich die Akte noch einmal gründlich vornehmen. Ihre Kopfschmerzen wurden stärker. Sie kannte den Sachverhalt längst auswendig, brauchte sich eigentlich nicht mehr vorbereiten. Und auf den viel zu spät vorgelegten Schriftsatz des Gegners musste sie überhaupt nicht mehr antworten. Sie konnte ihn zurückweisen wegen des offensichtlichen Verzögerungsversuchs. Die Richter würden ihr mit Sicherheit folgen. Es war ihre Strebernatur, die sich dagegen sträubte, wurde ihr plötzlich klar. Ihr ständiges Bemühen, immer alles richtig zu machen. Noch besser als gut zu sein. Vielleicht sollte sie lieber nach Hause fahren und mit den Kindern noch etwas unternehmen? Ein Eis essen gehen? Unvermittelt fiel ihr Greta ein, wie sie heute vor ihnen gestanden hatte, die Flinte erhoben, das Gesicht kalkweiß, die Augen brennend vor Zorn. Oder vor Verzweiflung? Ihr wurde ein wenig mulmig zumute. Vielleicht war sie zu weit gegangen. Greta war keine Gegnerin in einem Prozess, sie war ihre Schwester. Hastig schüttelte sie den Kopf. Nein. In diesem Fall musste sie Diego recht geben. Es musste etwas passieren. Diese Trattoria hatte keine Zukunft. Sie war jetzt schon Vergangenheit. Ihr Vater war tot, und es lag an ihnen, endlich Verantwortung zu übernehmen. Sie wischte sich unwirsch über die Augen, die plötzlich zu brennen begonnen hatten, vermutlich aus Überanstrengung. Der Augenarzt hatte ihr dringend empfohlen, ihre Brille ständig zu tragen, doch das tat sie nicht. Aus Eitelkeit, wie sie gern zugab. Sie wollte einfach keine

Brillenschlange mehr sein. Fahrig öffnete sie das Handschuhfach. Dort musste noch irgendwo eine Schachtel Kopfschmerztabletten sein. Als sie sie gefunden hatte, drückte sie zwei davon aus dem Blister und spülte sie mit ein paar Schluck Mineralwasser aus einer Plastikflasche hinunter, die seit Tagen im Fußraum lag. Eines ihrer Kinder hatte sie dort vergessen. Das Wasser war warm und schmeckte ekelhaft nach Kunststoff. Sie warf einen letzten prüfenden Blick in den Spiegel, zupfte ihre Ponyfransen zurecht und stieg aus, um sich an den Schriftsatz zu machen.

»*Das Baby ist da.*« *Lorena rüttelt ihre jüngere Schwester aufgeregt an der Schulter. Gina fährt mit einem Ruck in die Höhe.* »*Wie, da?*«*, fragt sie verständnislos.*

»*Na, es ist geschlüpft*«*, präzisiert Lorena.* »*Mama musste heute Nacht ins Krankenhaus, weil sie geplatzt ist, und gerade hat Papa angerufen und der Tante gesagt, dass es ein Mädchen ist.*« *Sie schiebt sich mit einer ungeduldigen Geste ihre ständig rutschende Brille zurück auf den kleinen Nasenrücken.*

»*Mama ist geplatzt?*« *Die fünfjährige Gina braucht eine Weile, um die Informationen, die sie von ihrer zwei Jahre älteren Schwester erhalten hat, zu verdauen. Im Gegensatz zu Lorena, die, seit sie endlich lesen kann, die halbe Nacht lang mit der Taschenlampe unter der Bettdecke ihre Bücher liest, gern an Türen lauscht und sich in der Nacht heimlich etwas zu essen aus der Küche klaut, schläft Gina ein, sobald ihr Kopf das Kissen berührt, und wacht erst wieder auf, wenn die Sonne sie in der Nase kitzelt. Deshalb bekommt sie nie mit, wenn sich in der Nacht etwas Aufregendes ereignet. Sie verschläft Silvester und das Feuerwerk zu Ferragosto genauso wie nächtliche Diskussionen ihrer Eltern, Lärm in der Trattoria und jetzt auch noch die offenbar ziemlich spektakuläre Ankunft ihrer neuen Schwester. Sie stellt sich gerade vor, was es für einen Lärm gemacht haben muss, als ihre Mutter geplatzt ist. Wie kann sie das nur überhört haben? Die Tatsache mit dem Platzen an sich verwundert sie eher weniger, denn ihre Mutter ist zuletzt so kugelrund gewesen, dass Gina aus genau diesem Grund Angst gehabt hat, sie zu berühren, und sie immer ängstlich dabei beobachtete, wenn sie sich mit ihrem riesigen Bauch irgendwo vorbeizwängte oder an den Tisch setzte.*

»Geht's ihr gut?«, will Gina besorgt wissen und beschließt insgeheim, niemals Babys zu bekommen. Die Gefahr des Platzens will sie keinesfalls eingehen.

»Du meinst das Baby?«

»Nein, Mama.«

Lorena runzelt die Stirn. »Ich glaube schon. Papa hat gesagt, wir können sie im Krankenhaus besuchen und uns unsere neue Schwester ansehen.«

Gina ist sich nicht sicher, ob sie das will. Lieber will sie ihre Mutter unversehrt in Erinnerung behalten. So, wie sie gewesen ist, bevor sie so kugelrund wurde. Und ganz sicher will sie sie nicht sehen, nachdem sie geplatzt ist.

Als sie dann hinüber nach Castiglione ins Krankenhaus fahren, mit dem Traghetto, weil auf dem kleinen Boot ihres Vaters nicht genug Platz für Nonna Rosaria und Tante Adelina ist und Tante Adelina sich außerdem fürchtet, zu kentern und zu ertrinken, fährt sie dann doch mit. Stocksteif hockt sie auf der Bank unter Deck, eingeklemmt zwischen Nonna Rosaria und ihrer Schwester, und versucht, sich innerlich zu wappnen für das, was sie gleich zu Gesicht bekommen würde. Sie stellt sich vor, wie der riesige Bauch ihrer Mutter in der Mitte aufgeplatzt ist wie eine reife Tomate, die man auf den Boden hat fallen lassen, und wie ihn die Ärzte mit einem dicken schwarzen Faden wieder zusammengeflickt haben.

Es ist heiß, und ihre nackten Beine in den Shorts kleben an dem blauen Plastikbezug der Bank. Draußen glitzert die Sonne auf den Wellen. Es ist windig, das Boot schaukelt, und die Wellen spritzen gegen das trübe Fenster. Lorena plappert und plappert. Sie will alles ganz genau wissen über das neue Baby, und der Vater gibt bereitwillig Auskunft. »*Ja, sie hat schon Haare. Nein, die Augen sind blau, das ist am Anfang immer so. Sie ist noch so klein, dass sie in einen Brotkorb passt und wir sie beim Mittagessen zwischen uns auf den Tisch stellen können.*« *Lorena kichert, Nonna Rosarias großer Busen wogt, und auch Tante Adelina, die neben dem Vater sitzt, einen Korb mit Essen auf dem Schoß, lacht mit. Der Kaugummi, den Gina von Lorena bekommen hat, schmeckt plötzlich fade, und Gina spürt, wie sie im Gegensatz zu ihrer Familie, die nichts kapiert, schon jetzt wütend auf diese unbekannte, neue Schwester ist, die die Schuld daran trägt, dass ihre Mutter geplatzt ist. Sie nimmt den Kaugummi aus dem Mund und klebt ihn unauffällig unter den Sitz.*

Vor dem Krankenhaus angekommen hopst Lorena wie ein Gummiball voraus, gefolgt von ihrem Vater, der einen Strauß roter Rosen dabeihat. Tante Adelina läuft keuchend mit ihrem Korb hinterher. Sie hat einen Laib Brot eingepackt, Würste, Schinken, Tomaten, einen ganzen Caciotta, Biscotti, Schokoladenkuchen und ein Viertel Wassermelone, tiefgekühlt und in Würfel geschnitten. Vater nimmt ihr kopfschüttelnd den schweren Korb ab: »*Glaubst du etwa, dass Tiziana schon dem Hungertod nahe ist?*«

Adelina schnaubt empört. »*Man weiß doch, welchen Fraß sie einem im Krankenhaus vorsetzen. Gutes Essen ist für eine Wöchnerin allemal besser als sündhaft teure Rosen.*«

Der Vater lacht, wedelt mit den Rosen vor ihrem Gesicht herum und meint: »*Da täuschst du dich, Adelì. Es gibt Augenblicke, in denen Rosen viel wichtiger sind als ein Stück Brot.*«

Gina jedoch muss in diesem Punkt der Tante recht geben. Ihr sind Würste, Biscotti und Schokoladenkuchen auch lieber als Rosen, und sie vermerkt innerlich einen weiteren wichtigen Grund, weshalb sie nie Kinder bekommen wird: Die Tante ist alt, uralt in ihren Augen, und man kann nicht sagen, ob sie und ihr Picknickkorb noch zur Stelle sind, wenn es irgendwann in weiter Zukunft bei Gina so weit wäre. Es bestünde also durchaus die Gefahr, dass sie selbst nicht nur mit einem geplatzten Bauch geschlagen sein würde, sondern zudem auch noch Krankenhausfraß essen müsste. Gina und Nonna Rosaria bilden zusammen die Nachhut der Familienprozession, und Gina ist froh, dass Nonna Rosaria nicht mehr so gut zu Fuß ist, so fällt es nicht auf, dass sie sich nur widerwillig auf das Krankenhaus zubewegt. Als sie schließlich vor dem Zimmer ankommen, bleibt Gina voller Angst stehen, unschlüssig, ob sie sich auf den Boden werfen und kreischen oder das Weite suchen soll. Da spürt sie, wie sich die trockene, runzlige Hand von Nonna Rosaria um ihre schwitzigen Finger schließt, und die Großmutter sagt mit einem Lächeln: »Na, schauen wir uns den Krümel mal an, eh?«

Und dann ist alles ganz anders, als Gina es sich vorgestellt hat. Ihre Mutter sieht aus wie immer, wenn auch ein bisschen blass. Sie strahlt über das ganze Gesicht, und von einem geplatzten Bauch ist nichts zu sehen. Als Gina vorsichtig eine Hand auf das Nachthemd ihrer Mutter legt, dorthin, wo der Bauch war, fühlt sich alles ganz normal an, weich und kein bisschen kaputt. Sie beginnt, Hoffnung zu schöpfen, und als die Erwachsenen über eine Fruchtblase reden, die geplatzt ist, ahnt sie, dass ihre Schwester da wohl etwas falsch verstanden hat. Irgendetwas anderes muss geplatzt sein, jedenfalls nicht ihre Mutter. Trotz der Proteste von Tante Adelina klettert sie in das Bett und schmiegt sich fest an ihre Mutter, atmet den vertrauten Geruch, ihren Duft nach Seife, Waschmittel und irgendetwas köstlich Süßem ein und beginnt zaghaft zu glauben, dass alles gut ist.

Das neue Schwesterchen indes ist tatsächlich winzig wie ein Krümel, da war Nonna Rosarias Bezeichnung sehr treffend. Sie sieht noch gar nicht aus wie ein fertiger Mensch, so klein ist sie. Lorena darf sie halten und bekommt vor Aufregung ganz rote Ohren, und als die Mutter das kleine Bündel vorsichtig auch in Ginas Arme legt, wird ihr richtig merkwürdig ums Herz. Sie hat sich geirrt. Auch wenn das Baby noch sehr klein ist, ist es doch ganz und gar fertig. Sie betrachtet die winzigen Finger, die zarten, fast durchscheinenden Ohrmuscheln und das dunkle Haar und muss schlucken, als sie daran denkt, wie wütend sie eben noch auf ihre neue Schwester war. Davon spürt sie jetzt nichts mehr, und sie schwört sich: Sollte irgendjemand auf dieser Welt ihrer zerknautschten, kleinen, wunderschönen Schwester etwas Böses wollen, würde sie sie beschützen.

Gina saß in der Küche von Lorenas Stadtwohnung, vor sich eine Tasse mit kalt gewordenem Espresso und ihr Handy, das trotz des dunklen Displays einen stummen Vorwurf aussandte. Durch das geöffnete Fenster drangen die Stimmen der Passanten herauf, Kinder kreischten, ein Mofa knatterte vorbei, und aus der nahegelegenen Bar hörte man das Klappern des Geschirrs und das monotone Surren einer altmodischen Klimaanlage. Es roch nach Kaffee, Staub, frischem Gebäck und dem Holz der alten Fensterläden, die sich in der glühenden Nachmittagssonne aufheizten. Beides, der Geruch und die Geräuschkulisse, gehörte zu dieser Wohnung, ebenso wie der kühle Fliesenboden unter ihren nackten Füßen, die bodenlangen, spinnwebfeinen Vorhänge, das moderne Gemälde an der Wand und die bunten Designerstühle rund um den Küchentisch. Das war Italien. Perugia. Lorena. Und fühlte sich so himmelweit entfernt von ihrer Wohnung in der Speichercity an, als habe sie die letzten Jahre nicht in Hamburg, sondern auf dem Mond gelebt. Knut, ein ehemaliger Mitarbeiter und guter Freund von ihr, hatte ihr gerade per Sprachnachricht mitgeteilt, dass der Verkauf ihrer Wohnung reibungslos über die Bühne gegangen war. Als sie nach der Nachricht vom Tod ihres Vaters so überstürzt abreisen musste, hatte sie ihm eine Vollmacht erteilt, den Verkauf abzuwickeln. Mit dem Erlös konnte sie ihre restlichen Schulden bei der Bank bezahlen, doch mehr nicht. Von ihrem Ersparten war kein Cent übrig geblieben, sie hatte alles in die Firma gesteckt und am Ende doch Insolvenz anmelden müssen. Jetzt hatte sie nichts mehr als das bisschen Geld auf der Bank, das noch für ein paar Monate reichen würde – wenn sie bescheiden lebte. Und auch keine Wohnung mehr. Die war ohnehin zu groß für sie gewesen. Zu groß und viel zu teuer. Warum hatte sie für sich allein eine 100-qm-Wohnung mit Blick über den Hafen gebraucht, wo sie doch ohnehin Tag und Nacht nur gearbeitet hatte? Wozu hatte sie unbedingt in Sichtweite von Helene Fischer wohnen müssen? Wen interessierte überhaupt Helene Fischer? Gina wandte den Blick von ihrem Handy ab und sah aus dem Fenster, wo der Himmel sich unwirklich postkartenblau von den Dächern der alten Häuser abhob, und fragte sich, wieso ihr gerade jetzt der Tag von Gretas Geburt eingefallen war. Seit der Beerdigung ihres Vaters kamen ihr ständig Erinnerungen von früher in den Sinn. Heute Nacht hatte sie von ihrer Mutter geträumt, wie sie mit ihr im See geschwommen war, hatte ihr Lachen, ihre Stimme so deutlich gehört, als schwömme sie tatsächlich neben ihr. Sie hatte sogar das warme Seewasser auf ihrer Haut gespürt, den Widerstand des Wassers, den weichen sandigen Untergrund unter ihren Zehen. Und jetzt wieder Greta. Das kleine Baby in ihren ungeschickten Kinderarmen. Der brennende Wunsch, sie zu beschützen. Gina wischte sich mit dem Handrücken eine Träne aus dem Augenwinkel und blinzelte. Sie hatte den Schwur, den sie damals ihrer neugeborenen Schwester gegeben hatte, nicht gehalten. Nach jenem Sommer, in dem ihre Mutter verschwunden und das Unheil über sie alle hereingebrochen war, hatte sie damit aufgehört, auf Greta aufzupassen.

»Was ist los?«

Gina fuhr herum. Tonino stand in der Tür. Er trug nur Boxershorts, und seine Dreads standen kreuz und quer um seinen Kopf. Er gähnte und kratzte sich seinen mickrigen Ziegenbart. Offenbar hatte er geschlafen. Als Gina gegen vier Uhr von ihrem Ausflug auf die Insel zurückgekommen war, war sie der Meinung gewesen, niemand sei zu Hause.

»Was soll los sein?«, fragte sie zurück, um einen leichten Ton bemüht. »Ich trinke einen Kaffee.«

»Tust du nicht.« Er deutete auf die volle Espressotasse. »Du starrst ihn nur an. Und dein Handy. Schlechte Nachrichten?« Er schlurfte zum Kühlschrank und holte die Milchflasche heraus, schnupperte daran, spülte flüchtig eines der schmutzigen Gläser aus, die sich neben anderem schmutzigen Geschirr in der Spüle stapelten, und goss sich von der Milch ein. »Wie lange stehst du schon an der Tür?«, fragte Gina misstrauisch, als er sich zu ihr setzte. Ihr Neffe war mager und schlaksig, seine Schlüsselbeine stachen hervor. An der linken Brust hatte er ein aufwendiges Tattoo, das einen Kompass darstellte. *Never lost* stand darunter. Gina fragte sich, ob ihre Schwester davon wusste.

»Nur ein paar Minuten.« Er trank die Milch in großen Schlucken und zündete sich dann eine Zigarette an. »Du hast so ausgesehen, als wolltest du nicht gestört werden.«

Gina zuckte mit den Schultern. Ihr Neffe war wirklich der Allerletzte, dem sie von ihren Problemen erzählen wollte. »Nur Ärger im Geschäft«, log sie daher und sah wieder aus dem Fenster.

»Stimmt es, dass du für James Bond gekocht hast?«, fragte Tonino.

Sie wandte sich ihm zu. »Wer sagt das?«

»Opa.«

Gina nickte. »Ja, das war vor ein paar Jahren. Daniel Craig hat seinen neuen Film auf dem Filmfest in Berlin vorgestellt. Und er und einige aus der Filmcrew waren danach noch ein paar Tage in Hamburg. Irgendjemand hatte Geburtstag. Ich glaube, sein Manager. Sie haben einen leeren Speicher gemietet, und wir haben für sie gekocht.«

»Krass«, sagte Tonino ehrfürchtig. »Opa war megastolz.«

Gina lächelte. »Als ich es ihm gesagt habe, klang das nicht so. Er hat kaum zugehört. Ich weiß gar nicht, ob er Daniel Craig überhaupt kannte.«

»Doch. Er wusste ganz genau Bescheid. Greta hat es für ihn im Internet gegoogelt. Wahrscheinlich hat er der ganzen Insel davon erzählt. Und natürlich seinen Freunden auf dem Festland. Und jedem anderen, egal, ob er es hören wollte oder nicht.«

»Ach, du meine Güte.« Ginas Lächeln erlosch, und sie musste schlucken.

»Wusstest du das nicht?«, fragte Tonino.

Gina schüttelte den Kopf und bemühte sich vergeblich, den Kloß in ihrem Hals hinunterzuschlucken. Ihre in den letzten Tagen so mühsam bewahrte Beherrschung begann zu bröckeln, sie spürte, wie die Kraft, die sie benötigte, um die Fassade aufrechtzuerhalten, sie verließ, und dann sprudelte es schon aus ihr heraus, und sie erzählte ihrem verblüfften Neffen die schonungslose Wahrheit über ihre Firma und ihr beschämendes Scheitern.

Tonino war keineswegs so geschockt, wie Gina erwartet hatte. Angesichts der Insolvenz ihres Geschäfts zuckte er nur mit den Schultern und meinte voller jugendlicher Naivität: »Dir wird schon was anderes Cooles einfallen, Tante.« Und als sie ihm berichtete, dass sie soeben ihre Wohnung verkauft hatte und nicht wusste, wo sie in Zukunft leben würde, sagte er: »Du kannst leben, wo du willst, nichts und niemand hält dich irgendwo. Das ist doch auch irgendwie geil.«

11

»Was soll ich tun?« Greta ging unruhig auf und ab, tigerte zwischen Truhe und Nähmaschinentisch hin und her und versuchte, mit ihrer Großmutter zu sprechen. Doch Nonna Rosaria blieb stumm, Greta konnte ihre Anwesenheit nicht spüren. Nach einer Weile blieb sie stehen und sah sich um. Das Nähzimmer schien an diesem Morgen etwas von seinem üblichen Zauber verloren zu haben, wirkte leblos, ja sogar ein wenig angestaubt und traurig, so als sei es einfach nur irgendein Zimmer, das niemand mehr benutzte. Greta lief nach unten, holte ein Staubtuch und Möbelpolitur, wischte die Regale sauber, polierte die Nähmaschine, bis sie glänzte, holte nach kurzem Zögern auch noch Besen, Wischmopp und einen Eimer Wasser, wischte den Boden, putzte die Fenster, rückte alle Gegenstände gerade und entfernte auch noch die letzten winzigen Spinnwebfäden in den Ecken. Dann blickte sie sich erneut um, ein wenig außer Atem. Es hatte sich nichts verändert. Zwar strahlte der Raum jetzt vor Sauberkeit, duftete nach Zitrone und Möbelwachs, doch die Aura der Verlassenheit hatte sie nicht wegputzen können. Greta ließ sich auf die Truhe mit den Webstoffen sinken und verbarg ihr Gesicht in den Händen. Wenn ihre Großmutter ihr nicht helfen konnte, dann konnte es niemand. Es war so, wie ihre Nachbarin Nunzia es nach der Beerdigung gesagt hatte: Sie war allein.

Erst als es Zeit war, hinunter in die Trattoria zu gehen, stand sie schwerfällig auf. Domenico hatte sich heute Morgen um die Warenlieferung und um die Vorbereitungen für das Mittagsgeschäft gekümmert, deshalb war sie noch nicht unten gewesen. Während sie die Treppe hinunterging, vorbei am verlassenen zweiten Stock, vorbei an Adelinas Wohnung, verspürte sie mit einem Mal einen tiefen Widerwillen, je näher sie der Trattoria kam. Beunruhigt verlangsamte sie ihre Schritte. Noch nie, niemals, seit sie denken konnte, hatte sie sich schlecht dabei gefühlt, in die Trattoria zu gehen. Im Gegenteil, neben dem Nähzimmer und dem Seeufer war dies der Ort, an dem sie sich am wohlsten fühlte, ganz gleichgültig, wie viel oder wenig gerade zu tun war. Das war schon als Kind so gewesen. Die Küche, der heiße Pizzaofen mit dem duftenden Holzfeuer, all die Gerüche und Geräusche hatten sie immer zu trösten vermocht. Jetzt, plötzlich, war es anders. Sie fühlte sich erschöpft. Schon allein der Gedanke daran, die Soße für die Mittagspasta zuzubereiten, Salat und Gemüse zu putzen, all die kleinen Handgriffe zu erledigen, über die sie sonst gar nicht nachdachte, machte sie müde und schlecht gelaunt.

Als sie unten ankam, blieb sie eine Weile bei Domenico stehen, dessen Arbeitsplatz neben dem Pizzaofen der Küche vorgelagert war, und sah ihm zu, wie er mit seinen kräftigen, bis zu den Ellenbogen mehlbedeckten Armen den Pizzateig knetete und in kleine Kugeln zerteilte, die sich später in jenen unnachahmlich dünnen, knusprigen Pizzaboden verwandeln würden, dessen Herstellung Domenico wie kein anderer beherrschte. Er lächelte ihr aufmunternd zu, ohne etwas zu sagen, und sie erwiderte sein Lächeln zaghaft und wenig überzeugt. Auf dem Weg in die Küche fiel ihr Blick auf die Schrotflinte, die wieder unschuldig an der Wand hing, und sie seufzte. Auch wenn es ihr gutgetan hatte, ihre Schwestern damit von der Insel zu jagen, war ihr doch klar, dass das auf Dauer keine Lösung war. Ihr musste etwas Besseres einfallen, um sich gegen die beiden zu behaupten.

Adelina empfing sie mit ihrem finstersten Gewittergesicht und sagte kein Wort, als Greta in die Küche trat und sich die Schürze umband. Sie hatte sich gestern Abend, als sie von der Aktion mit der Schrotflinte erfahren hatte, so aufgeregt, dass sie eine zusätzliche Blutdrucktablette benötigt hatte, obwohl sie Gretas Erklärung gar nicht hören wollte. Allein die Vorstellung, dass Greta ihre beiden Schwestern vor den Augen sämtlicher Nachbarn mit der Schrotflinte von der Insel gejagt hatte, hatte gereicht, um sie in die Nähe eines Schlaganfalls zu bringen, gleichgültig, was die Ursache dafür gewesen war. »Du hast uns zum Gespött der ganzen Insel gemacht«, hatte sie Greta angegiftet, als diese versuchte, ihr zu erzählen, welche Ungeheuerlichkeit Lorena im Sinn hatte, und, ohne sie zu Wort kommen zu lassen, bitter hinzugefügt: »Warum schaffst du es nicht ein einziges Mal, dich so zu verhalten, wie *normale* Menschen es tun? Warum musst du immer so *seltsam* sein?«

Daraufhin war Greta verstummt, hatte sich um das Filet gekümmert, das heute Mittag als *Tagliata di manzo* auf der Karte stand, und den Rucola geputzt. Auf diese beiden Fragen, die Adelina ihr in schöner Regelmäßigkeit stellte, hatte sie noch nie eine Antwort gewusst.

Die ersten Gäste waren bereits eingetroffen, und einmal war bereits Tagliata bestellt worden. Greta hoffte, dass auch Don Pittigrillo zum Mittagessen kam, wie er es meistens tat. Vor allem heute, da Nonna Rosaria sie im Stich gelassen hatte, sehnte sie sich danach, in seine gütigen Augen zu blicken, die immer ein bisschen mehr zu wissen schienen als man selbst und die einem ganz ohne Worte sagten, dass alles gut werden würde. Er würde Rat wissen. Er würde ihr sagen können, was jetzt zu tun sei. Sie trennte eine letzte dünne Fettschicht von einem der vorbereiteten Fleischstücke ab und legte es in die heiße Pfanne. Don Pittigrillo aß selten Fleisch, doch bei Tagliata wurde er hin und wieder schwach. Sie würde eine Portion für ihn zurückbehalten, für alle Fälle. Während sie das Filet im Auge behielt – es durfte nur ganz kurz scharf angebraten werden –, fiel ihr die Nixe wieder ein, die sie gestern am Friedhof gefunden hatte und Don Pittigrillo zeigen wollte, doch dann, als ihre verfluchten Schwestern gekommen waren, hatte sie es vergessen. Vielleicht konnte ja er ihr sagen, wer sie an das Grab ihres Vaters gelegt haben mochte. Sie würde ihn noch einmal danach fragen. Als das Filet fertig gebraten, in fingerdicke Streifen geschnitten und auf einem Bett aus frischem Rucola angerichtet war, hobelte sie Parmesan darüber. Ohne sich umzudrehen, griff sie auf das Gewürzbord, um die Nixe in die Tasche ihrer Schürze zu stecken. Sie griff ins Leere. Den Teller mit der Tagliata schon in der Hand, drehte sie sich überrascht um. Das Bord war bis auf die Gläser mit Gewürzen leer. Von der kleinen Holznixe keine Spur.

Don Pittigrillo sah Greta schon von Weitem die Straße entlanglaufen. Unweigerlich überkam ihn ein Anflug des Bedauerns, weil er heute Mittag nicht in der Trattoria gegessen hatte, obwohl Tagliata auf der Karte gestanden hatte. Doch er war am Vormittag in Perugia gewesen, sein jährlicher Kontrolltermin beim Arzt, und er hatte unterwegs zu Mittag gegessen. Jetzt saß er – glücklich, seinem Alter entsprechend gesund und noch für diensttauglich befunden worden zu sein – am Schreibtisch seines Arbeitszimmers. Es befand sich im ersten Stock und hatte ein hübsches, fast venezianisch anmutendes Rundbogenfenster mit Blick auf die einzige Straße des Dorfes. Die kleine Insel besaß zwar nur diese eine Straße – auf der mit Ausnahme von Lieferantenfahrzeugen Autos verboten waren –, verfügte aber, sehr zur Freude des Priesters, der Straßen ohnehin für überbewertet hielt, über drei Kirchen, von denen jede einzelne ein kleines Schmuckstück war. Don Pittigrillo mochte die

Kapelle des Erzengels Michael auf dem Hügel, wo auch der Friedhof lag, am liebsten, die Gottesdienste jedoch fanden überwiegend in der Pfarrkirche im Dorf statt, die am größten und am leichtesten zu erreichen war, besonders für die vielen Alten auf der Insel. Groß war dabei natürlich ein relativer Begriff. Die Kirche war nicht viel größer als eine Kapelle, und seine etwa fünfzig Schäflein, die alle mehr oder weniger regelmäßig in den Gottesdienst kamen – alle außer Tano, Greta und ihr Vater, gotthabihnselig –, passten gerade so hinein. Deshalb hatte Don Pittigrillo das Privileg, immer vor vollem Haus predigen zu können, etwas, was seinen Kollegen auf dem Festland, deren Kirchen um ein Vielfaches größer waren, meistens nicht vergönnt war. Als ihm klar wurde, dass Greta auf das Pfarrhaus zusteuerte, wunderte sich der alte Priester. Genauso wenig, wie Greta in die Kirche ging, hatte sie ihn jemals persönlich aufgesucht. Noch nicht einmal, um Ernestos Beerdigung zu besprechen. Auch dafür war er zu ihr in die Trattoria gekommen. Doch es bestand kein Zweifel, sie kam zu ihm, und kurz darauf schellte es bereits an der Tür. Don Pittigrillo sprang auf und ging hinunter, um ihr zu öffnen. Das Haus, in dem sich im ersten Stock seine bescheidene Wohnung befand, war eigentlich kein Pfarrhaus. Wie die Kirchen der Insel ein Baudenkmal, wurde es *Casa del Capitano del Popolo* genannt, früher das Haus des Statthalters von Perugia, als die Stadt noch Eigentümerin des Sees und der Inseln gewesen war. Heute befand sich im Erdgeschoss ein kleines Museum zur Geschichte der Insel und im ersten Stock seine Wohnung, die man extra für ihn geschaffen hatte, wofür er sehr dankbar war. Bei Stellenantritt hatte er darauf bestanden, inmitten seiner Gemeinde zu wohnen und nicht, wie sein Vorgänger, auf dem Festland, wo er nichts von alldem mitbekam, was auf der Insel vorging. Don Pittigrillo war zudem hier aufgewachsen, in einem Haus auf der anderen Seite der Straße, das jedoch nach dem frühen Tod seiner Eltern verkauft worden war, weil keines seiner in alle Winde zerstreuten Geschwister sich darum hatte kümmern können oder wollen und es noch ungewiss gewesen war, wohin es ihn selbst nach seinem Studium verschlagen würde. Als kurz nach Ende seiner Ausbildung die Pfarrstelle hier frei wurde, hatte er das als eine göttliche Fügung angesehen und keine Sekunde gezögert, hierher zurückzukommen. Der Allmächtige hatte es gut mit ihm gemeint, er musste gewusst haben, wie schwer es ihm gefallen war, in den Jahren des Studiums von seiner Insel getrennt zu sein. Wie die alten Korkeichen war er verwurzelt mit diesem Ort, fühlte sich eins mit dem rötlichen Sand, den sonnengebleichten Steinmauern, den Olivenbäumen, empfand eine tiefe Verwandtschaft mit den Rosmarinbüschen und dem wilden Lorbeer, und wenn er in seiner freien Zeit über die alten, fast zugewachsenen Wege der Insel spazieren und die Fasane und wilden Kaninchen betrachten konnte, war er wahrhaft glücklich. Er brauchte nichts anderes. Außer vielleicht seine Abendzigarette und hin und wieder einen guten alten Italowestern. Und die *Trattoria Paradiso* natürlich. Aber diese war, so wie er selbst, ein unverbrüchlicher Teil der Insel, also musste sie gar nicht extra erwähnt werden.

Entgegen ihrer sonst so ruhigen, selbstsicheren Art wirkte Greta heute nervös, ja, aufgeregt, was Don Pittigrillo nicht verwunderte. Er hatte von mehreren Seiten von der Sache mit der Schrotflinte gehört, unter anderem auch von Adelina, die ihn gestern Abend kurz vor der Andacht aufgesucht hatte und außer sich vor Empörung gewesen war. Er hatte versucht, sie zu beruhigen, und sich insgeheim Vorwürfe gemacht, nicht mehr da gewesen zu sein, als der Streit zwischen den Schwestern eskalierte. Wäre er nach dem Essen noch ein klein wenig länger geblieben, hätte er womöglich vermitteln können. Er hoffte, jetzt, da Greta zu ihm gekommen war, wenigstens zu erfahren, was der Grund für die ganze Aufregung gewesen war.

Zunächst jedoch sollte seine Neugier unbefriedigt bleiben. Greta hatte offenbar andere Prioritäten, was sie für erzählenswert fand und was warten konnte. »Sie ist nicht mehr da«, platzte sie heraus, kaum dass er die Tür geöffnet hatte.

Don Pittigrillo runzelte die Stirn. »Wer ist nicht mehr da?«

»Die Nixe, die ich Ihnen zeigen wollte. Ich hatte sie auf das Gewürzbord in der Küche gestellt, und jetzt ist sie weg.«

»Deswegen bist du gekommen?«, fragte Don Pittigrillo verwundert. »Ist das denn so wichtig?«

Greta nickte. »Weshalb legt jemand meinem Vater eine Nixe ans Grab? Sie ist eindeutig handgeschnitzt und sehr sorgfältig bemalt. Ich bin mir sicher, dass ...«

»Jetzt komm erst mal rein«, unterbrach Don Pittigrillo sie. Er öffnete die Tür weit und bat sie mit einer Handbewegung die Treppe hinauf. »Dann können wir in Ruhe darüber reden.« Sie gingen hintereinander die schmale Treppe nach oben und in sein Arbeitszimmer. »Möchtest du etwas trinken?«, fragte er, doch Greta schüttelte den Kopf. Sie blieb mitten im Raum stehen, obwohl Don Pittigrillo ihr einen Stuhl anbot, also blieb er ebenfalls stehen. »Dann erzähl mal, was dich an dieser Nixe so beunruhigt«, schlug er vor. »Jeder könnte sie dort hingelegt haben. Vielleicht ein Kind ...«

Greta schüttelte den Kopf. »Nein. Sie muss eine Bedeutung haben«, insistierte sie. »Und ich denke, Adelina kennt sie. Erinnern Sie sich? Sie hat die Artischocken fallen lassen, als ich sie ihr gezeigt habe.«

Don Pittigrillo lächelte. »Sagtest du nicht, das sei ein Missgeschick gewesen?«

»Das dachte ich erst. Aber jetzt, da die Figur weg ist ...« Gretas

Augen wurden schmal vor Zorn. »Ich bin mir sicher, Adelina hat sie gestohlen.«

»Aber Greta! Wie kommst du denn darauf? Warum sollte Adelina so etwas tun?« Don Pittigrillo schüttelte den Kopf. Das gefiel ihm ganz und gar nicht. Er erkannte Greta nicht wieder. »Vielleicht ist sie runtergefallen und unter den Herd gerollt?«

»Nein! Ich habe überall gesucht. Und auch Adelina danach gefragt. Sie war auffallend desinteressiert, meinte, sie könne sich nicht daran erinnern, die Nixe gesehen zu haben.« Greta tippte sich an die Stirn. »Wer soll das denn glauben? Ich habe sie ihr doch gestern erst gezeigt.«

»Du kannst nicht erwarten, dass andere dieser Sache ebenso viel Bedeutung beimessen, wie du es tust, Greta. Sie hat vielleicht einfach nicht darauf geachtet, war zu sehr mit den verdorbenen Artischocken beschäftigt. Sicher hat sie sich schrecklich darüber aufgeregt. Du kennst doch Adelina.«

Greta gab keine Antwort, sie sah ihn nur an, und Don Pittigrillo spürte, dass sie keineswegs überzeugt war. Er zuckte mit den Schultern. »Wie auch immer, ich bin mir sicher, dass die Figur bald wieder irgendwo auftauchen wird. Ich habe übrigens von deiner Tante gehört, dass es bei euch noch ganz andere Aufregungen gegeben hat als eine verschwundene Schnitzerei?« Er lächelte, um Greta zu signalisieren, dass er Adelinas Empörung nicht teilte, doch Greta schien es gar nicht zu bemerken. Ihre Miene verdüsterte sich, und mit einem Mal sah sie nicht mehr wütend, sondern zutiefst unglücklich aus.

»Ach, Don Pittigrillo«, sagte sie und hob in einer hilflosen Geste, die ihn zutiefst rührte, die Hände. »Was soll ich nur tun?«

»Jetzt setz dich erst mal«, sagte er und zog einen der beiden Stühle heraus, die vor seinem Schreibtisch für Besucher bereitstanden. »Ich mach uns einen schnellen *caffè*, und dann reden wir.«

Sie widersprach nicht, sondern setzte sich gehorsam auf den Stuhl. Mit einem Mal wirkte sie kraftlos, der Zorn und die Erregung waren verraucht.

Es dauerte nur fünf Minuten, den Espresso für sie beide zu kochen, denn er hatte die Mokkakanne schon mit Kaffeepulver und Wasser gefüllt und musste sie nur noch aufs Gas stellen. Drei Uhr war Don Pittigrillos übliche Kaffeezeit, und die Kanne bereitete er immer gleich nach dem Mittagessen vor. Er brauchte seine Rituale. Als er mit einem kleinen Tablett, zwei Tassen und einem Zuckerschälchen zurück in sein Büro kam, erwartete ihn eine Überraschung: Das Zimmer war leer.

»Greta?« Verwirrt sah Don Pittigrillo sich um, doch als niemand antwortete, stellte er das Tablett auf dem Schreibtisch ab und schaute aus dem Fenster. Dort ging Greta, aufrecht, hoch erhobenen Hauptes, mit ihrem typischen Gang, ohne besondere Eile zurück in Richtung Trattoria. Kurz war er versucht, das Fenster aufzumachen und ihr nachzurufen, doch er wusste, dass es sinnlos wäre. Er kannte Greta gut. Was auch immer sie veranlasst hatte, sich einfach davonzumachen, sie würde jetzt weder umkehren noch eine Erklärung liefern. Vermutlich würde sie sich nicht einmal umdrehen. Kopfschüttelnd ging er zurück zu seinem Schreibtisch. Als er sich setzen wollte, fiel ihm etwas auf. In dem Bücherregal hinter seinem Schreibtischstuhl, etwa in Höhe seines Kopfes, herrschte eine Unordnung, die vorher, dessen war er sich sicher, noch nicht da gewesen war. Ein Buch war umgefallen, was daran lag, dass die Stütze fehlte, die es vorher an seinem Platz gehalten hatte. Als ihm klar wurde, was das zu bedeuten hatte, entfuhr ihm ein ganz und gar unpriesterlicher Fluch. Dort oben, zwischen der Biografie von Padre Pio und einem Bildband über Assisi, stand normalerweise eine flache Schale aus Muranoglas, ein Geschenk eines Kollegen aus Venedig, die jetzt verschwunden war. Er mochte weder den Kollegen noch die kitschige Schale mit den gläsernen Ranken und Blüten in grellen Farben. Vermutlich hatte sein Bekannter diese Abscheulichkeit ebenfalls geschenkt bekommen und nicht gewusst, wohin damit. Don Pittigrillo war es ebenso ergangen, doch sein Pietätsgefühl hatte ihm verboten, sie wegzugeben. Deshalb hatte er sie nach oben in das Regal gestellt, und mit der Zeit hatten sich darin allerlei andere Geschenke angesammelt, für die er ebenso wenig Verwendung hatte, aber nicht wusste, wohin damit: eine blau-weiß-rote Sammeltasse mit dem Foto der Queen, die ihm jemand aus England mitgebracht hatte, eine Pfeife samt Tabaksdose, ein paar Ehrennadeln und Anstecker ... und eine kleine Skulptur, handgeschnitzt und auffällig bunt bemalt. Don Pittigrillo atmete einmal tief ein und unterdrückte mühsam einen zweiten Fluch. Er hätte die Nixe wegwerfen sollen, gleich damals, als er sie geschenkt bekommen hatte. Es war eine Dummheit gewesen, sie aufzubewahren. Aber wer hatte auch ahnen können ... Er schüttelte den Kopf und sah sich suchend um. Die Glasschale stand auf dem kleinen Beistelltisch neben dem Regal, und die Nixe, die seit über fünfundzwanzig Jahren darin gelegen hatte, war weg.

12

Ohne innezuhalten, entfernte sich Greta schnellen Schrittes vom Haus des Pfarrers und ging auch an der Trattoria vorbei, ohne sie eines Blickes zu würdigen. Vermutlich war Adelina schon wieder in der Küche. Sie gönnte sich immer nur einen kurzen Mittagsschlaf, dann werkelte sie meist bis zum Beginn des Abendgeschäfts herum, wischte und putzte und achtete darauf, dass alles genau so blieb, wie es immer schon gewesen war. Jedes Ding an seinem Platz, jeder Handgriff seit Jahrzehnten der gleiche. Es hatte Greta nicht weiter verwundert, dass Adelina nicht einmal hatte wissen wollen, weshalb sie sich mit ihren Schwestern so in die Haare gekriegt hatte, sondern dass es ihr genügte zu wissen, dass ihre jüngste Nichte, dieses seltsame Wesen, das ihr immer schon am meisten Kummer bereitet hatte, wieder einmal dafür gesorgt hatte, dass die Familie Peluso ins Gerede gekommen war. Greta erwartete keine Unterstützung und keinen Rat von ihrer Tante. Adelina mit ihrer Schwarzmalerei und den ewigen Nörgeleien war ihr noch nie eine große Hilfe gewesen, warum sollte es jetzt, da der Vater tot war und alles den Bach hinunterzugehen drohte, plötzlich anders sein? Das Schweigen von Nonna Rosaria heute Morgen jedoch, das war schon etwas anderes. Auf die Großmutter hatte sie sich bisher stets verlassen können. Auch wenn sie nicht jedes Mal mit Greta sprach, so schickte sie doch wenigstens ein Zeichen, wenn Greta darum bat, gab ihr ein Gefühl von Sicherheit und stärkte ihre Überzeugung, das Richtige zu tun. Doch heute Morgen war nichts passiert. Schon da hatte sie das Gefühl gehabt, sich auf einen Abgrund zuzubewegen. Doch das, was ihr endgültig das Gefühl gab, den Boden unter den Füßen zu verlieren, war die Erkenntnis, dass Don Pittigrillo sie anlog. Don Pittigrillo ein Lügner! Wenn das möglich war, dann war es auch möglich, dass Tante Adelina eine Diebin war, dass ihre Schwestern ihr die Trattoria wegnahmen und sie die Insel verlassen musste. Sie wurde langsamer, als der Anstieg den Hügel hinauf begann. Ihr war nichts anderes eingefallen, als noch einmal zum Grab zu gehen. Auf halber Höhe, dort, wo die Einfahrt zur Villa Isabella abzweigte, blieb sie stehen und pflückte ein paar Blumen für die kleine Vase an der Grabnische. Ein paar Büschel von Lavendel, Zistrose und Ginster in der Hand, setzte sie sich einen Moment auf der niedrigen Trockenmauer in den Schatten einer Steineiche. Es war vollkommen still um sie herum, nur die Zikaden zirpten. Die Insel brütete unter der Nachmittagssonne, und die Luft roch würzig nach Pinien und Rosmarin. Über dem See schoben sich dunkle Wolken zusammen, die für den Abend Gewitter verhießen. Greta nahm die kleine Skulptur des Pfarrers, die sie bei ihrer überstürzten Flucht spontan eingesteckt hatte, aus der Tasche ihres Kleides und betrachtete sie erneut. Während die Nixe, die sie am Grab gefunden hatte, einen leuchtend blauen Fischschwanz gehabt hatte, war dieser grün. Dieses Figürchen war ein wenig kleiner und schien erheblich älter zu sein, die Farbe war verblichen, und es war mit Staub bedeckt. Aber es war unzweifelhaft von derselben Hand geschnitzt und bemalt worden. Und dennoch hatte Don Pittigrillo so getan, als wüsste er nicht, wovon sie sprach, als sie sie ihm beschrieben hatte. Langsam schob sie die Skulptur zurück in die Tasche. Und begriff die Botschaft, die in Nonna Rosarias Abwesenheit lag: *Ich bin nicht da. Niemand ist da. Du musst allein klarkommen.*

Greta fröstelte trotz der Junihitze. Reichte es nicht, dass der

Vater sie alleingelassen hatte? So plötzlich, ohne Vorwarnung? Mussten sich ihre geheime Ratgeberin und Don Pittgrillo auch noch davonmachen? Sie stand auf, verzagt und mutlos, und wollte gerade weitergehen, als ein Geräusch sie innehalten ließ. Sie drehte sich um und sah, wie jemand die Auffahrt zur Villa Isabella herunterkam. Sie brauchte einen Moment, aber nur einen einzigen, um die große Gestalt zu identifizieren. Es war Matteo Ferraro. Er lief den überwucherten Weg entlang und öffnete das Tor. In ihrer Aufregung hatte sie gar nicht darauf geachtet, ob das Tor zur Villa Isabella noch immer unverschlossen war. Sie hatte nicht hingesehen. Doch offenbar war es das. Matteo öffnete das rostige Gatter und trat so selbstverständlich aus dem verwilderten Garten der Villa Guglielmi, als gehöre er ihm. Greta spürte, wie sie sich versteifte. Was hatte er hier zu suchen?

Jetzt hatte er sie auch entdeckt und lächelte ihr zu. Dieses breite, freundliche Lächeln, das sie früher hatte dahinschmelzen lassen, war auch heute noch unverändert, und sie glaubte einen Moment, den schlaksigen Jungen von früher wieder vor sich zu sehen, der nur aus Armen und Beinen zu bestehen schien und dessen Augen so blau waren wie der See am Morgen, wenn die Sonne gerade aufgegangen war.

»Ciao, Greta«, sagte er und blieb vor ihr stehen. Wie bei ihrer letzten Begegnung trug er eine alte Jeans und staubige Schuhe und hatte einen Rucksack geschultert.

Greta kniff die Augen zusammen. »Was treibst du hier? Das ist Privatbesitz.«

Er hob spöttisch die Brauen. »Ich freu mich auch, dich zu sehen. Und die Villa ist kein Privatbesitz. Sie gehört der Provinz.«

»Egal, wem sie gehört, du jedenfalls hast kein Recht, dich auf dem Grundstück rumzutreiben.«

»Da täuschst du dich«, entgegnete er. »Ich bin in offiziellem

Auftrag hier. Ich soll für die Denkmalschutzbehörde der Provinzregierung die Bausubstanz der Villa prüfen.«

Greta musterte ihn erstaunt. »Wieso das denn?«, wollte sie wissen. »Wollen sie sie endlich renovieren?«

Matteo zuckte mit den Schultern. »Davon weiß ich nichts. Ich habe nur den Auftrag erhalten, ein Gutachten zu erstellen.« Sein Blick fiel auf die Blumen in Gretas Hand. »Bist du auf den Weg zum Friedhof?«

Als Greta nickte, fragte er: »Hast du was dagegen, wenn ich dich begleite?«

»Wieso?« Greta musterte Matteo misstrauisch.

»Einfach so.« Wieder dieses Lächeln, fast ein wenig verlegen.

Sie wollte ihn so unmöglich finden, wie sie sich ihn seit zwanzig Jahren vorstellte, in den seltenen Augenblicken, in denen sie überhaupt jemals noch an Matteo Ferraro gedacht hatte. Einen aufgeblasenen Idioten, der sich um die Gefühle anderer Leute nicht scherte, einer dieser Typen, dessen Freundlichkeit so sehr an der Oberfläche blieb, dass man sie mit dem Fingernagel abkratzen konnte. Es gelang ihr jedoch nicht ganz. Er wirkte aufrichtig, keineswegs überheblich, wie sie erwartet hatte. Sie zuckte mit den Schultern. »Von mir aus. Ich kann dich ohnehin nicht daran hindern.«

Sie stiegen nebeneinander die Anhöhe zur Kapelle hinauf. Matteo deutete zu der Mauer, die das Anwesen der Villa Isabella vom Weg abgrenzte. »Warst du schon mal in diesem Park?«, fragte er.

Greta schüttelte den Kopf. »Nur als kleines Kind, aber ich kann mich kaum mehr daran erinnern.«

»Er ist fantastisch«, schwärmte er. »Ein mystischer Ort. Auf den ersten Blick sieht man nichts als undurchdringliches Dickicht, die Gehölze und Sträucher, die einmal gepflanzt wurden, sind längst von der Macchia überwuchert oder so hoch wie Bäume geworden. Man kommt sich vor wie in einem Urwald, doch dann, plötzlich, macht der Weg eine Biegung, und man steht vor einer steinernen Bank unter einer Laube, einem Magnolienbaum, einem kleinen Teich voller Seerosen ...«

»Bist du jetzt auch noch Gärtner oder was?«, schnappte Greta schlecht gelaunt und bereute es, als sie sein Gesicht sah. Er wirkte verletzt.

»Ich kann Schönheit erkennen, wenn ich sie sehe«, erwiderte er etwas steif. Sie spürte seinen Blick auf sich, und eine plötzliche Verlegenheit erfasste sie. Sie senkte den Kopf und beschleunigte ihre Schritte.

»Was ist passiert, Greta?«, fragte er unvermittelt, als sie beide ein wenig außer Atem an der Hügelkuppe angelangt waren.

»Ich verstehe nicht, was du meinst«, wehrte Greta ab und ging zu der Grabnische ihres Vaters. Matteo folgte ihr.

»Wir haben uns doch früher gut verstanden? Warum bist du plötzlich so« – er hob ratlos die Schultern –, »so wütend auf mich? Hab ich dir irgendetwas getan?«

Greta zögerte. Das wäre der Moment, ihm zu sagen, was sie so verletzt hatte, dass sie sich geschworen hatte, nie, nie, niemals mehr im Leben ein Wort mit Matteo Ferraro zu wechseln. Andererseits war es albern, ihm etwas vorzuwerfen, was vor vielen Jahren vorgefallen war. Eine Sache, an die er sich mit Sicherheit nicht mehr erinnerte, die so unbedeutend und nebensächlich für ihn gewesen war, dass er sie vermutlich auslachen würde, wenn sie jetzt damit daherkam. Den Bruchteil einer Sekunde war sie dennoch versucht, es ihm zu erzählen. Er wirkte ehrlich interessiert. Doch dann brachte sie es nicht über sich. Die Worte wollten nicht aus ihrem Mund. So schüttelte sie nur abwehrend den Kopf und sagte: »Das ist zwanzig Jahre her. Wir haben uns doch seitdem kaum mehr gesehen, geschweige denn miteinander gesprochen. Ich war ein kleines Mädchen, und du warst der Schulfreund meiner Schwester. Von gut verstehen kann da keine Rede sein.«

»Wenn du meinst.« Matteo insistierte nicht. Er wandte sich ab und betrachtete die Grabnische, während Greta die Vase mit Wasser füllte und die Blumen hineinstellte. Vermutlich würden sie bis zum Abend bereits verwelkt sein, denn die Sonne brannte unbarmherzig auf die glatte Mauer mit den viereckigen Nischen, aber das war nicht wichtig. Ihr Vater hatte Blumen geliebt. Jedes kleine Pflänzchen, selbst diejenigen, die Adelina immer als Unkraut bezeichnete, hatte er gemocht. Er hatte von allen Pflanzen der Insel die Namen gewusst und viele davon zum Kochen verwendet.

»Hast du im Park auch die Pfauen gesehen?«, fragte sie schließlich in die Stille hinein, bemüht, ihre Grobheit von vorhin wieder etwas auszubügeln.

»Pfauen?« Matteo schüttelte den Kopf. »Nur Fasane und ein paar Kaninchen. Ich dachte, die Geschichte der Pfauen der Familie Guglielmi sei nur ein Mythos.«

»Sie ist wahr. Ich habe einen gesehen. Er stand vor dem Tor der Villa, als ich das letzte Mal hier heraufgekommen bin.«

»Tatsächlich?« Er lächelte. »Ich wusste immer, dass du ein ganz besonderer Mensch bist.«

Greta spürte, wie sie schon wieder verlegen wurde. Warum brachte dieser Idiot sie noch immer so aus der Fassung? »Machst du dich über mich lustig?«, fauchte sie.

Matteo schüttelte den Kopf, sichtlich erstaunt über ihre heftige Reaktion. »Aber nein! Kennst du die Geschichte etwa nicht? Der Pfarrer hat sie mir erzählt, wir sind uns vor einer Weile auf dem Weg begegnet, so wie wir beide heute. Der Marchese Guglielmo hat seiner Frau Isabella zur Hochzeit ein Pfauenpärchen geschenkt, als Zeichen seiner Liebe. Solange die Ära der

Familie Guglielmi hier auf der Insel andauerte, in den goldenen Zeiten der Belle Époque, vermehrten sich die Pfauen und gediehen prächtig. So mancher Inselbewohner war genervt von ihren nächtlichen Schreien. Sie schreien recht laut, weißt du? Etwa so ...« Er ahmte einen schrillen Schrei nach und fuhr dann mit seiner Geschichte fort. »Und als die Guglielmis die Insel verließen, verschwanden auch die Pfauen. Seitdem, so sagt man, zeigen sie sich nur noch ganz besonderen Menschen ...« Er unterbrach sich und sah Greta besorgt an. »Was ist? Du bist ja ganz blass geworden. Ist dir nicht gut?«

Greta war bei seiner Erzählung alles Blut aus dem Gesicht gewichen. Sie fühlte sich plötzlich ganz schwach, und ihre Knie zitterten. »Ich habe einen Schrei gehört ...«, flüsterte sie und stützte sich an der Marmorwand ab. Ihr war schwindlig.

Matteo nahm sie am Arm. »Das ist vermutlich die Hitze«, meinte er. »Setz dich eine Weile in die Kapelle, dort ist es kühler.« Er ignorierte ihren schwachen Protest und ging mit ihr in den kühlen Kirchenraum, wo sie sich auf eine der Bänke setzte. »Warte hier, ich bin gleich zurück.« Matteo lief nach draußen, dann kam er mit seinem Rucksack zurück, nahm aus einer Seitentasche eine Orange und ein Messer und begann, sie zu schälen. Der süße Duft stieg Greta in die Nase. »Orangen haben viel Zucker, das bringt dich wieder auf die Beine«, sagte er und reichte ihr einen Schnitz. »Ich habe bei der Arbeit immer welche dabei.«

Während Greta gehorsam die Orange aß, spürte sie, wie der Schwindel nachließ. »Danke«, sagte sie und stand verlegen auf. »Es geht schon wieder.«

»Sicher?« Matteo sah sie forschend an.

Greta nickte.

»Du hast etwas von einem Schrei gesagt, den du gehört ...«

»Das war nichts!«, unterbrach Greta ihn hastig. »Es ist alles gut.

Du hast recht, es war die Hitze. Ich habe heute zu wenig gegessen. Lass uns gehen.«

Matteo wich ihr nicht von der Seite, als sie zurück ins Dorf wanderten, und warf ihr immer wieder kurze Blicke zu, so als fürchte er, sie würde plötzlich in Ohnmacht fallen. Dabei fühlte sie sich schon wieder völlig in Ordnung. Am besten war es, den Vorfall so schnell wie möglich zu vergessen. Um von sich abzulenken, nahm Greta das Gespräch von vorhin wieder auf. »Du weißt viel über die Insel und die Familie Guglielmi.«

Er zuckte mit den Schultern. »Wenn ich irgendwo Restaurationsarbeiten machen soll, informiere ich mich vorher über die Geschichte des Ortes oder des Gebäudes. Und diese Insel hier« – er machte eine weitausholende Geste – »hat mich schon immer fasziniert. Sie ist ein außergewöhnlicher Ort. Aber das muss ich dir ja nicht erzählen. Wahrscheinlich weißt du, dass die Villa Guglielmi auf den Fundamenten eines Klosters aus dem vierzehnten Jahrhundert erbaut wurde?«

Greta nickte. »Der heilige Franz von Assisi lebte eine Zeit lang auf der Insel. Ihm zu Ehren wurde später das Kloster errichtet.«

»Es ist jammerschade, dass davon nichts mehr übrig ist.«

»Don Pittigrillo ist davon überzeugt, dass der Geist von Franz von Assisi auf der Insel noch immer fortwirkt. Das ist seiner Meinung nach der Grund dafür, dass die Tiere hier so zahm sind.«

»Ein ziemlicher Romantiker, euer Pfarrer.«

Sie nickte versonnen. »Ich glaube, er hat recht. Die Tiere wissen, dass ihnen hier nichts Böses droht. Nicht einmal Tano käme auf die Idee, auf der Insel einen Fasan oder ein Kaninchen zu jagen.«

»Tano?«

Greta lächelte. »Unser Dorftrinker. Er wohnt mit seinen Hunden unten am Pier in einer Hütte. Mit ihm ist nicht gut Kirschen essen. Aber das gehört wohl auch dazu. So wie eine Klatschtante, das wäre dann Cinzia Locatelli, oder eine Dorfheilige, meine Tante Adelina.«

Matteo lachte. »Dann gibt es sicher auch einen Dorfcasanova?«

»O ja. Pasquale Fusetti, der Bootsschaffner. Er stellt allen Frauen nach, die nicht bei drei auf einer Pinie sitzen. Aber eigentlich ist er ein netter Kerl.«

»Du liebst diese Insel.«

Greta warf ihm überrascht einen Blick zu und nickte dann. »Mehr als alles andere auf der Welt.« Raue Verzweiflung packte sie, als sie an den gestrigen Besuch ihrer Schwestern dachte und daran, welche Bedrohung die beiden darstellten, nicht nur für sie selbst, sondern für die ganze Insel. Was würde aus der Trattoria werden, wenn sie das Haus verkauften? Wo sollten sich die Inselbewohner künftig treffen? Mit Sicherheit würden sie niemanden finden, der Lust darauf hatte, das Restaurant so wie bisher fortzuführen. Greta hing an der *Trattoria Paradiso*, aber sie war nicht naiv. Sie wusste, dass das in die Jahre gekommene Restaurant keinerlei Wert für einen Außenstehenden hatte, es trug sich nur deshalb so einigermaßen, weil es ein Familienbetrieb war und sie außer Domenico keine weiteren Angestellten hatten. Wer würde hier auf Dauer arbeiten wollen? Wer hätte Lust darauf, hier das ganze Jahr über zu wohnen, während der einsamen Wintermonate, in denen der Wind heulte, die Boote tagelang nicht fahren konnten und von morgens bis abends nichts, aber auch gar nichts geschah?

Inzwischen waren sie unten angekommen, dort, wo die Straße sich verbreiterte und, mit rötlichen Ziegeln gepflastert, schnurgerade durchs Dorf führte. Kurz bevor sie die Trattoria erreichten, blieb Greta, einem spontanen Einfall folgend, stehen, griff in die Tasche und nahm die Nixe heraus.

»Hast du so was schon mal gesehen?«, fragte sie und fügte hastig hinzu: »Ich meine nur, weil du dich mit Kunst und so auskennst.«

Matteo nahm ihr die Figur aus der Hand und musterte sie. »Kunst würde ich es vielleicht nicht unbedingt nennen, eher Kunsthandwerk, aber die Figur ist sehr hübsch gemacht. Was ist damit?«

»Jemand hat so eine Figur ans Grab meines Vaters gelegt, und es würde mich interessieren, wer das war und was es zu bedeuten hat.«

Matteo drehte die Nixe in den Händen. »Das könnte die Nymphe Agilla sein«, meinte er dann.

Greta starrte ihn an. »Was?«

Etwas an ihrem Tonfall ließ Matteo aufblicken. »Ich meine nur, das ist naheliegend, oder? Die Sage von Agilla und dem Prinzen Trasimeno ist doch sehr populär hier. Immerhin hat der See daher seinen Namen. Hast nicht sogar du sie mir einmal erzählt?«

»Ja ...« Unvermittelt traten Greta Tränen in die Augen. »Ja, das hatte ich ganz vergessen ...« Sie griff nach der Figur. »Danke. Für die Orange und ... du hast mir sehr geholfen.« Mit diesen Worten ließ sie ihn stehen und lief in die Trattoria.

13

Es war schon fast acht, als Lorena nach Hause kam. In der Kanzlei war sie ärgerlicherweise auf Fausto getroffen, der sie gebeten hatte, einen schwierigen Fall mit ihm durchzusprechen, was sich hingezogen hatte. Danach hatte sie noch angefangen, nach internationalen Präzedenzentscheidungen für Fausto zu suchen, was mit der veralteten Software, die sie benutzten, eher einem Lotteriespiel glich als echter Recherche. Das, was sie schließlich gefunden hatte – ein ellenlanges, kompliziertes Urteil des Europäischen Gerichtshofs –, musste sie jetzt auch noch übersetzen, was sie mindestens einen ganzen Tag kosten würde. Fausto hatte sie gebeten, dies zu übernehmen, da sie angeblich besser englisch sprach als er, was nicht stimmte. Er war nur zu faul für diese Art von Arbeit. Sie war kurz versucht gewesen, ihm vorzuschlagen, es doch *Samantha_LadyLawyer* mit ihrem amerikanischen Abschluss anzuvertrauen, hatte es dann aber doch gelassen. Es war ihr gemeinsamer Fall, den würde sie nicht aus der Hand geben, und sei es auch nur für eine Übersetzung. Das Gleichgewicht in der Kanzlei war im Augenblick viel zu fragil, um sich selbst in ein schlechtes Licht zu rücken, weil man den Eindruck vermittelte, sich vor Arbeit drücken zu wollen. Fausto, dieser Widerling, hatte sie schon öfter scheinheilig gefragt, ob ihr »das alles« nicht zu viel würde, »mit den Kindern und so«, und gerade jetzt, wo ihr Vater gestorben war, würde er mit Freuden in die gleiche Bresche schlagen und ihr anbieten, etwas kürzerzutreten, in der Hoffnung, dass er so die lukrativsten Fälle übernehmen könnte. Doch da täuschte er sich. Sie würde sich nicht ausbooten lassen. Dieses verfluchte Urteil würde sie auch noch übersetzt bekommen. Lorena schlüpfte bereits in der Einfahrt aus ihren Pumps und ging aufatmend über den, dank emsiger Rasensprenger, leuchtend grünen Florapuglia-Fertigrasen, der ihr Haus großzügig an drei Seiten umrahmte. Die kurz geschnittenen, feuchten Grashalme kitzelten sie an den nackten Fußsohlen und erinnerten sie an die endlosen Sommer ihrer Kindheit, in denen sie ständig barfuß gelaufen waren. Das Erste, was sie am letzten Schultag vor den Sommerferien getan hatten, war, ihre Schuhe in die Ecke zu werfen. Im Rückblick erschien es ihr, als seien diese sonnendurchglühten Tage im Garten unterhalb der Trattoria die glücklichsten ihres Lebens gewesen. Sie hatte für drei lange Monate die Schule und ihre Mitschüler vergessen, das Lernen, die guten Noten, ja sogar ihre verhasste Brille hatte sie nicht mehr gestört. Nichts von dem, was sie normalerweise bedrückte, war in dieser Zeit von Bedeutung gewesen. Sie waren im See geschwommen und hatten am Steg mit ihren Polly Pockets und Barbies gespielt. Zuerst sie und Gina allein, dann später, als Greta etwas größer war, kam auch sie meist hinterhergestolpert, ihren quietschbunten Kuschelbären im Arm. Wollten sie und Gina Ruhe vor der kleinen Schwester haben, waren sie über die Trockensteinmauer in den verwilderten Garten der Villa geklettert und hatten dort aus Pinienzapfen Häuser für ihre Miniponys gebaut, Verstecken gespielt oder sich vorgestellt, sie wären verwunschene Prinzessinnen oder Seejungfrauen wie die unglückliche Nymphe Agilla, die ihren Liebsten verloren hatte. Doch das war alles lange *Vorher* gewesen. Lorena trat auf die Terrasse, wo die hohe Schiebetür aus Glas weit geöffnet war. Das geräumige Wohnzimmer mit der offenen Küche war hell erleuchtet, und der Fernseher lief, doch niemand saß davor. Alessia hockte allein am Küchentisch und machte Hausaufgaben. Nur noch wenige Tage, und auch für ihre Kinder würden die Sommerferien beginnen. Allerdings waren sie mit weit weniger Freiheit verbunden als für Lorena und ihre Schwestern damals. Weder sie noch Diego konnten drei Monate Urlaub machen, niemand konnte das. Alessia und Luca würden zunächst in ein Feriencamp an die Adria fahren, dann hatten sie zwei Wochen gemeinsamen Urlaub in Sardinien geplant, und danach würde Diegos Mutter eine Weile bei ihnen wohnen, um auf die Kinder aufzupassen, und sie selbst würde versuchen, mehr von zu Hause aus zu arbeiten, so wie sie es in den letzten Jahren auch gemacht hatte. Was nie gut funktioniert hatte, um ehrlich zu sein.

Alessia hatte ihre Mutter noch nicht bemerkt, und Lorena, die gerade ins Haus gehen wollte, blieb stehen und betrachtete ihre Tochter. Sie schrieb etwas in ihr Heft, die Stirn konzentriert gerunzelt. Die dunklen Haare hingen ihr ins Gesicht, und die Brille saß ganz vorn auf der Nasenspitze. Als sie sie mit einer ungeduldigen Bewegung nach oben schob, musste Lorena schlucken, so sehr erinnerte diese Geste sie an sie selbst als Kind. Luca war nirgends zu sehen, vermutlich saß er oben in seinem Zimmer und spielte am Computer. Dann kam Diego herein, strich seiner Tochter in einer abwesend wirkenden Geste über den Kopf, schenkte sich ein Glas Wein ein und setzte sich vor den Fernseher. Lorena trat einen Schritt zurück, wollte plötzlich nicht gesehen werden. Sie betrachtete ihre Familie mit den Augen einer Fremden, sah das kleine Mädchen am Küchentisch, einen solariumgebräunten Mann Anfang vierzig, der Slipper ohne Socken trug, trotz aller Bemühungen, einen sportlichen Eindruck zu vermitteln, bereits über einen deutlichen Bauchansatz verfügte und langsam Geheimratsecken bekam. Sie stellte sich dann noch Luca vor, im Zimmer darüber, allein vor dem Computer, der nervtötende Geräusche von sich gab. Die große Einsamkeit, die das

Bild dieser drei Menschen vermittelte, nahm ihr für einen Moment den Atem. Sie sollten alle vier, nein, alle fünf, Tonino sollte auch dabei sein, zusammen an einem Tisch sitzen und zu Abend essen. Sie sollten über Großvater reden, alte Fotos ansehen, über alte Geschichten lachen. Lorena sollte ihnen von ihrer Kindheit auf der Insel erzählen, vom Barfußgehen, von Mini Ponys und Pinienzapfenhäusern. Vielleicht sogar von den bösen Jungs, die sie Brillenschlange genannt hatten. Sie sollten alles wissen vom *Vorher*, als sie, Gina, Greta und ihre Eltern eine ganz normale Familie gewesen waren. Lorena trat noch einen Schritt weiter zurück. Und noch einen. Dann ging sie über den Rasen wieder zur Einfahrt, schlüpfte in ihre Schuhe, atmete ein paarmal tief durch und sperrte die Tür auf. Alessia lächelte ihr zu, als sie in die Küche kam, und sie trat zu ihr und umarmte sie so fest, dass ihre kleine Tochter ihr einen verwunderten Blick zuwarf. Neben der Spüle stapelten sich Pizzaschachteln vom Lieferdienst. Lorena nahm sich ein Glas Rotwein und setzte sich zu Diego auf das weiße Natuzzi-Ledersofa. Er gab ihr einen Kuss und fragte: »Hast du's hinter dich gebracht?«

Lorena nickte.

»Und wie hat sie es aufgenommen?«

Lorena dachte an Gretas bleiches, verzerrtes Gesicht und an die Schrotflinte. »Ganz okay«, log sie, und Diego nickte zufrieden. »Ich wusste, dass sie vernünftig sein würde. Immerhin seid ihr Schwestern. Du hast dir wieder mal ganz umsonst Sorgen gemacht, *tesoro*.« Er zog sie näher zu sich heran und küsste sie noch einmal. Und weil er ihr dabei langsam mit der Hand über den Nacken strich, wusste sie, wenn die Kinder im Bett wären, würde er mit ihr schlafen wollen. Im Fernsehen lief eine Talkshow, in der sich Politiker in den Haaren lagen. Sie trank einen großen Schluck Wein und schloss erschöpft die Augen.

Gina hatte sich überreden lassen, mit Tonino und seinen Freunden zu kochen. Nach einigem Hin und Her hatten sie sich für Lasagne entschieden, weil die auf schnelle und einfache Weise viele Leute satt machte, wie Toninos Freundin Beatrice pragmatisch gemeint hatte, und Gina hatte ihr recht gegeben. Tonino hatte zuvor mächtig mit seiner Superköchin-Tante angegeben – die Pleite ihrer Firma hatte er mit keiner Silbe weder ihr noch den anderen gegenüber erwähnt –, die Geschichte von Daniel Craig noch einmal zum Besten gegeben, und Gina spürte, dass seine Freunde Hemmungen hatten, einfach draufloszukochen, weil sie erwarteten, dass sie ihnen beim Zwiebelschneiden auf die Finger sah oder irgendwelche besonderen Kniffe auf Lager hatte, die die anderen nicht kannten. Tonino, Beatrice, ihre Freundin und noch ein anderer, schmächtiger Junge mit Brille und Undercut, den alle Zecco nannten, wurstelten ziemlich nervös und planlos vor sich hin und warfen immer wieder unsichere Blicke zu Gina, als warteten sie auf ihre Anweisungen, was ihr unangenehm war. Sie trank von dem billigen Weißwein, den Tonino besorgt hatte und der in ihrer Küche in Hamburg nicht einmal zum Kochen benutzt worden wäre, und begann, das Geschirr abzuspülen, das sich seit Tagen in der Spüle stapelte, um ein bisschen Platz zu schaffen, als ihr eine Regel einfiel, die ihr Vater einmal aufgestellt hatte. »Wisst ihr, was das Geheimnis einer perfekten Lasagne ist?«, fragte sie, und Tonino und seine Freunde schüttelten die Köpfe. Erwartungsvolle Stille machte sich breit. Gina nahm noch einen Schluck von ihrem Wein und goss den Rest dann in die Pfanne, in der Tonino gerade begonnen hatte, die Zwiebeln anzubraten. Lächelnd sagte sie: »Ganz viel Soße.«

Damit war das Eis gebrochen. Das war eine Regel, mit der alle etwas anfangen konnten. Sie fabrizierten gemeinsam eine üppige Menge Fleischragout, wobei es hier eine weitere Regel zu beachten gab – erheblich mehr Fleisch als Tomaten und eine Messerspitze Zimt –, und einen großen Topf Bechamelsoße, schichteten alles mit den Nudelplatten in drei große Auflaufformen, dazu gab es Salat, und die Kocherei war beendet. Nach und nach trudelten die anderen Gäste ein, drei junge Burschen und zwei weitere Mädchen, die eine Mandeltorte als Nachspeise mitbrachten. Kurz darauf saßen alle zusammen am Tisch und aßen, tranken und redeten durcheinander, während aus einer kleinen Bluetoothbox ziemlich laute Musik wummerte. Gina lehnte sich zurück, ließ das Geplauder und Gelächter an sich vorbeirauschen und fühlte sich unter diesen jungen Leuten erstaunlich wohl. Im Grunde war es das, was Kochen ausmachte, dachte sie. In Gesellschaft sein. Essen, reden, sich wohlfühlen. Dazu brauchte man nicht viel. Nur ein bisschen Pasta, Tomaten, Olivenöl, ein Glas Wein …

Als schließlich später am Abend ein Joint die Runde machte, nahm sie ebenfalls einen Zug und fühlte sich zurückversetzt in Studentenzeiten. Dann klingelte es an der Tür. Tonino sprang auf. »Das wird Zappa sein«, sagte er, und Gina sah, wie sich zwei der Mädchen vielsagende Blicke zuwarfen. Als die Tür aufging und Tonino, an Gina gerichtet, sie einander vorstellte, verstand sie auch, warum. Zappa war etwas älter als die anderen, vielleicht Mitte, Ende zwanzig, und, wenngleich nicht schön, doch eine ziemlich eindrucksvolle Erscheinung. Mit seinen pechschwarzen, wilden Haaren, dem Schnurrbart und einer ausgeprägten Hakennase hatte er tatsächlich eine gewisse Ähnlichkeit mit Frank Zappa. Er trug ein weites Hemd aus dunkelrotem Stoff zu seiner schwarzen Jeans und an jedem Finger einen Ring, und Gina erkannte ihn wieder. Zappa war der Straßenmusikant, der gestern Abend in den Gewölben der Rocca Paolina Akkordeon gespielt hatte. Mit großem Hallo wurde der junge Mann begrüßt. Er hatte sein Instrument dabei, und als der Abend fortschritt und weitere Joints die

Runde machten, begann er zu spielen. Als der Tango erklang, den er gestern Abend gespielt hatte, wurde es Gina seltsam zumute. Sie sah sich selbst wieder, wie sie ihm zugehört hatte, an die alten Steine gelehnt, und wie sie versucht hatte zu rechtfertigen, was sie und Lorena für den nächsten Tag geplant hatten. Ihr wurde leicht übel, als sie zum ersten Mal tatsächlich begriff, was ihr Plan für Greta bedeutete: Sie würden ihr ihre Heimat wegnehmen. Greta hatte noch nie woanders als auf der Insel gelebt, und im Gegensatz zu ihnen hatte sie nie woanders leben wollen. Sie wollte auch jetzt nicht weg von dort. Gina trank ihr Glas leer und goss sich aus der Flasche, die am nächsten stand, nach. Es war Rotwein, aber egal. Als die nächste Tüte herumgereicht wurde, griff sie erneut zu, obwohl sie sich bereits ziemlich benebelt fühlte. Irgendwann spielte jemand anderes auf einer Gitarre, die Tonino aus seinem Zimmer geholt hatte, ein Lied von Pino Daniele, *Dubbi non ho* – ich habe keine Zweifel. Gina musste lachen und konnte gar nicht mehr aufhören, so lächerlich kam ihr plötzlich alles vor: Lorena, wie sie mit Greta sprach, als würde sie vor Gericht einen Gegner in die Knie zwingen wollen, Greta, mit der erhobenen Schrotflinte, und sie selbst, das dumme, stumme Schaf, das sie irgendwann geworden war. Sie, die geschworen hatte, Greta zu beschützen. Sie hatte sie im Stich gelassen, war nur mit sich selbst beschäftigt gewesen. Schon damals, als Greta noch ein kleines Mädchen gewesen und vor Entsetzen über das Verschwinden ihrer Mutter verstummt war. Und heute Nachmittag hatte sie es wieder getan. Während die anderen in der Küche und im Flur zu tanzen begannen, trank sie weiter, lachte weiter, und als plötzlich Zappa neben ihr saß und sie fragte, warum sie so unglücklich sei, musste sie noch mehr lachen, während ihr die Tränen über das Gesicht rannen. Der Rest des Abends verschwamm in einer Mischung aus Rotwein, Gras und Musik und mündete in einer heftigen

Umarmung, einem gemeinsamen Taumeln in ihr Zimmer, ohne einander loszulassen, und dem verzweifeltem Versuch, irgendetwas zu finden, Halt vielleicht, Vergebung, Hoffnung, während sie gleichzeitig glasklar und ohne jeden Zweifel wusste, dass diese Suche vergeblich sein würde.

14

»*Es war einmal ein verwunschener See.*
Er lag weit im Süden, behütet von sanften Hügeln, an deren Hängen knorrige Olivenbäume und üppige Weinstöcke wuchsen. Es war ein See, den es eigentlich nicht geben durfte, wurde er doch von keiner Quelle gespeist, und man konnte sich nicht erklären, wie er entstanden war. Und doch war er da und schenkte Fischen, Vögeln, Nutrias, Schlangen und zahlreichen anderen Wesen Erfrischung, Zuflucht und Nahrung.

Der See war das Reich der Nymphe Agilla, die dem See, den es eigentlich nicht geben durfte, das Leben geschenkt hatte und ihn fortan hütete und beschützte und dafür sorgte, dass er nicht austrocknete. Die Nymphe lebte am grünen Grund, inmitten von zarten Schlingpflanzen und schimmernden Muscheln, und die Fische und Schnecken, die kleinen Krebse und glitzernden Seeschlangen waren ihre Gefährten.

Eines Tages, vor langer, langer Zeit, als die Etrusker noch die Herren des Landes waren, kam ein junger Mann ans Ufer des verwunschenen Sees und war augenblicklich bezaubert von dessen Schönheit. Es war Trasimeno, der Sohn des Etruskerkönigs. Er verweilte lange Zeit am Ufer und sah auf die seidenglatte Fläche hinaus, die in ihm eine Sehnsucht weckte, die er sich nicht erklären konnte. Als er sich schließlich erhob und sich noch für einen Moment im klaren Wasser betrachtete, erblickte er anstelle seines eigenen Gesichts das Antlitz einer jungen Frau. Er erschrak und wich zurück, doch als die junge Frau auftauchte und ihn anlächelte, wusste er, dass sie das schönste Wesen war, das er jemals gesehen hatte. Sie war wie der See, und der See war wie sie, und ihr Anblick machte ihn so glücklich, dass er meinte, auf der Stelle sterben zu müssen. Und auch Agilla, die den Prinzen schon seit einer Weile beobachtet hatte, glaubte, noch nie etwas Schöneres als diesen Menschensohn gesehen zu haben. Sie sahen einander an und vergaßen, woher sie kamen und wohin sie gehörten. Trasimeno sank auf die Knie und schloss die Nymphe in seine Arme, und beide glaubten, ihr Glück würde ewig währen.

Doch sie täuschten sich.

Das Glück währte nur einen Tag und eine Nacht. Im Morgengrauen musste Agilla auf den Grund des Sees zurückkehren und bat Trasimeno, auf ihre Rückkehr zu warten. Doch Trasimeno, krank vor Liebe und getrieben von der Angst, sie für immer zu verlieren, folgte ihr ins Wasser und ertrank.

Die Tiere des Sees begannen, um den jungen schönen Mann zu weinen, und ihre Tränen füllen den See, den es nicht geben durfte, weiter auf, sodass es ihn bis heute noch immer gibt, obwohl keine Quelle ihn speist. Agilla indes war untröstlich, weil sie die einzige Liebe ihres Lebens verloren hatte. Sie hatte keine Tränen, und sie fand keinen Trost.

Wenn man in stillen Vollmondnächten, in denen der See wie ein schimmernder Spiegel zwischen den Hügeln liegt, auf die Mitte des Sees hinausfährt, kann man das Klagen der unglücklichen Nymphe noch heute vernehmen. Doch man muss auf der Hut sein. Denn mit ihren Klagerufen peitscht Agilla das Wasser zu hohen Wellen auf, und unvermittelt verwandelt sich der stille See in ein tosendes Inferno, über das der Wind braust, als wolle er mit seiner Kraft den unglücklichen Prinzen Trasimeno aus den Fluten emporheben. Bis zum heutigen Tag kann es daher geschehen, dass Liebespaare, die unvorsichtig genug sind, in stillen Vollmondnächten zu weit auf den See hinauszufahren, in den plötzlich aufbrausenden Wellen ihr Leben verlieren ...«

Greta konnte es noch immer nicht fassen, dass sie sich all die Jahre nicht mehr an Agilla und Trasimeno erinnert hatte. Ihre Mutter hatte ihr und ihren Schwestern die alte Sage der zwei unglücklich Verliebten so oft erzählt, und dennoch war sie völlig aus ihrem Gedächtnis verschwunden gewesen, bis Matteo sie heute erwähnt hatte. Und dann war sie ihr den ganzen Abend nicht mehr aus dem Kopf gegangen. Sie lief in den Gastraum, um die Eingangstür abzuschließen. Es war ein ruhiger Abend gewesen. Wie erwartet hatte es gegen sieben Uhr ein kurzes, heftiges Gewitter gegeben, das zwar einerseits für Abkühlung, andererseits aber auch dafür gesorgt hatte, dass noch weniger Gäste gekommen waren als sonst. Genaugenommen war nach dem Gewitter überhaupt niemand mehr gekommen. Adelina hatte daher früher als gewöhnlich Feierabend gemacht, widerstrebend zwar, Greta hatte sie förmlich aus der Küche hinausschieben müssen, aber schließlich hatte die Tante nachgegeben, zumal sie sich angesichts der schwülen Hitze bereits den ganzen Tag mit einem Küchenhandtuch Luft zugefächelt hatte und noch missmutiger als sonst gewesen war. Domenico hatte heute seinen freien Tag, ein Recht, das ihm Adelina von Anfang an missgönnt hatte. Gleichgültig, was Greta oder auch ihr Vater ihr über arbeitsrechtliche Vorschriften erzählt hatten, Adelina hatte stur den Kopf geschüttelt und gemeint, »so einer« solle froh sein, bei ihnen überhaupt arbeiten zu dürfen. Heute Abend war diese Diskussion wieder aufgeflammt, weil klar war, dass es nach dem Tod des Vaters ohne Domenico an einem Tag in der Woche keine Pizza geben würde. Zu zweit, selbst wenn sie die gelegentliche Aushilfe für den Service an dem Tag fest anstellten, war das nicht zu schaffen. Allein das Anheizen des Steinofens nahm zu viel Zeit in Anspruch. Adelina hatte gezetert, dass man in so einer Situation wohl auch von Domenico erwarten könne, dass er Opfer brächte, doch Greta hatte nicht mit sich reden lassen. »Die Gäste werden einen Tag ohne Pizza schon verkraften«, hatte sie erklärt, und damit war die Diskussion für sie beendet gewesen. Adelina dagegen hatte noch eine Weile vor sich hin gebrummelt und für den Rest des Abends ostentativ eine beleidigte Miene zur Schau gestellt.

Jetzt war es still in der Trattoria. Während Greta den Schlüssel umdrehte – das rostige Türgitter herunterzulassen war nicht nötig –, warf sie einen Blick hinaus auf die menschenleere Straße. Bis auf ein paar kleine Pfützen, in denen sich das Licht der Laternen spiegelte, war die Straße nach dem Regenschauer vom Abend längst getrocknet, und der Himmel hatte sich wieder aufgeklart. Die Schwalben flogen hoch über den Dächern, und morgen würde es erneut schön werden. Sie blieb einen Moment lang unschlüssig mitten im Raum stehen. Es war alles getan. Die Küche war geputzt, die Tische neu eingedeckt für den nächsten Tag. Doch sie hatte keine Lust, schon nach oben zu gehen. Ein langer stiller Abend verführte sie nur dazu, weiter zu grübeln. Sie beschloss daher, noch den Pizzaofen sauber zu machen. Richtig gründlich reinigen konnte man den alten Holzofen nur dann, wenn er vollkommen kalt war. Mit Gummihandschuhen, Kehrschaufel, Besen und einem Zinkeimer bewaffnet begann sie zunächst, die Asche und die verkohlten Holzreste unter dem Rost herauszukehren, als ihr im grauen Staub etwas Buntes ins Auge fiel. Sie legte den Besen zur Seite und griff danach. Es war ein Stück Holz, stellenweise schwarz verkohlt, der Rest blau bemalt. Noch während sie es mit den Fingern sauber wischte, begriff sie, was sie in den Händen hielt: ein Stück vom Fischschwanz der Nixe, die von ihrem Gewürzbord verschwunden war. Ungläubig starrte sie auf das Stück Holz und versuchte zu begreifen. Es musste Adelina gewesen sein, die die kleine Nixe gestern Abend in einem unbeobachteten Moment ins Feuer geworfen hatte, niemand anderes kam infrage, denn Greta konnte sich nicht vorstellen, weshalb Domenico in die Küche kommen, die Nixe nehmen und verbrennen sollte. Er hatte ja nicht einmal von ihr gewusst. Also Adelina. Irgendwann am späten Abend, als das Feuer nur noch glomm, sodass sie nicht mehr vollständig verbrannt war. Domenico achtete immer darauf, die offene Glut mit Asche zu bedecken, wenn er mit der Arbeit fertig war, aber das Holz schwelte dennoch weiter. Und gestern Abend hatten sie beide zusammen getanzt, vermutlich hatte er nicht mehr auf den Ofen geachtet. Es war ein Leichtes für Adelina gewesen, etwas hineinzuwerfen, ohne dass es jemandem auffiel. Aber die Frage war, warum sie so etwas tun sollte, um dann am nächsten Tag zu behaupten, sie könne sich nicht an eine Nixe erinnern.

In Gretas Kopf begann es, sich zu drehen. Der Priester log sie an. Adelina verbrannte eine kleine, vermeintlich harmlose Holzskulptur vom Grab ihres Vaters, und ihre Schwestern versuchten, sie von der Insel zu vertreiben. Sie starrte auf das verkohlte Stück Holz, und ihr wurde klar, dass das hartnäckige Schweigen von Nonna Rosaria heute Morgen und diesen ganzen verfluchten Tag über kein echtes Schweigen gewesen war. Im Gegenteil. Das Schweigen ihrer Großmutter war so laut, dass man nicht nur taub, sondern tot sein musste, um es zu überhören. Und sie wusste ja längst, was dieses Schweigen ihr sagte, sie hatte es nur nicht hören wollen: *Du musst allein klarkommen.* Das hatte sie heute Nachmittag begriffen, aber sich nicht eingestanden, was es im Klartext bedeutete: Wenn es nicht so weit kommen sollte, dass ihre Schwestern ihr Elternhaus und die Trattoria verkauften – und das würden sie, darüber machte Greta sich keine Illusionen, Lorena war nicht umsonst eine derart erfolgreiche Anwältin, sie bekam immer, was sie wollte –, dann musste sie etwas in der Hand haben, das schwerer wog als eine Schrotflinte. Argumente, die man nicht beiseitewischen konnte. Idealerweise eine Verfügung ihres Vaters, ein Testament, wie auch Don Pittigrillo schon angedeutet hatte.

Sie hatte sich nie darüber Gedanken gemacht, was mit der Trattoria geschehen sollte, wenn ihr Vater einmal nicht mehr wäre, war selbstverständlich davon ausgegangen, dass sie einfach so weitermachen könne wie bisher. Das war dumm gewesen, das sah sie jetzt ein. Genauso wie sie begriff, dass sie, sollte es tatsächlich ein Geheimnis um diese Nixe geben – und davon war sie jetzt mehr denn je überzeugt –, es allein lösen musste. Und es gab nur einen einzigen Ort in diesem Haus, der zumindest die Hoffnung barg, für beide Probleme eine Lösung zu finden. Der Ort, an dem sie seit Jahren nicht mehr gewesen war und von dem sie in ihren irrationalen Momenten geglaubt hatte, dass sie ihn niemals mehr würde betreten müssen: Das *Vorher*. Ihre alte Familienwohnung im zweiten Stock. Das Büro ihres Vaters. Er war der Einzige gewesen, der sich dort noch hin und wieder aufgehalten hatte.

Greta schüttelte unwillig den Kopf, war kurzzeitig versucht, sich die Ohren zuzuhalten, weil Nonna Rosarias Schweigen fast unerträglich laut wurde. »Jaja«, brummte sie und schob den verkohlten Überrest der Nixe in die Tasche ihres Kleides, »ich geh ja schon.«

An der Tür zum *Vorher* hing ein getöpfertes Schild in Form einer Blume, von der schon ein paar Blütenblätter abgesprungen waren. »*Hier wohnen Ernesto, Tiziana, Lorena, Gina und Greta*« war in ungelenken, kindlichen Buchstaben auf die gelbe Innenseite der Blüte gemalt. Greta glaubte, sich zu erinnern, dass Gina dieses Türschild in der Schule gemacht hatte. Niemand hatte es offenbar über sich gebracht, das Schild abzunehmen, *nachher*. Nicht einmal Adelina, die alles andere, was an die Mutter erinnerte, sorgfältig weggeräumt hatte. Oder sie hatte es einfach vergessen. Als sich Gretas Magen wie so oft in letzter Zeit schmerzhaft zusammenzog, begriff sie, dass das, was sich wie eine Faust anfühlte, tatsächlich ein Loch war, eine tiefe schwarze Leere, die sie seit fünfundzwanzig Jahren mit sich herumtrug und die sich jetzt, da sie kurz davor war, die Tür zum *Vorher* zu öffnen, auszudehnen begann. Einen Moment lang war sie versucht, das kleine Stückchen Flur zur Treppe zurück- und nach oben zu laufen, in ihr behagliches tröstliches Zimmer unter dem Dach, und sich die Decke über den Kopf zu ziehen. Doch ihr war klar, dass eine Bettdecke Nonna Rosarias dröhnendes Schweigen nicht zum Verstummen bringen würde. Daher fügte sie sich in das Unvermeidliche, drehte den Schlüssel im Schloss und drückte die Tür auf. In dem Moment, in dem sie über die Schwelle trat, verstummte Nonna Rosarias Schweigen, was, trotz aller Furcht, das *Vorher* zu betreten, eine Erleichterung war. Staubiges, wisperndes Dunkel empfing sie. Greta schaltete das Licht ein und sah sich beklommen um. Da war der noch immer schmerzhaft vertraute, sonnengelb gestrichene Flur, die bunten Bodenfliesen, das große gerahmte Foto an der Wand gegenüber der Tür, das drei Mädchen zeigte: sie selbst etwa sechsjährig mit dem krausen kinnlangen Lockenkopf, den sie noch heute trug, und einer großen Zahnlücke, ihre fünf Jahre ältere Schwester Gina, sommersprossig, ihr herzförmiges Gesicht umrahmt von seidigem, dunklem Haar, das sie zwei Jahre später mit dem Bartschneider ihres Vaters auf zwei Millimeter abrasieren würde, und Lorena, zwei Jahre älter als Gina, mit bravem Zopf, dicker Brille und Zahnspange. Sie saßen zu dritt auf dem Steg vor dem Haus, braun gebrannt, ihre beiden Schwestern in Shorts und Tops, sie selbst in einem von Nonna Rosarias bunten Sommerkleidchen, und sie lachten aus vollem Hals über etwas, an das Greta sich nicht mehr erinnerte. Sie glaubte, das Lachen aus dem Foto dringen zu hören, ein fröhliches, ausgelassenes Kichern und Glucksen, wie es nur Kinder hervorbringen. Sie wandte rasch den Kopf ab, weg von dieser früheren Version ihrer selbst, die es längst nicht mehr gab, die nur noch hier im staubigen *Vorher* existierte.

Staubmäuse huschten sacht neben ihr her, während sie den Flur entlangging, unwillkürlich darauf bedacht, das Klappern, das ihre Sandalen auf den Fliesen machten, zu dämpfen. Sie warf einen Blick in die Zimmer entlang des Flurs, betrachtete die mit Betttüchern abgedeckten Möbel im Wohnzimmer, traurige weiße Buckelwale in einem Meer aus Staub, die wie leer gefegt wirkende Küche, die früher immer so fröhlich unordentlich gewesen war. Am Kühlschrank klebten noch ein paar verblichene Sticker aus Cornflakes-Packungen und eine mit vergilbten Klebestreifen befestigte Kinderzeichnung, von der Greta nicht mehr wusste, wer sie gemacht hatte. Das Büro ihres Vaters befand sich am Ende des Flurs, und als sie es betrat, meinte sie, ein wenig von der Gegenwart ihres Vaters zu spüren. Ein schwacher Geruch nach seinem Aftershave, Felce Azzurra, seit sie denken konnte, immer die gleiche Marke, lag noch in der Luft und trieb ihr für einen Moment die Tränen in die Augen. Der Schreibtischstuhl war vom Tisch weggerückt, stand schräg, so als sei ihr Vater gerade eben aufgestanden. Auf dem Schreibtisch lagen sein Handy, seine Brieftasche, seine Armbanduhr und sein Ehering – alles das, was er bei sich gehabt hatte, als er unten in der Küche zusammengebrochen war. Offenbar hatte Adelina die Dinge nach oben gebracht, als man sie ihnen zurückgegeben hatte. An Greta waren diese organisatorischen Vorgänge vorbeigezogen wie ein Film, den man sich ohne jegliches Interesse ansieht. Sie hatte die Beerdigung organisiert, hatte ihre Schwestern angerufen und alles getan, was in so einem Fall notwendig war, doch sie konnte sich kaum noch daran erinnern, obwohl es nicht einmal vier Wochen her war. Ihr war durchaus bewusst gewesen, dass sie irgendwann hier heraufkommen und Ordnung schaffen musste, Versicherungen, Verträge, Mitgliedschaften kündigen, doch sie hatte diese Pflicht bisher, so gut es ging, ignoriert. Es gab ein Bankkonto, über das alle Ausgaben und Einnahmen der Trattoria liefen und auf das sie – ebenso wie ihr Vater und Adelina – Zugriff hatte, und mehr hatte sie bisher nicht benötigt.

»Jaja, ich weiß, Vogel Strauß«, brummte sie unwillig, so als habe ihr gerade jemand einen Vorwurf gemacht. Dem war nicht so, niemand sprach mit ihr, dennoch hatte sie das Gefühl, nicht allein zu sein. Das leise Wispern, das sie bereits beim Eintreten bemerkt hatte, umgab sie wie das Rauschen des Schilfs unten am Seeufer. Sie hob den Kopf und lauschte, doch es blieb undeutlich wie ein Flüstern hinter vorgehaltener Hand. Sie trat an das Regal, blätterte oberflächlich durch die wenigen Aktenordner, auf denen *Buchhaltung* stand und die alle das Datum vergangener Jahre trugen, und zog schließlich einen schmalen Ordner heraus, in dem sie Dokumente über das Haus fand. Sie besagten, dass ihr Vater alleiniger Eigentümer des Hauses war. Nichts weiter. Noch nicht einmal ein Wohnrecht für Adelina war eingetragen. Und von einem Testament keine Spur. Auch in den mit Papieren und allerlei Kram vollgestopften Schreibtischschubladen, die sie nach einem kurzen Moment des Zögerns durchstöberte, fand sie keinen Hinweis darauf, dass ihr Vater an so etwas wie eine letzte Verfügung gedacht hätte. Sie lehnte sich in dem Stuhl zurück. Es hätte sie auch gewundert, wenn es anders gewesen wäre. Ihr Vater war ein begnadeter Koch gewesen, aber kein Geschäftsmann und alles andere als vorausschauend oder planvoll. Papierkram hatte er gehasst, und Gretas zaghafte Vorschläge, sich um diese Dinge zu kümmern, hatte er immer mit dem Argument abgelehnt, sie solle lieber kochen und die Menschen glücklich machen. Alles andere brauche sie nicht zu interessieren, sie müsse ihr Talent nicht damit verschwenden, die Nase zwischen Aktendeckel zu vergraben wie ein halb vertrockneter Bücherwurm. Einmal hatte er das auch gesagt, als Lorena danebensaß, und Greta hatte gesehen, wie ihre Schwester zusammengezuckt war, als hätte er sie geschlagen. Vermutlich war ihm gar nicht bewusst gewesen, wie sehr er Lorena, die die Arbeit mit Akten immerhin zu ihrem Beruf gemacht hatte, damit verletzte, hatte sie damals gedacht und sich damit beruhigt, dass ihr Vater bekannt dafür war, gelegentlich etwas taktlos zu sein, und dass niemand ihm deswegen böse sein konnte. Doch jetzt war sie sich nicht mehr so sicher, ob das die Wahrheit war. Wenn sie an die Situation zurückdachte – es war während eines dieser seltenen Abendessen gewesen, zu denen Lorena sie mit den Kindern besucht hatte –, könnte es durchaus sein, dass ihr Vater diesen Satz mit voller Absicht in Lorenas Anwesenheit ausgesprochen hatte. Greta schob den Gedanken wütend beiseite und beugte sich hinunter, um sich das letzte Fach des wuchtigen Schreibtischs vorzunehmen. Lorena hatte ihr Mitleid nun wirklich nicht verdient. Zu ihrem Erstaunen war das Fach abgesperrt. Sie suchte den Schlüssel, konnte ihn jedoch nicht finden. Entweder hatte ihr Vater ihn gut versteckt, oder er hatte ihn längst verloren und sich nie mehr darum gekümmert. Zögernd griff sie nach dem Brieföffner, der auf dem Schreibtisch lag, bat ihren Vater in Gedanken um Verzeihung und machte sich dann daran, das Schloss damit aufzustemmen. Nach einer Weile gab es nach, das alte Holz splitterte, und die Tür flog auf. Beklommen warf sie einen Blick hinein. Es befand sich nur eine große, mit einer Paketschnur verschlossene Schachtel in dem Fach. Sie nahm sie heraus, löste mit nervösen Fingern den Knoten und hob den Deckel. Als ihr von einem großformatigen Foto das Gesicht ihrer Mutter entgegenblickte, lächelnd, schmerzhaft vertraut und gleichzeitig fast vergessen, war es wie ein Schock. Die dunkle Leere in ihr begann, sich weiter auszubreiten, wurde größer und größer und drohte, sie zu verschlingen. Hastig legte sie den Deckel zurück auf die schwere Schachtel und schob sie wieder in das Fach. Ihre Hände zitterten, und Übelkeit stieg in ihr auf. Es hatte schon genug Kraft gekostet hierherzukommen. Den Inhalt der Schachtel, die offenbar gefüllt war mit Erinnerungen an das *Vorher* ihres Vaters, wollte sie auf gar keinen Fall ansehen. Eine ganze Weile blieb sie so sitzen und lauschte dem gestaltlosen Wispern um sie herum, das drängender und deutlicher wurde, je länger sie zuhörte. Die leisen Stimmen erzählten von jenem flimmernden, leichten, sonnendurchglühten Tag unten am Steg, als Tiziana Peluso ein Foto von ihren drei Töchtern geschossen hatte, das alles überdauerte, was danach über sie hereingebrochen war. Sie erzählten aber auch von den dunklen Tagen, an denen Greta zu Lorena ins Bett gekrochen war, weil die scharfen Stimmen nebenan im Schlafzimmer ihr Angst machten und sie nicht schlafen ließen; erzählten von stürmischen Winternächten, in denen ihr Vater allein unten in der Trattoria saß und Wein trank und sie ihre Mutter nebenan weinen hörten. Greta kniff die Augen zusammen und hielt sich die Ohren zu, ein hilfloser Versuch wegzuschieben, was sie nicht hören wollte. Doch es war vergebens. Mit dem Öffnen des Kartons war Tiziana Peluso zurückgekehrt. Sie stand vor ihr und verlangte, gesehen zu werden. Greta beugte sich vor, öffnete die Schachtel erneut einen Spalt und zog die Bilder heraus, die sie zu fassen bekam. Neben dem Foto ihrer Mutter, das obenauf gelegen hatte, hielt sie jetzt das Hochzeitsfoto ihrer Eltern und ein Foto ihres Vaters in der Hand, das – der Frisur und der Mode nach zu schließen – in den Siebzigern aufgenommen worden sein musste. Damals war Ernesto Peluso etwa Mitte zwanzig gewesen. Es war irgendwo am See. Die Arme vor der Brust verschränkt, blickte er ein wenig melancholisch in die Kamera, und Greta stellte fest, dass ihr Vater recht attraktiv gewesen war. Er hatte schon damals ein sehr markantes Gesicht gehabt, das von der scharf geformten Peluso-Nase, die auch Adelina und Lorena hatten, dominiert wurde. Das Foto war abgegriffen und hatte abgenutzte Faltkanten, die darauf schließen ließen, dass es eine Weile in einer Geldbörse oder Hosentasche aufbewahrt worden war. Als sie es umdrehte, sah sie, dass auf der Rückseite etwas in der Schrift ihres Vaters geschrieben stand:

In un mondo che
non ci vuole più
il mio canto libero sei tu ...

In einer Welt,
die uns nicht mehr will,
bist du mein freies Lied

Greta erkannte die Zeilen augenblicklich wieder. Sie stammten aus einem alten Lied von Lucio Battisti und waren praktisch Allgemeingut im Hause Peluso gewesen. Ihr Vater hatte es immer gesungen wie auch viele andere Lieder des Künstlers, den er sehr verehrt hatte. Leise sang Greta den Refrain vor sich hin, und das Wispern um sie herum verdichtete sich zu einer Geschichte. Zur Geschichte ihrer Eltern.

Als Ernesto Peluso das Mädchen zum ersten Mal sieht, weiß er, dass sie die Frau ist, die er heiraten will. Es ist später Nachmittag. Er ist mit Freunden am Strand, sie lümmeln auf ihren Handtüchern herum, rauchen, reden über Mädchen und Autos und langweilen sich auf eine Weise, wie man sich nur im Sommer auf einem Badehandtuch langweilen kann – die Wärme der Sonne auf der gebräunten Haut, das Glitzern des Wassers, das in den Augen blendet, die trockenen Kieselsteine zwischen den Zehen. Als das Mädchen kommt, ganz allein, in einem bunten, weiten, hauchdünnen Hippiekleid, das ihr fast bis zu den mit Kettchen geschmückten Fußknöcheln reicht, verstummen Ernesto und seine Freunde und starren sie unverhohlen an. Mit einer aufreizend lässigen Bewegung lässt sie ihre Umhängetasche auf den Boden fallen und rollt ihre Bastmatte aus. Dann knöpft sie das Kleid auf. Es gleitet ihr über die Schultern und entblößt einen perfekten Körper in einem sonnengelben Bikini mit kleinen Bändchen an den Hüften und im Nacken, der so knapp ist, dass er bei Ernestos schüchternem Freund Emilio Schnappatmung auslöst. Ernesto aber sieht vor allem das Gesicht des Mädchens. Eingerahmt von einer Fülle dunkler Locken hat sie das schönste, freundlichste, frechste Gesicht, das er je gesehen hat. Die Linie ihres Profils, die keck ein wenig nach oben strebende Nase, das energische Kinn mit dem kleinen Grübchen, die zart gebräunte Haut, der kleine Leberfleck am Hals und, nicht zuletzt, die großen dunklen Augen mit den dichten Wimpern – all das brennt sich in diesem Moment unauslöschlich in sein Gehirn ein. Sie beachtet die jungen Männer nicht, die nur wenige Meter von ihr entfernt in kollektiver Anbetung versunken sind, sondern zündet sich eine Zigarette an, holt aus ihrer gebatikten Stofftasche ein Buch und beginnt zu lesen. In diesem Moment begreift Ernesto Peluso zwei Dinge: Zum einen wird ihm klar, dass diese junge Frau in einer anderen Liga als er spielt. Mädchen, die allein an den Strand kom-

men, Hippiekleider und Fußkettchen tragen, Zigaretten rauchen, Bücher lesen und noch dazu so aussehen, die gibt es in Passignano nicht, also muss sie aus der Stadt kommen, vielleicht eine Studentin sein. Zum anderen weiß er ebenso klar, dass ihn das nicht davon abhalten wird, sie zu heiraten. Hätte Ernesto auch nur eine Minute länger über diese beiden sich im Grunde ausschließenden Erkenntnisse nachgedacht, die ihm in diesem Moment blitzartig durch den Kopf schießen, wäre er vermutlich sitzen geblieben, hätte nach einer Weile den Kopf abgewandt und etwas benommen geblinzelt, wie man es macht, wenn man zu lange in die Sonne geschaut hat. Dann hätte er sich anderen Dingen zugewandt, Dingen, die in seine Welt gehören und die meilenweit entfernt sind von Zigaretten rauchenden Hippiemädchen mit glitzernden Fußkettchen. Doch Ernesto denkt nicht nach. Ob das ein Glück oder eher ein Unglück für die beiden ist, lässt sich nicht beurteilen, denn wer würde sich anmaßen, Liebe, die entflammt, aufzuwiegen mit dem, was folgen wird? Er steht auf und geht, die verblüfften Blicke seiner Freunde im Rücken, auf das Mädchen zu.

»Ciao.«

Sie hebt den Blick, beschattet ihre Augen mit der Hand gegen die Sonne. »Ciao.« Ihre Stimme klingt überraschend dunkel, ein wenig rauchig.

Er geht vor ihr in die Hocke. »Was liest du da?«

»Faulkner. Licht im August«, sagt sie und reicht ihm das abgegriffene Taschenbuch. Ernesto dreht es zwischen den Händen, blättert ein bisschen darin herum, sieht unterstrichene Sätze und Abschnitte, bemerkt, dass es auf Englisch ist, und gibt es ihr zurück. Er kennt weder den Autor noch den Titel. »Ist es gut?«

Sie nickt.

»Worum geht es?«

»... um eine junge Frau, die den Vater ihres Kindes sucht und« –

sie wischt sich eine lockige Strähne aus dem Gesicht, sucht nach Worten – »um Verlorenheit, würde ich sagen.«

Ernesto findet nicht, dass das besonders spannend klingt, sagt es aber nicht. »Gehst du mit mir schwimmen?«, fragt er stattdessen. Sie legt den Kopf schief und sieht ihn prüfend an. Ernesto spürt, wie er unter ihrem musternden Blick verlegen wird. Gleich wird sie nein sagen, denkt er, und dann werden seine Kumpel ihn auslachen, und er wird für den Rest des Tages und vermutlich noch länger das Gespött seiner Clique sein, der Dummkopf, der versucht hat, diese Wahnsinnsfrau anzubaggern.

Doch sie sagt nicht nein. Offenbar gefällt ihr, was sie sieht, denn sie nickt, drückt ihre Zigarette zwischen den Kieselsteinen aus und steht auf. Vor Verblüffung bleibt Ernesto reglos in der Hocke sitzen, und sie sieht ihn spöttisch an. »Was ist jetzt? Ich dachte, wir gehen schwimmen?« Ernesto spürt, wie er errötet, und springt hastig auf. Nebeneinander laufen sie durch das flache Wasser bis zu dem Bereich, wo es tiefer wird. Es spritzt unter ihren Füßen, das Licht fängt sich in den Tropfen, die um sie herum aufstieben, glitzert in ihren Haaren, auf ihrer Haut. Sie lacht, und dann stürzt sie sich, ohne zu zögern, ohne zu kreischen oder sich zu zieren, wie es Mädchen oft machen, mit einem anmutigen Hechtsprung ins tiefe Wasser. Wie eine Nixe, denkt Ernesto noch, fasziniert und ein wenig benommen von seinem eigenen Mut, und schwimmt hinter ihr her.

Greta gähnte und schüttelte sich ein wenig. Die Bilder, die sie in der Hand gehalten hatte, waren auf den Boden gefallen. Zeit, ins Bett zu gehen. Fast wäre sie schon hier auf dem Schreibtischstuhl ihres Vaters eingeschlafen. Sie bückte sich, hob die Bilder vom Boden auf und schob sie zurück in die Kiste. Seltsamerweise fühlte sie sich, obwohl sie nichts von dem gefunden hatte, was sie sich erhofft hatte, um einiges leichter als vorher. Jetzt, wo sie

sie einmal geöffnet hatte, würde sie es wieder tun, das wusste sie. Sie würde zurückkommen und Stück für Stück alles das, was dort aufbewahrt wurde, herausnehmen und sich ansehen. Mit den Dingen war das so eine Sache, dachte Greta plötzlich verwundert, als sie sich noch einmal im Büro ihres Vaters umsah und dann das Licht ausmachte: Man wollte sie besitzen, kümmerte sich darum, oft allzu sehr, hatte Angst, sie zu verlieren. Und dann, wenn man starb, blieb zwar von einem selbst nichts übrig, aber die Dinge, mit denen man sich umgeben hatte, die blieben bestehen. Sie überdauerten, waren noch da, wenn man selbst längst zu Staub zerfallen war. Bilder, auf denen man abgebildet war, Gegenstände, die man berührt hatte, Stühle, auf denen man gesessen hatte. Nichts veränderte sich, nur man selbst verschwand. Irgendwohin. Auf Nimmerwiedersehen. Was für eine Sinnlosigkeit war es daher, sich um diese Dinge Sorgen zu machen, sie besitzen, erhalten, bewahren zu wollen. Sie waren auch ohne unser Zutun sehr viel beständiger und dauerhafter als dieses kleine zerbrechliche Leben, das Einzige, was man wirklich besaß. Für eine kurze Weile wenigstens.

15

Als Gina erwachte, begann es gerade zu dämmern. Spatzen lärmten vor dem Fenster, und in der Ferne dröhnte eines der kleinen Müllautos, die frühmorgens durch die Gassen fuhren. Es hörte sich an wie eine Hummel, die in einem Glas gefangen war. Ihr Kopf dröhnte ebenfalls, und als sie versuchte, sich aufzurichten, sackte sie sofort wieder leicht stöhnend in ihr Kissen zurück. Neben ihr raschelte die Bettdecke, und erst jetzt wurde Gina das Ausmaß ihres gestrigen Exzesses im vollen Umfang klar. Zappa lag bei ihr im Bett, sie konnte die Umrisse seines Körpers im grauen Licht der Morgendämmerung erkennen. Der Sex war gut gewesen. Soweit sie sich erinnerte. Was aber auch am Alkohol und den Joints gelegen haben konnte. Erschüttert schloss sie die Augen, als sie an Tonino dachte. Sie hatte mit dem Kumpel ihres Neffen geschlafen! Ihre Schwester würde außer sich sein, wenn sie davon erfuhr. Vorsichtig wandte sie den Kopf. Von Zappa war nicht mehr zu erkennen als ein dunkler Haarschopf, ein Arm und eine Hand, an der die zahlreichen Ringe an den Fingern schwach glitzerten. Die Hand bewegte sich, er tastete nach ihr und versuchte, sie näher zu sich heranzuziehen. Sie entwand sich seinem schlaftrunkenen Griff und stand leise auf, bemüht, ihn nicht zu wecken. Schwindel erfasste sie, als sie im Halbdunkel ihre Kleider zusammensuchte. Sie schlüpfte in ihre Unterwäsche und huschte, die restlichen Kleider an sich gepresst, ins Bad. Nach einer heißen Dusche fühlte sie sich einigermaßen wiederhergestellt und ging in die Küche, um sich einen Kaffee zu machen. An Schlaf war nicht mehr zu denken. Nicht neben diesem Fremden in ihrem Bett. Gina suchte gerade inmitten des Schlachtfeldes, das die Küche war, nach einer sauberen Tasse, als sie im Flur tapsende Schritte hörte, die sich der Küche näherten. In Erwartung, gleich ihrem nächtlichen Bettgenossen gegenüberzustehen, setzte sie eine möglichst coole Miene auf, strich sich die feuchten kurzen Haare glatt und drehte sich um. Doch nicht Zappa stand in der Tür, sondern Tonino, was auch nicht besser war. Eher schlechter, wenn man darüber nachdachte. Nur mit einer Jeans bekleidet, die ihm gerade noch so an den mageren Hüften hing, kam er zu ihr geschlurft. »Morgen, *zia*«, sagte er. »Hast du für mich auch einen?« Er deutete auf den brodelnden Mokka.

»Wenn du eine Tasse findest.« Gina schaltete das Gas ab, goss sich zwei Fingerbreit rabenschwarzen Kaffee ein und setzte sich an den Tisch. Tonino hielt sich nicht lange mit der Suche nach einer sauberen Tasse auf, sondern goss sich den Rest Kaffee in ein Wasserglas, das in der Spüle stand, und kippte eine Unmenge Zucker dazu. Dann rührte er mit dem Finger um und trank das Gemisch im Stehen.

Gina hob eine Braue. »Musst du nicht kotzen bei der Menge Zucker?«, fragte sie. Tonino schüttelte den Kopf. »Hab ich schon.« Er sah sich um, nahm von einem der Teller ein halbes Stück Mandeltorte, biss hinein und setzte sich dann zu Gina an den Tisch. »Gut geschlafen?«, fragte er kauend und konnte sich ein Grinsen nicht verkneifen.

Gina zuckte mit den Schultern. »Ein bisschen kurz.«

Tonino lachte. »Kann ich mir vorstellen.« Er schob sich den Rest des Kuchens in den Mund und leckte sich die Finger ab. »Du hast jetzt auf alle Fälle zwei Feindinnen auf Lebenszeit, das kann ich dir sagen. Mindestens. Auf Zappa sind alle Weiber scharf. Hat es sich gelohnt?«

Gina gab keine Antwort. Sie konnte nicht glauben, dass sie hier saß und mit ihrem achtzehnjährigen Neffen ein solches Gespräch führte. Um von sich und Zappa abzulenken, fragte sie: »Warum bist du überhaupt schon wach? Es ist noch nicht mal sechs Uhr.«

»Könnte ich dich auch fragen.«

»Ich war eben schon munter.« Gina räusperte sich. »Ich glaube, es wäre gut, wenn diese … ähm … Episode unter uns bliebe«, sagte sie dann. »Also, ich meine, deine Mutter muss nicht unbedingt erfahren, dass« – sie holte Luft – »du weißt schon.«

Tonino grinste. »Meine Mutter! Die würde schon der Schlag treffen, wenn sie nur die Küche sähe. Alles andere …« Er sprach nicht weiter, schüttelte nur den Kopf und lachte lautlos in sich hinein. Gina schaute sich in dem Raum um, der aussah, als habe hier in der letzten Nacht eine mörderische Schlacht stattgefunden, und musste ebenfalls grinsen. Tonino hatte recht. Allein die Küche würde Lorena völlig aus der Fassung bringen. Sie war eine Ordnungs- und Reinigungsfanatikerin. In ihrer eigenen Küche sah es aus wie in einem Operationssaal. Ginas Blick wanderte zurück zu ihrem Neffen, den die Vorstellung, seiner Mutter Details von der gestrigen Nacht zu erzählen, noch immer sehr zu erheitern schien, und ihr wurde klar, dass sie gehen sollte. Sie gehörte nicht hierher. Die Beerdigung ihres Vaters war vorbei, und es gab keinen Grund mehr, noch länger in dieser Wohnung zu bleiben und ihrem Neffen und seinen Freunden auf die Nerven zu fallen.

»Ich werde heute abreisen«, sagte sie.

Tonino sah sie überrascht an. »So plötzlich? Aber nicht wegen Zappa, oder …«

»Nein! Ich …« Sie zuckte mit den Schultern. »Ich finde einfach, es reicht.«

»Und wo willst du hin? Doch wieder zurück nach Deutschland?«

Gina fiel erst jetzt wieder ein, dass sie Tonino als Einzigem in ihrer Familie von ihrer Pleite erzählt hatte.

»Mal sehen.« Sie zögerte. Tatsächlich hatte sie noch nicht darüber nachgedacht, was sie jetzt tun wollte. Unwillkürlich fiel ihr Blick auf den tätowierten Kompass auf der mageren Brust ihres Neffen und den Schriftzug *never lost*, und sie wünschte sich plötzlich, sie hätte diese Gewissheit, immer die richtige Richtung zu kennen und nicht in die Irre zu gehen. Während sie darüber nachdachte, wurde ihr klar, dass sie längst wusste, wohin sie wollte. Sie wusste es seit gestern Abend, als sie, trotz ihres Rausches oder vielleicht gerade deswegen, begriffen hatte, was sie Greta und womöglich auch sich selbst antun würde, wenn sie die Trattoria verkauften.

»Ich muss auf die Insel«, sagte sie.

Lorena frühstückte nie vor einem Gerichtstermin. Sie brauchte das subtile Gefühl von Leere, das sie hellwach machte, ihren Verstand schärfte und ihr die notwendige Aggressivität verlieh, um ihren Gegner zusammenzufalten. Mit Argumenten, versteht sich. Lorena wurde nie unsachlich, sie griff gegnerische Anwälte nie unter der Gürtellinie an, was man umgekehrt nicht behaupten konnte. Viele ihrer überwiegend männlichen Kollegen neigten nämlich dazu, einen gönnerhaften, herablassenden, nicht selten sexistisch gefärbten Unterton an den Tag zu legen, wenn sie sich in die Enge getrieben fühlten, einige wurden sogar offen beleidigend, was Lorena jedes Mal wie ein Fest feierte. Im Stillen, mit unbewegter Miene. Denn eines vereinte die Richter, denen sie gegenübersaßen, jenseits aller Unterschiede: Sie hassten es, wenn es in ihren Sitzungen respektlos zuging. Und Beleidigungen, süffisante Bemerkungen, persönliche Angriffe, auch wenn sie nur dem Gegner und nicht dem Gericht galten, waren für die meisten gleichbedeutend mit Missachtung des Gerichts. Das galt sogar für Richter, die ihrerseits keinerlei Problem damit hatten, gegenüber den Anwälten oder Parteien jeglichen Respekt vermissen zu lassen. Eine Entgleisung ihres gegnerischen Kollegen war daher immer ein Punktgewinn für Lorena, und sie hatte mittlerweile eine Methode entwickelt, allein durch ihre enervierende Sachlichkeit, gepaart mit einem gewissen, genau austarierten Maß an bohrender Unnachgiebigkeit, ihre Gegner zur Weißglut zu bringen, wenn es darauf ankam.

Heute jedoch fühlte sich Lorena nicht bereit. Sie hatte schlecht geschlafen. Nachdem sie und Diego gestern Abend noch ihren bereits angekündigten Sex gehabt hatten, war Diego auf der Stelle eingeschlafen und hatte geschnarcht, doch Lorena, bei der diese Gymnastikübung schon lange keinen vergleichbaren Effekt von Entspannung mehr erzielen konnte, war bis weit nach Mitternacht wach gelegen. Zu viele Dinge hatten ihr im Kopf herumgespukt, was sie darauf geschoben hatte, dass sie schon seit einiger Zeit ihre entspannenden Pilates-Übungen nicht mehr gemacht hatte. Oder vielleicht war das schon ein Vorbote bevorstehender Wechseljahre? Elena, eine ihrer Freundinnen, hatte kürzlich gemeint, mit Schlafstörungen habe es bei ihr angefangen, und jetzt steckte sie schon mittendrin in einem Chaos aus Schweißausbrüchen und Heulanfällen, und am Kinn begannen Barthaare zu sprießen. Gut, Elena war neunundvierzig und Lorena erst vierzig, aber das musste nichts heißen. Bei manchen kam der Übergang früh und nahtlos: erst noch blühend und knackig im gebärfähigen Alter, dann eine schwitzende, hysterische Alte, die für Männer so unsichtbar wurde wie ein Gummibaum. Lorena verzog angewidert das Gesicht, schlürfte ihren Espresso *ristretto* und versuchte, sich, statt sich diesen deprimierenden Aussichten hinzugeben, lieber auf die anstehende Gerichtsverhandlung zu konzentrieren. Sie warf einen Blick auf die Uhr. Viertel vor neun. Um zehn musste sie im Gericht sein. Gerade als sie die Espressotasse in die Spülmaschine geräumt und Giuseppina, der Haushälterin, die gleich auftauchen würde, ihre Liste mit den täglichen Erledigungen hingelegt hatte, kam Diego zur Tür herein. »Hallo, mein Schatz«, schnurrte er und küsste sie erstaunlich innig. »War das eine Nacht?« Er streichelte ihr über den Rücken, verharrte einen Augenblick auf ihrem Po und drückte sie etwas fester an sich.

»Hmm ja.« Lorena setzte ein unverbindliches, hoffentlich ausreichend befriedigtes Lächeln auf und wand sich dann aus seiner Umarmung. »Entschuldige, aber ich muss los.« Sie tippte auf ihre teure Armbanduhr. Diego konnte sehr empfindlich sein, wenn es darum ging, seine Fähigkeiten als Liebhaber anzuzweifeln, doch dafür, ihm den Bauch zu pinseln, hatte sie heute Morgen wirklich keine Zeit mehr. »Warum bist du eigentlich noch nicht in der Bank?«, fragte sie und griff nach dem Autoschlüssel. Normalerweise fing ihr Mann früher als sie an. Und hörte auch sehr viel früher auf.

»Ich habe heute um elf einen wichtigen Termin bei einem Kunden und gesagt, vorher würde ich nicht reinkommen. Und nachher auch nicht.« Er sah sie vielsagend an. »Wir könnten heute mal zusammen in die Stadt fahren, was meinst du? Und nach deiner Verhandlung treffen wir uns zum Mittagessen im Café Perugia ...«

»Wird Lena auch wieder dabei sein?« Diese Spitze konnte sich Lorena nicht verkneifen. Diego sah sie gekränkt an. »Was hast du nur mit ihr? Sie ist eine Kollegin, nichts weiter.«

Als Lorena keine Antwort gab, legte er ihr erneut den Arm um die Taille. »Komm, lass uns gemeinsam fahren, wenn ich schon mal Zeit habe. Dann können wir noch ein bisschen plaudern, bevor die Arbeit beginnt. Machen wir viel zu selten.«

»Von mir aus.« Unschlüssig legte Lorena ihren Autoschlüssel zurück. »Ich könnte nachmittags auch früher Schluss machen, dann können wir noch etwas zusammen mit den Kindern unternehmen ...«

»Die Kinder sind heute bei meiner Mutter. Sie grillen mit den Nachbarn. Ich habe das geregelt.«

Lorena sah ihn überrascht an. »Wieso das denn?«

»Weil wir am Abend noch etwas trinken gehen.« Er griff in die Tasche seines Jacketts, zog einen Flyer heraus und reichte ihn Lorena.

»Ein Jazzkonzert bei Umberto?« Lorena sah ihn verblüfft an. In Umbertos Bar waren sie früher, vor Jahren, oft gewesen. Damals waren sie noch nicht einmal verheiratet. Sie hatte diese Abende sehr geliebt und geglaubt, in dem witzigen, leichtlebigen, charmanten Diego den Mann gefunden zu haben, der alles hatte, was ihr fehlte, und gehofft, dass etwas von seiner Leichtigkeit auf sie abfärben würde. Inzwischen war sie klüger und wusste, dass Männer wie Diego niemals etwas hergaben, noch nicht einmal Leichtigkeit, sondern nur nahmen. Dennoch ... der Gedanke an Umbertos Bar, Jazz unter freiem Himmel, die bunten Lampions in den Bäumen, ein wenig Sorglosigkeit für einen Abend – diese Vorstellung war durchaus verlockend.

»Wär das nicht mal wieder was?«, fragte Diego und sah sie mit einem Hundeblick an. Lorena nickte und spürte, wie sich so etwas wie Reue in ihr regte. Vielleicht tat sie ihm unrecht, und es war wirklich nichts zwischen ihm und dieser rothaarigen Schlampe. Offenbar hatte ihr Mann sich überlegt, wie er ihr eine Freude machen könnte, und das war mehr, als sie selbst in der letzten Zeit für ihn getan hatte. An ihre Abende bei Umberto hatte sie schon seit Jahren nicht mehr gedacht.

Sie nickte. »Ja, das wäre mal wieder was«, sagte sie lächelnd.

Als Gina dem Bootsschaffner ihre Fahrkarte zeigte, wurde sie von dem Mann neugierig gemustert.

»Ist was?«, fragte sie schroffer als beabsichtigt. Sie war froh, dass ihre Augen hinter einer großen dunklen Sonnenbrille verborgen waren. Die Nachwirkungen ihrer gestrigen Ausschweifung machten ihr noch immer zu schaffen. In ihren Schläfen pochte es, und das Schaukeln des Bootes verursachte ihr Übelkeit. Bereits auf der Busfahrt von Perugia nach Passignano hatte sie sich mit jedem Kilometer entlang der Küstenstraße, mit jeder Kurve, in der die Insel besser in Sicht kam, schlechter gefühlt. Es war vermutlich keine gute Idee gewesen, Greta ausgerechnet heute unter die Augen zu treten, wo sie sich wie ein ausgewrungener Putzlappen fühlte, aber andererseits gab es für solche Besuche nie einen richtigen Zeitpunkt. Also konnte sie es genauso gut heute hinter sich bringen.

Der Schaffner schüttelte den Kopf. »Alles in Ordnung. Ich dachte mir nur, dass du ganz schön Schneid hast, dich noch einmal hier blicken zu lassen, nach dem, wie du letztes Mal verabschiedet wurdest.« Er lachte lautlos in sich hinein. Gina funkelte ihn wütend an. Was nahm sich dieser unverschämte Kerl eigentlich heraus? Selbst wenn er ihren schmachvollen Abgang mitbekommen hatte, gab ihm das noch lange nicht das Recht, so mit ihr zu sprechen.

Völlig unbeeindruckt von ihrem bösen Blick lehnte der Schaffner an der Reling und grinste. Die Kontrolle der Tickets der übrigen Fahrgäste schien er vergessen zu haben. »Wobei, es wundert mich allerdings nicht, wenn ich es mir recht überlege«, redete er einfach weiter, so als seien sie in ein freundschaftliches Gespräch vertieft. »Gina Peluso hatte ja auch schon früher vor nichts Angst.«

Gina stutzte. »Kennen wir uns?« Sie sah ihn sich genauer an. Der Mann war ein paar Jahre jünger als sie, braun gebrannt, mit

Goldkettchen auf der behaarten Brust und nach hinten gegelten Locken. Für ihre Hamburger Freunde entspräche er genau dem Klischee des Latinlovers, mit der einzigen Einschränkung, dass er die Uniform von Busitalia trug, die nicht besonders sexy war, obwohl er sich redlich Mühe gab, sie ein wenig aufzupeppen.

»Verarschst du mich?« Jetzt riss er die Augen auf. »Natürlich kennen wir uns! Ich bin Pasquale. Pasquale Fusetti, der kleine Bruder von Enzo.«

»Ach ...« Prüfend betrachtete Gina sein breites, lächelndes Gesicht erneut und sah plötzlich einen Knirps in Shorts und Superman-Shirt vor sich, mit Kulleraugen und einem Kopf rund wie ein Fußball. Er hatte sich zusammen mit ein paar anderen Rotznasen an ihre Fersen geheftet und sie so lange geärgert, bis Enzo der Kragen geplatzt war und er die Kinder mit groben Worten und wahllos verteilten Kopfnüssen verscheucht hatte. Enzo Fusetti war eine Klasse über ihr gewesen und einer der Jungs, vor dessen Umgang alle Eltern gewarnt hatten. Allein deswegen war der wild gelockte Kumpel von Orazio Mezzavalle der geheime Schwarm aller Mädchen an der Schule gewesen, sogar derjenigen, die noch mit weißen Söckchen in Sandalen herumliefen. Zusammen hatten sie das Dreamteam ihrer Schuljahre gebildet: Enzo, zornig und aufbrausend, jederzeit bereit, die Welt aus den Angeln zu heben, und Orazio, der stille, spöttische Beobachter mit dem melancholischen Blick Kurt Cobains. In der Garage von Enzo Fusettis Eltern in Passignano hatten sie gemeinsam Musik gemacht, finster, laut, pathetisch, jedoch mit überraschend poetischen Texten. Zumindest hatte sie es damals so empfunden. Gina musste lächeln, als sie daran dachte. Die beiden waren die Grunge-Helden ihres dreizehnjährigen Ichs gewesen. Und – neben Matteo – ihre besten Freunde. Gina hatte Orazio Mezzavalle bei der Beerdigung ihres Vaters wieder getroffen. Seine Haare waren inzwischen brav gekürzt, und sein Traum vom Rockstar war zum Leiter der Inselkapelle zusammengeschrumpft. Anstatt sich seinen Herzschmerz in düsteren Liedern von der Seele zu schreien, spielte er jetzt Beerdigungslieder auf dem Akkordeon. Außerdem war er Klempner geworden wie sein Vater, Orazio Mezzavalle senior. Immerhin hatte er Kurt Cobain um fünfundzwanzig Jahre überlebt.

»Was macht Enzo jetzt?«, fragte sie.

»Er verkauft Versicherungen. Drüben in Castiglione.«

»Ist er verheiratet?«

»Und wie. Er und seine Frau haben vor ein paar Wochen ihr drittes Kind bekommen.«

»Das freut mich.« Ginas spürte, wie falsch diese Worte sich anhörten. Genauso falsch wie das Lächeln, das sie dazu aufgesetzt hatte. Sie versuchte, sich Enzo als Versicherungsvertreter vorzustellen, doch es gelang ihr nicht. Hatten denn alle ihre Träume aufgegeben? War es ein Naturgesetz, dass man sie ab einem bestimmten Alter einfach abhakte wie einen überholten Posten auf der To-do-Liste des Lebens? Waren ihre Träume von damals nur Spinnereien und Flausen gewesen, pubertäre Gedankenspiele, die nicht mal sie selbst ernst gemeint hatten? Vielleicht war sie die Einzige gewesen, die es damals vor Sehnsucht nach einem anderen Leben, einem Leben weg von der Enge dieser Insel, fast zerrissen hätte. Und wirklich weitergebracht hatte diese Sehnsucht sie auch nicht, nebenbei bemerkt. Ein rastloses Leben in der Fremde, zu schnell und unverbindlich, um echte Freundschaften und Beziehungen pflegen zu können, und ein fahrlässig verschlepptes Insolvenzverfahren – das war die bittere Bilanz. Ihr bisheriges Leben war abgewickelt. Ihr Geschäft nur noch eine Kolonne roter Zahlen, abgeheftet in einem Ordner des Insolvenzverwalters, ihre Wohnung verkauft, ihre Angestellten wieder auf dem freien Markt verfügbar. Nur sie selbst stand auf keiner Kartei, in keinem Ordner, war kein Posten in einer Datei. Sie war ausgemustert worden, und obwohl es ihre eigene Schuld gewesen war, fühlte sie sich dennoch betrogen.

Das Boot verlangsamte seine Fahrt über den morgendlich ruhigen See und steuerte den Anleger an. Prompt meldete sich bei Gina wieder ein Unbehagen ganz anderer Art. »Hast du noch viel mit Greta zu tun?«, fragte sie Pasquale, der mit geschickten Bewegungen die Festmacherleine abwickelte, um sie über den Poller am Pier zu werfen.

»Ich versuche seit Jahren, sie zu überreden, mal mit mir auszugehen«, sagte Pasquale und schwang das Seil wie ein Lasso. Es legte sich über den Poller, und er zog daran. Das Boot bewegte sich langsam auf den Pier zu und rumpelte dann sacht gegen die mit Gummireifen geschützte Kaimauer.

»Tatsächlich?«, fragte Gina verwundert.

»Greta ist was Besonderes«, sagte Pasquale und zuckte verlegen mit den Schultern, so als müsse er sich für diese Meinung bei Gina entschuldigen. Dann fügte er ein wenig trotzig hinzu: »Alle, die ich kenne, finden sie heiß. Aber sie ist so verschlossen wie eine Pfahlmuschel. Keiner weiß, was in ihr vorgeht.«

»Hat sie denn keinen Freund?«, wollte Gina, plötzlich neugierig geworden, wissen. Niemals wäre sie auf den Gedanken gekommen, dass jemand ihre kleine Schwester »heiß« finden würde.

Wieder zuckte Pasquale mit den Schultern. »Ich glaube nicht. Wobei …« Er unterbrach sich abrupt, löste die Verriegelung des Geländers und klappte die Brücke aus, damit die Passagiere aussteigen konnten.

»Wobei was?«

Pasquale sah sie unbehaglich an. »Es sind nur Gerüchte. Wenn sie es dir nicht selbst sagt …«

»Erzähl schon! Ist doch nichts dabei. Ich verrate es auch nicht.«
Pasquale druckste noch ein wenig herum, schließlich meinte er: »Man sagt, dass sie und Domenico ...«
Gina hob überrascht die Brauen. »Ihr Pizzabäcker?«
Pasquale nickte. »Man weiß es nicht genau, aber er bleibt manchmal über Nacht, sagt man.«
»Na, das passt ja«, erwiderte Gina ironisch und war wütend, ohne zu wissen, warum. An Domenico hatte sie noch nie auch nur einen Gedanken verschwendet. Sie konnte sich nicht erinnern, überhaupt einmal mit ihm gesprochen zu haben. Kaum, dass sie sich an seinen Namen erinnerte. Bei den wenigen Gelegenheiten, bei denen sie in der Vergangenheit hier gewesen war, hatte sie nie auf den Mann am Pizzaofen geachtet. Er war so schweigsam, dass er praktisch mit der Einrichtung verschmolz.
Pasquale warf ihr einen scharfen Blick zu. »Was passt?«
»Na, ich meine nur, der redet ja auch nicht viel, oder?«
»Vielleicht redet er nur nicht mit jedem«, erwiderte Pasquale und schien plötzlich eingeschnappt zu sein. Vermutlich ärgerte er sich, dass er sich Gretas Geheimnis aus der Nase hatte ziehen lassen. Gina trat über die Metallbrücke auf den Pier. »Na, wie auch immer. Meine Schwester kann ja machen, was sie will.«
»Allerdings.« Auf Pasquales gebräuntem Gesicht erschien ein Grinsen, das jetzt unverhohlen schadenfroh war. »Pass nur auf, dass sie dir nicht ins Knie schießt, wenn du zu ihr gehst.«
Gina schnaubte verächtlich, dann warf sie sich ihren großen Seesack, ihr gesamtes Gepäck, über die Schulter, drehte sich um und verließ den Pier um einiges cooler, als ihr tatsächlich zumute war. Greta war durchaus zuzutrauen, dass sie erneut zur Schrotflinte griff, sobald sie Gina erblickte. Und auch abdrückte. So war sie immer schon gewesen. Kompromisslos. Und nachtragend. Wenn Greta einmal beschlossen hatte, jemanden nicht zu mögen,

dann war das für immer. Im Grunde hatte sie das Gemüt eines Elefanten. Und dessen Gedächtnis. Wobei Letzteres nur teilweise zutraf. Damals, als das mit ihrer Mutter passiert war, hatte sie sich nicht erinnern wollen. Gina spürte, wie ein vertrauter Schmerz sie durchzuckte, als sie daran dachte, und sie schob ihre eigene Erinnerung an diese verhängnisvolle Nacht, die inzwischen so verblichen und fadenscheinig war wie ein zu oft gewaschenes Kleidungsstück, schnell beiseite. Jetzt war nicht der richtige Zeitpunkt, sie hervorzukramen. Wie oft hatte sie die Erinnerung in den letzten Jahrzehnten in den Händen gehalten, hin und her gewendet, verzweifelt nach etwas gesucht, was sie übersehen hatte. Und jedes Mal war ihre Erinnerung an Gretas starrem, bleichem Gesicht abgeprallt, war an ihrer Weigerung, einen Ton zu sagen, zerschellt wie ein Weinglas, das einem aus der Hand rutscht und klirrend auf den Boden fällt. Man hatte ihnen damals gesagt, dass Greta nichts dafür konnte. Dass es der Schock war, der sie hatte verstummen lassen, und dass es durchaus möglich war, dass die Erinnerung nie wieder zurückkam. Aber Gina hatte ihre Schwester trotzdem dafür gehasst, und es gab Momente, da tat sie es noch heute.

Sie blieb stehen und zündete eine Zigarette an. Das Morgenlicht ergoss sich über die ziegelrot gepflasterte Inselstraße und ließ die Fassaden der ockergelben Häuser aufleuchten. Bougainvillea und Geißblatt rankten sich verschwenderisch die alten Sandsteinmauern hinauf, und Geranien blühten in üppiger Pracht. Der Himmel war so blau, dass es fast wehtat. Ginas Blick folgte einer schwarz-weiß gefleckten Katze, die gemächlich die Straße kreuzte. Lässig sprang sie auf einen Mauervorsprung und begann, sich zu putzen. Das hier, das war das Paradies. Eine kleine, beschauliche Welt voller Licht und Wärme inmitten eines verwunschenen Sees, von dem man nicht genau wusste, weshalb er existierte. Hätte sie jemals einen ihrer Freunde aus Hamburg mit hierhergenommen, ausnahmslos jeder von ihnen wäre vor Begeisterung in die Luft gesprungen. Doch sie alle kannten die Winter auf der Insel nicht. Die endlosen Tage, an denen es nur regnete, das Klappern der Fenster, die klamme Feuchtigkeit, die sich in den Räumen einnistete, und die Stürme, die sie vom Festland abschnitten, obwohl es so nah war, dass man eigentlich hinüberschwimmen konnte. Früher jedenfalls hatten sie das getan. Mit Enzo und Orazio war sie regelmäßig nach Passignano geschwommen. Anfangs lediglich eine Mutprobe, war es später mehr geworden: eine Möglichkeit, dem Schweigen zu entkommen; Gretas stummes kleines Gesicht aus ihrem Kopf zu vertreiben und auch das Wissen, dass sich dahinter die Wahrheit verbarg. Eine Wahrheit, die sie nicht bereit war zu teilen. Der See hatte sie jedes Mal besänftigt, seine sanften, weichen Wellen hatten ihre hilflose Wut weggetragen, während sie sich Meter für Meter freier gefühlt hatte. Zusammen mit ihren Freunden durch das Wasser zu gleiten, die stete Anstrengung, die monotonen und zugleich kraftvollen Bewegungen ihres Körpers hatten sie mehr und mehr zu sich selbst zurückgebracht. Bis irgendwann Adelina und ihr Vater dahintergekommen waren. »Willst du etwa, dass deinen Vater nach allem, was passiert ist, auch noch der Schlag trifft?«, hatte Adelina gekreischt, und ihr Vater hatte ihr zwei Wochen Hausarrest aufgebrummt. Es hatte sie nicht davon abhalten können, weiterhin mit den Jungs zu schwimmen, heimlich, aber das Ganze hatte etwas Verstohlenes, Trotziges bekommen. Das Gefühl von Freiheit und Leichtigkeit, das Wissen, zusammen mit ihren Freunden alles erreichen zu können, hatte sich nicht wieder eingestellt.

Gina machte ein paar Schritte auf die Katze zu, doch als sie die Hand ausstreckte, um sie zu streicheln, hieb das Tier nach ihr und sprang fauchend davon. Gina fluchte und rieb sich den blutigen Kratzer auf dem Handrücken. Sie bereute es längst, hergekommen zu sein. Noch dazu, ohne vorher mit Lorena zu sprechen. Ihre Schwester würde ihr vorwerfen, ihr in den Rücken gefallen zu sein, und sie hatte nicht ganz unrecht damit. Doch jetzt war sie nun mal hier und konnte es auch zu Ende bringen. Obwohl Greta und sie nicht viel gemeinsam hatten, waren sie schließlich Schwestern. Entschlossen schluckte Gina ihr Unbehagen hinunter und ging weiter. Vor der Trattoria angekommen warf sie einen prüfenden Blick durch die Glasscheibe. Greta war gerade dabei, die Schiefertafel mit den Tagesgerichten neu zu beschriften. Ein Schatten, der sich in der Nähe des Pizzaofens bewegte, sagte ihr, dass auch Domenico schon da war. Von Adelina war nichts zu sehen. Vermutlich war sie in der Küche. Als Gina die Klinke drückte und die kleine Glocke über dem Türrahmen ihren Besuch ankündigte, drehte sich Greta zu ihr um. Ihre Miene verfinsterte sich so schnell, wie wenn man einen Fensterladen zugeschlagen hätte. »Du!«, stieß sie hervor, ließ die Kreide fallen und ging auf Gina zu. Gina wich zurück. »Ich wollte nur ...«, begann sie, doch Greta ließ sie nicht zu Wort kommen. »Raus!«, schrie sie, und ihre hellen Augen blitzten vor Zorn. Gina wich noch einen Schritt weiter zurück, fürchtete fast, einen Schlag ins Gesicht zu bekommen. Greta folgte ihr, bis sie wieder über die Schwelle getreten war, dann packte sie die Klinke und knallte ihr die Tür vor der Nase zu. Gina stand betreten auf der Straße und beobachtete, wie Greta zusperrte und das Schild in der Tür umdrehte, auf dem *Geschlossen* stand.

»Eine schwierige Verhandlung heute?«
»Es geht. Das Übliche. Aber ein unangenehmer Gegner«, sagte Lorena, die ihre Akte auf dem Schoß hatte und darin las, während Diego durch die Altstadt hinauf zum Gericht fuhr.

»Du wirst das schon schaffen, Schatz. Du kriegst sie doch alle klein.«

Lorena warf ihrem Mann verwundert einen Blick zu. Es kam selten vor, dass er sich nach ihrer Arbeit erkundigte, und Ermutigung und Lob waren seine Sache auch nicht.

»Ist alles in Ordnung?«, fragte sie misstrauisch.

»Natürlich. Was soll sein?« Diego hielt vor dem Gericht und lächelte sie an. »Ist noch Zeit für einen Espresso?«

Lorena warf einen Blick auf die Uhr. »Ja, wir könnten noch in die Bar am Gericht gehen …«

»Perfekt!« Diego sprang aus dem Wagen. »Wenn du mich dahin mitnimmst, sehen deine Kollegen endlich mal, dass sie sich keine Hoffnung machen brauchen.« Er kam um das Auto herum und öffnete ihr galant die Tür. Lorena verkniff sich ein Lächeln. Daher wehte also der Wind: Diego war eifersüchtig. Manchmal hatte er solche überraschenden Anwandlungen, die darin begründet lagen, dass er nicht in der Lage war, sich vorzustellen, dass nicht alle Menschen so tickten wie er, sprich, nicht alle den Jagdtrieb eines Beagles hatten. Auch wenn sie vor allem für die begrenzte Fantasie ihres Mannes sprach, schmeichelte die Eifersucht ihres Mannes Lorena. War das nicht ein Zeichen dafür, dass sie ihm nicht egal war? Sie packte ihre Akte zurück in die Tasche, griff nach seiner Hand und ließ sich aus dem heiligen Maserati helfen, der Diego mehr am Herzen lag als alles andere auf der Welt, Familie mit eingeschlossen. Gemeinsam gingen sie in die kleine Bar auf der Rückseite des Gerichts, wo sehr viel weniger Betrieb war als vorn auf der Piazza. Hier gab es keine Terrasse, und in dem schmucklosen Gastraum mit der langen Theke standen nahezu ausschließlich Anwälte, Richter und Staatsanwälte, die einen schnellen Kaffee vor oder nach einer Verhandlung tranken, ohne sich lange aufzuhalten. Lorena kannte fast alle von den an diesem Morgen Anwesenden, darunter viele Männer, grüßte in alle Richtungen und bemerkte mit Genugtuung, wie Diego, der neben ihr herging, sich zu seiner vollen Größe aufrichtete und den Bauch einzog.

Als sie an der Theke standen und der Barista ihnen zwei Tassen Espresso hinstellte, meinte Diego: »Übrigens, was ich noch sagen wollte: Ich hätte einen Käufer für die Trattoria.«

»Was?« Lorena, die gerade hatte trinken wollen, verschluckte sich fast. »So schnell?«

Diego hob beide Hände. »Na ja, es hat sich eben zufällig so ergeben. Ein guter Kunde unserer Bank hätte Interesse. Ich habe natürlich noch nichts zugesagt, aber ich weiß, dass er uns ein akzeptables Angebot machen würde.«

Lorena stellte ihre Tasse ab und räusperte sich. »Ist das nicht ein wenig überstürzt?«, fragte sie nervös.

»Zahlungskräftige Käufer wachsen nicht auf den Bäumen, Lorena. Wir sollten uns so eine Chance nicht entgehen lassen. Auch in Gretas Interesse. Je höher der Erlös ist, desto leichter wird es für sie, sich etwas Neues aufzubauen. Weißt du denn, was sie vorhat? Unsere Bank könnte sie unterstützen.«

»Ähm ... nein, darüber haben wir noch nicht gesprochen.«

»Aber sie ist doch kooperativ, oder? Du hast gestern Abend gemeint, sie habe deinen Vorschlag gut aufgenommen ...«

»Aber ja, das hat sie. Sie war absolut vernünftig.« Lorena spürte, wie ihr der Schweiß ausbrach, was nicht an der Hitze lag, die jetzt schon in der Bar herrschte, wo ein matter Ventilator die warme Luft, die durch die offene Tür drang, lediglich verteilte. Sie nahm eine Serviette und fächerte sich Luft zu.

»Ist dir nicht gut?« Diego sah sie stirnrunzelnd an. »Du solltest etwas essen. Ein Cornetto vielleicht ...«

»Nein! Alles gut!« Lorena stand auf. »Ich muss jetzt gehen.

Lass uns heute Abend bei Umberto in Ruhe darüber reden.« Sie gab ihrem Mann einen Kuss auf beide Wangen, roch sein Aftershave und hoffte, dass er die Schweißtropfen nicht sehen konnte, die sich auf ihrer Stirn gebildet hatten.

16

Greta zitterte vor Anspannung. Sie hatte inzwischen auch die Rollos vor der Tür und dem Fenster der Trattoria heruntergelassen und spähte jetzt durch einen dünnen Schlitz zwischen den Lamellen hindurch hinaus auf die Straße. Gina war nicht gegangen. Sie saß auf dem kleinen Mäuerchen gegenüber, neben Nunzias und Clementes Haus, und rauchte eine Zigarette. Fluchend ließ Greta die Lamellen zurückschnellen, ballte in hilfloser Wut die Fäuste und wandte sich dann abrupt ab. »Was will dieses Miststück hier?«, presste sie zwischen zusammengebissenen Zähnen hervor.

»Willst du mir nicht endlich verraten, was das Problem zwischen dir und deinen Schwestern ist?«

Die Frage kam von Domenico, der zu ihr getreten war und sie jetzt besorgt ansah.

»Es ist nichts ...«

Domenico lachte freudlos auf. »Du hast die beiden mit der Schrotflinte von der Insel gejagt. Das nennst du nichts?«

Greta wollte etwas erwidern, überlegte es sich jedoch anders und schüttelte nur den Kopf.

»Ich verstehe«, sagte Domenico bedächtig. »Du meinst, es ist nichts, was mich etwas angeht.«

Ertappt sah Greta ihn an. »Das ist nicht böse gemeint, Domenico. Es sind eben Familienangelegenheiten ...«, erwiderte sie leise.

Er nickte, und seine Augen wurden schmal. »Schon kapiert.«

Mit einer knappen Kopfbewegung deutete er zu der verschlossenen Tür. »Hast du vor, heute Mittag noch zu öffnen?«

»Ich weiß nicht. Nein. Ich will Gina nicht sehen ...« Greta zuckte mit den Schultern.

Domenico nahm die Schürze ab und legte sie auf einen der Tische. »Tja. Dann geh ich jetzt. Sag Bescheid, wenn du mich wieder brauchst.« Mit diesen Worten drehte er sich um und verließ den Gastraum. Greta konnte an seinen Schritten hören, dass er wütend war, doch sie hielt ihn nicht auf. Als die Hintertür krachend ins Schloss fiel, fegte sie mit einem zornigen Aufschrei die Gläser und Gedecke von einem der bereits vorbereiteten Tische, sank auf einen Stuhl und begann zu weinen.

»Sie hat mich ausgesperrt! Verstehen Sie, Don Pittigrillo! Mich! Ihre Tante!« Adelina Peluso stand völlig aufgelöst vor Don Pittigrillo und wusste offenbar nicht, ob sie fluchen oder beten sollte. Ihre Haare hingen ihr wirr in das gerötete Gesicht, und ihr Busen bebte vor Anstrengung, weil sie offenbar zum Pfarrhaus gerannt war. Sie machte den Eindruck, als ob sie jeden Moment in Ohnmacht fallen würde. Der Priester musterte sie zutiefst beunruhigt. Dieses Mal schien die Sache wirklich ernst zu sein.

»Möchten Sie hereinkommen, Adelina?«, fragte er. »Ich bringe Ihnen ein Glas Wasser, und Sie erzählen mir genau, was passiert ist ...« Er wollte nach ihrem Arm greifen, doch Adelina Peluso wich zurück. »Nein! Dazu ist keine Zeit. Wenn wir nicht sofort etwas unternehmen, wird ein Unglück geschehen. Ich weiß das.« Sie bekreuzigte sich und schluchzte auf. Don Pittigrillo sah mit Bestürzung, dass ihr dicke Tränen über das faltige Gesicht rollten. Adelina Peluso war eine höchst dramatische Person, die gern aus einer Mücke einen Elefanten machte und Katastrophen zu lieben schien, doch er hatte sie noch nie weinen sehen. Noch nicht einmal bei der Beerdigung ihres Bruders. Er hatte jedoch immer schon das Gefühl gehabt, Adelinas Hang zu Dramatik und Aberglauben, ihre ständige Empörung, der Zorn auf alles und jeden sei eine Art Schutz, um ihre echten Gefühlen fernzuhalten. Umso beunruhigter war er jetzt, als er sie wahrhaftig weinen sah. Ohne ein weiteres Wort griff er nach seinem Jackett und trat zu Adelina hinaus. »Was ist denn genau vorgefallen?«, fragte er, während sie rasch die Straße entlanggingen. Adelina atmete schwer. »Gina. Gina ist da, und Greta lässt sie nicht ins Haus. Sie hat alles verrammelt. Ich war heute Morgen auf dem Friedhof, und als ich zurückkomme, sehe ich, dass die Rollläden heruntergelassen sind und die Tür abgesperrt ist. Gina sitzt auf Nunzias Mauer und will nicht gehen, bevor sie nicht mit Greta gesprochen hat. Sie wollte mir nicht sagen, was los ist, aber ich musste an die Schrotflinte denken und …« Sie konnte nicht weitersprechen. Erneut standen ihre Augen voller Tränen. Ihre Finger krallten sich unvermittelt in Don Pittigrillos Arm. »Es geht alles kaputt, Don Pittigrillo! Ich spüre es. Mit Ernestos Tod kommt die Vergangenheit zurück und wird uns in den Abgrund reißen …«

»Na, na, ganz so apokalyptisch wird es schon nicht werden«, sagte Don Pittigrillo und tätschelte Adelinas Hand, während er unwillkürlich seine Schritte beschleunigte. Adelinas düstere Prophezeiung beunruhigten ihn mehr, als er zugeben mochte. Er dachte an die geschnitzte Nixe, die Greta bei ihm entdeckt hatte, und an seine Lüge und schickte ein Stoßgebet in Richtung makellos blauen Himmel: »Bitte vergib mir. Dieses eine Mal noch! Die Mädchen können schließlich nichts dafür …« An Adelina gewandt sagte er dagegen mit betont ruhiger Stimme: »Es ist doch normal, dass Schwestern mal eine Meinungsverschiedenheit haben.«

Adelina schnaubte zweifelnd. Sie ließ Don Pittigrillos Arm los, zog ein Taschentuch aus dem Ärmel ihrer Bluse und tupfte sich damit über die Augen. »Ihr Wort in Gottes Ohr«, murmelte sie, doch ihrem Tonfall nach zu schließen, war sie keinesfalls überzeugt davon, dass Gott ihnen in dieser Angelegenheit zuhörte.

Als sie an der Trattoria ankamen, hatten sich dort bereits ein paar Neugierige versammelt, die – so vermutete Don Pittigrillo – von Adelinas mit Sicherheit nicht leisen Bemühungen, Greta zum Aufsperren der Tür zu bewegen, angelockt worden waren. Nunzia von gegenüber stand zusammen mit Cinzia Locatelli vor ihrem Haus, und neben ihnen stützte sich der alte Giuseppe, der zwei Häuser weiter wohnte, auf seinen krummen Krückstock und mahlte aufgeregt mit seinem zahnlosen Kiefer. Ein paar Jugendliche taten so, als ginge sie das alles nichts an, während in dem Haus, das direkt an die Trattoria grenzte, die Capellutos ihren Wachposten am Fenster bezogen hatte. Enza Capelluto, die grauen Haare voller Lockenwickler, lehnte breit und mächtig auf der mit einem Kissen gepolsterten Fensterbank im ersten Stock, sodass sich Filippo, ihr glatzköpfiger, schmächtiger Mann, weit vorrecken musste, um an seiner Frau vorbeisehen zu können. Wie Adelina schon bemerkt hatte, saß Gina auf dem Mäuerchen neben Nunzias Haus. Sie hatte die Beine, die in farbenfrohen bunten Schlabberhosen steckten, angezogen und rauchte eine Zigarette. Ihre Augen waren hinter einer dunklen Sonnenbrille verborgen. Niemand von den Anwesenden sprach mit ihr, nur die Jugendlichen warfen ihr hin und wieder verstohlene Blicke zu.

Adelina zupfte Don Pittigrillo am Jackett und deutete auf die verschlossene Tür. »Da! Schauen Sie!«, sagte sie überflüssigerweise. »Geschlossen! Ich habe geklopft und gerufen, aber sie hat nicht aufgemacht …« Nunzia kam jetzt auf sie zu, Cinzia Locatelli im Schlepptau. »Was ist los?«, fragte sie Adelina. »Weshalb hat Greta die Trattoria zugesperrt?«

»Ich weiß es nicht …«, jammerte Adelina und blinzelte nervös. »Ich glaube, es ist wegen Gina …«

Nunzia kniff ihre dunklen Augen zusammen, sodass sie fast hinter den Wülsten ihrer prallen Wangen verschwanden. »Dachte ich mir gleich, dass das mit der zu tun hat. Kommt hierher und bringt alles durcheinander. Greta wird schon gewusst haben, weshalb sie sie davongejagt hat.« Sie warf Gina einen bösen Blick zu.

Cinzia Locatelli zwirbelte ihren blondierten Pferdeschwanz und nickte. »Gina Peluso hat noch nie was getaugt. Sie hat als junges Ding bei uns im Laden geklaut. Mein Vater hat ihr damals Hausverbot erteilt.«

Don Pittigrillo sah die beiden aufgebrachten Frauen tadelnd an. »Seid nicht so ungerecht. Ihr wisst doch gar nicht, was vorgefallen ist.«

»Mir reicht, was ich sehe«, erwiderte Nunzia und verschränkte die Arme vor dem Busen, nicht im Geringsten beeindruckt von Don Pittigrillos Tadel. »Die beiden haben sich zu Ernestos Lebzeiten kaum hier blicken lassen, und bei seiner Beerdigung konnten sie gar nicht schnell genug verschwinden. Ich wette, denen geht es nur ums Geld. Wahrscheinlich wollen sie die Trattoria verscherbeln.« Sie hatte bewusst laut gesprochen, mit einem vorwurfsvollen Blick zu Gina. Bei ihren letzten Worten entfuhr Cinzia ein Laut des Entsetzens. »Verkaufen?« Sie sah Nunzia ungläubig an. »Das ist nicht dein Ernst. Wo sollen wir denn dann hingehen? Und die Touristen, die kommen …« Sie war ein wenig blass um ihre spitze Nase geworden. Auch Adelina wirkte von Nunzias Worten wie betäubt. »Die Trattoria verkaufen?«, flüsterte sie tonlos. »Das würden Gina und Lorena doch nie tun …« Ihre rechte Hand fuhr mit einer raschen Bewegung zur Brust, als müsse sie ihr Herz vor solch einem Ansinnen beschützen. »Niemals …« Mit ihrer Linken klammerte sie sich erneut an Don Pittigrillos Arm.

Dieser schüttelte unwillig den Kopf. »Setz nicht solche dummen Gerüchte in die Welt, Nunzia. Du richtest nur Schaden damit an.«
Nunzia schwieg, doch offenkundig war sie nicht mit Don Pittigrillo einer Meinung. Kämpferisch hob sie das Kinn, und ihre Augen blitzten wütend.

Jetzt meldete sich Enza Capelluto von ihrem Fensterplatz aus zu Wort. Offenbar hatte sie genau verstanden, was Nunzia gesagt hatte. Sie beugte sich gefährlich weit vor und schrie in Ginas Richtung. »Das eine sage ich dir, du Luder, wenn du das tust, dann wirst du deines Lebens nicht mehr froh werden!« Ihr Mann nickte mit finsterem Blick, murmelte ebenfalls etwas Unfreundliches und zog sich dann, offenbar erschrocken über seine eigene Courage, von seinem Fensterplatz zurück. Der alte Giuseppe, der nicht mehr ganz richtig im Kopf war und nur hin und wieder lichte Momente hatte, kommentierte etwas unzusammenhängend: »Bravo! Forza!«

Gina war, wie Don Pittigrillo nicht entgangen war, unter den Worten Enza Capellutos sichtlich zusammengezuckt, doch sie sagte noch immer nichts. Langsam streckte sie ihre Beine aus und richtete sich auf. Fluchtbereit, wie es Don Pittigrillo schien. Er nickte ihr freundlich zu, was sie nicht erwiderte, und war hin- und hergerissen, ob er zuerst zu ihr gehen oder lieber versuchen sollte, mit Greta zu reden. Schließlich entschied er sich für Letzteres. Mit Gina konnte er immer noch sprechen. Mit ein paar Schritten trat er auf die mit den heruntergelassenen Rollos ungewohnt abweisend wirkende Tür der Trattoria zu und klopfte. »Greta? Ich bin es, Don Pittigrillo. Was ist los?«

Zuerst hörte er nichts, dann drehte sich der Schlüssel im Schloss, und die Tür öffnete sich einen winzigen Spalt. Gretas angespanntes Gesicht erschien. Ihre Augen waren gerötet, offenbar hatte sie geweint. »Verschwinden Sie! Sie sind ein gottverdammter

Lügner«, fauchte sie und wollte die Tür gerade wieder schließen, als sich Adelina am Priester vorbeidrängelte. »Du kannst mich nicht aussperren, Greta!«, schrie sie wutentbrannt und versuchte, die Tür weiter aufzudrücken, doch es gelang ihr nicht. Greta knallte sie mit einer solchen Vehemenz wieder zu, dass die Scheiben klirrten. Durch die geschlossene Tür konnte man sie noch etwas sagen hören, dann war wieder Stille. »Was? Was hat sie gesagt?«, rief Adelina aufgeregt.

»Es klang wie Hintertür«, sagte Don Pittigrillo, der nicht wusste, ob ihn Gretas Worte oder ihr tief verletzter Blick mehr getroffen hatte.

Adelina, die davon offenbar nichts mitbekommen hatte, atmete scharf ein. »Ich soll durch die Hintertür gehen?«

»Ginge das denn?«

Adelina zögerte. »Ja, natürlich. Sie ist verschlossen, aber ich habe den Schlüssel. Die Tür führt ins Treppenhaus. Wir benutzen sie so gut wie nie. Nur als Lieferanteneingang ...«

Don Pittigrillo unterdrückte ein Seufzen. »Aber heute können Sie doch eine Ausnahme machen, nicht wahr, Adelina?«

Adelina sah ihn empört an. »Ich soll mich durch den Lieferanteneingang in mein eigenes Haus schleichen? Ich? Ich habe hier schon gewohnt, als an dieses Mädchen niemand auch nur gedacht hat. Dieses unverschämte Ding mit seinen verrückten ...«

»Lassen Sie es gut sein, Adelina!«, unterbrach Don Pittigrillo sie scharf. »Denken Sie doch an die Nachbarn.«

Adelinas Blick huschte zu Nunzia, Cinzia und Enza Capelluto, die ihren Wortwechsel gespannt verfolgt hatten, und sie klappte den Mund zu. »Das wird sie mir büßen«, zischte sie. Dann kramte sie aus ihrer großen schwarzen Handtasche einen Schlüssel hervor und watschelte um das Haus herum, ohne Don Pittigrillo und die anderen noch eines Blickes zu würdigen. Der Priester sah ihr mit einer Mischung aus Erleichterung und Ernüchterung nach. Hatte er anfangs noch geglaubt, Adelinas Angst und offenkundige Verzweiflung gälte ihren beiden Nichten und der Gefahr, dass sie sich etwas antäten, so war er sich jetzt nicht mehr ganz sicher, was eigentlich ihr tiefes Entsetzen ausgelöst hatte. Sie hatte sich verdächtig schnell erholt und wieder zu ihrer üblichen Stimmungslage zurückgefunden. Er klopfte noch einmal an Gretas Tür, doch sie reagierte nicht mehr. Don Pittigrillo ließ die Hand sinken. Er wusste, dass es sinnlos war, es noch weiter zu versuchen. Aus Gretas Sicht war alles gesagt, und sie hatte recht. Mit seiner Lüge hatte er ihr Vertrauen verspielt. Er wandte sich ab, ließ Cinzia und Nunzia ebenso stehen, wie Adelina es getan hatte, und ging zu Gina. Ihre Miene war unergründlich, was wohl an der großen Sonnenbrille lag, die gut ein Drittel ihres Gesichts bedeckte. »Guten Morgen, Gina«, sagte er.

»Don Pittigrillo.« Ihr Nicken war wachsam, und er konnte es ihr nicht verdenken. Er spürte die feindseligen Blicke der Nachbarn fast körperlich in seinem Rücken.

»Wie kann ich helfen?«, fragte er.

Gina lächelte matt. »Wenn Sie meinen, dass ich göttlichen Beistand brauche, muss ich Sie enttäuschen. Ich bin vor Jahren schon aus der Kirche ausgetreten.«

»Das meinte ich nicht. Ich frage nicht als Seelsorger, sondern als Freund der Familie.«

Sie lachte bitter auf, und als sie weitersprach, hatte ihre Stimme einen aggressiven Unterton: »Von welcher Scheißfamilie sprechen Sie?«

»Ich weiß, Gina, dass ihr es nicht leicht hattet. Nach dem Verschwinden eurer Mutter war es für euren Vater schwer, für euch ...«

»Schwer?« Gina sprang mit einem Satz von der Mauer und stellte sich vor Don Pittigrillo hin. Jetzt nahm sie endlich auch ihre Sonnenbrille ab. Ihre Lider waren gerötet, und sie hatte dunkle Schatten unter den Augen. Mit vor unterdrückter Wut gepresster Stimme sagte sie: »Unser Vater hat es sich verflucht leicht gemacht. Er ist einfach mit meiner Mutter zusammen verschwunden und hat uns alleingelassen.« Sie hob die Hände und schnippte spöttisch mit den Fingern. »Hat sich als Vater, plopp, in Luft aufgelöst. Lästig nur, dass wir drei Kinder das nicht ebenso konnten.«

»Ich glaube, du siehst das etwas zu einseitig, Gina ...«, begann Don Pittigrillo und merkte bereits in dem Moment, in dem er die Worte aussprach, wie unklug sie waren. Genauso gut hätte er Gina raten können, mit Nunzia und Cinzia einen Kaffee trinken zu gehen. Sie unterbrach ihn auch augenblicklich mit einer heftigen Handbewegung. »Entschuldigen Sie, Signor Priester«, sagte sie in einem beißenden Tonfall, »aber ich glaube nicht, dass Sie in der Lage sind, das zu beurteilen.« Damit ließ sie ihn stehen und ging provozierend langsam über die Straße, bis sie Cinzia und Nunzia erreicht hatte. Auf deren Höhe setzte sie sich, ohne stehen zu bleiben, ihre Sonnenbrille wieder auf und sagte laut: »Passt bloß auf, ihr Giftschlangen, es soll sich schon jemand totgelästert haben.« Dann zeigte sie Enza Capelluto den Stinkefinger und verschwand in der schmalen Gasse zwischen der Trattoria und dem Nachbarhaus, die hinunter zum See führte. Die drei Frauen starrten ihr schockiert nach. Don Pittigrillo warf einen letzten Blick auf das Schild in der Tür der Trattoria, das schwarz auf weiß eine Ungeheuerlichkeit verkündete: Zum ersten Mal seit dem Besuch des Königs von Italien hatte die *Trattoria Paradiso* geschlossen, ohne dass Betriebsferien oder der wöchentliche Ruhetag dies gerechtfertigt hätten. Traurig sog der Priester die Luft in seine ziemlich große, scharf gebogene Nase ein. Sie roch nach Staub und Hitze, nach dem aufgeheiztem Straßenpflaster und schwach nach den Kletterrosen, die sich an Nunzias Haus emporrankten. Doch sie roch nicht nach Sugo al Pomodoro, nicht nach Pizza und nicht nach Tagliata und kein bisschen nach Carciofi al Forno. Don Pittigrillo konnte sich der ihn plötzlich erfassenden, irrationalen Furcht nicht mehr erwehren, dass Adelinas düstere Prophezeiung sich womöglich tatsächlich bewahrheiten würde.

17

Greta sah durch die Lamellen des Rollos, wie sich die Neugierigen langsam zerstreuten. Don Pittigrillo ging so tief gebeugt, als trüge er die Last der ganzen Welt auf den Schultern, und sie unterdrückte eine flüchtige Aufwallung von Mitleid. Der alte Priester hatte ihr Mitgefühl nicht verdient. Er war ein Lügner. Als sie ihn mit dem Vorwurf konfrontiert hatte, war kein Erstaunen, kein Ärger in seiner Miene zu sehen gewesen. Nur Schuldbewusstsein. Er wusste mehr, als er zugab. Sie griff in die Tasche ihres Kleides, wo sich zu der Nixe, die sie bei ihm gestohlen hatte, nun auch der verkohlte Rest der Skulptur vom Friedhof gesellt hatte. Nicht nur Don Pittigrillo log. Auch Adelina hatte etwas zu verbergen. Und Greta fragte sich, was es sein mochte.

»Bist du jetzt zufrieden?«

Greta fuhr überrascht herum. Adelina war unbemerkt hereingekommen. Sie hatte ihre Tante zeternd und grummelnd die Hintertür aufsperren hören, sie war aber nicht in die Trattoria gekommen, sondern offenbar hinauf in ihre Wohnung gegangen. Jetzt stand sie zwischen den Scherben der Weingläser, die Greta vom Tisch gefegt hatte, und sah sie erbost an. »Warum machst du immer alles kaputt?«

»Ich? Das sagt die Richtige.« Greta nahm das verkohlte Stück Holz aus ihrer Tasche und hielt es ihrer Tante vor die Nase.

Adelina warf einen kurzen Blick darauf. »Was ist das?«, fragte sie.

»Tu nicht so scheinheilig, du weißt es ganz genau. Warum hast du die Nixe verbrannt?«

»Ich weiß nicht, wovon du sprichst.« Adelina wandte sich um und verließ den Raum, um gleich darauf mit Besen und Kehrschaufel zurückzukommen. Sie begann so emsig die Scherben aufzukehren, als gäbe es nichts Wichtigeres auf der Welt.

Greta trat zu ihr und hielt sie am Arm fest. »Lass das und rede mit mir!«

Brüsk riss sich Adelina los. »Was ist nur los mit dir, Greta? Warum bringst du alle gegen dich auf? Die ganze Insel zerreißt sich das Maul über uns, und du kommst mir mit irgend so einem läppischen Spielzeug daher? Mag sein, dass ich das hässliche Ding weggeworfen habe. Wieso ist das so wichtig?«

»Sag du's mir!«

Adelina gab keine Antwort. Ächzend bückte sie sich und schob die Glasscherben auf die Kehrschaufel.

»Also gut«, sagte sie schließlich, als sie sich wieder aufrichtete. »Das Ding war mir unheimlich. Deshalb habe ich es ins Feuer geworfen.«

»Wieso unheimlich?«

Sie zuckte mit den Schultern. »Ich weiß es nicht. Du hast gesagt, du hättest es bei Ernestos Grab gefunden, das fand ich beunruhigend. Dieses Ding kam mir vor wie eines dieser bunten Totenpüppchen, du weißt schon, die es in Mexico oder Afrika oder irgendwo in dieser Gegend gibt.« Sie machte eine Handbewegung, die die ganze Welt jenseits des Trasimeno-Sees mit einbezog. »Ein böses Omen.«

Greta runzelte die Stirn. Es war nicht das erste Mal, dass ihre Tante ganz alltägliche Dinge unheimlich fand oder irgendwo böse Omen sah. Vermutlich hätte Greta ihr geglaubt, wenn da nicht die zweite Nixe gewesen wäre. So aber wusste sie, dass noch etwas anderes dahinterstecken musste. Es mochte stimmen, dass Adelina die Skulptur unheimlich fand, den Grund für ihr Unbehagen aber verschwieg sie. Greta ließ das verkohlte Stück Holz zurück in die Tasche gleiten und überlegte, ob sie ihre Tante mit der Nixe des Pfarrers konfrontieren sollte, entschied sich dann aber dagegen. Dazu hätte sie ihr auch sagen müssen, woher sie sie hatte, und das wollte sie nicht. Vorher musste sie erst noch einmal mit Don Pittigrillo sprechen. Doch dieses Gespräch würde sie erst in Angriff nehmen, wenn das im Augenblick viel größere Problem gelöst war.

»Hast du mit Gina gesprochen?«

Adelina nickte, erleichtert über den Themenwechsel, wie es schien. »Sie wollte mir nicht sagen, was zwischen euch vorgefallen ist, hat nur gemeint, sie gehe nicht, ehe sie nicht mit dir geredet hat.«

Greta sah sie kühl an. »Seit wann interessiert es dich denn, was vorgefallen ist?«

»Na, hör mal! Natürlich will ich wissen, warum meine Nichten mit dem Gewehr aufeinander losgehen.«

»An dem Abend, als ich es dir erzählen wollte, hat dich nur das Gespött der Leute beschäftigt.«

Adelina prustete vor selbstgerechter Empörung. »Ich war aufgeregt. Ich musste eine doppelte Menge Blutdrucktabletten nehmen wegen dieser Sache!«

»Du hast mir vorgeworfen, ich sei schuld an dem Streit, obwohl du keine Ahnung hattest, worum es ging.«

»Weil ... nun ja ...« Adelina sah plötzlich nicht mehr ganz so selbstgerecht aus. »Ich dachte ...«

»Du dachtest, die seltsame Greta hat wieder seltsame Dinge gemacht.«

Das Gesicht ihrer Tante nahm eine puterrote Färbung an, und sie schwieg.

Greta zog einen Stuhl heraus und deutete darauf. »Setz dich.«

Dann ging sie an die Bar und holte eine Flasche Grappa und zwei Gläser. Trotz Adelinas Proteste stellte sie ihr ein gut gefülltes Glas hin. »Wenn du erfährst, was deine Lieblingsnichte zusammen mit Lorena ausgeheckt hat, wirst du ihn brauchen.«

Greta hatte geahnt, dass es Adelina schwer treffen würde, wenn sie hörte, dass Lorena und Gina vorhatten, die Trattoria zu verkaufen, aber das Maß der Erschütterung ihrer Tante überraschte sie dann doch. Zunächst schien Adelina nicht zu glauben, was sie hörte, sie blinzelte nervös, fuhr mit der Zunge über die Lippen und fragte immer wieder: »Was? Was?« Als die Information endlich zu sacken begann, verlor ihr Gesicht jegliche Farbe, ihre Lippen wurden fahl, und Greta war kurz versucht, Sabrina anzurufen, die Sanitäterin, die in den Sommermonaten hier auf der Insel eine kleine Erste-Hilfe-Station betreute und sich um Kreislaufzusammenbrüche, Wespenstiche, Sonnenbrände und ausgerenkte Fußknöchel kümmerte. Ihre Fürsorge galt zwar vor allem Touristen, doch natürlich profitierten auch die Insulaner von Sabrina. Es war in jedem Fall besser, im Sommer zwischen 9 und 18 Uhr krank zu werden, als während des gesamten restlichen Jahres. Sie hatte sich schon halb erhoben, um ihr Telefon zu holen, da griff ihre Tante nach dem Grappa, trank ihn in einem Zug, und schon kehrte ein wenig Farbe in ihr Gesicht zurück. Sie beugte sich vor und stützte sich mit den Unterarmen schwer auf dem Tisch ab. »Das ist das Ende. Die Strafe Gottes für meine Sünden«, flüsterte sie, bekreuzigte sich und begann, bitterlich zu weinen. Greta versuchte vergeblich, sie zu beruhigen, während innerlich die Wut auf ihre Schwestern anschwoll wie ein Vulkan unter dem Meeresboden. Schließlich begleitete sie Adelina in ihre Wohnung, versicherte ihr, dass sie heute nicht gebraucht würde, weil das Restaurant geschlossen bliebe, gab ihr ihre Tabletten, zusammen mit einem Glas Wasser, und versprach außerdem, alles zu tun, damit es nicht so weit käme. Dann ging sie wieder nach unten und hielt Ausschau nach ihrer Schwester, die nicht mehr an ihrem Platz auf der Mauer saß. Greta hatte sie mit Don Pittigrillo reden sehen, danach war sie in Richtung See gegangen. Greta ging zur anderen Seite des Gastraums und schaute aus den großen Flügeltüren auf die Terrasse hinaus. Gina saß auf dem Steg. Sie hatte der Trattoria den Rücken zugewandt und blickte auf den See, der ohne die kleinste Welle reglos in der Mittagshitze brütete. In der dunstigen Ferne erkannte man ein paar Boote. Greta fluchte leise. Adelina hatte recht gehabt. Gina hatte offenbar nicht vor, einfach wieder zu verschwinden. Es dauerte eine Weile, bis sie sich zu einem Entschluss durchringen konnte. Hin- und hergerissen von ihrer Wut und dem Bedürfnis, Gina einfach zu ignorieren, tigerte sie in der Trattoria umher. Sie versuchte erneut, mit Nonna Rosaria zu sprechen, erhielt jedoch keine Antwort, was sie noch wütender machte. An der Theke lief das Radio, das Domenico eingeschaltet hatte. Er ließ es während der Arbeit immer laufen. Als sie ihn einmal gefragt hatte, wieso er das tue, hatte er gemeint, er möge die Stille nicht. Nun war es in ihrer Trattoria, zumindest wenn sie geöffnet war, eigentlich nie still, ihre Gäste waren meistens ziemlich laut, redeten und lachten viel, riefen oft quer durch den Raum, und aus der Küche drang dazu das ständige Klappern des Geschirrs und der Pfannen und Töpfe. Doch Greta hatte sofort verstanden, dass Domenico etwas anderes meinte. Er sprach von der inneren Stille. Jenem bedrückenden Gefühl der Isolation und Verlassenheit, das einen von anderen trennte, selbst wenn man sich in einem Raum voller Leute befand. Diese Art von Stille kannte Greta nur zu gut. Sie war das Gegenteil des Schweigens, diesem bewussten Rückzug in den inneren Kokon, in dem sie als Kind Zuflucht gefunden hatte und den sie noch heute als tröstlich und schützend empfand. Die

Stille, die Domenico meinte, war eine innere Eiswüste. Man fror vor Einsamkeit, während alles um einen herum warm und fröhlich zu sein schien. Es war Nonna Rosaria gewesen, die ihr dabei geholfen hatte, jener schwarzen Verlorenheit in ihrer Seele keine Möglichkeit mehr zu geben, sich auszubreiten. Und wenn die Musik Domenico dabei half, dasselbe zu tun, sollte es ihr nur recht sein. Jetzt ging sie zu dem Radio und schaltete es aus. Domenico war nicht da. Sie hatte ihn verjagt mit ihrer Ungeschicktheit, ihrer Unfähigkeit, die richtigen Worte zu finden. Deshalb konnte sie die vor sich hin dudelnde Musik plötzlich nicht mehr ertragen, die so tat, als stünde Domenico wie üblich an der breiten hölzernen Arbeitsfläche neben dem Pizzaofen, als knete er wie üblich den Teig zu kleinen weißen, weichen Fladen, als lächle er ihr zu, während sie vorbeiging, um die Getränke zu holen.

Die unvermittelt eintretende Stille, die folgte, riss sie aus ihrer Unentschlossenheit wie eine Ohrfeige, die man jemandem verpasst, den man anders nicht beruhigen kann. Sie atmete tief durch, dann öffnete sie die Terrassentür und ging hinunter zum Steg, um ihre Schwester zur Rede zu stellen.

Gina sprang auf die Beine, als sie Greta näher kommen sah, doch sie ging ihr nicht entgegen. Steif und ungelenk stand sie einfach nur da, mit hängenden Armen, die Sonnenbrille in ihre kurzen Haare geschoben, und wartete. Greta glaubte, Furcht in ihren Augen zu sehen. Sie blieb ein paar Meter vor ihr stehen, verschränkte die Arme vor der Brust und sagte: »Was willst du?«

»Mich entschuldigen«, sagte Gina.

Greta kniff die Augen zusammen. »Was soll das heißen? Habt ihr eure Meinung etwa geändert?«

»Kann ich vielleicht erst mal reinkommen?«, fragte Gina statt einer Antwort. »Es ist ziemlich heiß.«

Greta musterte ihre Schwester unschlüssig. Sie war rot im Gesicht, und auf ihrer Stirn glitzerten Schweißperlen. Die Sonne brannte vom kobaltblauen Himmel, und es hatte sicher schon über dreißig Grad. Widerstrebend nickte sie, drehte sich wortlos um und ging zurück ins Haus. Gina folgte ihr mit einigem Abstand. Greta füllte eine Karaffe mit Leitungswasser, stellte sie zusammen mit zwei Gläsern auf den Tisch, an dem sie soeben noch mit Adelina gesessen hatte. Mit einer schroffen Geste packte sie die beiden leeren Grappagläser und die Flasche und trug sie zur Theke. »Adelina hatte gerade so etwas wie einen Nervenzusammenbruch«, sagte sie, während sie sich setzte. »Nachdem ich ihr gesagt habe, was ihr vorhabt.«

Gina erwiderte nichts, hatte aber zumindest den Anstand, schuldbewusst dreinzublicken. Greta sah ihr dabei zu, wie sie sich von dem Wasser einschenkte und gierig ein paar große Schlucke trank. Dann wischte sie sich mit beiden Händen über ihr rotes Gesicht und seufzte. »Es tut mir leid, Greta«, begann sie unvermittelt. »Das war nicht richtig, dich auf diese Weise zu überfallen. Wir sollten in Ruhe über alles reden ...«

»Da gibt es nichts zu reden«, fiel Greta ihr barsch ins Wort. »Ich gehe nicht von hier weg. Und Adelina auch nicht.«

Gina nickte betreten. »Ja, ich weiß. Nach unserem Besuch ist mir erst so richtig klar geworden, dass die Trattoria eure Heimat ist.«

»Deine auch.«

»Wie?« Gina blinzelte irritiert, und Greta fragte sich für einen Moment, ob ihre Schwester womöglich einen Sonnenstich hatte. Sie machte eine weitausholende Bewegung mit beiden Armen. »Das hier ist doch auch deine Heimat, Gina. Und Lorenas auch. Wir sind alle hier aufgewachsen.«

Gina lachte verlegen. »Ja, natürlich, das weiß ich. Aber so

meinte ich das nicht. Ich spreche von dem Ort, an dem man aktuell lebt. Den man sich selbst ausgesucht hat und der einem ans Herz gewachsen ist. Das ist doch wahre Heimat. Nicht irgendein Haus, in dem man zufällig aufgewachsen ist und das man längst hinter sich gelassen hat.«

»Du denkst also, du und Lorena, ihr habt die *Trattoria Paradiso* hinter euch gelassen?«

»Ja, natürlich! Lorena lebt seit über zwanzig Jahren in Perugia und ich tausendfünfhundert Kilometer entfernt von hier.«

»Und du meinst, dass das reicht?«

»Klar.«

»Hast du denn eine neue Heimat gefunden, da, wo du jetzt lebst?«

In Ginas Augen flackerte etwas auf, das wie Angst aussah. Sie gab keine Antwort und wich Gretas Blick aus. »Darf ich hier eigentlich rauchen?«

Greta nickte. »Meine Gäste dürfen fast alles.«

Gina schien die Ironie, die in diesen Worten steckte, nicht zu bemerken, oder aber sie empfand es schlichtweg als die Wahrheit, vermutlich fühlte sie sich hier tatsächlich nur noch als Gast. Mit einer fahrigen Bewegung nestelte sie aus ihrer Handtasche ihre Zigaretten und zündete sich eine an. »Lorena weiß nicht, dass ich hier bin«, sagte sie dann übergangslos. »Ich ... ich konnte noch nicht mit ihr sprechen.«

»Du hattest Schiss, es ihr zu sagen«, stellte Greta fest.

Ginas Gesicht wurde noch eine Spur röter. »Nein!« Sie zog an ihrer Zigarette und fixierte einen Punkt irgendwo hinter Gretas linkem Ohr, dann korrigierte sie sich: »Ja. Hatte ich.« Sie seufzte. »Lorena kann ziemlich furchteinflößend sein.«

»Sie wird dich bei lebendigem Leib auffressen«, sagte Greta erbarmungslos und freute sich ein bisschen über Ginas verzagte

Miene. »Wenn du bei deiner Meinung bleibst, ändert das das schöne Mehrheitsverhältnis« – spöttisch deutete sie mit Zeige- und Mittelfinger Anführungszeichen an –, »und Lorenas ganzer Plan geht den Bach runter.«

»Ich weiß nicht, ob Lorena einen Plan hat«, verteidigte Gina ihre ältere Schwester.

»Lorena hat immer einen Plan.«

»Ich denke, sie ist davon überzeugt, damit das Beste für uns alle zu tun.«

Greta lachte amüsiert auf. »Das glaubst du? Dann bist du naiver, als ich dachte.«

Ihre Schwester rauchte schweigend weiter und gab Greta so die Gelegenheit, sie genauer zu betrachten. Gina sah müde aus, regelrecht erschöpft. Vermutlich hatte sie schlecht geschlafen. Geschieht ihr recht, dachte Greta, fragte aber trotzdem: »Hast du Hunger?«

»Wie ein Wolf.« Gina drückte die Zigarette aus und lächelte zaghaft.

Greta stand auf. »Ich mache uns etwas.«

»Ich kann dir helfen«, bot sich Gina an, doch Greta schüttelte schroff den Kopf. »Nein. Das fehlte mir gerade noch.«

Als sie kurz darauf zurückkam, mit zwei Tellern Penne arrabbiata, Käse, rohem Schinken, Oliven und Brot, stand Gina am Fenster und sah auf die Straße hinaus. »Wie hältst du das nur aus?«, fragte sie.

»Was meinst du?«

»Die Leute ... diese schreckliche Nunzia und ihre Freundin vom Supermarkt. Cinzia heißt sie, nicht wahr? Die mochte ich schon früher nicht. Sie hat mich immer an den Haaren gezogen. Und gerade ist schon wieder der Pfarrer vorbeigeschlichen wie eine alte schwarze Krähe. Er ist kurz stehen geblieben und hat dabei ein Gesicht gemacht, als ginge die Welt unter, nur weil die Trattoria geschlossen ist.«

»Nunzia ist in Ordnung, und Don Pittigrillo ist Stammgast hier. Er kann nicht kochen und hat auch keine Haushälterin. Vermutlich hat er Hunger.« Greta ging hinter die Bar und holte eine angebrochene Flasche Weißwein aus dem Kühlschrank. »Wein?«

»Für mich nicht.« Fast erschrocken winkte Gina ab, was Greta erstaunte. Gina war – nach ihrem Vater – immer die Trinkfreudigste von ihnen gewesen. Sie goss sich ein kleines Glas ein, kam zurück zum Tisch und setzte sich. Gina verließ ihren Beobachtungsposten am Fenster und setzte sich ebenfalls. Lächelnd schloss sie die Augen und sog den aromatischen Geruch der Soße ein.

»Das duftet ... genau wie bei Papa.«

Greta nickte. »Ist ja auch sein Rezept. Und es ist auch noch seine Gewürzmischung. Sie wird nur noch für ein paar Wochen reichen. Dann muss ich eine neue machen. Ich glaube nicht, dass ich sie wieder genau so hinbekomme.«

»Hat Papa denn nichts aufgeschrieben?«

»Nein. Er hat es mir nur gezeigt, und ich habe die Mischungen nachzumachen versucht, aber sie haben immer ein klein wenig anders geschmeckt.«

Sie begannen zu essen, und nach einer Weile bemerkte Greta, dass Gina weinte. Während sie Gabel für Gabel Penne in sich hineinschaufelte, tropften ihre Tränen auf den Teller.

»Was ist?«, wollte Greta wissen.

Gina schluchzte auf und wischte sich mit dem Handrücken über die Augen. »Die Penne schmecken wirklich ganz genau wie bei Papa. Ich kann mich noch erinnern, wie ich sie als Kind anfangs nicht gemocht habe, weil sie so scharf waren, und er gemeint hat, ich solle einfach mehr Brot dazu essen.« Sie lachte unter Tränen. »Es wäre ihm gar nicht in den Sinn gekommen, sie unsretwegen weniger scharf zu machen.«

Greta nickte lächelnd. »Stimmt. Eine Extrawurst gab es nicht.«

»Und er hat recht gehabt. Nach und nach, und mit viel Brot, wurden es meine Lieblingsnudeln. Ich war regelrecht stolz darauf, sie essen zu können wie eine Erwachsene. Und jetzt ... jetzt ...« Ginas Kinn begann zu zittern, und sie konnte nicht weitersprechen. Die Tränen rannen ihr über das Gesicht. Nach einer Weile brachte sie heraus: »Jetzt gibt es niemanden mehr, der sie so machen kann wie unser Papa ...« Sie ließ die Gabel fallen, sprang auf und lief hinaus. Ein paar Minuten später kam sie zurück, mit geröteten Augen, setzte sich schweigend an den Tisch und begann konzentriert weiterzuessen. Am Ende wischte sie den leeren Teller mit einem Stück Brot aus, bis er so sauber aussah wie frisch gespült.

»Er fehlt mir auch«, sagte Greta unvermittelt und fuhr gedankenverloren fort: »Ich weiß nicht, ob es mir gelingen wird, alles so weiterzuführen, wie er es getan hat. Ich möchte, dass dieser Ort so bleibt, wie er ihn geschaffen hat, aber manchmal ...« Auch sie spürte plötzlich einen Kloß im Hals und hielt erschrocken inne. Wie kam sie dazu, ihrer Schwester das Herz auszuschütten, wo diese doch erst gestern versucht hatte, sie von hier zu vertreiben? Selbst wenn Ginas Gewissensbisse echt waren, würde sie diese Unterhaltung mit Sicherheit Lorena weitertratschen, und die würde Gretas Schwäche gnadenlos ausnutzen. Du hast doch selbst gesagt, dass du dich mit allem alleingelassen fühlst und überfordert bist, würde sie sagen und ihr die Worte im Mund umdrehen. Greta konnte Lorenas harte Stimme, die manchmal wie ein frisch geschärftes Filetiermesser klang, förmlich hören. Dabei hatte sie nur sagen wollen, dass sie sich ab und zu einsam fühlte. Dass sie sich nach jemandem sehnte, der sie nicht für seltsam und leicht verrückt hielt, nach jemandem, der ihr das Gefühl gab, genau richtig zu sein, so wie sie war. Doch das ging Gina nichts an. Es ging niemanden etwas an. Abrupt stand sie auf und räumte die Pastateller ab. »Möchtest du noch was?«

Gina schüttelte den Kopf, nahm sich eine Olive vom Teller in der Mitte des Tisches und kaute darauf herum. Dann spuckte sie den Kern in ihre Hand und sagte: »Ich bin bei Lorena ausgezogen. Kann ich hierbleiben?«

Greta starrte sie mit offenem Mund an. Dann warf sie einen Blick auf den großen Seesack, den Gina bei sich hatte. Sie hatte sich schon gewundert, weshalb sie bei der Hitze so viel Gepäck mit sich herumschleppte. Alles in ihr sträubte sich bei dem Gedanken, Gina hier unter ihrem Dach zu beherbergen. »Ich dachte, du wohnst in Lorenas Stadtwohnung?«, fragte sie.

»Ja, bei Tonino. Aber ... das ist nichts für mich. Er ist jung und feiert jede Nacht, und ich will da nicht stören.« Gina nahm einen Schluck aus Gretas Weinglas, und ohne sie anzusehen, fügte sie leise hinzu: »Außerdem habe ich heute Nacht mit einem seiner Kumpel geschlafen.«

Greta stellte die Teller zurück und setzte sich wieder. »Du hast was?«

»Ich hatte zu viel getrunken und ein paar Joints geraucht, und da hat es sich so ergeben ...«

»Wie alt war der Junge? Siebzehn? Achtzehn?«

»Nein, ein paar Jahre älter. Glaube ich jedenfalls. Er sah zumindest so aus.«

»Du meine Güte!« Greta schüttelte den Kopf. »Lorena wird dich nicht nur bei lebendigem Leib auffressen, sie wird dich vorher noch zu Ragout verarbeiten, wenn sie davon erfährt.«

»Ist mir bewusst.« Gina nickte zerknirscht. »Das war sicher

keine meiner Glanzleistungen. Ich weiß nicht mal, wie er heißt. Sie haben ihn Zappa genannt.«

»Na, wenigstens kannst du dich daran noch erinnern«, erwiderte Greta trocken. Sie überlegte. Bei Adelina konnte sie Gina nicht einquartieren. Ihre Tante würde mit ihrem Nudelholz auf Gina losgehen, falls sie nicht vorher der Schlag traf. Aber obwohl sie selbst ein Doppelbett hatte, konnte sie sich nicht vorstellen, es mit Gina zu teilen. »Du kannst in der alten Wohnung schlafen«, schlug sie vor. »Dein Kinderzimmer ist immer noch so wie vor zwanzig Jahren. Adelina macht sogar hin und wieder dort sauber.«

Gina starrte sie entsetzt an. »Das ist nicht dein Ernst«, flüsterte sie. »Das kann ich nicht …« Gina war kreidebleich geworden. Langsam stand sie auf und griff nach dem Seesack. »Entschuldige, dass ich gefragt habe. Das war dämlich von mir. Danke für die Pasta.« Sie wandte sich zum Gehen.

»Warte, wo willst du denn jetzt hin?«

»Ich fahre zurück nach Perugia und suche mir ein Hotel.«

»Wie lange bist du denn überhaupt noch hier?«

Gina zuckte mit den Schultern. »Nur noch ein paar Tage, denke ich.«

Greta seufzte. »Na gut, dann bleib. Du kannst in meinem Zimmer schlafen.«

»Und du?«

Greta dachte an die verlassene Wohnung, an das Wispern und Raunen und an die Wollmäuse, die jeden ihrer Schritte durch den Flur begleitet hatten wie aufmerksame kleine Wächter.

»Mach dir um mich keine Sorgen. Ich finde schon ein Plätzchen.« Sie zwang sich zu einem Lächeln, das sich wie aufgeklebt anfühlte. Offenbar war sie ein wenig außer Übung. Ruckartig stand sie wieder auf. »Komm mit nach oben. Ich bringe dir frische Bettwäsche und Handtücher. Du siehst aus, als könntest du eine Siesta gebrauchen.«

18

Das Mädchen, das Ernestos Frau werden soll, heißt Tiziana Volpetti und kommt aus Perugia. Wie er richtig vermutet hat, ist sie Studentin, englische Literatur. Sie studiert in Bologna und ist jetzt zu Hause, weil Semesterferien sind.

Er spürt die Blicke seiner Freunde, als sie ihn einlädt, sich neben sie zu setzen, und auf ihrer Bastmatte ein wenig zur Seite rückt. Sie hat sich nicht abgetrocknet, an ihren Beinen und an ihrem Bauchnabel glitzern Wassertropfen, und als sie den Kopf schüttelt, sprühen ihre Haare nasse Funken.

»Licht im August«, sagt Ernesto, der sich schon vorgenommen hat, so bald wie möglich in die Buchhandlung von Passignano zu gehen und sich dieses Buch über Verlorenheit zu bestellen. Auf Englisch. Er will jedes Wort lesen, das sie liest. Er will jedes Wort sein, jeder Satz, den sie unterstreicht, jede Seite, die sie mit ihren schlanken Fingern umblättert.

»Ja?« Sie sieht ihn ein wenig spöttisch an, versteht ihn nicht.

»Du bist das«, sagt er, plötzlich wieder verlegen, und deutet auf die glitzernden Tropfen auf ihrer Haut, auf ihre leuchtenden Augen, ihre silbernen Fußkettchen. »Licht im August.«

Sie lacht auf, noch immer spöttisch, aber auch geschmeichelt. »Bist du ein Dichter?«

Er schüttelt den Kopf. »Nein, ich bin Koch, aber das ist so etwas Ähnliches.«

»Ach! Das ist mir neu.« Ihre dunklen Augen funkeln. »Was bitte sollen ein Koch und ein Dichter gemeinsam haben?«

Er beugt sich zu ihr, gleichzeitig bemüht, sie nicht zu berühren, weil er plötzlich von der irrationalen Angst erfasst ist, sie könnte wie eine Seifenblase zerplatzen, falls er ihr zu nahe kommt, und deutet auf den See hinaus. »Siehst du die Insel?«
»Ja.«
»Dort wohne ich. Meinen Eltern gehört die Trattoria Paradiso. *Wenn du mich heute Abend besuchen kommst, dann koche ich für dich, und du wirst es verstehen.*«

Tiziana kommt tatsächlich. Ernesto ist es schon bei ihrer Zusage am Nachmittag ein wenig schwindlig geworden, und jetzt, als er sie – nach zwei hektischen Stunden Vorbereitung in der Küche, Blitzdusche, Rasur und einem kurzen, aber heftigen Nervositätsanfall vor dem Kleiderschrank – die Via Guglielmo heranschlendern sieht, wird ihm richtig übel. Tiziana Volpetti trägt ein weit schwingendes, leuchtend sonnenblumengelbes Kleid, Bastsandalen mit Plateausohlen, die sie ihre glänzend braunen Beine hinauf geschnürt hat, und einen riesigen Strohhut. Licht im August, denkt Ernesto, und sein Herz macht einen kleinen freudigen Hüpfer.
»Ist sie das?«, *fragt seine Mutter, die, wie seine Schwester Adelina, ebenfalls ans Fenster getreten ist. Er nickt wortlos und sieht die Skepsis in ihrem Blick.* »Sie sieht aus wie eine aus der Stadt«, *sagt sie.*
»Sie ist aus Perugia. Und sie studiert. In Bologna.«
»Ah.« *Mehr sagt seine Mutter nicht.*
Heute ist Ruhetag in der Trattoria, und Ernesto hat das Lokal für sich. Doch weder der kleine, etwas altmodische Gastraum noch die Terrasse mit Blick zum See haben Ernesto interessiert. Immerhin hat er den Beweis zu erbringen, dass er ein Dichter ist. Daher muss auch der Abend ein Gedicht werden. Er hat einen Tisch hinunter zum Steg getragen, ihn mit einer weißen, bodenlangen Tischdecke eingedeckt und überall auf den Holzplanken Windlichter verteilt.

Es sieht wunderschön aus, findet er, auch wenn sein Vater verächtlich die Augen verdreht und gemeint hat: »Bis du mit den Tellern da unten bist, ist das Essen kalt.« Bei der Auswahl der Speisen ist er bodenständig geblieben. Je besser die Zutaten, desto einfacher können die Gerichte sein, predigt sein Vater immer, und Ernesto, der mit seinem Vater selten, ja eigentlich fast nie einer Meinung ist, muss ihm in diesem Fall recht geben. Er will Tiziana nichts vormachen und allerlei modischen Chichi fabrizieren, er ist von seinen Fähigkeiten auch so überzeugt. Zumindest war er das bis zu diesem Moment, wo er mit seiner Mutter und seiner Schwester Adelina am Fenster steht und Tiziana kommen sieht. Doch jetzt ist es zu spät. Er muss sie mit seinen selbst gemachten Orecchiette, den zarten Schnitzelchen in Zitronensoße und der luftigen Panna cotta überzeugen. Für größere Unternehmungen hat die Zeit gefehlt. Er spürt, wie ihm heiß wird, und er lockert mit zwei Fingern unauffällig den Kragen seines Hemdes. Seine Eltern und seine Schwester haben ihm versprechen müssen, dass sie sich auf gar keinen Fall in der Trattoria blicken lassen, wenn Tiziana da ist. Sein Vater hat sich deswegen aufgeregt: »Soll ich mich etwa den ganzen Abend bei der Hitze in der Wohnung verkriechen? Was ist, wenn ich Hunger bekomme? Muss ich mich dann wie ein Dieb in meine eigene Küche schleichen?«, hat er zornig gerufen, während Adelina neugierig war und ihn mit Fragen löcherte: »Wie sieht sie aus? Ist sie hübsch? Vielleicht sogar blond?« Adelina liebt blonde Haare und versucht, ihre eigenen stumpfbraunen Haare mit Zitronensaft zu bleichen, allerdings nur mit mäßigem Erfolg. Ein Bleichmittel im Drogeriemarkt zu kaufen traut sie sich nicht mehr, nachdem der Vater sie einmal damit erwischt und gedroht hat, wenn sie es jemals wagen sollte, ihre Haare auf diese Weise zu verunstalten, würde er sie kahl scheren.

»Nein«, hat Ernesto versonnen lächelnd erwidert, »ihre Haare sind dunkel wie Bitterschokolade. Und ganz lockig.«

»Ach?« Adelina hat ihn einen Moment enttäuscht angesehen und dann wissen wollen: »Welches Sternzeichen ist sie?«
»Keine Ahnung.«
Sternzeichen sind Adelinas momentanes Steckenpferd. Sie erstellt Horoskope für ihre Freundinnen, voll mit komplizierten Berechnungen der Planetenbewegungen und kosmischen Einflüssen, und bespricht sie stundenlang mit ihnen. Auch Ernesto hat sie schon öfter angeboten, eines anzufertigen, »mit einem besonderen Augenmerk auf die Liebe«, wie sie angesichts Ernestos bislang häufig wechselnder Freundinnen augenzwinkernd meinte. Doch Ernesto hat jedes Mal abgelehnt. Er braucht nicht zu wissen, was die Sterne für ihn bereithalten. Wenn er etwas will, kümmert er sich selbst darum. Versucht es zumindest.
»Und?«, fragt er jetzt seine Schwester herausfordernd, während sie, von einem dünnen Vorhang geschützt, Tiziana beobachten, wie sie mit ihrem leuchtenden Kleid auf die Trattoria zukommt und dabei die ganze Straße mit ihrem Leuchten in ein neues, aufregendes Licht taucht. Adelinas andauerndes Schweigen verdrießt Ernesto. Nachdem sie ihn die ganze Zeit gelöchert hat, während er seine Vorbereitungen traf, und auch sonst mit ihrer Meinung nie hinter dem Berg hält, soll sie jetzt gefälligst auch etwas sagen. Doch Adelina antwortet noch immer nicht. Ernesto mustert das reizlose Profil seiner drei Jahre älteren Schwester, ihre für das schmale Gesicht viel zu große, gebogene Nase, die sie vom Vater geerbt hat, das fliehende Kinn, die blasse, empfindliche Haut, die bei jeder Aufregung oder Anstrengung rotfleckig wird. Er denkt daran, wie sein Vater sich oft über sie lustig macht. Als es um die Verteilung von Schönheit ging, sei Adelina vom lieben Gott leider übersehen worden, sagt er oft, auch in großer Runde, in Gegenwart seiner Gäste. »Aber mach dir nichts draus, Adelina.« Er lacht dann jedes Mal und zwickt Adelina in die Wange, sodass sofort ein hässlicher roter Fleck auf-

blüht. »Schöne Frauen bringen den Männern ohnehin nur Unglück.«

Je länger Adelinas Schweigen dauert, desto unbehaglicher wird Ernesto zumute. Das Verhältnis zu seiner älteren Schwester ist eng, sie sind vor allem in ihren Versuchen, ihrem autoritären, dominanten Vater etwas entgegenzusetzen, vereint. Und auch wenn er es nicht zugeben würde, wünscht Ernesto sich, dass Adelina von Tiziana genauso begeistert ist wie er. Endlich hebt Adelina ihren Kopf und sagt leise: »Sie ist schön.«

Es klingt wie eine Beleidigung.

Greta erwachte mit einem Ruck. Sie saß auf dem altmodischen, knarzenden Drehstuhl ihres Vaters, im Wisperzimmer, wie sie das Büro nannte, seit sie es gestern zum ersten Mal nach so vielen Jahren wieder betreten hatte. Ihr Blick fiel auf das Foto, das sie in der Hand hielt und bei dessen Betrachtung sie offenbar eingenickt war. Es zeigte ihre Mutter, lachend, in einem sonnenblumengelben Kleid und mit einem Strohhut auf dem Kopf. Auf der Rückseite war in der akkuraten kleinen Schrift ihres Vaters vermerkt: *Tiziana 1976.* Das war das Jahr, in dem ihre Eltern sich kennengelernt hatten. Ein Jahr später im Herbst hatten sie geheiratet, und ein weiteres Jahr darauf im Herbst war Lorena auf die Welt gekommen. Greta kramte noch ein wenig weiter in jener Kiste, die sie magisch angezogen hatte, seit sie auf dem Stuhl ihres Vaters Platz genommen und die altmodische Schreibtischlampe aus grünem Glas angeknipst hatte. Eigentlich war sie ja gekommen, um ihre Nachforschungen über ein mögliches Testament weiterzuführen, aber diese Kiste, die sie gestern entdeckt hatte und die vollgestopft war mit Fotos und anderen Dingen, zu denen sie noch gar nicht durchgedrungen war, war so spannend, dass die Aktenordner, in denen sie hoffte, die entsprechenden Unterlagen zu finden, warten mussten. Greta konnte sich nicht erinnern, dass sie irgendwann in den letzten Jahren einmal Familienfotos gesehen hatte, von Fotos ihrer Mutter ganz zu schweigen. Alben mit Babyfotos, Bilder aus der Zeit, als sie noch klein gewesen waren, ein aufwendig gestaltetes Hochzeitsalbum – all das gab es bei ihnen nicht. Oder wenn doch, dann hatten sie sie seit dem Tod der Mutter nicht mehr zu Gesicht bekommen. Sie hatte immer vermutet, dass ihr Vater oder auch Adelina damals in ihrem Bemühen, die Spuren der Mutter aus ihrem Leben zu tilgen, alles weggeworfen hatten, aber das stimmte offenbar nicht. Einiges jedenfalls hatte ihr Vater aufgehoben. Sie zog ein weiteres leicht verblichenes Farbfoto aus der Kiste. Als sie es betrachtete, stutzte sie, denn darauf war ein ihr unbekanntes Paar abgebildet. Eine Frau mit dichten dunklen Haaren, in adrette Locken gelegt, und ein blonder Mann mit Brille und einem kleinen Schnauzer. Sie waren jung, etwa Ende zwanzig, und beide lächelten glücklich in die Kamera. Der Mann hatte den Arm um die Frau gelegt und hielt sie eng an sich gedrückt, sie hatte ihren Kopf sanft an seine Schulter gelehnt. Das Bild war etwas überbelichtet, dennoch waren die Gesichter gut zu erkennen. Greta konnte nicht feststellen, wo das Foto gemacht worden war, vermutlich in einem Garten oder Park, und es musste im Frühjahr gewesen sein, denn im Hintergrund blühte ein Kirschbaum, und das Gras war frisch und grün und nicht verbrannt wie im Sommer. Greta sah noch genauer hin. Vielleicht war es das ungewohnt strahlende Lächeln, das dazu geführt hatte, dass sie die Frau auf dem Bild nicht gleich erkannt hatte. Doch auf den zweiten Blick registrierte sie die markante Habichtsnase, die das Markenzeichen der Familie Peluso war und die vor allem Lorena – wenngleich nicht so stark ausgeprägt – von ihrem Vater geerbt hatte, die etwas schiefen Zähne und das fliehende Kinn, und begriff, dass sie eine junge, schlanke, glückliche Version ihrer Tante Adelina vor sich hatte. Seltsam ergriffen ließ Greta das Foto sinken. Sie hatte sich nie bewusst gemacht, dass auch Adelina irgendwann einmal jung gewesen war. Seit sie denken konnte, war sie immer nur die miesepetrige, ewig nörgelnde, ältliche Tante gewesen. Auf diesem Foto wirkte sie wie ein völlig anderer Mensch, sie strahlte nur so vor Glück, und dieses Strahlen machte sie schön, ließ ihre blasse Haut schimmern und ihre großen, dunklen Augen ausdrucksvoll leuchten. Greta drehte das Foto um und las, wieder in der Schrift ihres Vaters: *A+T Frühling 1978.* Sie legte das Foto zurück und nahm sich vor, Adelina nach dem blonden Mann zu fragen, der sie so eng und liebevoll im Arm hielt. Sie hatte noch nie etwas von einem Mann im Leben ihrer Tante gehört. Adelina war nie verheiratet gewesen und, jedenfalls soweit sie wusste, auch nicht verlobt. Dieses Bild sagte jedoch etwas anderes. Die beiden schienen einander sehr verbunden zu sein. Und ausgesprochen verliebt. Sie ahnte, dass sich hinter diesem Bild eine Geschichte verbarg, die vermutlich traurig ausgegangen war und über die ihre Tante deshalb nie gesprochen hatte. Zumindest nicht mit ihr. Allerdings würde sie auf eine günstige Gelegenheit warten müssen. Im Augenblick lud Adelinas Stimmung nicht gerade zu einem Plausch über die Vergangenheit ein. Die Eröffnung der Verkaufspläne ihrer Schwestern hatte ihr einen regelrechten Schock versetzt. Die Nachricht von Ginas Entschuldigung hatte sie kaum beruhigen können, und sie hatte sich geweigert, zum gemeinsamen Abendessen hinunter in die Trattoria zu kommen. Als Greta ihr gesagt hatte, dass Gina ein paar Tage bleiben würde, hatte sie nur wütend geschnaubt und gemeint, sie hoffe, ihr so wenig wie möglich über den Weg zu laufen.

Ein Blick auf die Uhr sagte Greta, dass es besser wäre, die Kiste zurück in das Schreibtischfach zu schieben und endlich ins

Bett zu gehen, doch es ging ihr wie Gina: Ihr graute davor, in ihrer alten Wohnung zu schlafen. Anders als bei Gina kam noch hinzu, dass ihr altes Kinderzimmer nicht mehr existierte. Als sie nach Mutters Verschwinden ins Dachgeschoss gezogen war, hatte Ernesto Gretas Zimmer in sein Büro umfunktioniert, sodass sie jetzt in dem Raum saß, in dem sie als kleines Mädchen geschlafen und gespielt hatte. Im *Vorher*. Vielleicht war deshalb das Wispern und Raunen der Vergangenheit hier am stärksten, überlegte sie. Sie hatte heute Abend mit ihrem Bettzeug über dem Arm einen Streifzug durch die ganze Wohnung gemacht, um zu entscheiden, wo sie die Nacht verbringen sollte, hatte sich in Lorenas und Ginas ehemaligem Zimmer abwechselnd auf beide Betten gesetzt, im Wohnzimmer auf das Sofa und in der Küche auf die schmale, ungemütliche Holzbank. Nirgends hatte sie die Präsenz des *Vorher* so stark gespürt wie in Vaters Büro, nirgends schien die Vergangenheit sie auf diese Weise zu begrüßen, ja geradezu zu bedrängen, wie in diesem kleinen Eckzimmer mit Blick auf den Garten der Villa Isabella. Dennoch hatte sie beschlossen, hier auf dem durchgelegenen Sofa, auf dem ihr Vater immer seine Siesta gehalten hatte, für die Zeit, in der Gina hier war, ihr Nachtlager aufzuschlagen. Sie warf einen Blick auf das Sofa unter dem Fenster und gähnte. Es war halb drei Uhr morgens. Wenn sie nicht bald etwas Schlaf bekam, würde sie morgen den ganzen Tag todmüde sein. Sie kniete sich auf den Boden, um die Kiste, deren Deckel sich jetzt, wo sie alles durcheinandergebracht hatte, nicht mehr richtig schließen ließ, wieder zurück an ihren Platz zu stellen, und hoffte, damit die Vergangenheit für ein paar Stunden zum Schweigen zu bringen. Als sie sie nach hinten schieben wollte, spürte sie einen Widerstand, der vorher nicht da gewesen war. Sie tastete mit der Hand in das niedrige Fach und versuchte, den Deckel fester auf die Kiste zu pressen, und dabei berührten ihre Hände ein Stück hartes Papier. Sie zog die Kiste wieder heraus und steckte, neugierig geworden, den Kopf in das Fach. An der Oberseite befand sich ein brauner Umschlag, der offenbar festgeklebt worden war und den jetzt der nur locker aufliegende Kistendeckel gelöst und nach hinten zusammengeschoben hatte. Greta spürte, wie ihre Hände unwillkürlich zu zittern begannen, als sie die verbliebenen, mürbe gewordenen Klebestreifen löste und den Umschlag herausnahm. Er war sorgfältig versteckt worden, was hieß, dass er etwas Bedeutsames enthalten musste. Etwas, von dem ihr Vater offenbar gewollt hatte, dass niemand es entdecke. Sie brauchte eine Weile, bis es ihr gelang, den Umschlag zu öffnen, so nervös war sie, dann griff sie hinein und zog einen dünnen Packen Papier heraus. Es waren nur wenige Blätter, im DIN-A4-Format, und die zusammengefaltete Seite einer Zeitung. Sie legte die Papiere auf den Boden neben sich und nahm als Erstes die Zeitung in die Hand. Es war die erste Seite des *Corriere dell' Umbria*, die Tageszeitung der Region. Als ihr Blick auf das Datum fiel, der 17. August 1994, wurde das beständige Wispern im Zimmer lauter. Sie vermochte nicht festzustellen, ob die unverständlichen Laute, die mal leise zischelnd wie das verstohlene Flüstern in der Kirche, mal raschelnd wie Herbstlaub im Wind an ihr Ohr drangen, versuchten, sie zu warnen, oder aber sie drängten weiterzumachen. Es spielte keine Rolle, Greta wäre ohnehin nicht in der Lage gewesen, jetzt innezuhalten. Das Blut rauschte in ihren Ohren, und ihr Herz begann, heftiger zu klopfen, als sie die vergilbte Seite auffaltete und das Foto ihrer Trattoria darauf sah. Das Restaurant war geschlossen, die Rollos heruntergelassen, und an der Tür prangte dasselbe Schild, das sie selbst heute Vormittag an die Scheibe gehängt hatte: *Chiuso*, Geschlossen. Daneben, klein und körnig, ein Foto ihrer Mutter.

Mysteriöse Tragödie auf der Isola Maggiore
von Maurizio Caselli

Der Sturm, der vorgestern Nacht in der Region rund um den Trasimeno-See gewütet hat, hat vermutlich ein Todesopfer gefordert. Tiziana Volpetti (39), die Ehefrau von Ernesto Peluso (41), des Wirtes der weit über die Ortsgrenzen hinaus bekannten Trattoria Paradiso *auf der Isola Maggiore, ist vorletzte Nacht verschwunden und bislang nicht wieder aufgetaucht. »Wir vermuten einen tragischen Unglücksfall«, ließ Ispettrice Maddalena Renzi von der örtlichen Polizei heute Morgen in der Pressekonferenz in Castiglione verlauten. »Vermutlich hat die Vermisste eine nächtliche Bootsfahrt unternommen und dabei die Wucht des Gewitters unterschätzt.« Diese Vermutung wird durch den Fund des Bootes der Familie untermauert, das inzwischen von Fischern entdeckt wurde. Es trieb in der Nähe von Castiglione herrenlos auf dem See. Nicht geklärt ist bisher, weshalb Tiziana Peluso, die Mutter von drei Töchtern – Lorena (15), Gina (13) und Greta (8) – ist, in dieser Nacht, in der in der Region ein heftiges Gewitter tobte und zahlreiche schwere Schäden anrichtete (wir berichteten), überhaupt auf den See hinausgefahren ist. Nachbarn zufolge soll das hin und wieder vorgekommen sein. »Tiziana hat den See geliebt. Sie hat oft spät nach der Arbeit noch Ausflüge mit dem Boot unternommen, das hat sie entspannt«, so Nunzia Garibaldi, eine Nachbarin. Rätsel gibt in diesem Zusammenhang allerdings Greta, die jüngste Tochter der Familie Peluso, auf. Sie galt anfangs ebenfalls als vermisst, bis eine Suchmannschaft die Achtjährige am nächsten Morgen im Garten der Villa Isabella entdeckte, wo sie im Nachthemd und vollkommen durchnässt in einem verfallenen Gartenhaus kau-*

erte. Sie steht unter Schock und wurde ins Krankenhaus nach Castiglione gebracht. Unbestätigten Informationen zufolge konnte sie bisher keine Angaben zu den Vorfällen jener Nacht machen. Noch suchen Taucher das gesamte Seegebiet ab, doch die Wahrscheinlichkeit, Tiziana Peluso nach diesem Unwetter noch lebend zu finden, wird allgemein als sehr gering eingeschätzt. So sanft der Trasimeno-See an ruhigen Sommertagen scheint, so gefährlich und unerbittlich präsentiert er sich immer wieder bei Sturm. Es scheint, als habe die Nymphe Agilla ein weiteres Todesopfer gefordert.

Der Zeitungsartikel glitt Greta aus den Händen. Sie presste die Handballen gegen die Ohren, um den Sturm, der sich in ihrem Inneren erhoben hatte und das Wispern um sie herum übertönte, zum Schweigen zu bringen. Es dauerte endlose Minuten, bis sich ihr Atem beruhigte und ihr Herz nicht mehr aus der Brust zu springen drohte. Obwohl sie nur ein Top und eine Pyjamahose aus federleichter Baumwolle trug, war sie schweißgebadet. Die Haare klebten ihr an den Schläfen und im Nacken, und sie zitterte am ganzen Körper. Mühsam stand sie auf und ging in die Küche, um etwas Wasser zu trinken. Sie wartete, bis der Strahl aus dem Hahn kalt war, und ließ ihn sich über die Arme, Gesicht und Nacken laufen, bevor sie ein paar Schlucke aus der hohlen Hand nahm. Als sie zurückkam, fiel ihr Blick auf den dünnen Stapel Papiere, der neben dem Zeitungsartikel am Boden lag. Sie nahm das oberste Blatt zur Hand. Es war ein geschäftlich wirkendes Schreiben von einer Firma *Ranieri & Bozzoli* aus Florenz. Mit verwundertem Interesse betrachtete Greta das Schreiben. Es stammte aus dem Jahr 1999 und war an ihren Vater gerichtet. *Sehr geehrter Signor Peluso, bezugnehmend auf unser Telefongespräch erlauben wir uns, anliegend unsere Abschlussrechnung zu überreichen. Wir bedauern außerordentlich, Ihnen nicht weiter behilflich sein zu können, und verbleiben mit freundlichen Grüßen …*

Greta ließ das Schreiben sinken und blätterte die restlichen Papiere durch. Sie alle waren vom gleichen Absender, einige enthielten ebenfalls einen Hinweis auf eine Rechnung, die anderen baten um eine persönliche Unterredung, jedoch ohne dass ersichtlich geworden wäre, worum es sich jeweils handelte. Die erwähnten Rechnungen waren nicht dabei. Greta ging zu dem Regal, in dem sich die Aktenordner der Buchhaltung der Trattoria befanden, doch das Jahr 1999 war nicht mehr darunter. Die Ordner umfassten nur die Jahre ab 2009. Sie hatte keine Ahnung, ob ihr Vater ältere Unterlagen irgendwo aufgehoben hatte, vermutete aber, dass das nicht der Fall war. Babbo war ein schlechter Buchhalter gewesen. Büroarbeit hatte er gehasst, und so gesehen war es ein Wunder, dass überhaupt Unterlagen bis 2009 existierten. Sie schob den Zeitungsartikel zusammen mit den Briefen zurück in den Umschlag und schaltete das Licht aus. Im Dunklen tappte sie zum Sofa, legte den Umschlag auf das kleine Tischchen daneben und kroch unter die dünne Decke. Das Wispern um sie herum war zu einem kaum hörbaren Hintergrundgeräusch herabgesunken, ähnlich dem Rauschen ferner Bäume im Wind. Sie schloss die Augen und versuchte zu schlafen, doch erwartungsgemäß fiel es ihr schwer, zur Ruhe zu kommen. Nach einer Weile öffnete sie die Augen wieder, richtete sich ein wenig auf und sah aus dem Fenster, das zwar weit offen stand, durch das jedoch kein erfrischender Luftzug in den stickig warmen Raum drang. Noch war es Nacht, doch in zwei Stunden etwa würde es hell werden. Die blasse Sichel des Mondes hing bereits tief am Himmel und würde bald hinter den Hügeln der nahen Toskana verschwinden. Der Park der Villa Isabella lag im tiefen Dunkel, man konnte lediglich die Umrisse der mächtigen Pinien erkennen und dahinter, blass und kaum auszumachen, ein Stück des zinnenbewehrten Turms des einst prächtigen Gebäudes, das seit Jahrzehnten schon dem Verfall preisgegeben war. Die Schreiben dieser Firma gingen Greta nicht aus dem Kopf. Was hatten sie zu bedeuten? Weshalb hatte ihr Vater diese nichtssagenden Geschäftsbriefe so sorgfältig versteckt? Nach einer Weile wenig hilfreichen Herumgrübelns setzte sie sich ganz auf und tastete nach ihrem Handy. Als das bläuliche Licht des Displays aufleuchtete, gab sie die Namen Ranieri und Bozzoli sowie Florenz ein. Seit dem Schreiben waren zwar bereits zwanzig Jahre vergangen, aber vielleicht gab es diese Firma oder was immer es sein mochte, noch. Erstaunlicherweise wurde sie augenblicklich fündig. Es öffnete sich eine Homepage, sogar noch mit derselben Adresse, doch anders als der sehr dezente Briefkopf, der nichts verriet, ließ das Logo der modern gestalteten Website keine Zweifel daran, worum es sich bei der Firma handelt:

Ranieri & Bozzoli – Investigazioni
Ermittlungen aller Art

stand in dunkelblauer Serifschrift über einem stilisierten Fernglas, und darunter war zu lesen: *Service für jeden Kunden – gewerblich (z. B. Sozialbetrug, Betriebsspionage) – privat (z. B. Untreue, Sorgerecht) – strafrechtlich (z. B. Stalking, Betrug, Urkundenfälschung). Wir haben für jedes Problem eine Lösung!*

Verwirrt und beunruhigt schaltete Greta das Handy aus. Die Tatsache, dass diese Schreiben zusammen mit dem Zeitungsartikel über ihre Mutter versteckt worden waren, legte den Schluss nahe, dass ihr Vater Nachforschungen in Bezug auf Tiziana hatte anstellen lassen. Aber wieso sollte er so etwas tun, fünf Jahre nach ihrem Verschwinden? Ihre Mutter war ertrunken, und auch wenn man die Leiche nie gefunden hatte, hatte das, jedenfalls soweit sie wusste, nie jemand in Zweifel gezogen. Oder hatte das eine mit dem anderen womöglich gar nichts zu tun? Hatte ihr Vater noch ein anderes Problem gehabt, von dem niemand etwas wissen durfte? Sie zog sich die Decke wieder über die Brust und drehte sich zum Fenster. Der Mond hatte eine kränklich gelbe Farbe angenommen und sah aus, als würde er noch einen letzten, müden Moment auf einer der Hügelspitzen ausruhen, bevor er dahinter versank. Don Pittigrillo fiel ihr ein, und sie wünschte sich von ganzem Herzen, dass sie ihm noch immer vertrauen könnte. Er würde womöglich etwas über diese Sache wissen. Doch ihn konnte sie nicht fragen. Nicht, nachdem er sie auf diese Weise hintergangen hatte. Sie seufzte und schloss die Augen. Es blieb ihr nichts anderes übrig, als der Sache selbst auf den Grund zu gehen.

19

Als Gina am nächsten Morgen gegen neun nach unten in die Küche der Trattoria kam, fand sie sie dunkel und verwaist vor. Auf der Arbeitsplatte lag ein Zettel mit einer Nachricht, beschwert von einer Pfeffermühle. Gina erkannte Gretas große, nachlässige Handschrift. *»Bin unterwegs, komme nicht vor Nachmittag zurück. Hol bitte mit der Ape die frische Ware vom Pier ab. G.«*

Keine Anrede, kein Gruß, kein Grund für diese überraschende Abwesenheit, ja noch nicht mal einen guten Morgen hatte ihre Schwester ihr gewünscht. So, als sei jedes Wort an sie eine Verschwendung. Gina zuckte mit den Schultern, ging nach draußen an die Bar und schaltete die Kaffeemaschine ein. Sie wollte nicht zugeben, dass sie enttäuscht war. Wütend wischte sie sich mit einer Hand über die Augen, während sie mit der anderen Hand den Kaffee in den Filter gab und ihn in die Maschine schraubte. Diese ständige Heulerei wegen Lappalien war neu. Früher hatte sie nie geweint. Nie! Heulen war was für Mädchen mit rosa Sandalen und Spitzensöckchen. Aber nicht für Gina Peluso. Und jetzt, mit fast vierzig Jahren, musste sie auch nicht plötzlich damit anfangen. Sie schaltete das Radio ein, ein altmodisches analoges Ding mit Antenne und Drehknopf, suchte ein wenig nach einem ordentlichen Sender, fand aber nichts, was ihr zusagte, und schaltete es wieder aus. Nach kurzem Zögern griff sie nach ihrem Handy, scrollte sich durch ihre Playlists und blieb bei Nirvana hängen. »Come as you are …«, sang sie mit, während ihr Espresso in die Tasse tröpfelte. »… I swear that I don't have a gun …« Sie warf einen Blick auf die Schrotflinte, die im Durchgang zur Küche unschuldig an der Wand hing, und schnaubte bitter. Als es an die Scheibe der Eingangstür klopfte, zuckte sie erschrocken zusammen. Die Espressotasse in der Hand und die Zigarette im Mundwinkel, ging sie zur Tür und linste zwischen den noch immer heruntergelassenen Rollos hindurch. Vor der Trattoria stand Orazio Mezzavalle in einem T-Shirt mit aufgekrempelten Ärmeln und in einer dunkelblauen Arbeitslatzhose. Wie Greta hatte auch er eine Ape, die am Straßenrand geparkt war. *Mezzavalle-Idraulico* stand in großen Retro-Buchstaben auf der Seite des kleinen grau lackierten Lieferwägelchens. Gina sperrte die Tür auf.

»Ciao, Gina!« Orazio lächelte sie fröhlich an. Von der früheren Kurt-Cobain-Melancholie war an diesem Morgen jedenfalls nichts zu spüren.

»Was willst du? Gina ist nicht da ...«

»Ich weiß.« Orazio ging zu seinem Vehikel und hob eine große Kiste mit Gemüse und in Eis gepacktem Fisch von der Ladefläche. »Pasquale hat mir gesagt, dass Greta heute Morgen ganz früh aufs Festland gefahren ist und du eure Ware abholen würdest. Weil ich grade auf dem Weg war, dachte ich, ich bringe sie gleich vorbei und sag dir guten Morgen.«

»Oh. Danke.« Gina ließ ihn eintreten. »Stell sie einfach in die Küche.«

Orazio ging schnurstracks durch das Restaurant in die Küche, und als er zurückkam, deutete er auf Ginas Handy, aus dem noch immer Nirvana erklang, und sagte kopfschüttelnd: »Mann, die hab ich seit einer Ewigkeit nicht mehr gehört.«

»Ich eigentlich auch nicht.« Verlegen schaltete sie das Handy aus. Er sollte nicht glauben, dass sie alten Zeiten nachtrauerte, und womöglich noch auf falsche Gedanken kommen. Orazio und sie waren während der Schulzeit eine Weile miteinander gegangen, wie man es damals nannte, wenn man sich verstohlen küsste, Händchen hielt und abends beim Lagerfeuer am See oder in Enzo Fusettis Garage ein bisschen herumfummelte. »Möchtest du einen Kaffee?«, fragte sie in die plötzliche Stille hinein, und nach einem Blick auf seine große, klobige Armbanduhr nickte Orazio. »Einen schnellen, schwarz und stark, das wär super.«

Während Gina an der Maschine hantierte, fühlte sie sich von Orazio gemustert. »Hab gehört, du bleibst länger?«, sagte er schließlich. Gina fragte nicht nach, woher er das wusste. Vermutlich hatte Greta es Pasquale erzählt. Der Bootsschaffner schien so etwas wie das Nachrichtenportal der Insel zu sein.

»Nur ein paar Tage«, sagte sie zurückhaltend und stellte ihm die Tasse an die Theke, zusammen mit einer Zuckerbüchse aus Metall. Er kippte den Kaffee ohne Zucker und in einem Zug hinunter. »Schwimmst du noch?«, fragte er unvermittelt.

»Wie?«

»Du weißt schon, unsere heimlichen Schwimmausflüge nach Passignano. Erinnerst du dich nicht mehr?«

»Doch, natürlich«, sagte Gina schnell und war auf unerklärliche Weise glücklich darüber, dass Orazio Mezzavalle die gleiche Erinnerung daran hatte wie sie. »Das würde ich heute nie mehr schaffen. Bin schon ewig nicht mehr geschwommen.«

»Wieso nicht?«

»Keine Zeit.«

»Ich mach's noch immer. Sooft es geht.« Er grinste. »Und inzwischen schaffe ich es sogar zurück.«

»Ich bin beeindruckt.« Gina betrachtete Orazios muskulöse Oberarme und seine sportliche Figur. Er mochte nicht mehr Kurt Cobains Blick haben, aber er hatte sich offenbar ganz gut gehalten. Jetzt hob er grüßend zwei Finger und wandte sich zum Gehen. »Ich muss weiter. Danke für den Kaffee.«

Gina sah ihm nach, wie er die Trattoria verließ, und hörte kurz darauf das typische Mofabrummen der Ape, dann herrschte wieder Stille.

Sie war gerade dabei, das Gemüse und die Fische, mehrere prächtige Exemplare von Schleie und Flussbarsch, in die Kühlung zu packen, als Adelina in die Küche kam.

»Guten Morgen, Tante.« Gina lächelte sie betont fröhlich an, bemüht, ihr keinen weiteren Anlass für einen Nervenzusammenbruch zu geben, wie ihn ihr Greta gestern während des Abendessens beschrieben hatte.

Adelina sah sie so finster an, dass Gina sofort klar war, dass sie bei ihrer Tante nicht auf Gnade zu hoffen brauchte. »Weißt du, wo Greta hingefahren ist?«, fragte Adeline, ohne Ginas Begrüßung zu erwidern.

»Nein. Ich habe nur diese Nachricht bekommen.« Gina zeigte ihr den Zettel. »Hat sie denn zu dir auch nichts gesagt?«

»Nur, dass sie wegmuss und erst am Nachmittag zurückkommt. Weiß der Himmel, was in sie gefahren ist. Hoffentlich kommt sie so rechtzeitig, dass wir wenigstens am Abend wieder öffnen können. Wir haben ein paar Reservierungen.« Sie sah Gina so strafend an, als mache sie sie für Gretas Abwesenheit verantwortlich.

»Hast du auch was vor?«, fragte Gina mit einem Blick auf Adelinas Kleidung. Sie trug ein schwarzes, dezent gemustertes Kleid und kleine Perlenohrringe und hatte eine große Handtasche bei sich.

»Ich fahre nach Castiglione ins Krankenhaus. Eine alte Freundin von mir wurde operiert, und wenn wir heute Mittag nicht öffnen, kann ich sie besuchen.«

Gina nickte. »Viel Spaß.«

»Spaß ist das wahrlich keiner«, fuhr Adelina sie an. »Allein schon der Weg vom Anleger hinauf ins Krankenhaus ist bei dieser

Hitze eine Tortur. Der Bus kommt nie pünktlich, oft kommt er gar nicht, und man muss alles zu Fuß gehen.« Bei dem Gedanken daran begann sie, in ihrer Handtasche zu kramen, und zog einen schwarzen, mit kitschigen Blumenornamenten bemalten Fächer heraus. Theatralisch klappte sie ihn auf und wedelte sich ein wenig Luft zu. »Und erst noch die Luft im Krankenhaus und die ganzen Bakterien überall! Man kann froh sein, wenn man sich dort nicht selbst was holt.«

Dann lass es doch bleiben, war Gina versucht zu sagen, doch sie schluckte die Erwiderung hinunter. Sie wollte Adelina nicht noch mehr gegen sich aufbringen. Daher nickte sie nur vage und meinte: »Deine Freundin wird sich freuen, wenn sie Besuch bekommt.«

Adelina schnaubte. »Na, hoffentlich. Sie ist eine alte Jammertante. Nichts kann man ihr recht machen, ständig nörgelt sie an allem herum. Dabei sollte sie dankbar sein, dass die Operation gut verlaufen ist. Immer wieder liest man von Kunstfehlern, die die Ärzte machen, von Operationsbesteck, das in der Wunde vergessen wird, oder von Anästhesisten, die die Narkose nicht richtig einstellen, und am Ende wacht man nicht mehr auf ...«

Gina fragte sich, woher ihre Tante diese Informationen wohl beziehen mochte. Vermutlich aus einem dieser Klatschblätter, die sie auf der Kommode im Flur gesehen hatte. Sie zwang sich zu einem weiteren Lächeln und sagte: »Es wird dir sicher gelingen, die Patientin aufzuheitern, Tante. Sie kann sich glücklich schätzen, so eine aufopfernde Freundin zu haben.« Adelina sah sie einen Moment misstrauisch an, nicht sicher, ob Gina sie auf den Arm nahm, dann nickte sie gnädig und ließ den Fächer wieder in ihre Handtasche gleiten. An der Tür drehte sie sich noch einmal um. »Du kommst zurecht?«, fragte sie, als sei ihr gerade erst eingefallen, dass Gina unerwarteterweise hier war.

»Klar.« Gina nickte. »Ich glaube, ich gehe schwimmen.« Der Gedanke war ihr gerade erst gekommen. Orazio Mezzavalle hatte sie darauf gebracht.

Adelina hob die Brauen. »Ach«, sagte sie und fügte bissig hinzu: »Das ist für dich ja so was wie ein letzter Urlaub hier auf der Insel, nicht wahr? Genieße ihn, solange wir noch hier sind.«

Mit diesen Worten drehte sie sich um und watschelte aus der Küche. Mit einem Rumms fiel die Hintertür ins Schloss. Gina räumte die letzten Lebensmittel in die Kühlung und ging dann nach oben in Gretas Schlafzimmer, um ihren Badeanzug und ein Handtuch zu holen. Als sie ihn in Hamburg eingepackt hatte, war ihr der Gedanke daran, während dieses Aufenthalts in Italien schwimmen zu gehen, geradezu lächerlich erschienen, und sie war kurz versucht gewesen, ihn wieder aus ihrem Seesack zu nehmen. Letztendlich hatte sie ihn nur mitgenommen, weil Schwimmen für sie einfach dazugehörte, wenn sie im Sommer nach Hause fuhr. Sie hatte die norddeutsche Mentalität, das kühle Wetter, den Wind und den häufigen Regen bereits so verinnerlicht, dass sie bei Italien automatisch an Sonne, Wärme, Badengehen dachte, selbst wenn es für sie eigentlich etwas ganz anderes bedeutete: Trauer, Schmerz, Schweigen.

Sie stopfte den schlichten blauen Schwimmanzug, der optisch gesehen höchstens für die Alster-Schwimmhalle taugte, wo sie früher manchmal geschwommen war, und ein Badelaken in ihre große Handtasche und beschloss, sich vorsichtshalber bei Cinzia im Supermarkt noch eine Sonnencreme zu kaufen. Dann machte sie schnell das Bett und warf einen prüfenden Blick in den Spiegel. Sie sah müde aus, was kein Wunder war. Obwohl sie früh zu Bett gegangen war, hatte sie miserabel geschlafen und war von Albträumen geplagt geworden. Einmal war sie hochgeschreckt und hatte geglaubt, jemand stünde bei ihr im Zimmer, und ein anderes Mal, kurz vor Morgengrauen, hatte sie gemeint, die Nähmaschine ihrer Großmutter rattern zu hören. Erst nachdem sie sich ihre Airpods in die Ohren gesteckt und tibetanische Entspannungsmusik gehört hatte, war es ihr gelungen, wieder einzuschlafen. Ein paar Tage noch. Bis sie Lorena die Sache mit dem Verkauf der Trattoria ausgeredet hatte. Sie würde einfach zurück nach Hamburg fahren, in die Stadt, die seit so vielen Jahren ihr Zuhause war, sich ein kleines Apartment mieten und dann in Ruhe überlegen, wie es weitergehen sollte. Ihre Schwestern brauchten von ihrer Pleite nichts erfahren, und wenn sie Glück hatte, erfuhren sie auch nichts von der Schuld, die sie dabei auf sich geladen hatte und die ihr so bleischwer auf dem Herzen lag, dass ihr manchmal die Luft zum Atmen fehlte. Ihr Vater war tot. Sie konnte ihn nicht mehr um Verzeihung bitten. Sie konnte nichts wiedergutmachen. Nie mehr. Die Welle der Trauer erfasste sie so unvermittelt, dass sie sich nicht dagegen wappnen konnte. Kraftlos sank sie auf das Bett und begann, erneut zu weinen, laut und verzweifelt wie ein Kind, das noch nicht gelernt hat, seinen Kummer für sich zu behalten, das ihn noch hinausschreit, auf dass alle Welt ihn hören möge. Doch niemand hörte Ginas Kummer. Das Haus war leer. Irgendwann hatte sie keine Kraft mehr. Sie ging ins Bad und wusch sich das Gesicht, setzte sich ihre Sonnenbrille auf und trat hinaus auf den Flur. Als sie die Tür zu Gretas Zimmer hinter sich schloss, meinte sie erneut, ein leises, monotones Geräusch zu hören, das wie das Rattern einer alten Nähmaschine klang. Nur dass sie jetzt eindeutig und ohne jeden Zweifel wach war, was sie als ziemlich beunruhigend empfand. Das Geräusch schien aus dem Zimmer nebenan zu kommen, Nonna Rosarias altem Nähzimmer. Ginas nackte Arme überzogen sich mit Gänsehaut. War sie etwa dabei, den Verstand zu verlieren? Langsam und auf Zehenspitzen schlich sie auf die geschlossene

Tür zu und lauschte. Es war unzweifelhaft eine Nähmaschine. Womöglich war Adelina doch nicht nach Castiglione gefahren und saß dort drin und nähte? Aber sie hatte doch die Haustür gehört. Hätte sie nicht auch hören müssen, wenn sie wieder zurückgekommen wäre? Gina klopfte zaghaft an die Tür, und das Geräusch verstummte. »Hallo? Adelina? Bist du das?« Als niemand antwortete, drückte sie die Klinke nach unten, doch die Tür war verschlossen. Überrascht ließ sie los. Es konnte nicht Adelina sein. Weshalb sollte sie sich einschließen? Es konnte überhaupt niemand sein, wenn man es genau betrachtete. Sie musste sich das alles nur eingebildet haben. Sie schüttelte den Kopf, wischte sich ein paarmal über ihr vom Weinen geschwollenes Gesicht und lachte dann nervös auf, während sie – etwas schneller als nötig – begann, die Treppe hinunterzulaufen. Was für ein Blödsinn! Jetzt fing sie schon an, Gespenster zu sehen.

»Du hast es *vergessen*?« Fausto starrte Lorena fassungslos an. »Heute läuft die Frist zur Stellungnahme ab. Hast du das etwa auch *vergessen*?«

Lorena schüttelte den Kopf. »Natürlich nicht. Der Schriftsatz ist so weit fertig, du musst nur noch die Ergebnisse deiner Markenrecherche einfügen …«

»… und das Urteil, das du übersetzen wolltest!« Faustos Gesicht war rot angelaufen. »Ich hatte dich darum gebeten, und du hattest ja gesagt.«

»Das stimmt. Entschuldige, ich hatte gestern einfach zu viel um die Ohren, vormittags war ich am Gericht …«

»Und nachmittags um vier musstest du dich bereits von deinem Mann abholen lassen. Schon klar, dass man da keine Zeit hat, sich mit einem langweiligen Urheberrechtsfall zu beschäftigen.«

»Kontrollierst du mich etwa?«

»Der Maserati vor der Kanzlei war nicht zu übersehen, meine Liebe. Dringender Notfall?«

Lorena presste die Lippen aufeinander und schwieg. Schließlich streckte sie die Hand aus und sagte: »Gib her, ich schaffe das schon noch.«

Fausto, der das Urteil im Original noch in den Händen hielt, schüttelte den Kopf. »Das sind zwölf Seiten.«

»Wir können eine Fristverlängerung beantragen ...«

»Nein, das können wir nicht! Unserem Mandanten steht das Wasser bis zum Hals. Es reicht auch so schon, wie lange das Verfahren dauert.« Er beugte sich vor, packte die Akte von Lorenas Schreibtisch und klemmte sie sich unter den Arm, dann hob er gereizt den Kopf. »Verflucht noch mal, Lorena! Ich verstehe ja, dass du manchmal nicht weißt, wo dir der Kopf steht, mit deiner Familie, den Kindern, dem Tod deines Vaters, aber dann sei ehrlich und sag, wenn du es nicht mehr schaffst, und tritt kürzer. Dann müssen es nicht deine Kollegen ausbaden!«

Lorena blieb vor Entrüstung der Mund offen stehen. Doch sie kam nicht dazu, etwas zu erwidern, denn Fausto war schon aus dem Zimmer gestürmt. Kurz darauf klopfte es erneut, und Samantha Muti streckte ihren Kopf zur Tür herein. »Hi, Lorena, kannst du mir den Link mailen, wo du das Urteil gefunden hast? Fausto hat es mir zur Übersetzung gegeben, und ich bin nicht so der analoge Typ ...« Sie lachte affektiert. »Ich würde es mir lieber auf den Rechner ziehen und dort übersetzen. Es gibt da übrigens ein Programm, das einen bei der Übersetzung unterstützt, wusstest du das? Nicht, dass ich es brauchen würde« – wieder dieses Lachen –, »aber es ist ganz hilfreich, wenn die Englischkenntnisse schon etwas eingerostet sind.«

Lorena schaffte es, neutral zu lächeln. »Wegen des Links musst du Fausto fragen. Er ist der analoge Typ, der das Urteil ausgedruckt hat.« Sie wartete, bis Samantha die Tür hinter sich zugezogen hatte, dann schloss sie die Augen und versuchte, durch kontrolliertes Atmen die Wut, die sich ihrer bemächtigt hatte, in den Griff zu bekommen. Wut auf Fausto und Samantha, aber vor allem auf sich selbst. Sie würde sich nicht die Blöße geben und sich anmerken lassen, wie sehr dieser Vorfall sie aus der Fassung gebracht hatte. Wie hatte sie dieses Urteil nur vergessen können? So etwas war ihr noch nie passiert. Auf gar keinen Fall hätte sie sich gestern von Diego überreden lassen dürfen, früher Schluss zu machen. Und das alles für einen Abend, der in einem Streit geendet hatte. Lorena atmete ein, zählte dabei leise bis vier, dann hielt sie sieben Sekunden die Luft an und atmete acht Sekunden wieder aus. Die 4-7-8-Atmung hatte ihr ihre Yogalehrerin empfohlen. Sie sei gut gegen Ängste und Panikattacken, meinte sie. Da würde sie vermutlich auch gegen drohende Wutanfälle helfen. Doch es wirkte nicht. Im Gegenteil, das Zittern ihrer Hände breitete sich in ihrem ganzen Körper aus, und sie fühlte sich wie ein Schnellkochtopf mit defektem Sicherheitsventil, der kurz davor war zu explodieren. Nach einer Weile sinnlosen Zählens gab sie auf und schnappte nach Luft. Ihr Herz klopfte hektisch. Ein Scheißvorschlag war das gewesen. Die einzige Möglichkeit, mit dieser Methode einer Panikattacke zu entgehen, war, dass man bewusstlos wurde. Oder gleich erstickte. In diesem Moment öffnete sich die Tür ein drittes Mal, und Carlo, ihr junger Kollege, kam herein.

»Kannst du nicht anklopfen, verdammt?«, schnauzte sie ihn an.

»Pardon!« Erschrocken schloss er die Tür wieder. Als ein vorsichtiges Klopfen ertönte, musste Lorena gegen ihren Willen lächeln. »Komm schon rein.«

»Ich wollte dich um einen Rat fragen«, sagte er, als er sich umständlich setzte und eine mitgebrachte Akte aufschlug. Es war eine Sache, die Lorena ihm zur selbstständigen Bearbeitung übertragen hatte, und im Grunde brauchte er ihren Rat gar nicht. Alles, was er vorbereitet hatte, war klug und absolut richtig, sodass Lorena argwöhnte, dass seine Bitte nur ein Vorwand gewesen war. Ihr Argwohn verstärkte sich, als er die Akte zuklappte und dennoch sitzen blieb.

»Ist noch was?«, fragte Lorena.

Er druckste ein wenig herum. »Die Tür war offen, daher habe ich unfreiwillig deinen Streit mit Fausto mit angehört«, sagte er schließlich und lief rot an. Carlo Lazzarini war ein schmaler, ernsthafter junger Mann Ende zwanzig, mit Brille und einem Kopf voller pechschwarzer Locken. Wenn er sehr konzentriert war, neigte er dazu, sich die Haare zu raufen, was ihn wie ein verrückter Professor aussehen ließ. Lorena hatte schon gehört, wie sich die Sekretärinnen über ihn lustig machten und ihn *Alberto* nannten, nach Albert Einstein.

Lorena versteifte sich. »Ja, und?«

»Ich wollte nur sagen, dass … Fausto ein Wichser ist«, stieß er hervor.

»Ach, tatsächlich?« Lorena lächelte bitter.

»Er ist stinkfaul und versucht ständig, alles auf andere abzuwälzen und am Ende die Lorbeeren einzuheimsen.«

Sie nickte. »Das ist mir auch schon aufgefallen. Aber danke, Carlo.«

Carlo rutschte ein wenig auf seinem Stuhl herum, machte aber noch immer keine Anstalten aufzustehen.

»Hast du noch was auf dem Herzen?«, fragte Lorena verblüfft. Sie mochte Carlo, mit ihm arbeitete sie am liebsten zusammen, aber sie hatten bisher kaum ein privates Wort gewechselt.

»Ich sollte das vielleicht nicht sagen, Lorena«, begann er und sah aus dem Fenster. »Du könntest es übergriffig von mir finden …«

»Jetzt spuck's schon aus!«, befahl Lorena. Dieser Tag hatte so übel begonnen, wie der gestrige geendet hatte. Was auch immer Carlo ihr mitzuteilen hatte, konnte es nicht noch schlimmer machen. Sie ahnte nicht, wie sehr sie sich täuschte. Es konnte immer noch schlimmer kommen.

»Wir könnten auf den Balkon gehen«, schlug Carlo vor und deutete auf die offene Balkontür. »Dann könnte ich eine rauchen.«

»Du rauchst?« Lorena stand auf und trat hinaus auf den kleinen Steinbalkon, der auf eine schmale Seitengasse führte und deshalb gottlob im Schatten lag. Es war fast Mittag, und die Sonne knallte glühend heiß vom wolkenlosen Himmel. Carlo folgte ihr und zündete sich hastig eine Zigarette an.

»Nur hin und wieder. Wenn ich wütend bin.«

»Und hilft es?«

Carlo nickte. »Kurzfristig. Besser hilft es jedoch, demjenigen, der mich wütend macht, die Leviten zu lesen. Aber das geht leider nicht jedes Mal.«

Lorena musterte ihren Kollegen amüsiert. Sie konnte sich nicht vorstellen, dass der stille, zurückhaltende Carlo jemals irgendjemandem die Leviten las.

Als er jedoch nach einem weiteren Zug von seiner Zigarette zu reden begann, schwand Lorenas Amüsiertheit wie ein Wassertropfen in der Sonne. Er erzählte ihr von einer Intrige, die Fausto angeblich zusammen mit Samantha und Franco angezettelt hatte, um seinen Vater zu überzeugen, nicht nur einem, sondern beiden die Partnerschaft anzubieten. Paola Brizzi, die bereits auf die sechzig zuging, war auf Betreiben von Fausto ein großzügiges Abfindungsangebot gemacht worden, das beinhaltete, dass sie ihre bisherigen Fälle noch weiter bearbeiten könne, um sich dann allmählich aus der Kanzlei zurückzuziehen. Und es sah so aus, als würde sie annehmen.

»Bei dir gehen sie anders vor, Lorena«, sagte Carlo wütend und wedelte mit seiner Zigarette herum, während Lorena wie versteinert dastand. »Sie wollen dich verunsichern, unter Stress setzen, damit du Fehler machst und sie dich rausdrängen können.«

»Woher weißt du das alles?«, fragte Lorena tonlos. Ihr Kopf fühlte sich seltsam leer an.

Wieder überzog eine zarte Röte Carlos schmales Gesicht. »Ja, also ... Stefania und ich ... sie bekommt einiges mit.«

Stefania war Faustos Sekretärin. Eigentlich teilten sich alle Anwälte gemeinschaftlich das Sekretariat. Alle bis auf Fausto, der darauf bestand, dass Stefania ihm mehr oder weniger exklusiv zur Verfügung stand – mit stillschweigender Billigung seines Vaters, der längst das Interesse am Tagesgeschäft der Kanzlei verloren hatte und sich nur noch um seine diskreten und äußerst lukrativen Beratungsgeschäfte kümmerte.

»Du und Stefania, ihr seid ein Paar?« Lorena wunderte sich. Noch etwas, was sie nicht gewusst hatte.

»Seit fast einem Jahr schon«, erklärte Carlo mit unüberhörbarem Stolz. Und Lorena konnte ihn verstehen. Stefania war ein echter Kracher, wie Tonino es formulieren würde. Sie war nicht nur klug, zuverlässig und freundlich, sondern mit ihren langen blonden Haaren und dem offenen, spitzbübischen Gesicht auch noch umwerfend hübsch. »Dann weißt du, dass sie dich im Sekretariat Alberto nennen?«

»Ja, klar.« Carlo lachte und fuhr sich durch die Haare. »Ist doch ein echtes Kompliment, findest du nicht?«

Lorena konnte nicht mitlachen. Die Wucht dessen, was Carlo ihr gerade erzählt hatte, traf sie etwas zeitverzögert, dafür aber ohne jedes Erbarmen. Sie wollten sie loswerden. Obwohl sie nie einen Fehler gemacht hatte, immer die Erste und die Letzte in der Kanzlei gewesen war, immer eingesprungen war, wenn die anderen sie darum gebeten hatten.

»Warum?«, fragte sie leise.

Carlo zuckte mit den Schultern. »Vermutlich gibt es keinen bestimmten Grund.« Es klang so betont vage, dass Lorena aufhorchte. »Du weißt, warum?«, fragte sie scharf.

Carlo nickte unbehaglich. »Also, nicht genau, aber ...«

Lorena musterte ihn streng. »Sag's mir.«

»Du hast auch einen Spitznamen«, begann Carlo zögernd. »Er kommt aber nicht von den Sekretärinnen, sondern von Fausto.«

»Und wie lautet der?«

»Maresciallo. Weil du immer so perfekt bist und ...« Er holte Luft und fügte dann vorsichtig hinzu: »... alle herumkommandierst.«

Lorena starrte ihn an.

Carlo hob entschuldigend beide Hände. »Ich finde das nicht, okay? Ich arbeite gern mit dir zusammen, auch wenn ich zugeben muss, dass du manchmal ein bisschen mehr Gespür zeigen könntest. Du bist in vielerlei Hinsicht einfach« – er suchte nach Worten – »gnadenlos.«

Gnadenlos. Lorena schluckte und hatte das Gefühl, dass das mehr war, als sie hatte hören wollen. Gestern Abend schon hatte sie sich von Diego einiges vorwerfen lassen müssen, als sie ihm gebeichtet hatte, dass Greta entgegen ihrer Behauptung wohl nicht bereit war, in Sachen Trattoria-Verkauf klein beizugeben. Diego war regelrecht explodiert und hatte ihr vorgeworfen, ihm gegenüber illoyal zu sein. »Immer wenn es um deine verfluchte Scheißfamilie geht, lässt du mich wie einen Idioten im Regen stehen«, hatte er gebrüllt und ihre Beteuerungen, dass das nicht wahr sei, nicht gelten lassen. Der Abend bei Umberto war gelaufen gewesen. Sie waren schweigend nach Hause gefahren, und Diego hatte im Gästezimmer geschlafen. Und jetzt das. Lorena spürte, wie sie erneut zu zittern begann. Es war nicht nur Wut, die sich in ihren Eingeweiden entrollte wie die Schlange Kundalini. Offensichtlich sah man ihr die Erschütterung deutlich an, denn Carlo fragte vorsichtig: »Ist alles in Ordnung, Lorena?«

Sie kniff die Augen zu Schlitzen zusammen und schüttelte den Kopf, unfähig zu einer Lüge. Nichts war in Ordnung. Kein noch so kleines Steinchen ihres Lebens lag mehr am richtigen Platz. Sie warf einen Blick auf die Zigarette in Carlos Hand und sagte: »Hast du vielleicht auch eine für mich?«

20

»Ich fürchte, ich kann Ihnen nicht weiterhelfen.« Der Mann, der ihr gegenüber an einem mit Papieren übersäten Schreibtisch saß, verzog bedauernd das Gesicht. »1999 war ich noch nicht hier.« Greta saß in einem schlichten, kleinen Büro in der Via Toscanella, eine schmale Straße diesseits des Arno, nicht weit entfernt von der Ponte Vecchio. Es war fast Mittag, und durch das offene Fenster wehten Gerüche aus einem nahen Restaurant herein. Aufgrund der zahlreichen Baustellen auf der A1 hatte sie für die rund hundertzwanzig Kilometer von Passignano bis Florenz über zwei Stunden gebraucht und dann noch einmal geraume Zeit, bis sie die Straße gefunden hatte. Der alte Fiat Punto, den sich ihr Vater und sie bisher geteilt hatten und der in einer Garage in Passignano stand, verfügte leider nicht über solche Annehmlichkeiten wie ein Navigationsgerät, was sie bei den seltenen Gelegenheiten, in denen sie ein Auto benötigte, auch noch nie vermisst hatte. Heute jedoch, als sie fluchend durch unzählige Einbahnstraßen gekurvt war, die sie immer weiter von der Via Toscanella weggebracht hatten, hätte sie ein wenig Unterstützung durchaus gebrauchen können. Sie hatte schließlich das Auto auf dem erstbesten Parkplatz, den sie erspäht hatte, abgestellt und war zu Fuß weitergegangen, was sehr viel einfacher gewesen war.

Jetzt sah sie ihr Gegenüber enttäuscht an. Sollte die ganze Fahrt umsonst gewesen sein? Filippo Bozzoli, der Chef der kleinen Detektei im vierten Stock eines rußgeschwärzten, ehemals terrakottarot verputzten Hauses, war ein etwas behäbig wirkender, dunkelhaariger Mann Anfang vierzig mit ausgeprägten Geheimratsecken und einem müden Gesichtsausdruck. Obwohl es draußen gut dreißig Grad hatte, war er korrekt gekleidet, trug einen dunklen Anzug mit Krawatte und wirkte eher wie ein Bestattungsunternehmer als ein Detektiv.

»Vielleicht finden Sie ja etwas darüber in Ihren Unterlagen?«, hakte Greta nach.

»Tut mir leid, Signora. Die Unterlagen der Aufträge vor dem Jahr 2009 sind nicht mehr vorhanden. Meine Mutter, nach deren Tod ich das Büro vor fünf Jahren übernommen habe, hatte eine tiefe Abneigung gegen alles, was mit Computern zu tun hatte. Sie fand, das vertrage sich nicht mit unserem Arbeitsethos der absoluten Diskretion.« Er lächelte etwas resigniert, wie es Greta vorkam. »Sie hat ihre Akten ausschließlich in Papierform aufbewahrt und nach zehn Jahren, also nach Ablauf der gesetzlichen Aufbewahrungspflicht, vernichtet.«

»Existieren vielleicht noch die Rechnungen, von denen in den Schreiben die Rede ist? Vielleicht lässt sich daraus erschließen ...«

»Ich bedaure. Mit Vernichten meinte ich, wirklich vernichten. Restlos.«

»Dann gibt es keine Möglichkeit herauszufinden, weshalb mein Vater damals Ihre Detektei beauftragt hat?«, fragte Greta. »Er ist vor Kurzem gestorben, und ich hatte so gehofft ...« Sie brach den Satz ab und senkte niedergeschlagen den Kopf.

»Mein herzliches Beileid.« Filippo Bozzoli sah sie mitfühlend an, dann, nach kurzem Zögern, betrachtete er die Briefe, die Greta ihm gegeben hatte, erneut. »Wir könnten allerdings versuchen ... lassen Sie mich mal sehen ...« Er kniff die Augen zusammen und tippte dann etwas in seinen PC ein. Eine Weile fixierte er schweigend den Bildschirm, und Greta wartete gespannt, dann hatte er offenbar gefunden, was er suchte. Seine Miene hellte sich auf. »Ja, wir haben Glück.« Er reichte Greta die Briefe zurück und deutete dabei auf die Betreffzeile. »Diese Kürzel hier sind Hinweise auf die Mitarbeiter, die den Fall bearbeitet haben. Wir haben sie damals digitalisiert, weil einige von ihnen noch weiter bei uns tätig waren. Dieses Kürzel« – er tippte auf eine Buchstaben-Zahlen-Kombination – »bedeutet Paolo Fronza. Er arbeitet inzwischen nicht mehr für uns, aber vielleicht erinnert er sich an den Fall. Ich könnte ihn anrufen.«

Greta nickte. »Tun Sie das. Bitte.«

Das Gespräch war kurz, aber vielversprechend. Als Filippo Bozzoli auflegte, lächelte er. »Paolo meint, er erinnert sich an einen Auftrag am Trasimeno-See. Wenn Sie möchten, können Sie ihn treffen.«

»Wann?«

»Jetzt gleich. Er isst gerade zu Mittag, bei Sandro, nicht weit von hier.« Er erklärte ihr den Weg, und Greta bedankte sich und verabschiedete sich hastig. Zu der Osteria, zu der Bozzoli sie geschickt hatte, rannte sie dann fast, voller Sorge, sie könnte den Mann, der der Schlüssel zu diesem Rätsel zu sein versprach, womöglich verpassen. Das Lokal war winzig, ein gekachelter, schmuckloser Imbiss mit ein paar Resopaltischen und einer Theke, wo ein gewaltiger, behaarter Kerl im Unterhemd, offensichtlich Sandro, Sandwiches und kleinere Gerichte zubereitete. In einem Regal an der Wand standen aufgereiht Plastikcontainer mit Wein. Es war gut besucht, überwiegend von Handwerkern in Arbeitskleidung, die hier ihre Mittagspause verbrachten. Als Greta in der Eingangstür stehen blieb und sich suchend umsah, hob jemand an einem der hinteren Tische die Hand. Paolo Fronza war ein sehniger Mann um die sechzig, mit wilden grauen Haaren, zerknittertem Gesicht und Zehntagebart. Er trug Jeans, T-Shirt und ausgelatschte Sneakers und machte den Eindruck, als habe er ein recht aufregendes

Leben hinter sich. Vor sich hatte er ein spektakulär großes Sandwich und eine kleine Karaffe Weißwein. Als Greta näher kam, fühlte sie sich von klugen, sehr dunklen Augen aufmerksam gemustert.

»Möchten Sie etwas essen?«, fragte er, nachdem Greta sich vorgestellt und gesetzt hatte. Sie schüttelte den Kopf. Sie war so aufgeregt, dass ihr allein der Gedanke an Essen Übelkeit verursachte. Dennoch gab Paolo Fronza dem Wirt einen knappen Wink, und dieser stellte kurz darauf ein Weinglas auf den Tisch.

Ohne zu fragen, schenkte er ihr ein. »Sie wollen etwas über einen Auftrag von Bozzoli wissen?«

Greta nickte. »Aus dem Jahr 1999. Da wurde er beendet. Signor Bozzoli meinte, das sei noch zu Zeiten seiner Mutter gewesen, und deshalb gibt es keine Unterlagen mehr.«

Fronza nickte. »Die gute alte Renata hatte es nicht so mit Papierkram, und mit Computern schon gar nicht.«

»Ist es nicht ungewöhnlich, dass eine Frau eine Detektei leitet?«, wollte Greta wissen.

»Sie hat den Laden von ihrem Mann übernommen. Der ist bei einem Autounfall ums Leben gekommen, und Enzo Ranieri, sein Kompagnon, mit dem er die Detektei damals gegründet hatte, war schon tot. War sicher nicht leicht für sie, dieses Geschäft war damals noch ganz was anderes als heute. Viele halbseidene Typen, wenn Sie verstehen, was ich meine. Sie hat radikal ausgemistet, alle zweifelhaften Mitarbeiter entlassen und aus dem etwas zwielichtigen Schuppen ein seriöses Geschäft gemacht. Ich hatte Glück, dass ich bleiben konnte, damals war ich vermutlich auch eher einer von denen, die auf ihrer Abschussliste standen.« Er grinste schief. »Schätze, sie konnte nicht auf mich verzichten, weil ich früher mal bei der Polizei war.«

Greta fragte nicht nach, weshalb er die Polizei verlassen hatte, sondern holte die Briefe aus ihrer Tasche und reichte sie ihm. »Das habe ich in den Unterlagen meines Vaters gefunden. Sorgfältig versteckt. Sie sagten, Sie erinnern sich an den Fall?«

Fronza musterte die Schreiben. »Ich erinnere mich noch ganz gut an eine Sache am Trasimeno-See, aber nicht mehr an den Namen ...« Greta suchte in ihrem Handy nach einem Foto ihres Vaters und zeigte es ihm. »Das war mein Vater, Ernesto Peluso.«

Paolo Fronza musterte das Bild eingehend. »Ja ... stimmt, das war er.« Er gab ihr das Handy zurück und sah sie an. Seine Miene hatte sich verändert. Er hatte seine Lässigkeit abgelegt und wirkte besorgt. »Er ist tot, sagten Sie?«

Greta nickte und sah ihn auffordernd an.

Fronza zögerte. »Vielleicht sollten Sie nicht an diesen alten Geschichten rühren ...«

»Bitte! Ich muss es wissen!«

»Mmh. Ob das so ist, weiß man immer erst danach. Das hat sich in dem Job leider nur allzu oft gezeigt.« Er räusperte sich und nahm einen Schluck von seinem Wein, dann sagte er: »Ihr Vater hat mich damals beauftragt, Ihre Mutter zu finden.«

Greta starrte ihn an. »Das kann nicht sein. Meine Mutter war damals schon fünf Jahre tot. Sie ist 1994 ertrunken.«

»Das war nur die offizielle Version.«

»Wie bitte?« Greta versuchte vergeblich, ihre Fassung zu wahren. »Die off...izielle Version?«, stotterte sie.

Fronza nickte. »So hat es Ihr Vater formuliert. Er meinte, er wolle nicht, dass über den Verbleib seiner Frau spekuliert würde, er wollte Sie und Ihre Schwestern schützen, Ihnen helfen, damit abzuschließen.« Fronza seufzte und trank noch einen Schluck Wein. »Ich hatte damals schon meine Zweifel, ob man mit einer Lüge etwas abschließen kann, und dass Sie jetzt hier sind, zeigt, dass ich recht hatte. Aber es ging mich ja nichts an. Es war ein Auftrag, und ich habe versucht, ihn zu erledigen.«

Greta brauchte eine Weile, bis sie ihren Mund öffnen und die Worte aussprechen konnte, die ihr brennend wie Säure auf der Zunge lagen. »Und was war die nichtoffizielle Version?«, fragte sie schließlich so leise, dass die Frage in dem Stimmengewirr um sie herum nahezu unterging.

Fronza verstand sie trotzdem. »Ihr Vater war davon überzeugt, dass seine Frau ihn und ihre Töchter verlassen hatte.«

Gretas Mund wurde so trocken, als säße sie in der Wüste. Sie griff nach dem Wein und trank einen Schluck.

»Sie lebt noch? Meine Mutter lebt?« Die Worte waren ungeheuerlich. Jedes einzelne davon stach Greta wie ein Nadelstich mitten ins Herz. Sie verstand, was der ehemalige Detektiv gemeint hatte, als er sagte, man merkt erst hinterher, ob man etwas wissen sollte. Einmal Gehörtes ließ sich nicht ungehört machen. Sie hatte es immer schon gewusst: Worte waren gefährlich. Sie konnten Menschen verzweifeln lassen, vernichten, töten.

»Sie hatten keine Ahnung von der Geschichte? Er hat all die Jahre nie etwas gesagt?« Paolo Fronza sah sie beunruhigt an. »Sind Sie sicher, dass wir dieses Gespräch weiterführen sollten?«

Als Greta schweigend nickte, fuhr er fort: »Ihr Vater kam zu uns, als Ihre Mutter etwa seit einem Jahr verschwunden war, das war also im Sommer ...« Er legte seine Stirn in Falten und überlegte.

»1995.«

»Ja. Er war sehr nervös, hatte große Angst, dass irgendjemand von diesem Auftrag etwas mitbekommen könnte. Deshalb hatte er sich auch an uns gewandt. Florenz war weit genug vom Trasimeno-See entfernt, da bestand keine Gefahr, auf einen Bekannten zu treffen. Ich habe mich seiner angenommen, und er hat mir von Tiziana erzählt. Von seiner Liebe zu ihr, seiner schwierigen Ehe und davon, dass er schon vor ihrem Verschwinden den Verdacht gehabt hatte, dass sie einen Liebhaber hatte.« Er warf Greta vorsichtig einen Blick zu, als fürchte er, sie würde jeden Moment vom Stuhl kippen.

»Reden Sie weiter.« Greta hatte sich wieder gefangen. Zumindest äußerlich. Steif und aufrecht saß sie da, eine Hand haltsuchend um das Weinglas gekrampft, doch sie trank nicht. Ihre Hände gehorchten ihr genauso wenig wie der Rest ihres Körpers. Sie war zu Stein erstarrt.

»Sie ist wohl oft in der Nacht mit dem Boot hinausgefahren, deshalb dachte Ihr Vater, es müsste jemand aus einem der Dörfer am See sein.«

Greta nickte. »Wegen dieser nächtlichen Ausflüge nahm die Polizei auch an, sie sei ertrunken. Warum hat mein Vater der Polizei nichts von einem Liebhaber gesagt?«

»Es gab keine Beweise. Ihr Vater hat es nur vermutet. Und, wie gesagt, er wollte nicht, dass es deswegen Gerede auf der Insel gab. Um Sie und Ihre Schwestern zu schützen. Und sich selbst vermutlich auch. Aber ...« Er griff nach seinem Weinglas, wie um sich Mut anzutrinken.

Greta wartete.

»Es wurden Kleider vermisst. Und ein Koffer.«

»Sie hatte gepackt? In der Nacht, als sie verschwunden ist?«, fragte Greta ungläubig nach. In ihrem Inneren breitete sich eine eisige Leere aus.

»Es tut mir leid, Signora Peluso.« Paolo Fronza sah sie ehrlich betroffen an.

Greta schüttelte abwehrend den Kopf, wollte sein Mitleid nicht. »Und was haben Sie in den vier Jahren, in denen Sie Nachforschungen angestellt haben, herausgefunden?«

»Nichts.«

»Gar nichts?«

»Wir haben keine Spur von ihr und auch keine Spur von ihrem Liebhaber gefunden. Nicht das geringste Indiz, null Komma nichts. Wenn es nach mir gegangen wäre, hätten wir die Sache schon viel früher beendet, aber Ihr Vater wollte nicht aufgeben. Er war fest davon überzeugt, Tiziana noch zu finden. Wir haben dann irgendwann die Reißleine gezogen und den Fall abgeschlossen.« Er deutete auf das letzte Schreiben. »Es gab nichts mehr, was wir noch hätten versuchen können.«

»Aber wie kann das sein? Ein Mensch kann sich doch nicht einfach in Luft auflösen?«

Fronza zuckte mit den Schultern. »Sie würden sich wundern, Signora. Wenn jemand nicht gefunden werden will, ist es verdammt schwer, ihn aufzuspüren, vor allem, wenn er es geplant hat. Das, oder ...«

»Oder?«

»Oder Ihr Vater hat sich getäuscht, und Ihre Mutter ist tatsächlich in jener Nacht ertrunken.«

»Aber die Kleider! Und der Koffer!«

Der Detektiv lächelte müde. »Das hat Ihr Vater auch gesagt, jedes Mal, wenn ich versucht habe, ihm klarzumachen, dass das alles keinen Sinn mehr hat. Für das Verschwinden der Kleider könnte es auch eine andere Erklärung geben. Vielleicht hatte sie den Koffer längst weggeworfen und die Kleider der Kirche gespendet. Männer sind in Fragen der aktuellen Kleidung ihrer Ehefrauen meist nicht besonders aufmerksam, und wenn dann noch dazukommt, dass man etwas unbedingt glauben will ...« Er verstummte.

Einen Moment lang schwiegen beide. Greta war wie betäubt von dem, was sie erfahren hatte. Nichts davon konnte sie in irgendeiner Weise einordnen. Nichts davon hatte sie erwartet. Sie hatte das Gefühl, als stünde sie auf einem schwankenden Steg, und die Wellen rissen ihr die Planken unter den Füßen weg.

… Sie steht am Ufer des Sees. Er ist voller Zorn. Hellgrün schäumend drängt das Wasser ans Ufer, und der ungestüme Wind zerrt an ihren Haaren, an dem dünnen Nachthemd, das sie trägt. Am Himmel ein roter Mond. Ihr Blick ist auf den See gerichtet. Sie weiß, gleich wird sie auftauchen, zwischen den tobenden Wellen, schön und schrecklich zugleich. Gleich …

»Signora!«

Verwirrt öffnete Greta die Augen. Sie lag ausgestreckt am Boden. Paolo Fronza kniete mit erschrockener Miene neben ihr. Um sie herum herrschte Stille. Die Gespräche der Gäste waren verstummt, sie nahm einige Männer wahr, die aufgesprungen waren, ebenso erschrocken wie Fronza. Sie rappelte sich auf, und als der Detektiv ihr helfen wollte, schüttelte sie unwillig seine Hand ab. »Danke. Es geht schon.« Fronza schob ihr den Stuhl hin, und sie setzte sich. »Was ist passiert?«, fragte sie benommen.

»Sie sind plötzlich ganz blass geworden, haben die Augen verdreht und sind vom Stuhl gefallen.« Er sah sie besorgt an. »Wir sollten einen Arzt rufen.«

»Auf gar keinen Fall!« Greta schüttelte den Kopf. »Es geht schon wieder. Es muss die Hitze gewesen sein. Ich habe zu wenig gegessen …«

Sandro, der Wirt, brachte ihr auf Fronzas Betreiben hin ein Tramezzino mit Schinken und Käse, eine Plastikflasche Mineralwasser und einen Espresso mit viel Zucker. Während sie langsam aß und trank, spürte sie, wie ihre Kräfte allmählich zurückkehrten. . »Es war Agilla«, murmelte sie, überrascht, wie klar ihr diese Worte plötzlich vor Augen standen. »Agilla hat meine Mutter geholt … ich war dabei …«

Verwirrt schloss sie die Augen, wusste nicht, woher dieses Wissen plötzlich stammte, und ihr wurde erneut schwummrig. Sie kaute weiter, spürte die weiche Konsistenz des Weißbrotes in ihrem Mund, den Geschmack von Schinken, Käse und Mayonnaise und klammerte sich an diese Pfeiler der Wirklichkeit, um nicht erneut abzudriften. Sie kaute, kaute und schluckte, trank vom Kaffee und vom Wasser, bis die verstörenden Bilder verschwanden und die Realität um sie herum langsam Formen annahm. Die Handwerker im Raum hatten sich wieder gesetzt und ihre Gespräche aufgenommen, Wortfetzen drangen zu ihr, sie spürte ihre Füße auf dem Boden, die Lehne des Holzstuhls in ihrem Rücken, den Schweiß, der ihr den Nacken hinunterrann. Verlegen sah sie den ehemaligen Detektiv an, der ihr gegenübersaß und sie noch immer besorgt musterte. »Entschuldigen Sie bitte«, sagte sie. »Das war mein Fehler, ich hätte ordentlich frühstücken sollen.«

»Heilige Scheiße, nein!« Er winkte entrüstet ab. »Ich hätte Sie mit diesen Informationen nicht so überfallen dürfen. Spätestens, als mir klar wurde, dass Sie keine Ahnung haben. So etwas haut den stärksten Ochsen um. Ich war ein verdammter Idiot.«

Greta lächelte matt. »Ich danke Ihnen sehr, dass Sie mir die Geschichte erzählt haben. Aber ich glaube, ich möchte jetzt gehen.« Als sie ihren Geldbeutel aus der Tasche nahm, schüttelte Fronza den Kopf. »Kommt gar nicht infrage. Das geht auf meine Rechnung. Wobei, so wie ich Sandro kenne, wird er mir eine reinhauen, wenn ich Ihr Tramezzino und den Kaffee bezahlen will.«

»Danke. Für alles.« Greta reichte ihm die Hand, und Fronza ergriff sie. »Eines noch«, sagte er und hielt ihre Hand fest. »Wer ist Agilla?«

Greta entzog sich ihm mit einem Ruck.

Er hob entschuldigend die Hände. »Verzeihen Sie meine Neugier, aber ich war immerhin vier Jahre mit dem Fall befasst. Ich glaube, ich habe Ihren Vater in der Zeit ganz gut kennengelernt. Sie sagten gerade, Agilla habe Ihre Mutter geholt und Sie seien dabei gewesen? Was bedeutet das?« Als sie schwieg, musterte er sie mit neuem Interesse. »Sie sind die jüngste der drei Töchter, nicht wahr? Das Mädchen, das man am nächsten Tag im Park gefunden hat?«

Greta nickte kaum merklich. Dann erklärte sie leise: »Ich erinnere mich nicht. Seit fünfundzwanzig Jahren frage ich mich, was damals passiert ist, aber ich sehe nichts als eine weiße Wand. Ich träume manchmal von einem Sturm, aber das, was ich gerade gesagt habe, ist mir ganz plötzlich durch den Kopf geschossen. Ich habe keine Ahnung, was es bedeutet.«

»Wer ist Agilla?«, fragte Fronza erneut.

»Sie ist niemand. Niemand Reales, meine ich.« Greta fuhr sich durch die Haare, spürte den zarten Luftzug, der an ihren feuchten Nacken drang, und atmete kurz auf. »Es ist eine Fabelgestalt, aus einer Sage bei uns …« Sie ließ die Arme sinken. »Eine Nixe.« Mit neuer Energie begann sie, in ihrer Handtasche zu wühlen, und zog schließlich Don Pittigrillos Holzskulptur heraus. »Haben Sie so etwas schon einmal gesehen?«

Paolo Fronza nahm das Figürchen entgegen und drehte es zwischen seinen Fingern. Dann schüttelte er den Kopf und gab es ihr zurück. »Nein, tut mir leid.«

21

Als Gina den winzigen, bis zur Decke vollgestopften Inselsupermarkt betreten wollte, um sich eine Sonnencreme zu kaufen, trat Cinzia Locatelli ihr entgegen. »Du hast Hausverbot«, sagte sie.

Gina runzelte die Stirn. »Spinnst du? Das ist über zwanzig Jahre her ...«

»Egal. Mein Papa hat es damals ausgesprochen, weil du geklaut hast, und ich sehe keinen Grund, das Verbot aufzuheben.« Sie verschränkte die Arme vor ihrer mageren Brust. »Du klaust noch immer.«

»Was?« Gina hatte das Gefühl, im falschen Film zu sein. »Was tue ich?«

»Klauen! Du willst Greta und Adelina die Trattoria stehlen. Und damit uns allen!«

Gina spürte, wie ihr das Blut in den Kopf stieg. »Das stimmt nicht ...«

»Du lügst. Enza hat heute Morgen Adelina danach gefragt und ...«

»... nie und nimmer hat Adelina das gesagt!« Gina glaubte, ihre Tante so gut zu kennen, dass diese, selbst wenn sie zutiefst erbost über sie war, den Familienzwist jedenfalls nicht mit der neugierigen Nachbarin besprechen würde.

»Sie hat es aber auch nicht abgestritten. Und man muss kein Genie sein, um von allein darauf zu kommen. Jeder weiß, dass Greta dich und deine Schwester mit der Flinte von der Insel gejagt hat.«

Gina musterte Cinzia eine Weile schweigend. Sie war etwa so

alt wie sie, wirkte aber verhärmt und ausgezehrt. Die strähnigen Haare zu einem strengen Pferdeschwanz zusammengezurrt, der Teint fleckig, die Züge hart. »Wird man so, wenn man hierbleibt?«, fragte sie.

»Wie? Was meinst du?« Cinzia runzelte misstrauisch die Stirn.

»Na, so wie du. Da kann ich ja nur froh sein, dass ich rechtzeitig abgehauen bin.« Mit diesen Worten drehte Gina sich um und ließ Cinzia stehen. Geschissen auf die Sonnencreme.

Die Badebucht der Insel befand sich an der Nordseite, dort, wo das Dorf endete und unbewohntes Gebiet begann. Im Grunde war die ganze Insel von dichtem Wald und undurchdringlicher Macchia bedeckt, mit Ausnahme der Via Guglielmi, die an der Westseite der Insel entlang und dann als ausgewaschener Weg hinauf zur Villa Isabella und der Kirche führte. Eine kurze, von rund dreißig Häusern gesäumte Straße, das war alles. Die Welt, in der sie aufgewachsen war und in der Greta, Adelina, Cinzia, Orazio, Pasquale noch heute lebten. Und nicht zu vergessen Don Pittigrillo, Nunzia und Clemente, Enza Capelluto, ihr Mann, der irre alte Giuseppe und natürlich König Tano, an dessen erbärmlicher Kate sie gerade vorbeigekommen war. Seine Hunde waren herausgesprungen, kaum dass sie den rostigen Drahtzaun erreicht hatte, und hatten sie angebellt, zottige ungepflegte Ungeheuer, wie Tano selbst eines geworden war. Er war nicht immer so gewesen, erinnerte sich Gina, während sie sich auszog und ihr Handtuch auf dem schmalen Sandstreifen ausbreitete, der von einer mächtigen Eiche beschattet wurde und neuerdings vollmundig *Area di Picnic* hieß. Als sie ein Teenager gewesen war, war Tano noch ganz normal gewesen. Er hatte in einem hübschen Haus gewohnt und eine Frau und einen Sohn gehabt. Gina wusste nicht, was mit der Familie passiert und weshalb Tano so abgestürzt war, es hatte sie auch nie interessiert. Und jetzt interessierte es sie eigentlich auch nicht. Diese ganze Scheißinsel konnte ihr den Buckel runterrutschen. Sie wusste wieder genau, warum sie es damals nicht hatte erwarten können, von hier zu verschwinden.

Enzo, Orazio und Gina sitzen in der Badebucht und rauchen. Gina ist fünfzehn, die Jungs zwei Jahre älter. Die Ferien haben gerade begonnen, und der Sommer liegt wie ein einziger endloser Tag am Strand vor ihnen. Es ist schon später Nachmittag, die Sonne steht tief. Enzo hat seine Gitarre dabei, zupft ein bisschen darauf herum, summt eine Melodie, und Orazio singt leise mit. Nirvana, natürlich. Come as you are. Gina hört ihnen zu, und ihr Herz zieht sich vor Sehnsucht zusammen. Sie weiß nicht, wonach sie sich sehnt, weiß nicht, woher die Schmerzen kommen, die sie innerlich zu zerreißen drohen, sie weiß nur, sie muss von hier weg.

»*Wollt ihr auch weg?*«*, fragt sie unvermittelt in eine Gesangspause hinein.*

Orazio hebt den Kopf und lächelt. »*Klar. So schnell es geht.*« *Enzo spielt ein Riff und nickt.* »*Nach der Schule hauen wir ab. Mit dem Rucksack. Und den Gitarren. Unterwegs verdienen wir uns unser Geld mit Musik. Ich möchte nach Kanada. Oder nach Thailand.*« *Er legt die Gitarre weg und lässt sich mit ausgestreckten Armen zurück in den Sand fallen.* »*Das wird so geil!*«

»*Und dann?*«*, will Gina wissen.*

»*Was, und dann?*« *Orazio sieht sie fragend an.*

»*Nach der Reise mit dem Rucksack und der Gitarre?*«

Er zuckt mit den Schultern. »*Keine Ahnung. Irgendwas arbeiten, schätze ich.*« *Das schräge Licht lässt seine blauen Augen aufleuchten.* »*Und du?*«

»*Ich will weiter weg.*«

»*Weiter als nach Kanada?*«

»Anders weit.« Sie spürt Orazios verständnislosen Blick auf sich und hört, wie Enzo kichert. *»Auf den Mond oder was?«*

Sie schaut auf den See hinaus. Er ist tiefblau. Direkt gegenüber liegt die Bucht von Tuoro. Und etwas weiter nördlich, etwa sechs Kilometer entfernt, Passignano. Sie steht auf. *»Anders eben. Mit dem Herzen weg.«* Sie wartet ihre Kommentare nicht ab, sondern läuft in den See, stürzt sich Hals über Kopf in das warme Wasser und beginnt zu schwimmen. Gina ist eine gute Schwimmerin. Das Wasser trägt sie. Immer weiter. Immer weiter weg. Sie hört die Jungs hinter sich rufen, doch sie dreht sich nicht um, schwimmt weiter und weiter. Irgendwann holen Orazio und Enzo sie prustend ein. *»Du bist viel zu weit draußen«*, ruft Orazio ihr wütend zu. *»Kehr um!«*

Sie schüttelt den Kopf, sieht die Tropfen glitzern, die sich aus ihren kurzen Haaren lösen, und schwimmt weiter. Langsam und konzentriert, ihre Kräfte schonend.

»Wo willst du denn hin, verdammt? Nach Tuoro?«

»Nein.« Wieder ein Glitzerschauer im Sonnenlicht. *»Nicht weit genug. Ich will nach Passignano.«*

»Du spinnst«, ruft Enzo erschrocken. *»Du wirst absaufen.«*

Doch sie schwimmt einfach weiter, und weil keiner von ihnen umkehren und sie alleinlassen will, schwimmen sie zu dritt. Sie sprechen nicht mehr, brauchen alle ihre Kräfte. Als sie schließlich ankommen, zittern Ginas Muskeln so, dass sie es kaum an Land schafft. Vollkommen erledigt lässt sie sich zu Boden fallen und ringt nach Luft. Erschöpft, aber auf eine Art glücklich, die ihr bisher fremd war.

»Du bist völlig irre, Gina Peluso«, keucht Enzo, aber auch er lächelt. Die beiden Jungs legen sich neben sie, zu dritt blinzeln sie in die Sonne und lassen sich trocknen. Sie bleiben, bis die Sonne untergeht, und als sie mit der Fähre zurück auf die Insel fahren, versprechen sie sich, in diesem Sommer regelmäßig nach Passignano zu schwimmen, so lange, bis die Energie reicht, damit sie aus eigener

Kraft wieder zurückschwimmen können. Sie wissen noch nicht, dass es ihnen kein einziges Mal gelingen wird. Irgendwann kommt Gina zu der Überzeugung, dass es keine Rolle spielt. Man muss nur genug Kraft haben wegzuschwimmen. Das Zurück ist nicht so wichtig.

Das Wasser umspülte ihre Knöchel. Es war warm und weich, genau wie früher. Langsam watete Gina tiefer in den See. Ihre Zehen versanken in dem moorastigen Untergrund, und als sie weiterging, spürte sie, wie die Schlingpflanzen sich um ihre Beine schlängelten wie kleine Wasserschlangen. Der See war voll davon, und man durfte nicht so genau nachdenken, was sich dazwischen alles verbergen mochte. Sie machte einen ersten Schwimmzug und fühlte sich augenblicklich in jenen Sommer zurückversetzt, als sie zwei gute Freunde gehabt hatte und der Überzeugung gewesen war, alles im Leben erreichen zu können, wenn sie es nur schaffte, von hier wegzukommen. *Nobody dies a virgin … Life fucks us all.* Das Zitat ihres damaligen Helden, Kurt Cobain, kam ihr in den Sinn. Sie hatte zu der Zeit nicht wirklich begriffen, was er damit meinte, hatte es einfach nur für einen coolen, abgeklärten Spruch gehalten, den man irgendwelchen Spießern entgegenschleudern konnte. Damals hatte sie Zynismus noch für eine erstrebenswerte Lebenseinstellung gehalten. Weil sie nicht erkannt hatte, wie viel Trauer und Verzweiflung darin steckte. Gina schwamm weiter. Als sie kurz den Kopf wandte, sah sie überrascht, wie weit das Ufer schon entfernt war. Man konnte den schmalen Sandstreifen gerade noch so erkennen, das Dach von Tanos Hütte ragte zwischen dem Ufergebüsch hervor, ein paar Menschen standen an der Mole, weit weg, unbedeutend. Gina hörte auf, sich zu bewegen, drehte sich auf den Rücken und ließ sich treiben. Toter Mann, ein beliebtes Spiel ihrer Kindheit. Das Wasser gurgelte in ihren Ohren, machte die Geräusche um sie herum dumpf – das Krächzen der Krähen, das Tuckern der Boote in der Ferne. Sie dachte an ihre Mutter, die seit fünfundzwanzig Jahren auf dem Grund des Sees lag und nie wieder aufgetaucht war. Jahrelang hatte sie halb gehofft, halb gebangt, dass man sie irgendwann anrufen und ihr mitteilen würde, sie sei gefunden worden, zumindest das, was von ihr noch übrig war. Bis sie irgendwann gelesen hatte, dass es durchaus möglich war, dass Tote unter Wasser verschwinden können. Oft nur geringfügig festgehalten durch Gestrüpp oder andere Hindernisse, blieben sie auf dem Grund eines Gewässers auf ewig gefangen und ploppten nicht, wie in Fernsehkrimis üblich, zu einem passenden Moment wieder nach oben. Ab diesem Zeitpunkt hatte sie angefangen, es zu akzeptieren. Hatte sich ihre Mutter vorgestellt, unversehrt, in einem ihrer Kleider, die Gretas Kleidern so ähnlich waren, wie sie am Grund des Sees lag, umgeben von einem Wald aus grünen Algen, die sich sacht in der Strömung bewegten, umtanzt von kleinen glitzernden Fischen. Gina blinzelte in die Sonne. Das Kobaltblau des Himmels war unendlich weit entfernt. Sie könnte die Spannung aufgeben, die sie an der Oberfläche hielt, könnte sich ebenfalls auf den Grund hinabsinken lassen wie ihre Mutter. Gina hatte keinen Moment lang geglaubt, dass ihre Mutter wegen des Sturms ertrunken war. Dazu war sie eine zu gute Schwimmerin und zu besonnen gewesen. Das war nur ein Märchen, das sie den Kindern und der Presse erzählt hatten. Gina hatte nie mit jemandem darüber gesprochen, aber sie hatte immer geglaubt, dass ihre Mutter freiwillig ins Wasser gegangen war und ihr Vater es wusste. Dass das der Grund war, weshalb er nicht mehr über sie sprechen wollte. Weil er sich schuldig fühlte. Gina hatte durchaus mitbekommen, dass die Ehe nicht so harmonisch war, wie sie sein sollte, sie hatte immer gewusst, dass ihre Mutter auf der Insel unglücklich gewesen war. Wie sie selbst auch.

Sie hörte auf, sich zu bewegen, ließ zu, dass sie sank. Das Wasser schloss sich über ihrem Gesicht, die Geräusche wurden noch ein wenig dumpfer. Als sie die Augen öffnete, sah sie, wie sich das Sonnenlicht über ihr an der Wasseroberfläche spiegelte. Es war wunderschön ...

TEIL DREI

Tiziana

22

Ginas Körper weigerte sich, in dem vom Sonnenlicht durchglühten Grünblau des Sees zu verschwinden. Plötzlich erfasste sie Panik, sie begann, zu strampeln und um sich zu schlagen, versuchte, zu dem Licht zurückzukehren, und gelangte schließlich wieder an die Oberfläche. Hustend und würgend schnappte sie nach Luft, strampelte wie wild mit den Beinen, um sich oben zu halten, und spürte gleichzeitig, wie ihre Kräfte nachließen. Erneut flackerte die Panik in ihr auf, und sie schaute sich hektisch um. Das Ufer war nur noch ein schmaler Streifen, schien unerreichbar weit entfernt. Dann bemerkte sie die dunkelblau gestrichenen Planken eines Bootes neben sich. *Agilla* stand in verschnörkelten Buchstaben auf dem verwitterten Holz. Jemand beugte sich über die Reling, packte sie und zog sie hoch.

Greta kam erst gegen neun Uhr abends auf der Insel an. Nach dem Treffen mit Paolo Fronza hatte sie sich nicht in der Lage gefühlt, sich ans Steuer zu setzen. Sie lief zunächst ziellos durch die Straßen, landete vor dem mächtigen Palazzo Pitti, der mit seiner strengen Fassade wie eine Festung wirkte, schlängelte sich an Trauben von Touristen vorbei und erklomm schließlich den Piazzale Michelangelo. Dort blieb sie eine ganze Weile auf einer Bank sitzen und sah auf die Stadt hinunter, die ihr, obwohl sie gelegentlich schon hier gewesen war, doch ähnlich fremd war wie den Touristen, die hier oben auf dem großen Platz schwitzend und mit geröteten Gesichtern von den Reisebussen ausgespuckt wurden. Schulklassen, Rentnergruppen, Bildungsreisende, Rucksacktouristen – alle gingen sie an ihr vorüber. Greta hörte ihr Geschnatter, italienisch, deutsch, japanisch, chinesisch, englisch, und fühlte sich selbst wie ausgespuckt. Hervorgewürgt von einem Leben, das sie als das ihre angesehen hatte und das doch nichts als eine Lüge gewesen war. Und diese Lüge stieß sie ab wie ein Fremdkörper. Greta blinzelte in die Sonne und fragte sich, was sie jetzt tun sollte. Was tat man mit einem Leben, das mit ein paar Sätzen zu Scherben zerschlagen worden war? Zusammenkehren und wegwerfen oder die Bruchstücke nehmen und versuchen, sie wieder zusammenzusetzen?

Es war gegen fünf Uhr gewesen, als sie endlich aufstand, einen letzten Schluck aus der Wasserflasche nahm, die ihr Paolo Fronza geradezu aufgedrängt hatte, und sich auf den Rückweg machte.

Die Insel schien wie immer, was Greta seltsam fassungslos machte. Obwohl ihr Verstand ihr sagte, dass es gar nicht anders sein konnte, hatte sie erwartet, dass sich die Erschütterung, die ihr Inneres in Trümmer gelegt hatte wie ein plötzliches Erdbeben, auch auf das Außen auswirkte. So wie es in ihrem Leben immer schon ein *Vorher* und ein *Nachher* gegeben hatte, war es auch jetzt. Doch dieses Mal existierte es einzig in ihrem Kopf. Sie ging durch die Via Guglielmi, wo sie jeden Pflasterstein, jede Unebenheit, jeden Geranientopf kannte, streichelte eine der Nachbarskatzen, die auf der noch immer sonnenwarmen Mauer saßen, und wunderte sich über die gemächliche Ruhe, die alles um sie herum ausstrahlte und die in so krassem Gegensatz zu ihren Gefühlen stand. Als sie sich der Trattoria näherte, stutzte sie. Dort brannte Licht. Die Tür war offen, und an die Wand gelehnt stand die Schiefertafel, auf die sie immer ihre Tagesgerichte zu schreiben pflegte. *Pasta alla*

Norcina stand darauf, Nudeln nach Metzger-Art mit Salsiccia und Sahne und Persico al forno, gebackener Flussbarsch. Gestern hatte sie ihren Lieferanten darum gebeten, ihr ein paar Exemplare des beliebten Fischs bei der Warenlieferung mitzuschicken. Als Greta ihr Restaurant erreichte, verlangsamte sie ihre Schritte. War etwa Domenico gekommen und hatte zusammen mit Adelina geöffnet? So viel Eigeninitiative konnte sie sich bei ihrer Tante nicht vorstellen. Adelina hatte noch nie das Lokal allein geöffnet. Auf der Rückfahrt hatte sie versucht, in der Trattoria anzurufen, um Adelina zu sagen, dass sie später komme, doch ihr Akku war leer gewesen. Sie linste durch die Tür. Der Gastraum war leer, lediglich an einem Tisch auf der Terrasse saß ein einzelner Mann, mit dem Rücken zu ihr, und schaute auf den dunklen See hinaus. Sie warf einen Blick auf die Uhr. Gäste, die vom Festland kamen, mussten in der *Trattoria Paradiso* relativ früh essen, weil die letzte Fähre um zehn Uhr ablegte, und von den Dorfbewohnern, die gern länger blieben, war offenbar niemand da, der Stammtisch neben der Bar war leer. Ebenso Domenicos Platz. Kein Feuer glühte in dem gemauerten Pizzaofen, was Greta einen unerwarteten Stich versetzte. Sie musste das mit Domenico schnellstens in Ordnung bringen. Morgen. Wenn sie sich wieder gefasst hatte. Gerade als sie eintreten wollte, sah sie Gina aus der Küche kommen. Sie trug Gretas schwarze Schürze mit der roten Aufschrift *Trattoria Paradiso* und hatte eine Flasche Wein und ein Glas in der Hand. Damit ging sie hinaus auf die Terrasse zu dem einzelnen Gast. Greta sah jetzt genauer hin, und als sie erkannte, um wen es sich handelte, versetzte es ihrem Herzen einen schmerzhaften Stich: Es war Matteo Ferraro. Ausgerechnet. Hatte ihre verfluchte Schwester womöglich extra für ihn geöffnet? Jetzt schenkte Gina ihm Wein nach, goss sich selbst ihr Glas voll und setzte sich zu ihm. Sie hoben ihre Gläser, und Greta sah, wie Gina Matteo anlächelte.

Greta vergaß ihre Bestürzung über das, was sie in Florenz erfahren hatte, und stürmte in die Trattoria. Als sie auf die Terrasse trat, drehten sich Gina und Matteo zu ihr um.

»Greta!«, rief Gina überrascht. »Wo warst du denn? Ich habe versucht, dich zu erreichen …« Weiter kam sie nicht.

»Wie kannst du es wagen!«, schrie Greta sie an, vollkommen außer sich vor Wut. Sie trat auf den Tisch zu und fegte mit einer einzigen Handbewegung alles hinunter, was noch darauf stand. Das Windlicht, die Gläser, die Flasche Wein, Essig und Öl zerschellten klirrend auf den Travertinfliesen. Sowohl Gina als auch Matteo sprangen erschrocken auf.

»Bist du jetzt komplett verrückt geworden?«, rief Gina entgeistert.

Greta beachtete sie nicht. Sie warf Matteo einen eisigen Blick zu. »Wir haben geschlossen.«

Matteo schaute unschlüssig von Greta zu Gina, doch als diese keine Anstalten machte, etwas dazu zu sagen, zuckte er mit den Schultern und sagte: »Dann hätte ich gern die Rechnung.«

»Geht aufs Haus«, schnappte Greta.

Matteo griff nach seinem Rucksack. Er war offenbar direkt von der Arbeit in der Villa hierhergekommen, trug wieder seine staubigen Jeans und Arbeitsschuhe. Er ging um den Tisch herum und sah Greta mit einem merkwürdigen Blick an. Er öffnete den Mund, um etwas zu sagen, doch dann überlegte er es sich anders, schüttelte den Kopf und verschwand durch die Gasse, die von der Straße zum Garten führte.

Die beiden Schwestern starrten einander an, und Gina hatte den Eindruck, dass Greta sie am liebsten geohrfeigt hätte und sich nur mit Mühe beherrschen konnte. Ihre Finger öffneten und schlossen sich wie in einem Krampf.

»Was ist denn in dich gefahren?«, fragte Gina schließlich. »Matteo wird denken, du hast nicht alle Tassen im Schrank.«

»Was Matteo denkt, ist mir scheißegal«, gab Greta zurück und streckte eine Hand aus. »Gib mir die Schürze.«

»Die Schürze? Darum geht es? Dass ich die Trattoria aufgemacht habe?« Gina lachte irritiert auf. »Ich dachte, ich tu dir einen Gefallen damit. Adelina meinte, ihr hättet Reservierungen, und als wir dich telefonisch nicht erreichen konnten …«

»Gib mir die verdammte Schürze.«

Gina verdrehte die Augen, knotete die Schürze auf und reichte sie Greta. »Bitte schön!«

Greta packte sie, drehte sich um und ging zurück in die Trattoria.

»Jetzt warte doch!« Gina lief ihr nach und griff nach ihrem Arm. »Lass mich nicht einfach so stehen.«

Greta schüttelte den Arm ab, drehte sich aber doch noch einmal zu ihr um. »Du verstehst überhaupt nichts, oder?« Gina erschrak, als sie Gretas Blick begegnete. Ihre Schwester sah aufgewühlt aus, die Locken waren zerzaust und das Gesicht blass. Ihre ungewöhnlichen Augen schienen zu flackern wie kleine blaue Feuer.

»Erklär's mir«, bat Gina.

Greta schüttelte den Kopf. »Ich geh ins Bett. Ich bin müde. Wo ist Adelina?«

»Sie ist schon vor einer guten Stunde gegangen. Es war nicht viel los, wenn dich das beruhigt. Von den Einheimischen war keiner da. Ich glaube, sie gehen mir aus dem Weg. Cinzia Locatelli hat mich nicht mal in den Supermarkt gelassen.«

»Wundert dich das?«, fragte Greta mitleidlos. »Es hat sich inzwischen mit Sicherheit herumgesprochen, was ihr vorhabt.«

»Vorhattet«, verbesserte Gina. »Ich habe mich schon entschuldigt. Was willst du noch?«

»Du hast dich nur dafür entschuldigt, mit der Tür ins Haus gefallen zu sein, nichts weiter. Außerdem, was ist mit Lorena?«

Gina schwieg einen Moment. Nachdem Tano sie, schweigsam und mürrisch, wie es seine Art war, aus dem Wasser gezogen hatte, war sie, geschockt von sich selbst, mit zittrigen Knien zurück in die verwaiste Trattoria gegangen. Sie hatte sich umgezogen, einen Kaffee getrunken und versucht, sich wieder zu beruhigen. Als sie sich dazu in der Lage gefühlt hatte, hatte sie tatsächlich Lorena angerufen und ihr gebeichtet, dass sie auf der Insel war und sich bei Greta entschuldigt hatte. Wider Erwarten war Lorena nicht sofort an die Decke gegangen, im Gegenteil, Gina hatte den Eindruck gehabt, als interessiere sie die ganze Geschichte gar nicht mehr. Seltsam abwesend hatte Lorena nur mit »Mmmh, ja« geantwortet und am Ende gemeint, von ihr aus könne sich Greta in ihrer Trattoria begraben lassen, wenn sie wolle, denn das sei momentan ihr geringstes Problem.

»Die Sache ist vom Tisch. Ich glaube, Lorena hat momentan irgendwelchen Ärger am Hals.«

»Sie steckt in Schwierigkeiten? Na, was für ein Glück für mich!«, höhnte Greta und wollte sich erneut abwenden, doch Gina versperrte ihr den Weg. »Bitte«, sagte sie, »lass uns reden. Ich … mir geht es nicht gut, ich …« Gina kam ins Stocken und beendete den Satz dann doch: »Ich wäre heute fast ertrunken.« Sie wusste nicht recht, was sie nach dieser Eröffnung von ihrer Schwester erwartet hatte – erschrockenes Mitleid oder ein gehässiges »Geschieht dir recht« –, und sie wusste auch nicht, wovor sie sich mehr fürchtete. Sie kam jedoch gar nicht erst in die Verlegenheit, es herauszufinden, denn Greta zeigte gar keine Reaktion. Sie kniff lediglich ihre irritierend hellen Augen zusammen und schüttelte leicht den Kopf, so als müsse sie sich vergewissern, richtig gehört zu haben, dann nickte sie, widerstrebend, wie es Gina schien. Sie gingen zu dem ungedeckten Tisch neben der Bar, der nicht für Gäste vorgesehen war. Ihr Vater hatte dort in seinen Pausen gesessen und die Zeitung gelesen. Jetzt stand ein Korb mit altbackenem Brot darauf, ein paar von Adelinas Zeitschriften lagen herum und Domenicos Armbanduhr, die er offenbar vergessen hatte, als er gestern so überstürzt gegangen war. Bevor Greta sich setzte, löschte sie das Licht in der Trattoria, sodass nur noch der Barbereich schwach erleuchtet war, holte eine Karaffe Leitungswasser und eine angebrochene Flasche Rotwein und Gläser. Für Gina blieb nur der Platz ihres Vaters, und als sie sich ebenfalls setzte, fühlte sie sich zutiefst unwohl. Sie meinte fast, die Anwesenheit ihres Vaters zu spüren. Seinen breiten Rücken, wie er über die Zeitung gebeugt dasaß, in seiner Kochkleidung, und sich über irgendwelche politischen Entscheidungen echauffierte und die Fußballergebnisse kommentierte.

»Also, worüber willst du reden?«, schnauzte Greta Gina an. »Etwa über Matteo?«

Gina schüttelte erstaunt den Kopf. »Nein, wieso denn …« Doch dann dachte sie an etwas, was ihr vor ein paar Tagen so unerwartet wieder eingefallen war und was mit Matteo, Greta und ihr zu tun hatte. Etwas, worauf sie nicht stolz war. Sie sah sich selbst als Siebzehnjährige, inmitten ihrer Freundinnen, einen Brief in der Hand, mit sorgfältiger Jungmädchenschrift geschrieben und mit rosa Herzen versehen. Sie hörte ihre eigene Stimme, wie sie unter dem Gelächter ihrer Freundinnen den Brief vorlas, den ihre kleine Schwester Greta an Matteo geschrieben hatte – ungelenke, romantische, schüchterne Worte, nur für ihren Schwarm bestimmt. Gina hatte den Brief in Matteos Wohnung bei der Post liegen sehen, noch ungeöffnet, als sie zu ihm gekommen war, um ein Referat vorzubereiten, und war wütend darüber gewesen, wie ihre dumme kleine Schwester es wagen konnte, Matteo Ferraro, ihrem besten Freund, einen Liebesbrief zu schreiben. Sie hatte ihn unbemerkt eingesteckt, um ihn später ihren Freundinnen als Lachnummer zu präsentieren. Sie hatte es für einen großen Spaß gehalten, sich über die kleine Schwester lustig zu machen. Die kleine Schwester, die sie dafür verantwortlich machte, dass sie selbst so unglücklich war.

Gina traten Tränen in die Augen. »Bitte verzeih mir«, flüsterte sie.

23

»Was? Was soll ich dir verzeihen?«, fragte Greta.

Gina zögerte, und ihr Gesicht rötete sich vor Scham, als sie herausplatzte: »Dass ich dich mein halbes Leben lang gehasst habe.«

Greta blinzelte und versuchte, ihren Schreck zu verbergen. Es war kein Erschrecken über ein unerwartetes Geständnis, sondern vielmehr das Erschrecken darüber, dass Gina ein Wissen aussprach, das auch in ihr selbst immer schon geschlummert hatte.

Sie sitzt an ihrem Lieblingsplatz im Park der Villa Isabella, auf dem Felsen am Seeufer, oberhalb der alten Anlegestelle. Hier stehen die Überreste eines Pavillons aus Stein, mit Säulen und einem halbrunden Dach, der noch aus den Zeiten stammt, in denen der Marchese seine rauschenden Feste auf der Insel gefeiert hat und die Gäste mit einem Schaufelraddampfer hierherbringen ließ. Greta stellt sich gern vor, wie die feinen Damen in ihren schimmernden Seidenkleidern hier, direkt unterhalb des Felsens, aussteigen, die Haare zu komplizierten Frisuren aufgetürmt und mit großen Hüten gekrönt. Und die Männer, in eleganten Anzügen und glänzenden Schuhen, helfen ihnen galant ans Ufer, und dann gehen sie zusammen hinauf in die Villa, aus deren hell erleuchteten Fenstern leise Musik bis zu ihr dringt. Es gibt Unmengen feiner Speisen – glasiertes Spanferkel, Fasane, Wildschwein, mit Trüffeln gefüllte Pasta, riesige Schinken und Würste, dazu Artischocken und gebackenen Fenchel, knusprige Laibe Brot und einen ganzen Tisch voll mit den köstlichsten

Nachspeisen, Torten, Cremes, Orangen- und Zitroneneis, kleine süße Erdbeeren und Schüsseln voller Schlagsahne. Und nach dem Essen wird getanzt, auf der großen Terrasse vor der Villa, mit Blick auf den See. Nonna Rosaria hat Greta davon erzählt. Sie wusste es von ihrem Mann, Nonno Umberto, den Greta nicht mehr kennengelernt hatte. Inzwischen hat der Pavillon kein Dach mehr, und seine Säulen sind mit Geißkraut und Knöterich überwuchert und kaum noch zu sehen, vermutlich wissen die meisten Leute gar nicht mehr, dass es ihn überhaupt gibt. Greta ist froh darüber, denn so kann sie hier spielen, ohne dass jemand sie stört. Um sie herum sitzen im Halbkreis, aufgereiht wie kleine, wackere Carabineri, ein gutes Dutzend Pinienzapfen. Es sind ihre Freunde. Sie hat die größten und schönsten gesammelt. Pinienzapfen sind wie sie, sie sprechen auch nicht, aber ihre Anwesenheit ist tröstlich. Hin und wieder knackt sie auch ein paar Pinienkerne, die hier überall herumliegen, mit einem Stein, wie es ihr ihre Mutter gezeigt hat, *Vorher,* und schiebt sie sich in dem Mund. Die Kerne schmecken nach Harz und nach Wald. Die Pinien hier im Park reichen fast bis ans Wasser und überragen auch ihren Felsen. Sie sind so hoch, dass sie den Kopf ganz in den Nacken legen muss, um ihre Krone sehen zu können. Und wenn sie so hinaufsieht, kommt es ihr vor, als habe ihr Versteck doch ein Dach, so hoch wie der Dom von Perugia. Als sie noch gesprochen hat, *Vorher,* hat sie immer die Stimme gesenkt, wenn sie mit ihrer Puppe und den anderen Spielsachen durch den Pinienwald ging, um hierherzukommen. Es ist nicht weit von ihrem Haus, man muss nur durch das Loch in der Mauer schlüpfen und dann einfach hinunter in Richtung See gehen, dann landet man genau hier. Jetzt, wo sie nicht mehr spricht, spielt sie auch nicht mehr. Sie mag auch ihre Puppe und die anderen Sachen nicht mehr, deshalb kommt sie allein hierher und spielt nur noch mit den Pinienzapfen, denn die verstehen sie auch ohne Worte. An diesem heißen Nachmittag ist es ganz *still, man hört nur die kleinen Wellen, die ans Ufer schlagen, und die Zikaden. Die Luft ist warm und riecht nach Pinien. Plötzlich flattert hoch oben in den Kronen der Pinien ein Vogel aufgeregt zwischen den Wipfeln, und kurz darauf sieht sie, wie eine Feder langsam herabschwebt. Sie steht auf, läuft zu der Stelle, wo sie zu Boden gefallen ist, und hebt sie auf. Sie ist leuchtend blau, und jetzt weiß sie, dass der Vogel ein Eichelhäher war. »Deine Augen sind so blau wie die Feder des Eichelhähers«, hat ihre Mutter einmal gesagt und ihr genau eine solche Feder geschenkt. Greta bewahrt sie in ihrem Zimmer in einer Schachtel auf, neben vielen anderen Schätzen, die sie von ihrer Mutter bekommen hat.* Vorher *und* Nachher. *Jetzt hebt sie den Kopf und sieht nach oben, doch sie kann den Vogel nirgends entdecken. Dennoch lächelt sie und winkt. Sie weiß, dass ihre Mutter ihr die Feder geschickt hat. Sie macht das öfter, legt einen schön geformten Stein auf das Fensterbrett, spült eine grüne, abgeschliffene Glasscherbe, die wie ein Diamant funkelt, wenn man sie gegen das Licht hält, an den Strand, genau an die Stelle, wo Greta immer ins Wasser geht. Vorsichtig lässt sie ihre Finger über die Kante der Feder gleiten. Sie ist ganz zart, jede einzelne Faser ist in einem vollkommenen Muster mit der anderen verbunden: auf der einen Seite blau mit schwarzen Streifen, auf der anderen Seite schlicht dunkelgrau. Ein Knacken hinter ihr reißt sie aus ihrer Betrachtung. Langsam dreht sie sich um. Dort steht Gina. Sie macht ein finsteres Gesicht wie immer in der letzten Zeit. Als sie auf sie zukommt, umklammert Greta die Feder fester und weicht zurück.*

»Der Tag im Park …«, sagte Greta langsam, »beim Pavillon. Du hast mich umgeschubst und über die Felskante gehalten.« Sie spürte, wie die Todesangst, die sie damals als kleines Mädchen verspürt hatte, wieder zurückkam. Wie hatte sie diese Geschichte vergessen können?

Gina nickte, und Tränen liefen ihr über das Gesicht. »Es tut mir so leid ...«

»Du wolltest, dass ich schreie. Hast mich angebrüllt, ich solle endlich den Mund aufmachen und um Hilfe schreien ...«

»Ich war so wütend auf dich. Und so verzweifelt. Ich wollte, dass du redest. Ich habe geglaubt, dass du uns dann sagen wirst, was mit unserer Mutter geschehen ist.«

»Aber ich wusste es doch nicht!«

»Das habe ich dir doch nicht geglaubt. Und wenn ich ganz ehrlich bin, dann glaube ich es dir bis heute nicht.«

Greta sah Gina bestürzt an. Zahllose Erinnerungen aus ihrer Kindheit stürmten auf sie ein, gehässige Bemerkungen, Boshaftigkeiten seitens ihrer früheren Lieblingsschwester, die immer so fürsorglich auf sie aufgepasst hatte, als sie noch klein gewesen war. Sie hatte ihren Hass gespürt, doch nie begriffen, was ihn ausgelöst hatte.

»Du glaubst, ich habe euch verheimlicht, was mit Mama geschehen ist?«, fragte Greta nach, unfähig zu glauben, was ihre Schwester ihr vorwarf.

»Du warst dabei, Greta! Es ist die einzige Erklärung, warum man dich erst am nächsten Morgen im Pavillon gefunden hat, stumm und völlig verstört. Du *musst* wissen, was passiert ist.« Ginas Stimme zitterte. »Inzwischen ist mir natürlich klar, dass du es verdrängt hast, dass du keinen Zugang zu dem Erlebten hast. Aber ... du hast dich auch nie bemüht, dieser Geschichte auf die Spur zu kommen.«

»Aber ...«

»Hast du jemals eine Therapie gemacht?«

»Vater hat mich damals doch zu dieser Ärztin geschickt ...«

»Ich meine, als Erwachsene, Greta. Hat dich denn nie interessiert, was du gesehen hast?«

Als Greta stumm den Kopf schüttelte, schluchzte Gina auf. »Aber wir, Lorena und ich, wir hätten doch auch ein Recht gehabt, es zu erfahren.«

Greta zögerte, schreckte davor zurück, ihrer Schwester etwas anzuvertrauen, was sie noch nie jemandem erzählt hatte, doch als sie in Ginas tränennasses Gesicht blickte, gab sie sich einen Ruck. »Ich träume davon. Immer wieder. Bis heute.«

Gina starrte sie an. »Was träumst du?«

»Ich stehe dort unten am Pavillon, der See ist noch aufgewühlt von dem Gewitter, zwischen den Wolkenfetzen kann man den Mond sehen. Er ist rot. Rot wie Blut.« Greta unterbrach sich und griff nach der Karaffe mit dem Wasser, doch ihre Hand zitterte so stark, dass sie nicht einschenken konnte. Sie ließ die Hand sinken. Erst vor ein paar Stunden hatten diese Bilder sie wieder eingeholt, am helllichten Tag vor einem Wildfremden. »Ich stehe dort, der Wind zerrt an meinem Nachthemd, und ich starre hinaus und weiß, gleich … gleich …« Sie schluckte, ihre Kehle war so trocken, dass sie nicht weitersprechen konnte.

Gina schenkte ihr von dem Wasser ein, und Greta trank hastig.

»Was weißt du?«, fragte Gina nach einer Weile.

»Gleich wird Agilla kommen und Mama holen.«

Gina warf ihr einen verstörten Blick zu. »Agilla? Die Nixe aus dem Märchen?«

Greta nickte. Sie war erschöpft. Der Tag war zu viel gewesen.

»Und das ist alles?«

»Das ist alles. Immer derselbe Traum, und jedes Mal wache ich auf, bevor sie kommt.«

»Und wo ist Mama in diesem Traum?«

»Ich sehe sie nicht. Ich weiß nur, dass sie da ist. Es ist … wie ein blinder Fleck vor meinen Augen. Ich sehe nur die Wellen, und ich weiß, dass es zu spät ist.«

»Zu spät wofür?«

»Für Hilfe. Für alles. Ich spüre, dass alles zu Ende ist. Agilla kommt sie holen, und ich werde sie nie wiedersehen.« Greta wischte sich mit einer unwirschen Geste über das Gesicht. »Ich weiß, das hört sich bescheuert an, es ist nur der Traum eines dummen kleinen Mädchens, aber ich kann dir nichts anderes sagen.« Sie trank einen Schluck Rotwein und fügte dann langsam hinzu: »Das heißt, ich konnte dir bis heute nichts anderes sagen.«

»Was soll das heißen, bis heute?«, fragte Gina stirnrunzelnd.

Greta stand auf und nahm ihre Tasche, die sie auf den Tresen geworfen hatte, als sie angekommen war. »Komm mit, ich muss dir was zeigen.«

Sie löschte das Licht und ging mit Gina hinauf in den zweiten Stock. Als Gina begriff, dass sie in ihre alte Wohnung wollte, wehrte sie heftig ab, doch Greta zog sie einfach mit sich. Sie ging voraus in ihr altes Kinderzimmer, das Vaters Büro geworden war, und Gina folgte ihr langsam und so zögernd, als erwarte sie jeden Moment das Auftauchen eines Gespensterheeres. Als Greta sich vor den Schreibtisch kniete und die Kiste herauszog, fragte Gina mit dünner Stimme: »Was ist das?«

»Das sind Vaters Erinnerungen an Mama.« An *Vorher*, dachte sie bei sich, sprach es jedoch nicht laut aus.

»Es gibt keine Erinnerungen. Papa und Adelina haben alles weggeworfen.«

»Das dachte ich auch. Aber es stimmt nicht.« Greta zog die Fotografie heraus, die ihre Mutter in dem sonnenblumengelben Kleid zeigte, und hielt sie ihrer Schwester hin. Gina griff danach, und ihr Kinn begann, erneut zu zittern. »Ich dachte, es wäre nichts mehr da …«

»Es ist ganz viel da. Fotos von Mama, von uns und sogar von Adelina mit einem Verehrer, schau.« Gina kniete sich neben sie und betrachtete das Bild, das Greta ihr hinhielt. »So glücklich habe ich Adelina noch nie gesehen.« Sie wischte sich über die Augen und legte das Foto behutsam zurück. »Warum hat Papa das gemacht?«

»Was meinst du?«

»All die Fotos vor uns versteckt. Diese Erinnerungen gehörten uns doch auch, genauso wie ihm. Es war nicht fair, sie uns vorzuenthalten.«

»Ich glaube, er hat es gut gemeint. Er dachte, dass wir so am schnellsten darüber hinwegkommen. Zumindest hat er das gegenüber Signor Fronza so formuliert.«

»Wer ist Signor Fronza?«

Greta griff nach ihrer Tasche und holte den Umschlag mit den Briefen heraus, den sie gefunden hatte. Sie zeigte sie Gina und erzählte ihr, was sie heute erfahren hatte.

Ihre Schwester lauschte ihr, die Augen weit aufgerissen. Ein paarmal öffnete sie den Mund, um etwas zu sagen, und schloss ihn wieder, ohne Greta zu unterbrechen. Als Greta alles berichtet hatte, zitterten Ginas Hände, die noch immer die Briefe hielten. »Mama lebt?«, fragte sie so leise, dass sie kaum zu verstehen war.

»Das hat er nicht gesagt. Signor Fronza hat nur gesagt, dass Papa das geglaubt hat. Seit diesem Brief sind zwanzig Jahre vergangen.«

»Ich habe diese Geschichte mit dem Unfall auch nie geglaubt«, sagte Gina nachdenklich. »Deshalb war ich vermutlich auch so wütend auf dich. Ich dachte, das erzählt man uns Kindern nur, um uns zu beruhigen.«

Greta sah sie erstaunt an. »Du hast das nicht geglaubt?«

»Du etwa?«

»Ich war acht Jahre alt. Natürlich habe ich geglaubt, was Papa und die anderen mir erzählt haben. Ich konnte mich ja an nichts erinnern.« Sie rieb sich wütend die Stirn, als könne sie so die Wahrheit herauslocken, und hob schließlich den Kopf. »Und was hast du stattdessen geglaubt?«, fragte sie.

»Dass Mama sich umgebracht hat.«

Greta durchfuhr ein kalter Schauer. Das Wispern, das während Ginas Anwesenheit in dem Zimmer zu einem kaum hörbaren Hintergrundgeräusch abgesunken war, schwoll zu einem boshaften Zischeln an. »Das kann nicht sein«, flüsterte sie, während eine eisige Hand nach ihrem Herzen griff. »Das würde doch bedeuten, dass Mama« – sie stockte – »uns absichtlich alleingelassen hat«, vervollständigte Gina den grauenhaften Satz, den Greta nicht gewagt hatte auszusprechen, und Greta begriff schlagartig Ginas wilde Verzweiflung von damals.

»Das hätte sie nicht getan«, widersprach sie und schüttelte nachdrücklich den Kopf. »Sie hätte uns nicht im Stich gelassen, Gina. Niemals!«

»Mama war unglücklich, sie hat oft geweint. Sie wollte weg von der Insel. Ich habe sie und Papa häufig deswegen streiten hören. Deshalb ist sie auch ständig mit dem Boot rausgefahren. Mama fühlte sich hier eingesperrt.« Gina schnaubte erregt. »Wie ich diesen verfluchten Ort hasse!«, rief sie zornig aus. »Er ist schuld an allem. Diese verdammte Insel hat Mama umgebracht.«

»Das stimmt nicht …«, flüsterte Greta, doch Gina hörte ihr nicht zu. Sie hatte sich in Rage geredet und fuhr, an Greta gewandt, mit vor Wut bebender Stimme fort: »Und du, die du uns vielleicht hättest helfen können, die Wahrheit ans Licht zu bringen, hast dich einfach immer weiter in dein Schneckenhaus zurückgezogen. Dich hier verkrochen, ausgerechnet hier, an diesem Ort, den Mama so gehasst hat!«

Greta schwieg erschüttert. Ihr war es, als hätte Gina plötzlich ein Fenster geöffnet. Doch was sie dahinter sah, war kein weites

Land, kein schöner Ausblick, sondern Wut, Verzweiflung und Einsamkeit.

»Sieht Lorena das genauso?«, fragte Greta schließlich.

Gina zuckte erschöpft mit den Schultern. »Keine Ahnung.«

»Habt ihr nie darüber gesprochen?«

»Du etwa? Hast du jemals mit uns darüber gesprochen? Oder mit *irgendjemandem*?«

Langsam schüttelte Greta den Kopf. Das Bemühen ihres Vaters, einen Mantel des Schweigens über das Verschwinden der Mutter zu breiten, hatte besser funktioniert, als er es sich womöglich vorgestellt hatte. Er hatte damit nicht nur seine Lippen versiegelt, sondern auch die der anderen. Greta war nicht die Einzige der Familie Peluso, die dieses Ereignis stumm gemacht hatte. Das Schweigen hatte sich ausgebreitet wie ein Virus, eine schleichende Krankheit, die alle infizierte, die damit in Berührung kamen. Greta spürte, wie ihre Augen brannten. Es waren die nicht geweinten Tränen, die hinter ihren Augäpfeln hockten und sie piesackten, ohne je hervorzukommen. Sie konnte sich nicht erinnern, um ihre Mutter geweint zu haben. Selbst in Zeiten, in denen die Verzweiflung sie wie eine riesige schwarzes Wolke eingehüllt hatte, waren keine Tränen geflossen. Sie blickte in Ginas rotgeweintes, verquollenes Gesicht und dachte, dass Adelina womöglich recht damit hatte, ständig zu betonen, wie seltsam sie doch sei.

Wie auf dieses Stichwort hin hörte Greta plötzlich Schritte auf dem Flur, und ein rascher Blick zu Gina sagte ihr, dass sie sich nicht täuschte. Einen Augenblick später stand Adelina auf der Türschwelle.

24

Sie trug ein knöchellanges rosafarbenes Nachthemd und darüber einen ausladenden Morgenmantel mit Rüschen. Ihre noch immer dunklen Haare, die sie tagsüber stets aufgesteckte, waren zu einem Zopf geflochten, der ihr lose über die Schulter hing.

»Mir war so, als hörte ich Stimmen«, begann Adelina und musterte Greta und Gina argwöhnisch. Als ihr Blick an der Kiste hängen blieb, die zwischen den beiden Schwestern stand, verengten sich ihre Augen zu zwei Schlitzen. »Was treibt ihr hier?«, fragte sie scharf.

»Wir sehen uns Papas Sachen an«, sagte Gina. »Wusstest du, dass er viele Bilder von Mama aufbewahrt hat?«

»Was fällt euch ein!«, fauchte Adelina wutentbrannt, an Greta gewandt, ohne Gina zu beachten. »Wie könnt ihr es wagen, in Ernestos Sachen herumzuwühlen, kaum dass er unter der Erde ist!«

Greta sprang auf die Füße und trat Adelina entgegen. »Es wird höchste Zeit, dass das mal einer macht«, sagte sie entschieden.

Adelina schnappte nach Luft, und ihr Gesicht färbte sich rot. »Das lasse ich nicht zu!«, rief sie. »Ihr beschmutzt das Andenken eures Vaters ...« Mit einer Geschwindigkeit, die Greta ihr gar nicht zugetraut hatte, huschte sie an ihr vorbei, bückte sich und griff nach der Kiste. Doch Gina hielt sie fest, als ginge es um ihr Leben. Einen Moment lang rangelten die beiden, dann entglitt ihnen die Kiste, und die Fotos ergossen sich auf den Fußboden.

»*Madre di Dio!*«, kreischte Adelina, völlig außer sich. »Seht nur, was ihr angerichtet habt!« Sie schwankte ein wenig, und Greta griff nach ihrem Arm. »Beruhige dich doch, Tante. Es sind nur Fotos. Nichts ist kaputt.« Adelina schüttelte ihre Hand ab. »Lass mich!« Schwer atmend bekreuzigte sie sich und musterte Greta mit einem merkwürdigen Blick. »Warum musst du immer …«, begann sie, doch sie kam nicht weiter, denn Gina war nun ebenfalls aufgestanden und unterbrach sie, indem sie ihr ein Foto vor die Nase hielt. »Schau doch, Tante, was wir gefunden haben. Verrätst du uns, wer dein hübscher Verehrer war?«

Die Wandlung in Adelinas Miene war erschreckend. Gerade noch rot vor Zorn, mit blitzenden Augen, verlor Adelinas Gesicht jäh jegliche Farbe, wurde grau und wirkte eingefallen. Sie riss Gina das Bild aus der Hand und schob es in die Tasche ihres Morgenmantels. »Das geht euch nichts an«, sagte sie leise, und ihre Stimme klang mit einem Mal brüchig wie altes Pergament. Greta sah, dass die Augen ihrer Tante feucht geworden waren. Brüsk drehte Adelina sich um und verließ das Zimmer ohne ein Wort. Man konnte ihre Hausschuhe noch den Flur entlangschlurfen hören, dann fiel die Tür ins Schloss, und es herrschte Stille.

Die Schwestern sahen sich an. »Was, bitte, war das?«, flüsterte Gina. »Sie hat mir regelrecht Angst gemacht.«

»Ich habe keine Ahnung. Adelina ist zurzeit noch gereizter als sonst.« Greta bückte sich und begann, die Fotos aufzusammeln. »Gut, dass du die Kiste festgehalten hast. Wenn Adelina sie zu fassen bekommen hätte, hätte sie vermutlich alle Fotos ins Feuer geworfen.«

Gina kniete sich hin und half ihr, die Bilder in die Kiste zu schichten. »Aber wieso? Was macht sie an ein paar Fotos so wütend?«

Greta blätterte ein paar Bilder auf, die sie gerade in den Händen hielt. Sie waren absolut harmlos, zeigten sie und ihre Schwestern beim Schwimmen. Ihre Mutter stand am Steg und lachte.

»Ich glaube, es geht nicht um die einzelnen Fotos. Es geht um die Erinnerung als solches. Vielleicht hat sie davor genauso viel Angst wie wir.«

»Ich habe keine Angst«, widersprach Gina sofort. »Du etwa?«

Greta musterte ihre Schwester nachdenklich. Nie hätte sie gedacht, dass sie mit ihr einmal ein Gespräch dieser Art führen würde. Sie hatte immer vermieden, über allzu Persönliches mit ihren Schwestern zu sprechen, vermutlich aus Furcht davor, an dem Schweigegebot ihres Vaters zu rühren. Doch ihr Vater war tot, und es gab nichts mehr, was geschützt werden musste.

»Mehr, als ich in Worte fassen kann«, sagte sie daher. »Ich habe Angst davor zu entdecken, dass ich schuld bin an dem, was passiert ist.«

Gina sah sie wortlos an, und Greta konnte an ihren Augen sehen, dass sich auch für sie ein neues Fenster öffnete. Sie waren jede in ihrem eigenen Brunnenschacht gefangen gewesen. Und das viel zu lange.

»Aber nach dem, was du von dem Detektiv erfahren hast, ist alles vielleicht ganz anders gewesen«, gab Gina schließlich zu bedenken.

Greta nickte. »Sieht so aus«, stimmte sie ihrer Schwester zu. »Aber ob wir jemals herausfinden, wie es wirklich war?«

»Wir müssen es in jedem Fall versuchen.« Gina stand auf und streckte sich gähnend. »Morgen.«

Greta wollte die Kiste gerade zurück in den Schreibtisch schieben, doch dann überlegte sie es sich anders und klemmte sie unter den Arm. »Nehmen wir sie besser zu mir nach oben. Ich traue Adelina zu, dass sie zurückkommt und sie sich holt.«

Sie gingen leise hinauf ins Dachgeschoss. Als Greta die Kiste in ihrem Kleiderschrank verstaut hatte und wieder gehen wollte, hielt Gina sie auf. »Würde es dir was ausmachen, heute Nacht hier bei mir zu schlafen?«, fragte sie ungewohnt schüchtern. »Mir war ziemlich unheimlich gestern Nacht. Stell dir vor, ich habe sogar geglaubt, Nonna Rosaria nebenan an ihrer Nähmaschine zu hören.« Gina lachte verlegen und rieb sich gleichzeitig die nackten Oberarme, so als ob sie fröstelte.

Greta warf ihr überrascht einen Blick zu, dann lächelte sie. »Wenn du Nonna Rosaria heute Nacht wieder hörst, dann weckst du mich, und wir gehen zu ihr hinüber.«

»Das Nähzimmer ist abgeschlossen.«

Greta nickte. »Ich weiß. Das war ich. Ich wollte nicht, dass du …« Sie zuckte mit den Schultern. »Egal. Der Schlüssel liegt oben auf dem Türrahmen.«

Gina sah etwas verwirrt aus, sagte aber nichts.

»Du kannst jederzeit auch allein rübergehen«, fügte Greta noch hinzu, während sie sich auszog und ein altes T-Shirt überstreifte. »Vielleicht will Nonna Rosaria dir etwas Wichtiges sagen.« Sie kroch unter die Bettdecke.

Gina lachte unsicher auf. »Du nimmst mich auf den Arm, oder?«

»Würde ich niemals tun«, erwiderte Greta ironisch. »Schließlich bist du meine große Schwester. Ich habe Respekt vor dir.«

Als sie beide im Dunkeln unter der Bettdecke lagen und dem jeweils ungewohnten Atem der anderen lauschten, fragte Greta: »Hast du Adelinas Blick gesehen?«

Ein Rascheln des Kopfkissens sagte ihr, dass Gina den Kopf schüttelte. »Sie war nicht wütend«, sprach Greta weiter. »Sie hatte Angst.«

»Angst? Aber wovor denn?«

»Wenn wir das wüssten, wüssten wir womöglich noch ein paar andere Dinge mehr.«

Greta war schon fast eingeschlafen, als Gina noch einmal das Wort ergriff. »Ich muss dir noch etwas sagen, auf das ich nicht besonders stolz bin.«

»Mmh.«

»Es geht um Matteo.«

Greta war schlagartig wach, und während sie Ginas stockend vorgebrachter Beichte lauschte, in der es um einen gestohlenen Brief, um Neid und Eifersucht und um viel grausames Gelächter ging, starrte sie mit weit aufgerissenen Augen in die Dunkelheit. Als Gina verstummt war, sagte sie leise: »Ich dachte, Matteo hätte dir den Brief gezeigt und ihr hättet euch gemeinsam über mich lustig gemacht.«

»Er hat ihn nie zu Gesicht bekommen.«

Greta schwieg. So viele Jahre waren seit dem Tag vergangen, an dem sie mit klopfendem Herzen zum Briefkasten gelaufen war und dann, Tag für Tag, auf eine Antwort, ein Zeichen gewartet hatte. Bis zu dem Tag, als sie ihre Schwester und deren Freundinnen belauscht hatte und am liebsten vor Scham im Erdboden versunken wäre.

»Meinst du, du kannst mir jemals verzeihen, was ich dir alles angetan habe?«, kam es mit erstickter Stimme von der anderen Seite des Bettes her.

Greta antwortete nicht, sie nickte nur und hoffte, Gina könne das Rascheln des Kopfkissens hören.

25

Tiziana betrachtet sich im Spiegel und lächelt. Ernesto Peluso hat sie verzaubert. Schon bei ihrem allerersten Treffen im letzten Sommer. Dieses Essen! Auf dem Steg, umgeben von Kerzen, nur sie beide und das leise Plätschern des Wassers um sie herum. Der spektakuläre Sonnenuntergang, seine Augen, dunkel und verheißungsvoll, umgeben von einem Kranz dichter Wimpern, die tiefe, leicht raue Stimme, diese Mischung aus Selbstbewusstsein und Unsicherheit – all das war einfach unwiderstehlich. Nach jenem Abendessen auf dem Steg, bei dem sie ohne jedes Zögern zugegeben hat, dass jedenfalls Ernesto Peluso unzweifelhaft ein Poet unter den Köchen ist, haben sie sich ständig getroffen. Den ganzen Sommer über. Ernesto hat sie immer wieder mit neuen Ideen überrascht. Er kletterte mit ihr über die Mauer in den Park der Villa, die an das Grundstück der Trattoria grenzte, suchte mit ihr im Unterholz die geheimnisvollen Pfauen, die sich angeblich nur Menschen zeigten, die in der Lage sind, andere glücklich zu machen, und die sie leider nie fanden. Sie veranstalteten Mitternachtspicknicks in einem verwunschenen Pavillon auf einem Felsen über dem Meer oder am Ufer eines kleinen Seerosenteichs, knatterten mit Ernestos Vespa rund um den See, aßen in Cortona zu Mittag, in dieser stolzen kleinen Stadt über dem Val di Chiana, am letzten, südöstlichsten Zipfel der Toskana, probierten in Montepulciano das angeblich beste Eis der Welt oder saßen in Panicale, dem schneckenförmig angelegten Dörfchen mit Blick über den See, an einer Bar an der Piazza und warteten darauf, dass sich die Sterne am Himmel zeigten.

Tiziana schließt die Augen und ruft sich diese Fahrt in Erinnerung, sie beide zusammen auf der kleinen himmelblauen Vespa, die mit den vielen Steigungen stets ein wenig überfordert war, sodass sie langsam fahren mussten. Eng an Ernesto geschmiegt ließ sie die Landschaft an sich vorüberziehen, die Pinien- und Eichenwälder, das verbrannte Gras, Weinberge und Olivenhaine und immer wieder am Horizont, wie der melancholisch-heitere Grundton eines Romans, der See, blau, flach und weit und in der Sonne glitzernd. Noch nie hat sie sich ihrer Heimat so nahe gefühlt wie auf dieser Fahrt, den Geruch nach Rosmarin und wildem Salbei in der Nase, den warmen, breiten, starken Rücken dieses jungen Mannes vor sich, der nur ihr zuliebe Faulkner las und ihr Geschichten von feinen Damen und noblen Herren erzählte, die früher auf die Insel gekommen waren, um sich in der Villa zu amüsieren und die Pasta seiner Großmutter zu essen. »Irgendwann wird die Villa Isabella wieder auferstehen«, hat er ihr mit leuchtenden Augen prophezeit, »und dann werden wir beide auf einem großen Ball tanzen, zu einer Musik, die so schön ist, dass sie uns weinen lässt. Wir werden auf der Terrasse tanzen, mit dem Blick über den ganzen See, und der Mond wird über uns leuchten ...«

Sein Heiratsantrag erfolgte dann auch in der Villa Isabella. Im Herbst, kurz bevor sie zurück nach Bologna an die Uni musste. Ernesto entführte sie, im wahrsten Sinne des Wortes, verband ihr die Augen, und sie stolperte blind und kichernd vor Aufregung hinter ihm her, bis er ihr schließlich die Augenbinde abnahm und sie sich in dem alten Tanzsaal der Villa wiederfand, erhellt von unzähligen Kerzen, die Flügeltüren weit geöffnet, mit Blick auf den See. Nachdem sie ja gesagt hatte, schnell und mit einem flirrenden, kribbelnden Gefühl im Bauch, tanzten sie tatsächlich auf der Terrasse, allerdings nicht zu Live-Musik, sondern zu einem Lied aus Ernestos Ghettoblaster, ihrem Lied: Il mio canto libero ...

Tiziana legt den Kopf schräg, steckt eine widerspenstige Locke zurecht, die sich trotz der Unmengen von Haarspray, die die Friseuse verwendet hat, schon wieder verselbstständigt hat, und singt leise:

*»In un mondo che
non ci vuole più
il mio canto libero sei tu ...«*

Den ganzen Tag singt sie diese Zeilen in ihrem Kopf, immer und immer wieder. Sie hält sich an diesem Lied fest wie an einer Beschwörungsformel, nur um den Tag zu überstehen. Diesen Tag, der angeblich der glücklichste ihres Lebens sein soll. Seit einiger Zeit schon beschleicht Tiziana der Verdacht, dass diese Behauptung, die sich irgendwie in das kollektive Gedächtnis eingegraben hat, von jemandem aufgestellt worden sein musste, der keine Ahnung von Hochzeiten hatte. Und noch weniger von Familie.

Tizianas Familie war entsetzt gewesen, als sie ihnen eröffnete, Ernesto Peluso, Koch der Trattoria Paradiso *auf der Isola Maggiore, heiraten zu wollen. Ihre Mutter bekam einen Asthmaanfall, und der Hausarzt musste geholt werden. Ähnlich erging es Ernesto. Auch seine Familie war wenig begeistert über die Ankündigung. Umberto Peluso, Ernestos Vater, drohte, seinen Sohn zu enterben, wenn er dieses »rauchende, mit billigem Schmuck behängte Flittchen aus der Stadt« in die Trattoria einheiraten ließ, und seine Mutter Rosaria verfiel in sorgenvolles Schweigen, was, laut Ernesto, tausendmal schlimmer war als Papa Umbertos Tobsuchtsanfälle. Sie hatten sich von ihrem Entschluss jedoch nicht abbringen lassen, und jetzt war es so weit. Der einsame, kalte, neblige Winter in Bologna war überstanden, der Ginster blühte, die Vögel sangen, und sie würden tatsächlich heiraten. In der Kapelle Michele Arcangelo oben auf dem Hügel, und ihre Eltern würden ebenso dabei sein wie Ernestos Eltern.*

Gleichgültig, wie sehr sie gegen diese Hochzeit gewettert hatten, sie hatten es alle vier nicht über sich gebracht, ihr fernzubleiben. Über die Gründe dieser Entscheidung machte sich Tiziana keine Illusionen. Sie lagen weniger in dem Bemühen begründet, das Brautpaar nicht zu brüskieren, als in der Angst, für Gerede zu sorgen. Bei dem Gedanken daran, was nach der Trauung beim gemeinsamen Essen – und Trinken – passieren würde, wenn ihre versnobten Eltern mit Ernesto Peluso und seiner Frau aneinandergerieten, bekam sie Bauchschmerzen. Sie warf einen Blick auf die Uhr an der Wand und stand auf. Es war fast Zeit. Gleich würde ihr Vater kommen – widerwillig, aber zu kultiviert, um es sich anmerken zu lassen –, um sie abzuholen und hinauf auf den Hügel zu begleiten. Ein weiteres »Unding«, wie ihre Mutter meinte, ebenso wie das Hochzeitsessen in »dieser« Trattoria. Baronessa Flavia Conti hatte selbst unter ihrem Stand geheiratet, aber immerhin einen wohlhabenden Geschäftsmann aus der alteingesessenen Perugianer Familie Volpetti, deren Stammbaum sich bis ins 16. Jahrhundert zurückführen ließ, und nicht einen gewöhnlichen Koch. »Nichts gegen gute Küche«, meinte sie einmal Tiziana gegenüber und setzte dabei diesen harten, blasierten Blick auf, den ihre Tochter so sehr hasste, »aber muss man den Mann deswegen gleich heiraten?« Und dass dieses Ereignis auch noch in einer winzigen Dorfkirche auf einer entlegenen Insel stattfinden sollte, sodass keinem Einzigen aus der Verwandtschaft entging, in welch armselige Verhältnisse die einzige Tochter der Familie Volpetti einheiratete, brachte das Fass für die Baronessa zum Überlaufen. Vermutlich hat sie sich von ihrem Arzt Beruhigungstabletten verschreiben lassen, denkt Tiziana, während sie den Schleier zurechtrückt, den sie von Rosaria Peluso, ihrer künftigen Schwiegermutter, bekommen hat. Er ist aus Seidentüll und hat eine Borte aus Klöppelspitze, so zart, wie Tiziana sie noch nie gesehen hat. Der Schleier sei auf der Insel geklöppelt worden, erklärte Rosaria. Anfang des zwanzigsten Jahrhunderts hatte Elena, die Tochter des Marchese Guglielmo, mithilfe einer irischen Lehrerin die Klöppelspitze auf der Insel populär gemacht und eine Klöppelschule eröffnet, um den Frauen der Insel zu einem eigenen Einkommen zu verhelfen. So waren die bitterarmen Familien nicht mehr allein auf den Fischfang der Männer angewiesen, und die Frauen erhielten ein gewisses Maß an Unabhängigkeit. Tiziana fand diese Geschichte faszinierend und nahm sich sofort vor, selbst Klöppeln zu lernen und diese alte Tradition wieder aufleben zu lassen. Sie liebte handwerkliches Arbeiten und war äußerst wissbegierig, wenn es darum ging, etwas Neues zu erfahren. Doch als sie Rosaria von ihren Plänen erzählte, sah diese sie nur abweisend an und meinte, dazu benötige es eine ruhige Hand und sehr viel Geduld. Die Art, wie sie es sagte, implizierte, dass Tiziana beides fehlte, und als sie ihren Kummer darüber Ernesto offenbarte, erklärte dieser, das sei eine Sache des Stolzes. Rosaria sei, wie sein Vater auch, auf der Insel geboren, und sie sähen es nicht gern, wenn Außenstehende sich anmaßten, sich mir nichts dir nichts Fertigkeiten der Inselbewohner zu eigen zu machen. Tiziana wurde wütend und argumentierte, die Tradition der Klöppelspitze stamme schließlich aus Irland, da könne doch jemand aus Perugia nicht als eine Gefahr für den Inselstolz betrachtet werden, doch Ernesto lachte nur und sagte, sie solle sich über diesen Blödsinn nicht den Kopf zerbrechen. »Wir gehen erst mal von hier weg, sehen und lernen neue Dinge, und wenn wir dann zurückkommen, kann uns keiner mehr etwas anhaben, denn dann haben wir die Welt gesehen.« Das war der Plan: Tiziana würde in Bologna zu Ende studieren, und Ernesto würde mit ihr kommen. »Gute Köche finden überall Arbeit«, meinte er dazu. Dann, nach dem Studium, wenn er genug Geld für sie beide gespart hatte, würden sie auf eine lange Reise gehen, nach Südamerika oder Indien oder Australien, und dann, wenn sie genug gesehen hatten, zurückkommen. Danach *wollte Ernesto die Trattoria übernehmen und all die Eindrücke, die er auf der ganzen Welt gesammelt hatte, in seine Gerichte einfließen lassen. »Wir werden die beste Küche in ganz Umbrien haben, cara«, schwärmte er, »dann kaufen wir ein eigenes großes, komfortables Boot und bringen die Gäste selbst auf die Insel und wieder zurück. Und irgendwann wird uns die Villa Isabella gehören, und wir ziehen dort ein. Oben wohnen wir, zusammen mit unseren vielen Kindern, und unten führen wir das schönste Restaurant von ganz Italien.«*

Tiziana glaubte ihm. Ernesto war mitreißend in seiner Begeisterung, und sie wusste, wenn er sich etwas in den Kopf gesetzt hatte, dann erreichte er es auch. Nachdem sie seinen Heiratsantrag angenommen hatte, erzählte er ihr, dass in dem Moment, in dem er sie zum ersten Mal angesprochen hat, sein Entschluss, sie zu heiraten, bereits feststand.

Tiziana nickt ihrem Spiegelbild zuversichtlich zu. Ihre Entscheidung war richtig gewesen. Gegen ihre Liebe kommen Engstirnigkeit und Standesdünkel niemals an. Sie würden gemeinsam glücklich werden. Ein zartes Klopfen, das mit Sicherheit nicht von ihrem Vater kommt, reißt sie aus ihren Überlegungen, und als sie übermütig »Herein« ruft, streckt Adelina ihren Kopf ins Zimmer. »Darf ich überhaupt noch stören, so kurz vor dem großen Moment?«

Tiziana nickt erfreut. »Natürlich. Du immer.« Nach ihrem zukünftigen Mann ist ihr Adelina die Liebste der Familie Peluso. Ernestos sanfte, liebenswerte ältere Schwester, die mit ihren siebenundzwanzig Jahren schon beginnt, ein klein wenig altjüngferlich zu wirken, hat sehr unter ihrem gefühllosen Vater zu leiden. Er macht sich oft über ihre angeblich fehlende Schönheit lustig, und Tiziana kann sehen, wie ihr das zu schaffen macht. Dabei findet sie Adelina gar nicht hässlich. Ihr schmales, blasses Gesicht mit den großen Augen und der markanten Nase hat etwas Ungewöhnliches, ist von einer gewissen Herbheit, aber keineswegs unattraktiv. Ein wenig zurechtgemacht, mit ein bisschen mehr Selbstbewusstsein und in einer anderen Umgebung, etwa in der Stadt, würde man sie vermutlich als apart bezeichnen. Tiziana hofft, Adelina für die Zeit nach ihrer Rückkehr als Verbündete gewinnen zu können, vielleicht sogar als eine Freundin, vor allem, seit sie weiß, wie nahe sich die Geschwister stehen. Vielleicht gelänge es ihr mit Adelinas Hilfe nach und nach auch, die strenge Rosaria davon zu überzeugen, dass sie nicht die leichtfertige, lebensuntaugliche junge Frau ist, die Ernestos Mutter in ihr sieht. Was allerdings Umberto anbelangt, so macht sie sich keinerlei Hoffnungen. Ernestos Vater ist ein Chauvinist, ein engstirniger, autoritärer Patriarch, an dem die neue Zeit, die Frauenbewegung und die Proteste der Achtundsechziger vollkommen vorübergegangen sind. Wenn er freundlich zu Frauen ist, dann auf eine derart gönnerhafte, herablassende Art, dass einem schlecht dabei werden kann. Lieber wird sie auch in Zukunft von ihm verachtet, als sich auf diese Weise behandeln zu lassen.

Adelina kommt ehrfürchtig näher. »Du siehst wunderschön aus«, haucht sie und lässt ihre schlanken Finger über den Schleier gleiten. »Wenn ich einmal heirate, möchte ich auch so aussehen.« Ein Schatten huscht über ihr Gesicht, als sie schnell hinzufügt: »Nicht, dass ich jemals so aussehen könnte ...«

»Du wirst mit Sicherheit wunderschön aussehen«, sagt Tiziana und fügt mit einem Augenzwinkern hinzu: »Gibt es denn schon einen Kandidaten?«

Prompt wird Adelina rot. »Nein«, stottert sie verlegen. »Also eigentlich nicht.«

»Eigentlich?«

Adelinas Röte vertieft sich. »Nun ja ... es gibt da schon jemanden ...« Sie sieht sich hastig um, als befürchte sie, ihr Vater könne jeden Moment wutentbrannt hinter dem Vorhang hervorspringen.

Tiziana setzt sich auf das Bett des Gästezimmers, das zu ihrem Ankleidezimmer umfunktioniert worden ist, und klopft mit der flachen Hand neben sich auf die Bettdecke. »Komm, erzähl!«

»Pass doch auf!«, *ruft Adelina erschrocken.* »Du zerdrückst ja dein Kleid!«

»Das wird es schon aushalten. Es ist ja schließlich kein Stehkleid.« *Tiziana lacht und zündet sich eine Zigarette an. Dann beugt sie sich zum Nachtkästchen hinüber, wo die noch fast volle Flasche Asti Spumante steht, die die Friseuse, die Cousine einer Freundin von ihr, mitgebracht hat, und gießt sich und Adelina ein Glas ein.*

»Vor der Trauung?«, *protestiert Adelina beunruhigt, als sie ihr das Glas reicht.* »Bringt das denn nicht Unglück?«

»Spumante bringt niemals Unglück«, *behauptet Tiziana, die Adelinas Vorliebe für Aberglaube und Horoskope und derlei Unsinn kennt, mit heiligem Ernst.* »Im Gegenteil, Spumante hält jedes Ungemach von uns fern.« *Sie hebt mahnend einen Finger.* »Zumindest solange man während des Trinkens über die Liebe redet.«

Adelina kichert und nippt an ihrem Glas. »Du nimmst mich auf den Arm.«

Tiziana lacht jetzt auch. »Ein bisschen. Aber nur, weil ich so neugierig bin. Jetzt erzähl schon. Ist er von der Insel? Wird er auch auf der Hochzeit sein?«

»Oh, nein!« *Adelina wedelt heftig mit der Hand. Allein der Gedanke daran scheint sie in Angst und Schrecken zu versetzen.* »Er heißt Theobaldo und ist nicht von hier, sondern kommt aus dem Norden. Aus Trient.«

»Und wo hast du ihn getroffen?«

»Hier, auf der Insel.« *Jetzt beginnen ihre Augen zu leuchten.* »Er hat unsere Straße vermessen. Gerade als ich die Straße entlangkomme, packt er seine seltsamen Gerätschaften aus, du weißt schon, so Kameras auf hohen Stelzen. Ich fand ihn sehr gut aussehend, er ist groß und blond, deshalb bin kurz stehen geblieben, etwas entfernt, in der Nähe vom Supermarkt, und habe ihm zugesehen. Das hat er bemerkt und hat mich angesprochen. Stell dir vor, einfach so. Er meinte, ich sei ihm aufgefallen, weil ... weil« – ihre Röte vertieft sich noch mehr – »ich so schöne Augen hätte.«

»Oh, wie romantisch!« Tiziana freut sich über Adelinas glückseligen Blick. »Dann ist dein Theobaldo also ein Vermessungsingenieur?«

»Nein, kein Ingenieur, er arbeitet als Techniker im Vermessungsamt in Perugia, und er ist unglaublich klug.« Wieder wirft Adelina einen scheuen Blick über die Schulter, dann holt sie aus der Tasche ihres veilchenblauen, festlichen Kleids ein Stofftaschentuch und schlägt es auseinander. Ein schmaler, schlichter Goldreif mit einem Amethysten liegt darin. »Ich trage ihn immer bei mir«, sagt sie verlegen.

»So weit seid ihr schon?«, wundert sich Tiziana. »Er schenkt dir einen Ring, obwohl noch niemand etwas von euch beiden weiß?«

»Es ist ... nur ein Freundschaftsring«, betont Adelina, doch ihre Miene sagt etwas anderes. »Wir kennen uns schließlich erst ein paar Monate.«

»Warum trägst du ihn nicht am Finger?«

»Es würde meinen Eltern sofort auffallen, wenn ich ihn trage, und sie würden wissen wollen, woher ich ihn habe. Ich glaube, Papa wird Theobaldo nicht mögen. Er mag keine Leute, die für die Behörden arbeiten. Bleistiftspitzer, die in ihrem Leben noch nie was gearbeitet haben und uns anständigen Leuten auf der Tasche liegen, sagt er immer. Und Leute aus dem Norden mag er auch nicht. Sie sind für ihn nur Polentafresser. Ein bleistiftspitzender Polentone wäre vermutlich der Gipfel, vor allem jetzt, nachdem ...« Sie unterbricht sich hastig und wirft Tiziana einen schuldbewussten Blick zu.

»Keine Sorge«, sagt Tiziana und hört selbst die leichte Bitterkeit in ihrer Stimme, »mir ist schon klar, dass ich nicht die Wunschkandidatin deiner Familie bin. Ernesto ist es bei meiner Familie auch nicht.«

Adelina nickt betrübt, wickelt den Ring wieder sorgfältig in das Tuch und steckt es zurück in ihre Tasche. »Seit Wochen nehme ich mir jeden Tag vor, mit Papa zu sprechen, aber dann wage ich es doch nicht. Und jetzt ist erst mal eure Hochzeit. Die will ich nicht verderben.«

Tiziana greift nach Adelinas Hand. »Aber danach sprichst du mit ihm. Versprochen?«

Adelina nickt und wirkt plötzlich entschlossen. »Versprochen.«

Dann klopft es erneut an die Tür, und allein am Klang hört Tiziana, dass es ihr Vater ist. Sie drückt ihre Zigarette aus und wedelt mit den Händen ein bisschen in der Luft herum, um den Rauch zu verteilen. »Ich komme!«, ruft sie in Richtung Tür und steht auf. Ein tiefer Atemzug, ein letzter Blick in den Spiegel, noch einmal die Liedzeile zu Hilfe geholt: »In un mondo che non ci vuole più il mio canto libero sei tu …« Dann rückt sie ihren Schleier zurecht, rafft ihren Rock und geht zur Tür.

»Jetzt ist dein Kleid doch zerdrückt«, sagt Adelina und sieht ihr traurig nach.

26

Greta hatte mit der Ape nach Passignano übergesetzt. Auf kurzen Strecken fuhr sie viel lieber mit ihr als mit dem Auto, es war luftiger und machte mehr Spaß, als in dem alten Fiat zu sitzen, dessen dunkle Sitze sich im Sommer so aufheizten, dass man das Gefühl hatte, wie ein Spiegelei gebraten zu werden. Jetzt, nachdem ihr Vater tot war, kam noch hinzu, dass das Auto sie schmerzhaft an ihn erinnerte. Gestern auf ihrer Fahrt nach Florenz war sie zu aufgeregt gewesen, um darüber nachzudenken, doch heute war das anders. Seine Ersatzbrille aus Horn lag noch im Seitenfach, neben der alten zerfledderten Straßenkarte und einem Päckchen Fisherman's Friends. Im CD-Fach befand sich noch seine Lieblings-CD von Lucio Battisti, und am Rückspiegel baumelten ein silberner Rosenkranz (ein Geschenk von Adelina) und ein kleiner selbst gehäkelter Bär, den Greta ihm einmal zum Geburtstag geschenkt hatte, vor mehr als zwanzig Jahren. Die orangefarbene Wolle war verblichen, und eines der aufgeklebten Augen fehlte, aber sonst sah er noch genauso aus wie damals, und Greta musste wieder daran denken, wie viel langlebiger die Dinge waren, die sie umgaben, im Vergleich zu ihrem armselig kurzen Leben. Als sie den Bären gehäkelt hatte, war sie zehn oder elf Jahre alt gewesen, und jetzt war sie dreiunddreißig und längst nicht mehr die Person von damals. Das magere kleine Mädchen, das versucht hatte, sich gegen das Verhängnis zu wehren, das zwei Jahre zuvor in ihre heile Welt eingebrochen war, indem es fortan jeglichen Dialog mit ebendieser Welt verweigerte, existierte nicht mehr.

Der Bär hingegen, den ihre schwitzigen Hände damals mühsam gehäkelt und mit Watte ausgestopft hatten, hing noch immer hier, obwohl der Mensch, für den das Geschenk bestimmt gewesen war, inzwischen in einer Marmorschublade lag und bereits begonnen hatte zu verfaulen, um dann, in nicht allzu langer Zeit, zu Staub zu zerfallen. Und es war gut möglich, dass dieser Bär auch noch existierte, wenn sie selbst nicht mehr da war, ebenso die Brille ihres Vaters und der Stadtplan. Etwa, wenn man die Sachen in einen Karton packte und auf den Speicher stellte, um sie dort zu vergessen, sodass sie irgendwann von Menschen gefunden werden würden, die das stumme zehnjährige Mädchen gar nicht gekannt hatten und auch nicht ihren lauten, temperamentvollen Vater, der, wie sich jetzt nach und nach herausstellte, innerlich noch viel schweigsamer als sie selbst gewesen war. Plötzlich schien ihr der Gedanke daran unerträglich, noch einmal mit dem Auto ihres Vaters zu fahren. Sie würde es verkaufen und sich ein neues kaufen. So bald wie möglich.

Greta war mit ihrer Ape am Bahnhof von Passignano angekommen und bog in die Straße dem Bahnhof gegenüber ein. Auf der Suche nach der Via Fiorita knatterte sie an Mehrfamilienhäusern und sonnendurchglühten Einfahrten vorbei, auf denen bereits jetzt am Vormittag der Asphalt zu flimmern begann. Die Via Fiorita stellte sich als eine von Pinien gesäumte, hufeisenförmige Straße heraus, die in einem weiten Bogen wieder zurück auf die Hauptstraße führte. Hier gab es neben Mietshäusern auch ein paar gepflegte Einfamilienhäuser mit Schaukeln im Garten und Spielzeug in den Einfahrten, und hinter einer Kirschlorbeerhecke blitzte sogar ein Swimmingpool auf. Greta runzelte die Stirn und fragte sich, ob sie hier richtig war. Sie konnte sich Domenico in dieser Umgebung, die so bieder und aufgeräumt wirkte, nicht richtig vorstellen und war sich gleichzeitig beschämt bewusst, wie unfair dieser Gedanke war. Was hatte sie erwartet? Nun, jedenfalls nicht eine Gegend wie diese, die so sehr nach Familie und heile Welt aussah. Domenico und heile Welt passten nicht zueinander. Er war vorbestraft und hatte im Gefängnis gesessen, doch das wussten nur sie und Adelina, und sie würde sich eher die Zunge abbeißen, als es jemandem zu verraten. Ihr Vater hatte ihr und Adelina davon erzählt, damals, als ihre Tante ihn mit Fragen gelöchert hatte, wer denn, um Himmels willen, dieser Mann sei, der aus dem Nichts aufgetaucht war und um Arbeit gebeten hatte. Als Adelina ihm daraufhin erregt vorwarf, er würde einen Verbrecher in ihr Haus bringen, der sie am Ende noch alle umbringen würde, war ihr Vater so zornig wie selten geworden. »Der Mann hat eine Dummheit gemacht und weiß Gott dafür gebüßt. Jeder Mensch hat eine zweite Chance verdient, und du wirst sie ihm nicht verbauen«, hatte er Adelina wutentbrannt angeschrien, und sie war, verschreckt angesichts der Heftigkeit ihres Bruders, verstummt. Danach hatte niemand mehr über die Sache gesprochen, wenngleich Adelina aus ihrer Ablehnung Domenico gegenüber weiterhin keinen Hehl machte und ihm auch jetzt, obwohl er schon seit fast acht Jahren bei ihnen war, noch immer mit Misstrauen begegnete. Greta hingegen hatte Domenico von Anfang an gemocht, und seine Vergangenheit hatte sie nicht interessiert. Er hatte nie etwas darüber erzählt, und sie hatte nie gefragt, da sie besser als jeder andere wusste, wie wichtig es war, einen privaten Raum in sich zu haben, zu dem niemand Zugang besaß. Ihre Beziehung zu Domenico, sofern man sie überhaupt so nennen mochte, war immer anderer Natur gewesen, Gespräche hatten darin keine große Rolle gespielt. Sie war bisher der Meinung gewesen, dies sei auch nicht notwendig, doch seit Domenico vorgestern gegangen war, war sie sich nicht mehr so sicher. Wie üblich in dieser Welt waren es Worte gewesen, die einen Keil zwischen sie getrieben hatten. Sie hatte etwas Falsches gesagt, oder er hatte es falsch verstanden, und es hatte nicht geholfen, dass sie sich ansonsten wortlos verstanden. Domenico hatte sich seither nicht mehr gemeldet und auch nicht angerufen, war nicht mehr gekommen. »Sag mir Bescheid, wenn du mich brauchst«, hatte er beim Abschied gesagt und es offenbar ernst gemeint. Deshalb war sie jetzt hier in der Via Fiorita. Um Domenico zu sagen, dass sie ihn brauchte. Sie parkte die Ape vor dem rosa gestrichenen Mehrfamilienhaus mit den bunt gestreiften Markisen und dem kleinen Garten, in dem Domenico offenbar wohnte. Als sie näher trat, kam ein Chihuahua aus dem Garten gesprungen und kläffte sie wütend an. Er trug ein mit Glitzersteinchen besetztes Geschirr und hatte riesige Knopfaugen. Greta blieb stehen, bis sie eine Frauenstimme »Benito, komm her!« rufen hörte, dann folgte sie dem kleinen Hund in den Garten. Dort kniete eine ältere Frau vor einem Blumenbeet und pflanzte gerade einen Rosenstock ein. Der Hund sprang um sie herum und kläffte weiter. Als Gretas Schatten auf sie fiel, drehte die Frau sich überrascht zu ihr um und stand dann schwerfällig auf. »Kann ich etwas für Sie tun?«

»Ich …« Die alte Stummheit befiel Greta völlig unerwartet. Wie nach der Beerdigung, als es ihr nur mit Mühe gelungen war, die Trauergäste zum Essen zu bitten. Sie öffnete noch einmal den Mund, doch es wollte kein Ton herauskommen. Die Frau runzelte die Stirn. »Haben Sie ein Problem, Signora?«

»Di Modugno«, stieß Greta schließlich mühsam hervor. »Wohnt er hier?«

»Die Modugnos? Aber sicher.« Die Frau nickte. »Sie wohnen oben im zweiten Stock.« Sie deutete zu einer offen stehenden Tür neben dem Rosenbeet, die offenbar ins Treppenhaus führte.

Greta bedankte sich mit einem Nicken bei der Frau, die sie

jetzt mit unverhohlener Neugier musterte, und betrat das Haus. Während sie nach oben ging, versuchte sie zu verarbeiten, was sie gerade gehört hatte. »Die Modugnos wohnen oben«, hatte die Frau gesagt. *Die Modugnos.* Mehrere also. Eine Familie würde natürlich viel besser in diese Gegend passen. Greta zögerte, versuchte, sich dagegen zu wappnen, dass sie gleich einer Familie di Modugno gegenüberstehen würde, und schalt sich gleichzeitig eine Idiotin. Ihr Verhältnis zu Domenico war so unverbindlich und vage gewesen, dass sie keinerlei Forderungen stellen konnte. Sie hatte es selbst so gewollt, hatte nie nach seinem Privatleben gefragt, hatte nichts weiter wissen wollen, also konnte sie jetzt auch nicht verletzt sein, wenn sich herausstellte, dass sie für ihn nur eine kleine, praktische Affäre neben seiner Ehe gewesen war. Jetzt stand sie, ein wenig erhitzt, vor der schweren dunkelbraunen Tür und las die Namen auf dem einfachen Messingschild, das über der Klingel an der Wand befestigt war. *Domenico & Emilia di Modugno.* Sie wollte den Stich nicht spüren. Sie versuchte, ihn bestmöglich zu ignorieren, so wie sie einen kurzen Anfall von Seitenstechen ignorierte, wenn sie wieder einmal zu schnell den Hügel hinaufgelaufen war, oder den Schmerz in den Fingerspitzen, wenn sie versehentlich einen heißen Topf in der Küche angefasst hatte. Jeder Schmerz verschwand irgendwann, wenn man ihn nicht beachtete. Das wusste sie aus Erfahrung. Gemessen an dem Schmerz, ihre Mutter und nun auch ihren Vater verloren zu haben und mit Schwestern gesegnet zu sein, die sie bestenfalls als lästig empfanden oder aber, wie sie nun wusste, sie die meiste Zeit ihres Lebens gehasst hatten, war eine *Emilia* auf einem Klingelschild geradezu lächerlich. Nicht mehr als das Drücken eines kleinen Steinchens in der Sandale. Man kippte den Schuh aus, und weg war das Ärgernis. Sie war nur hier, um Domenico zu sagen, dass sie ihn als Pizzabäcker brauchte. Greta schüttelte so heftig den Kopf, dass ihre Haare nach hinten flogen, und holte dann tief Luft. Dennoch konnte sie nicht verhindern, dass ihre Finger zitterten, als sie die Hand ausstreckte und auf den Klingelknopf drückte.

Lorena musterte ihren Sohn Tonino sorgenvoll. Es war später Vormittag, und sie saßen im *Caffè del Corso*. Er war heute Morgen unverhofft in der Kanzlei aufgetaucht und hatte sie um das Treffen gebeten, weil er etwas »zu besprechen« habe, wie er sich ausgedrückt hatte. Sie hatte nicht gezögert und sich im Sekretariat abgemeldet, ohne Gründe dafür anzugeben. Lange genug hatte sie die Interessen ihrer Familie hinter der Kanzlei zurückgestellt, während ihre Kollegen damit beschäftigt waren, ihr das Messer in den Rücken zu stoßen. Wenn ihr achtzehnjähriger, kiffender Sohn etwas »zu besprechen« hatte, dann war das Anlass genug, alles stehen und liegen zu lassen. Jetzt saß sie ihm gegenüber, und sie warteten darauf, dass der Barista – es war wieder der unverschämt gut aussehende, den sie inzwischen schon kannte – ihnen die Getränke brachte. Latte macchiato für sie, scheiß auf die Kalorien, hatte sie gedacht, und irgendein fair gehandeltes, supergesundes Modegetränk mit seltsamem Namen für Tonino. Er hatte sich noch bedeckt gehalten, worum es ging, hatte nur kryptisch gemeint, es gehe um »seine Zukunft«, was Lorena nur noch mehr in Alarmbereitschaft versetzt hatte. Jetzt brachte ihnen der Barista die Getränke, und Lorena hatte den Eindruck, dass er ihr auf eine besondere Weise zulächelte, während er das hohe, schlanke Kaffeeglas vor ihr abstellte. Etwas überrumpelt lächelte sie zurück, bevor sie sich wieder ihrem Sohn widmete. »Was ist los?«, fragte sie, während sie zwei Tütchen Zucker in ihren Milchkaffee kippte. Manchmal brauchte man einfach »leere« Kohlenhydrate, Kalorien hin oder her.

Tonino nippte an seinem goldfarbenen, schaumigen Getränk.

»Ich habe beschlossen, im Herbst nicht mit dem Studium anzufangen.«

»Was?« Lorena starrte ihren Sohn an. »Aber wieso? Was ist passiert?«

Tonino zuckte mit den Schultern, auf diese unschlüssige, passive Art, die Lorena jedes Mal wahnsinnig machte. »Nichts.«

»Du wolltest doch unbedingt Kommunikationsdesign studieren!« Lorena verstand überhaupt nichts mehr. In einem ungewohnten Anfall von Ehrgeiz hatte ihr Sohn tage- und nächtelang am Computer gesessen, um an irgendwelchen Details für die Aufnahmeprüfung herumzutüfteln, und schließlich entgegen allen Erwartungen bestanden.

»Ja, schon. Aber inzwischen hab ich kapiert, dass ich das gar nicht will. Den ganzen Tag vor dem Rechner zu sitzen und irgendwelche Bilder zu produzieren, um Leuten am Ende Dinge zu verkaufen, die sie eigentlich gar nicht brauchen. Das ist doch Kacke. Verstehst du?« Tonino beugte sich vor und sah seiner Mutter eindringlich in die Augen. Lorena bemerkte, dass sein spärlicher Dreitagebart inzwischen merklich an Dichte gewonnen hatte, und fragte sich, wann das passiert war. Über Nacht? Weil ihr Sohn offensichtlich ernsthaft eine Antwort erwartete, schüttelte sie den Kopf. »Nein. Ich verstehe kein Wort.«

»Diese Art von Arbeit ist nicht real! Ich will so was nicht machen. Ich will was mit meinen Händen tun. Etwas, das man am Ende sehen und anfassen kann.«

Lorena rührte ratlos in ihrer Latte. »Ich verstehe das nicht. Hast du eine neue Freundin? Hat die dir diesen Unsinn eingeredet?«

»Mama!« Tonino war laut geworden. »Hör mir doch mal zu! Niemand hat mir was eingeredet. Ich habe in den letzten Tagen viel an Opa gedacht und wie zufrieden er war mit dem, was er getan hat. Er hat Leute glücklich gemacht mit seiner Arbeit, verstehst du?«

»Blödsinn«, erwiderte Lorena scharf. »Dein Großvater war Koch, weil ihm damals nichts anderes übrig geblieben ist. Er hat einfach nichts anderes gelernt. Und glücklich hat er nur die Gäste gemacht, ja, für ein paar Stunden, seine Familie aber eher nicht.«

Tonino sah sie erschrocken an. »Wart ihr denn nicht glücklich? Du und deine Schwestern? Ich meine, okay, das mit eurer Mutter damals war krass, aber danach? Die Insel ist doch echt geil, und Opa war ein cooler Typ.«

»Mag sein, dass er ein guter Großvater war, aber das ist etwas anderes«, stimmte Lorena schmallippig zu, nicht bereit, sich auf diese Diskussion einzulassen. Ihr Sohn wollte nur ablenken. »Denk doch mal nach, Tonino. Du hast alle Möglichkeiten. Möglichkeiten, die viele nicht haben. Dein Vater und ich, wir verdienen genug, um dir dein Studium zu finanzieren, du könntest sogar ins Ausland gehen, wenn du willst, nach Großbritannien oder in die USA, du hast eine eigene Wohnung ...«

»Ich scheiß auf die Wohnung, Mama! Dauernd hängen meine Freunde und irgendwelche Leute bei mir rum, die ich gar nicht kenne, weil ich der Einzige aus der Clique bin, der allein wohnt. Die fressen mir den Kühlschrank leer und wollen ständig Party machen. Das ist schon okay, ab und zu, aber nicht die ganze Zeit. Wenn ich studiere, geht das so weiter. Den ganzen Tag vor dem Rechner oder in der Uni sitzen, abends abhängen, sich einen Joint reinziehen und feiern ...« Er warf ihr einen vorsichtigen Blick zu. »Also, das mit dem Joint war im übertragenen Sinn gemeint, so als Metapher.«

Lorena musste wider Willen lachen. »Metapher! Das ist gut. Glaubst du eigentlich, ich bin völlig von gestern?« Sie musterte ihren Sohn nachdenklich und fragte sich, wann sie etwas verpasst hatte. War es nicht bis vor Kurzem noch so gewesen, dass sie und Diego sich Sorgen gemacht hatten, weil ihr Ältester es immer übertrieb und vom Feiern und Blödsinnmachen nicht genug bekommen konnte? Wie erleichtert waren sie gewesen, als er ihnen eröffnete, sich für dieses Studium bewerben zu wollen, und dann auch tatsächlich angenommen wurde. Kommunikationsdesign. Auch wenn Lorena noch immer nicht genau begriffen hatte, was man dort lernte, klang es doch respektabel. Und kreativ war es auch, irgendwie. Im Gegensatz zu Diego hatte sie nie geglaubt, dass Tonino einmal Medizin oder Jura studieren würde, und auch eine Ausbildung bei der Bank war für ihren Querkopf keine Option, das sah sie ein. Umso ratloser war sie jetzt.

»Aber was willst du denn dann machen?«, fragte sie schließlich.

»Ich weiß es noch nicht«, erklärte Tonino. »Mal sehen. Fürs Erste möchte ich arbeiten und ein bisschen Kohle verdienen. Ich dachte, ich frag mal Greta, ob ich ihr und Tante Adelina den Sommer über in der Trattoria helfen kann. Jetzt, wo Opa nicht mehr da ist, können sie doch sicher Hilfe gebrauchen.«

Lorena sagte nichts. Sie schämte sich plötzlich vor ihrem Sohn. Wenn er erführe, dass sie darüber nachgedacht hatte, die Trattoria zu verkaufen, würde er sie für alle Ewigkeit hassen. *Du hast nicht nur darüber nachgedacht*, stellte eine boshafte Stimme in ihr richtig. *Du hast versucht, Greta vor vollendete Tatsachen zu stellen, hast sie damit überrumpelt wie einen deiner Gegner vor Gericht.*

»Maresciallo«, murmelte Lorena erschüttert. Das war nicht nur ihr Spitzname in der Kanzlei. Wie ein verdammter Feldwebel im Krieg hatte sie sich auch ihrer Schwester gegenüber benommen. Plötzlich begriff sie, was sie Greta angetan hatte.

»Was?«, fragte Tonino verwirrt.

»Ach, nichts.« Lorena winkte ab. Sie wollte gerade zum Thema zurückkehren und irgendetwas Konstruktives zu Toninos neuen, oder besser gesagt, nicht mehr vorhandenen Zukunftsplänen beitragen, als ihr Telefon klingelte. Ein Blick auf das Display sagte ihr, dass es die Kanzlei war, und mehr aus Gewohnheit denn aus Notwendigkeit ging sie ran. Es war Stefania, die Freundin ihres Kollegen Carlo, wie sie inzwischen wusste. »Ich weiß, du bist unterwegs, aber Carlo meinte, ich solle dir gleich Bescheid geben«, begann sie etwas nervös. »Renzo Lombardi hat angerufen …«

»Ja und, was will er?«, fragte Lorena ungeduldig. Renzo arbeitete am Vollstreckungsgericht, und sie hatte oft mit ihm zu tun. Die Dinge waren jedoch in der Regel nicht so dringend, dass sie nicht warten konnten. Als Stefania jedoch weitersprach, wurde Lorena klar, dass es dieses Mal anders war.

»Er wollte dir sagen, dass heute Morgen die Zwangsvollstreckung gegen die *Trattoria Paradiso* auf der Isola Maggiore eingeleitet wurde. Carlo meinte, das sei das Restaurant deiner Schwester und …«

»Zwangsvollstreckung?« Lorenas Mund wurde trocken. »Aber wieso denn?«

»Das hat er nicht gesagt. Er meinte nur, der Gerichtsvollzieher habe die Papiere abgeholt, um hinzufahren …«

»Wann?«

»Heute Morgen.«

Lorena würgte gerade noch ein mühsames »Danke, Stefania« heraus, dann unterbrach sie die Verbindung und nahm einen Zehneuroschein aus der Geldbörse. »Tut mir leid, Tonino, aber ich muss weg. Kannst du bitte bezahlen?«

»Was ist passiert?«, fragte Tonino verschreckt und sah plötzlich wieder wie dreizehn aus.

»Nichts …« Lorena wollte gerade abwinken, aber dann überlegte sie es sich anders. Schließlich war Tonino kein Kind mehr. »Man hat mir gerade gesagt, dass ein Gerichtsvollzieher auf dem Weg zur Trattoria ist.«

»Zu unserer Trattoria?«

Die Selbstverständlichkeit, wie Tonino *unsere Trattoria* sagte, versetzte Lorena einen weiteren Stich. Sie selbst hatte das nie so gesehen.

»Ja.« Ungeduldig winkte sie dem Barista.

»Und was bedeutet das?«, fragte Tonino weiter.

»Das bedeutet, dass sie wohl das Lokal pfänden wollen. Oder das ganze Haus ...«

»Warum? Und wer denn?«

»Herrgott noch mal, ich weiß es nicht. Darum fahre ich jetzt hin.« Lorena klemmte den Zehneuroschein zusammen mit der Rechnung unter ihr Glas und stand auf. »Wir reden ein andermal weiter, ja?«

Tonino sprang ebenfalls auf. »Ich fahre mit.«

»Nein. Das ist nichts für dich, Schatz. Ich erzähle dir später, wie es ausgegangen ist.«

»Auf gar keinen Fall. Ich fahre mit, Mama, da kannst du sagen, was du willst. Wenn du mich nicht mit dem Auto mitnimmst, fahre ich mit dem Zug oder trampe zur Fähre.«

Lorena seufzte. »Diesen Sturschädel hast du nicht von mir. Also gut, dann komm eben mit.«

Die Klingel hallte schrill und laut durch die Wohnung, und als Greta hörte, wie sich Schritte der Tür näherten, schnell und leichtfüßig und mit Sicherheit nicht die eines Mannes, war sie entschlossen, die Flucht anzutreten. Sie konnte Domenico auch einfach anrufen und ihn bitten, wieder zurückzukommen, dann würde alles so bleiben wie zuvor. Doch gerade als sie sich abwenden wollte, wurde die Tür aufgerissen. Vor ihr stand ein junges Mädchen, etwa fünfzehn Jahre alt, mit langen kastanienbraunen Haaren, die zu einem zerzausten Dutt aufgetürmt waren. Sie trug Flipflops, kurze Shorts und ein Top, und über ihrer Schulter hing eine

Badetasche. Als sie Greta sah, hielt sie überrascht in der Bewegung inne. Offenbar hatte sie jemand anderen erwartet.

»Ups«, sagte sie und sah Greta abwartend an.

Greta räusperte sich. »Ciao, ich bin Greta Peluso von der Trattoria …«, begann sie zögernd, doch die Miene des Mädchens hellte sich bei ihrem Namen auf. Sie drehte sich um und rief in den Flur: »Papa! Für dich.« Als im gleichen Moment von unten das Knattern eines Mofas und ein kurzes Hupen zu hören war, schenkte sie Greta ein flüchtiges Lächeln, ließ dabei ihre Zahnspange unbekümmert aufblitzen, drängte sich an ihr vorbei und rief, schon im Treppenhaus: »Ich bin dann weg.« Greta sah ihr nach, wie sie mit ihren langen Fohlenbeinen die Treppe hinuntersprang, und trat dann über die Schwelle in den Flur.

»Hallo?«, rief sie vorsichtshalber noch mal, bevor sie weiterging, doch es kam keine Antwort. Der Flur war eng und schmal, an einer Hakenleiste aus Holz hingen zahllose Jacken durcheinander, Schuhe lagen herum, Männerstiefel, Sandalen und Sneakers mit Glitzerapplikationen. An der gegenüberliegenden Wand stand ein bis zur Decke vollgestopftes Bücherregal. Dort, wo an der tomatenrot gestrichenen Wand noch Platz war, hing eine Wäscheleine mit bunten Postkarten und Fotos. Es roch nach frischem Kaffee, einem süßlichen Duschgel und ganz schwach nach Zigarettenrauch. Die Tür zum Bad stand offen. Handtücher lagen auf dem Boden, und auf dem Bord vor dem Spiegel reihten sich allerlei Schminkutensilien aneinander.

Dann hörte sie Schritte und Domenicos Stimme: »Was, zum Teufel …« Er trat aus einem Zimmer am Ende des Flurs und blieb abrupt stehen. »Greta?« Er blinzelte überrascht. Greta blieb ebenfalls stehen. Ihr Besuch war ihr plötzlich peinlich. Domenico war barfuß, trug nur kurze Shorts und ein altes T-Shirt und war offenbar gerade beim Frühstücken gewesen. In der Hand hielt er ein angebissenes Cornetto.

»Entschuldige!«, sagten beide gleichzeitig, dann verstummten sie abrupt und sahen sich an.

»Ich ... wollte, ich hätte anrufen ... ich ... komme später wieder«, stotterte Greta und wandte sich zum Gehen.

»Blödsinn, warte!« Mit zwei Schritten war Domenico bei ihr. »Es sind Ferien, und da ich nicht arbeite, schlafen wir länger, aber das ist kein Problem«, sagte er. »Magst du einen Kaffee?«

»Ich will euch nicht beim Frühstück stören«, sagte Greta und stellte sich vor, wie die unbekannte Emilia am Küchentisch saß, im dünnen Nachthemd mit Spaghettiträgern, eine Tasse Kaffee in der Hand, und sie beim Eintreten ungehalten musterte.

»Du störst uns nicht. Ich war nur überrascht, dich hier zu sehen. Außerdem ist Emilia ohnehin gerade weg, wenn ich das richtig mitbekommen habe. Also bin nur ich da.« Er sah sie forschend an. »Ist etwas passiert?«

»Wieso?«

»Na, weil du hierhergekommen bist.«

»Ja. Nein. Ich meine ... es ist eine ganze Menge passiert, aber deswegen bin ich nicht hier.« Sie versuchte, sich zu konzentrieren und ihre Nervosität abzuschütteln.

»Und weswegen dann?«

»Weil ich dich brauche«, platzte es aus ihr heraus, und als ihr klar wurde, wie missverständlich das klang, verbesserte sie sich sofort. »Also, der Pizzaofen braucht dich, nein, ich brauche dich für die Pizzas, Adelina wird immer ganz nervös, wenn es keine Pizzas gibt ...« Sie verstummte erschöpft. Was redete sie da nur für einen Blödsinn.

Domenico lächelte. »Ich glaube, Greta, was du brauchst, ist jetzt erst mal ein Kaffee.«

Sie folgte ihm in die kleine Küche, ohne zu widersprechen. Hier herrschte die gleiche liebenswert-chaotische Unordnung wie im Flur und im Bad. Die Küche war zitronengelb gestrichen und die Bodenfliesen schwarz-weiß gewürfelt. An den Wänden hing ein gerahmtes Poster von Jimi Hendrix, mehrere Kinderfotos, die das Mädchen von eben in verschiedenen Altersstufen zeigten, und mehrere Plattencover von David Bowie. Es gab einen Holztisch, mintgrün lackiert und mit Gebäckkrümeln übersät, und ein paar Ikea-Stühle. Keine Emilia im Spaghettiträgernachthemd saß darauf, die Küche war leer. Auf dem Tisch befanden sich neben einem riesigen Nutellaglas nur zwei Teller und zwei Tassen, wie Greta, ohne es zu wollen, sofort registrierte. Während sie sich setzte und Domenico dabei zusah, wie er ihr am Herd einen Kaffee machte, wurde ihr endlich auch klar, was er soeben gesagt hatte: *Emilia ist gerade weg. Ich bin allein.*

»Emilia ist deine Tochter?«, fragte sie.

Er nickte.

»Ich wusste gar nicht, dass du …«

»Sie ist fünfzehn. Wird bald sechzehn. Anstrengendes Alter. Milch?«

»Nein, danke. Und ihre Mutter?«

»Zucker?«

»Ja.«

Er kam mit der Mokkakanne und einer frischen Tasse an den Tisch zurück, schob ihr die Zuckerdose hin und setzte sich.

»Ihre Mutter ist tot,« sagte er knapp, und der Tonfall machte klar, dass er nicht darüber reden wollte.

»Oh. Das tut mir leid.« Hastig griff sie nach ihrer Tasse, gab einen großen Löffel Zucker hinein und rührte um, den Blick gesenkt. Eine ganze Weile sprach keiner von ihnen.

Schließlich hob sie den Kopf und sah ihn an. »Ich wollte mich entschuldigen, Domenico. Es tut mir leid, dass ich das mit den Familienangelegenheiten gesagt habe. Das war nicht richtig.«

Er zuckte mit den Schultern und zündete sich eine Zigarette an. »Du hattest doch recht. Ich bin ja nur der Pizzabäcker. Eure Probleme gehen mich nichts an.«

»Doch! Dieses schon. Meine beiden Schwestern haben vor, die Trattoria zu verkaufen.«

Domenico sah sie schockiert an: »Was? Das können sie doch nicht machen.«

Greta seufzte traurig. »Da kennst du Lorena schlecht. Gina meinte zwar, das sei vom Tisch, aber ich traue dem Frieden nicht. Außerdem ...« Sie spürte, wie sich in ihrer Kehle ein Kloß bildete, als sie an ihre gestrige Fahrt nach Florenz dachte. Ihr Kinn begann zu zittern, und sie schaute zum Fenster hinaus, um Domenico nicht ansehen zu müssen. »... könnte es sein, dass Mama gar nicht tot ist ...« Sie konnte nicht weitersprechen. Der Kloß in ihrem Hals war zu groß geworden. Plötzlich stiegen ihr Tränen in die Augen. Greta konnte sich nicht erinnern, wann sie das letzte Mal geweint hatte, doch jetzt, hier an Domenicos vollgekrümeltem Küchentisch, konnte sie sich nicht mehr beherrschen. All die ungeweinten Tränen, die sich in ihr über die Jahre gesammelt hatten, die ihr hinter den Augen gebrannt und aufs Herz gedrückt hatten, ohne dass sie gewusst hatte, was es war, begannen mit einem Mal zu fließen. Sie schluchzte zitternd auf wie ein Kind und konnte sich nicht mehr beruhigen. Ganz entfernt nahm sie wahr, dass Domenico aufstand und um den Tisch herumkam, dann schlossen sich seine Arme um sie, und er hielt sie fest, strich ihr über das Haar, während sie weiter und weiter schluchzte. Irgendwann, nach einer Ewigkeit, wie es ihr schien, war es vorbei. Keine einzige Träne war mehr übrig, sie war vollkommen leergeweint und fühlte sich so erschöpft, als sei sie stundenlang gelaufen. Abrupt machte sie sich von Domenico los und stand auf. »Entschuldige«, murmelte sie und suchte in ihrer Handtasche vergeblich nach einem Taschentuch. Er ging zur Küchenzeile und reichte ihr schweigend eine Rolle Haushaltstücher.

»Danke.« Sie schnäuzte und wischte sich dann über das vor Scham brennende Gesicht. »Entschuldige«, sagte sie noch einmal, dann hastete sie wortlos zur Tür. Im Flur begann sie zu laufen, hinaus, die Treppe hinunter, als seien die Furien hinter ihr her.

27

Auf der Fähre zurück zur Insel fiel Greta, die von ihrem unbegreiflichen Kontrollverlust gerade eben noch wie betäubt war, ein Mann auf, der irgendwie seltsam unpassend auf dem überwiegend von Touristen bevölkertem Boot wirkte. Er war etwa Anfang fünfzig, klein und schmächtig und trug trotz der Hitze ein aschgraues Popelineblouson über seinem weißen Hemd, dazu eine korrekte Krawatte und eine steife dunkle Stoffhose. Sein Gesicht war blass, die spärlichen Haare ordentlich gescheitelt. Hinter einem silberfarbenen Kassenbrillengestell huschten kleine kurzsichtige Augen zwischen den Passagieren hin und her. Greta fragte sich, wer der Mann war. Definitiv kein Tourist. Er wirkte aber auch nicht wie einer, der jemandem von der Insel einen Freundschaftsbesuch abstatten wollte. Eher war er in offizieller Funktion unterwegs, was die schmale schwarze Aktentasche, die er unter dem Arm klemmen hatte, zu bestätigen schien. Greta fiel der Mann vom Einwohnermeldeamt ein, den Tano vor einigen Jahren mit der Mistgabel von seinem Grundstück gejagt hatte, und sie hoffte, dass dieser Besucher nicht zu Tano musste. Er wirkte zwar nicht sonderlich sympathisch, aber eine Begegnung mit einem wütenden Tano samt seinen zotteligen Hunden wünschte Greta niemandem, auch nicht diesem etwas vertrocknet aussehenden Männlein. Er wäre für Tanos Hunde nicht mehr als eine Vorspeise. Bei der Ankunft musste Greta in ihrer Ape warten, bis alle Passagiere ausgestiegen waren. Als sie schließlich auf den Anleger fuhr, sah sie den Mann noch einmal. Er bog gerade nach rechts in die Via Guglielmi ein, so wie sie auch. Was auch immer den Mann hierhergeführt haben mochte, König Tano jedenfalls war nicht das Ziel, denn er hauste auf der anderen Seite, links die Straße hinunter. Don Pittigrillo kam ihr entgegen, während sie die Straße entlangknatterte. Offenbar war er in der Kapelle auf dem Hügel gewesen. Seinen freundlichen Gruß erwiderte sie mit einem kühlen Nicken. Sie war immer noch verärgert über sein Verhalten. Ihm musste doch aufgefallen sein, dass die Nixe aus der Glasschale in seinem Arbeitszimmer verschwunden war, nachdem sie so überstürzt die Flucht ergriffen hatte. Er hätte also zu ihr kommen und mit ihr sprechen müssen, jetzt, wo er wusste, dass sie ihn bei einer Lüge ertappt hatte. Aber er hatte es nicht einmal versucht. Oder hatte er das Fehlen der kleinen Skulptur etwa gar nicht bemerkt? Greta bog in die kleine Seitengasse neben der Trattoria ein und parkte die Ape an der Gartenmauer. Sie schaltete die Zündung aus, konnte sich jedoch nicht überwinden auszusteigen. So durfte es nicht weitergehen. Die Insel war klein, und sie und Don Pittigrillo begegneten sich ständig. Auch wenn sie es ungern zugab, seine Besuche in der Trattoria und ihre gemeinsamen Gespräche fehlten ihr. Wenn sie also Klarheit zwischen ihnen wollte, musste sie den Priester zur Rede stellen. Dabei war die Bedeutung dieser kleinen Nixe nicht einmal das größte Rätsel, das sie zu lösen hatte. Viel wichtiger war die Frage, ob die Zweifel ihres Vaters am Tod ihrer Mutter tatsächlich begründet gewesen oder nur seinem Schmerz über ihren Verlust entsprungen waren. Womöglich hatte der Priester auch darauf eine Antwort. Immerhin war er der beste Freund ihres Vaters gewesen. Hatte ihre Mutter tatsächlich einen Liebhaber gehabt, mit dem sie sich getroffen hatte, wenn sie in der Nacht mit dem Boot auf den See hinausgefahren war? Greta konnte sich das nicht vorstellen, doch was wusste sie schon vom Leben ihrer Mutter? Das Bild, das sie von ihr hatte, war noch immer das einer

Achtjährigen. Sie hatte nie Gelegenheit gehabt, eine andere Seite von Tiziana Peluso kennenzulernen, hatte sich nie als Jugendliche, als Erwachsene mit ihr austauschen, sich nie mit ihr streiten, ihr nie irgendwelche Fragen stellen können. Nicht ihrer Mutter und ebenso wenig ihrem Vater. Weil dieser es nicht zugelassen hatte. In einem plötzlichen Anfall von Zorn hieb sie mit der Faust auf das Lenkrad der Ape. »Verflucht noch mal, Papa! Warum hast du nie mit uns geredet? Warum hast du uns keine Chance gegeben, es zu verstehen?«, schrie sie, und dann, nach einem weiteren wütenden Faustschlag: »Du elender Feigling, wie konntest du dich einfach so aus dem Staub machen und uns mit diesen Fragen alleinlassen?«

Ihr Vater blieb erwartungsgemäß stumm. Außer einem leichten Knacken, das die Ape von sich gab, weil der Auspuff abkühlte, herrschte Stille in der schmalen, schattigen Gasse zwischen der Trattoria und dem Haus der Capellutos. Eine Eidechse huschte über das Mäuerchen, das ihren Garten von der Gasse abgrenzte, hielt kurz inne und verschwand dann in einer Mauerritze. Greta gab sich einen Ruck und stieg aus. Nicht nur ihr Vater hatte sie alleingelassen, auch Nonna Rosaria war verstummt. Es schien überhaupt keine Antworten mehr zu geben, nirgends. Dafür Fragen über Fragen.

Als sie aus dem Schatten der Gasse in die sonnendurchglühte Via Guglielmi bog, blieb sie überrascht stehen. Vor der Trattoria stand der farblose Mann von der Fähre und sprach mit ihrer Tante, deren ohnehin blasse Gesichtsfarbe sich auf erschreckende Weise dem Aschgrau seines Blousons angeglichen hatte.

Beunruhigt ging Greta auf die beiden zu. »Guten Tag«, begann sie, doch sie kam nicht dazu weiterzusprechen, denn im gleichen Moment hatte Adelina sie bemerkt.

»Greta!« Sie machte einen Schritt auf sie zu, wie um sie von dem Mann fernzuhalten, und packte sie am Arm. »Gut, dass du da bist.« Ihre Stimme klang so, wie ihr Gesicht aussah. Beides hatte jegliche Farbe verloren.

»Was ist los?«, fragte Greta, während eine unbestimmte Angst in ihr hochkroch.

Adelina blickte sich um, vergewisserte sich, dass keine Nachbarn in Hörweite waren, dann zupfte sie Greta am Ärmel, damit sie sich zu ihr vorbeugte, und hauchte ihr mit zitternder Stimme ins Ohr: »Das ist ein Gerichtsvollzieher.«

Mit einem schlaffen Händedruck stellte sich der kleine Mann als Signor Rossi vor, zog ein Dokument aus seiner schwarzen Aktentasche und bat, »die Angelegenheit drinnen besprechen zu dürfen«. Greta ging voraus, gefolgt von Adelina, die sich wie ein aufgeschrecktes Küken so eng an sie hielt, als erhoffe sie, unter Gretas Fittiche genommen zu werden, was angesichts ihrer Leibesfülle zum Lachen gereizt hätte, vorausgesetzt, irgendetwas an dieser Situation wäre lustig gewesen. Als sie die Trattoria betreten hatten, schloss Greta die Tür. »Und? worum geht es?«, fragte sie.

Signor Rossi räusperte sich und hob das Dokument hoch, das er in der Hand hielt. »Ich habe eine Vollstreckung gegen die Erben von Signor Ernesto Peluso durchzuführen. Nachdem die fällig gestellte Forderung nicht fristgemäß beglichen wurde, wurde von der Gläubigerin die sofortige Zwangsversteigerung des Hauses samt Trattoria beantragt …«

Die Worte des Gerichtsvollziehers rauschten an Greta vorbei wie ein Zug, der durch einen Bahnhof fährt, ohne anzuhalten. Man spürt den Wind, den er hinterlässt, hat jedoch kein Empfinden für das, was ihn ausgelöst hat. Sie hörte Adelina entsetzt aufstöhnen, sah, wie sie sich die Hände auf den Mund presste. Sie selbst konnte nicht reagieren. Sie stand nur da, ihr Blick wanderte an dem kleinen grauen Mann vorbei hinter die Theke ihres Restaurants. Sie betrachtete die Flaschen, aufgereiht an der verspiegelten Rückwand, die verchromte Kaffeemaschine und daneben den verwaisten, kalten Pizzaofen und den Durchgang zur Küche. Sie dachte an den Abend nach der Beerdigung ihres Vaters, wo sie all seine Rezepte nachgekocht hatte, und hatte das Gefühl, dass das der letzte Moment war, an dem sie noch sie selbst gewesen war. Seitdem prasselten unentwegt Katastrophen auf sie ein, klatschten ihr ins Gesicht wie abgeschossene Vögel auf einer Jagd, hart, blutig, tot. Sie konnte sich nicht wehren, spürte keinerlei Kraft in sich. Nur eine dumpfe, alles verschlingende Leere.

»Signora Peluso!«

Sie schrak zusammen, kehrte zu Signor Rossi zurück, spürte seine Augen auf sich gerichtet, sah nichts, keine Regung in seiner amtlich trockenen Miene. »Wie hoch?«, fragte sie, und ihre Stimme klang wie das Krächzen eines halbtoten Vogels.

»Wie bitte?«

Sie strengte sich an. »Wie hoch ist die Forderung?«

Signor Rossi senkte den Kopf auf das Blatt Papier, das vollgepflastert mit bunten Gerichtsmarken war. »Mit Verfahrens- und Vollstreckungskosten einundvierzigtausend Euro und achtundsechzig Cent.«

Greta schüttelte den Kopf. »Das kann nicht sein«, sagte sie entschieden. »Mein Vater hätte nie das Haus beliehen. Das Haus ist schuldenfrei. Schon seit vielen Jahren. Die Küche wurde einmal renoviert, vor über zehn Jahren, aber das Darlehen ist längst zurückbezahlt ...«

»Davon weiß ich nichts. Hier geht es um ein durch eine Grundschuld gesichertes Darlehen in Höhe von fünfzigtausend Euro. Aufgenommen vor ...« Der Gerichtsvollzieher hob seine Brille und blinzelte angestrengt, während er umblätterte. »Vor eineinhalb Jahren.«

Greta sah Adelina an. »Weißt du etwas davon?«

Adelina, deren Lippen eine leicht bläuliche Färbung angenommen hatten, schüttelte stumm den Kopf. Sie schien nicht einmal mehr die Kraft zu haben, sich zu bekreuzigen.

»Setz dich, Tante«, sagte Greta besorgt und schob ihr einen Stuhl hin, auf den Adelina sank, als sei es ihre letzte Ruhestätte. Greta dagegen spürte ihr Herz aufgeregt hämmern.

»Und jetzt?«, fragte sie leise.

»Sie haben noch vier Wochen Zeit, die Forderung zu begleichen, dann wird das Gebäude öffentlich versteigert.«

Er musterte sie kurz, dann sagte er sachlich: »Es kommt häufiger vor, als man meint, dass die Angehörigen nichts von Schulden und dergleichen wissen.«

»Soll mich das jetzt trösten?«, fragte Greta bitter.

»Es steht mir nicht zu, Sie zu trösten, Signora.« Er kritzelte etwas auf ein Formular und reichte es ihr. »Sie müssen nur den Empfang dieses Bescheids quittieren.«

»Und wenn ich das nicht tue?«

»Dann notiere ich: *Übergabe durch Hinterlegung*«, erwiderte der Gerichtsvollzieher ungerührt.

Greta riss ihm das Blatt aus der Hand und unterschrieb. Signor Rossi reichte ihr den Bescheid, schob die Empfangsbestätigung in seine schwarze Aktentasche und schloss die Schnalle.

»Vielleicht findet sich ja noch eine Lösung, meine Damen«, sagte er, und Greta meinte, in seiner Miene einen Anflug von Kümmernis wahrzunehmen. Nicht unbedingt Mitleid, aber eine Traurigkeit, die sich allgemein auf die Art seiner Arbeit beziehen mochte.

»Scheren Sie sich zum Teufel!«, ließ sich jetzt Adelina schrill vernehmen. »Hauen Sie ab aus unserem Haus, Sie dreimal verfluchter Aasgeier, Sie ...«

»Es ist gut, Adelina«, sagte Greta leise und strich ihr über die Schulter, während Signor Rossi kommentarlos den Rückzug antrat. Greta sah ihm nach, wie er die Tür lautlos hinter sich zuzog, dann war er weg, ein kleiner Mann im aschgrauen Blouson, der Bote, der eigentlich hätte geköpft werden sollen.

Greta konnte sich später nicht mehr erinnern, wie lange sie dort gestanden hatte, die Hand auf Adelinas Schulter. Ihre Tante hatte leise zu weinen begonnen, und Greta meinte, etwas von der »Strafe Gottes« zwischen ihren Schluchzern herauszuhören. Dann, plötzlich, verdunkelte ein Schatten die Glasscheibe der Trattoria, die Tür wurde aufgerissen, und Lorena trat in den Raum, das Kinn vorgereckt, forsch wie eine Gladiatorin. Hinter ihr, ein wenig eingeschüchtert, folgte Tonino. Lorenas Blick wanderte von Greta zu Adelina und blieb an dem Schreiben hängen, das Greta noch immer in der Hand hielt. Sie sackte in sich zusammen, wie wenn man bei einem Luftballon die Luft herauslässt. »Er war schon da?«, fragte sie erschrocken.

»Du wusstest davon?« Greta war fassungslos.

»Jemand vom Gericht hat mich heute Vormittag angerufen und vorgewarnt.«

»Und dir ist nicht in den Sinn gekommen, uns Bescheid zu geben?«

»Wir sind gekommen, so schnell es ging. Ich dachte, es wäre noch Zeit ...«

»Zeit wofür? Mir zu erklären, was das zu bedeuten hat? Und welche verfluchte Rolle du dabei spielst?« Greta zitterte vor Empörung.

»Ich habe nichts damit zu tun. Ich weiß nichts, Greta! Das musst du mir glauben.«

»Ich muss gar nichts.« Greta setzte sich neben ihrer Tante auf den Stuhl und warf den Bescheid auf den Tisch. Dann vergrub sie das Gesicht in den Händen.

Lorena trat zu ihr und griff nach dem Papier. »Was ist überhaupt los, hier ist es so ruhig? Habt ihr nicht geöffnet?«, fragte sie, während sie das Schreiben überflog. Sie sah auf die Uhr. »Es ist halb eins. Habt ihr den Ruhetag geändert?«

»Fahr zur Hölle, Lorena«, flüsterte Greta kraftlos und ließ die Hände sinken. »Und nimm den Wisch da gleich mit.«

»Papa hat das Haus beliehen?«, ließ sich jetzt Lorena ungläubig vernehmen. »Wozu?«

»Ich weiß es nicht.«

»Steht davon denn nichts in seinen Unterlagen? Er muss doch Mahnungen bekommen haben ...«

»Ich habe seine Unterlagen noch nicht durchgesehen.«

Der Blick, der Lorena ihr zuwarf, sprach Bände. Natürlich hätte ihre große, perfekte Schwester längst alle Schreiben und Dokumente ihres Vaters gesichtet, gelocht und abgeheftet. Sie selbst hatte bisher nichts dergleichen getan. Anstatt nach Unterlagen oder einem Testament zu suchen, wie sie eigentlich vorgehabt hatte, hatte sie sich in einer Kiste mit alten Fotos verloren und dabei, ganz nebenbei, die Büchse der Pandora geöffnet.

»Wo ist eigentlich Gina?« Lorena wechselte jäh das Thema und faltete den Vollstreckungsbescheid in der Mitte zusammen.

Greta zuckte mit den Schultern. Ihre andere Schwester hatte sie in der Aufregung glatt vergessen. Sie hatten sich heute Morgen beim Frühstück gesehen und sich zum Mittagessen verabredet, um zu besprechen, wie sie weiter vorgehen wollten, um etwas über die Geschichte ihrer Mutter und deren angeblichen Liebhaber herauszufinden.

»Sie wollte vor dem Mittagessen in die Bucht zum Schwimmen gehen«, meldete sich jetzt Adelina zu Wort und warf einen Blick auf die kitschige Keramikuhr an der Wand, auf der in grellbunten Farben die Burg von Castiglione abgebildet war. Als Greta dem Blick ihrer Tante folgte, fiel ihr zum ersten Mal auf, wie hässlich diese Uhr war. Adelina sprang auf. »Schon so spät! Zeit zum Mittagessen.«

»Ich habe keinen Hunger«, sagte Greta, und auch Lorena winkte ab. Adelina warf Lorena einen kühlen Blick zu. »An dich hatte ich eigentlich auch nicht gedacht. Aber dein Sohn wird vielleicht etwas essen wollen, nicht wahr, Tonino?« Sie lächelte dem schmalen Jungen mit den verfilzten Rastalocken, der bisher noch kein Wort gesagt hatte, zu. »Junge Männer haben doch immer Hunger.« Tonino erwiderte ihr Lächeln. »Stimmt, Tante. Ich könnte schon was vertragen.«

Adelina nickte. »Ich auch. Auf den Schock hin.« Sie griff sich kurz an die Brust und watschelte dann in Richtung Küche. »Ich werde uns ein paar Nudeln machen.«

»Kann ich dir helfen?«, fragte Tonino und lief hinter ihr her.

»Kannst es wohl nicht erwarten, eh?« Adelina kniff ihn spielerisch in die Wange. »Natürlich kannst du das. Worauf hast du denn Appetit? Sollen wir eine schnelle Amatriciana machen? Oder lieber Aglio e Olio … wir haben auch noch Bistecca …« Mit diesen Worten verschwanden die beiden in der Küche. Greta sah ihnen verblüfft nach. So liebenswürdig war Adelina, soweit sie sich erinnern konnte, zu ihr noch nie gewesen. Und auch zu ihren Schwestern nicht.

»Was ist denn in Adelina gefahren?«, fragte Lorena prompt. »So kenne ich sie ja gar nicht.«

»Keine Ahnung. Gerade eben noch hat sie ausgesehen, als würde sie jeden Moment tot umfallen. Außerdem hat sie den Gerichtsvollzieher als Aasgeier betitelt und ihn dreimal verflucht. Was ich gut verstehen konnte, nebenbei bemerkt.« Sie zuckte mit den Schultern. »Vermutlich mag sie Tonino einfach.«

»Im Gegensatz zu uns.« Lorena setzte sich auf den Stuhl, den ihre Tante gerade verlassen hatte.

»Wie meinst du das?«, fragte Greta.

Lorena hob die Brauen. »Na, so wie ich es sage. Unsere Tante konnte uns drei doch noch nie ausstehen. Sag bloß, das ist dir bisher nicht aufgefallen?«

»Doch ...« Greta nickte zögernd. Sie hatte immer geglaubt, nur sie wäre das Opfer von Adelinas Nörgeleien und ständigen Beschimpfungen gewesen, doch wenn sie jetzt darüber nachdachte, war Adelina zu keiner von ihnen besonders liebenswürdig oder warmherzig gewesen. Dabei hätten alle drei ein bisschen Zuneigung gut gebrauchen können.

»Gina mochte sie noch am ehesten. Zumindest, solange sie noch ein süßes kleines Mädchen war. Was sich schnell gegeben hat, als sie älter wurde.«

Greta lächelte. »Sie hat fast der Schlag getroffen, als Gina an ihrem dreizehnten Geburtstag mit den abrasierten Haaren herunter zum Frühstück kam.«

Lorena nickte. »Und dann, später, als sie geklaut hat und mit den Jungs nach Passignano geschwommen ist.«

Greta fiel ein, dass Gina ihr gestern erzählt hatte, dass sie fast ertrunken wäre. Sie hatte in ihrer Erregung nicht nachgefragt, was eigentlich passiert war. Aber es schien nicht so schlimm gewesen zu sein, denn sonst wäre sie heute nicht erneut zum Schwimmen gegangen.

Lorena war verstummt. Gedankenversunken zupfte sie an der Tischdecke herum. »Du hattest sicher am meisten unter Adelina zu leiden, Greta, aber mich konnte sie auch nicht ausstehen. Ich habe meine Nase zu viel in die Bücher gesteckt. Außerdem fand sie mich hässlich.«

»Hat sie das gesagt?« Greta warf ihr erstaunt einen Blick zu. Es kam äußerst selten vor, dass Lorena auf diese Weise von der Vergangenheit sprach. Zumindest nicht mit ihr.

Lorena nickte. »Ich hätte eine zu große Nase, meinte sie. Ich würde nie im Leben einen Mann bekommen, mit meinen neunmalklugen Sprüchen und mit dieser Nase.« Lorena verzog das Gesicht und äffte verblüffend echt Adelinas weinerliche Stimme nach: »Kannst du nicht ein bisschen mehr wie Gina sein? Ein bisschen *reizvoller*?« Sie seufzte, und als sie weitersprach, hatte ihre Stimme einen seltsamen Klang. Es lag ungläubiges Erstaunen darin. »Wenn ich darüber nachdenke, könnte es sogar sein, dass ich deswegen Diego so überstürzt geheiratet habe. Ich meine, ich war gerade mal zwanzig, hatte gerade erst mein Studium begonnen!« Sie schüttelte ungläubig den Kopf. »Vermutlich wollte ich Adelina und mir selbst beweisen, dass dieser gut aussehende, erfolgreiche, witzige Mann mich will. MICH! Trotz meiner neunmalklugen Sprüche und trotz meiner Nase.«

»Ich mochte deine Nase immer«, sagte Greta. »Du hast sie von Papa geerbt.«

Lorena hob den Kopf und lächelte, kurz und wehmütig, dann wurde sie ernst. »Es tut mir leid, Greta, was ich zu dem Verkauf der Trattoria gesagt habe. Es war nicht richtig, und ich habe mich völlig danebenbenommen.«

Greta nickte. »Das hast du. Aber jetzt ist es egal. Wir verlieren die Trattoria ohnehin.« Sie warf einen trübsinnigen Blick auf das Schreiben in Lorenas Hand.

»Das ist noch nicht gesagt«, widersprach Lorena. »Ich werde mir die Sache genau ansehen, und dann werden wir alles versuchen, um die Versteigerung zu verhindern.«

»Ich verstehe das nicht«, sagte Greta. »Was wollte Papa mit diesem Geld? Wo ist es geblieben?«

»Vielleicht musste er es in die Trattoria stecken? Um Verluste auszugleichen?«

»Das kann ich mir nicht vorstellen. Sicher, die Trattoria wirft nicht viel ab, aber wir sind gut über die Runden gekommen.«

»Bist du dir sicher? Kennst du die Zahlen?«

Greta schüttelte den Kopf. »Das hat immer alles Babbo gemacht. Ich hatte keinen Grund, ihm zu misstrauen oder hinter ihm herzuschnüffeln. Und er hat nie etwas davon gesagt, dass es Probleme gab.«

»Papa hat überhaupt nie etwas gesagt«, wandte Lorena ein, und Greta musste ihr recht geben. Gerade als sie Lorena von der Entdeckung der Briefe der Detektei und ihrer Fahrt nach Florenz erzählen wollte, öffnete sich die Tür der Trattoria ein weiteres Mal, und Gina kam herein.

»Lorena!« Überrascht blieb Gina stehen. »Was machst du denn hier?«

»Setz dich«, befahl Lorena in ihrem üblichen Kommandoton, dann hielt sie kurz inne und fügte zu Gretas Überraschung kleinlaut »bitte« hinzu. Gina setzte sich zu ihnen an den Tisch. Ihre Haare waren feucht, und sie verströmte einen Duft nach Sonne, frischer Luft und Wasser. »Ist etwas passiert?«, fragte sie.

Lorena nickte. »Das kann man so sagen. Greta und Adelina hatten Besuch von …« Sie wurde von Adelina unterbrochen, die mit einer dampfenden Schüssel Spaghetti aus der Küche kam. »Wir haben uns für schnelle Spaghetti Aglio, Olio e Peperoncino entschieden, ohne Firlefanz. Tonino hat sie gemacht.« Sie ging zur offenen Terrassentür, gefolgt von Tonino, der ein Tablett mit Tellern und Gläsern und einer Karaffe Wasser trug. Rasch begann sie, einen der Terrassentische zu decken, während Tonino den großen Sonnenschirm aufspannte. »Jetzt kommt schon!«, rief sie durch die offene Tür nach drinnen. »Sonst werden die Nudeln kalt.« Die drei Schwestern erhoben sich und gingen auf die Terrasse, wobei Gina noch einmal umkehrte, um eine Flasche Wein zu holen. Als sie schließlich alle saßen und die Spaghetti verteilt waren, kehrte Ruhe ein. Jeder, hungrig oder nicht, war froh, sich dem Essen widmen zu können, um dem Thema, das über ihnen schwebte wie die schwarze Aschewolke, die einen Vulkanausbruch ankündigte, wenigstens für eine kurze Weile aus dem Weg zu gehen. Sie lobten Toninos Nudeln, redeten über die richtige Balance von Peperoncino und Knoblauch und die Frage, ob es ein Sakrileg war, frische Tomaten zu der Soße zu geben. Dann war das Essen beendet, und ein unangenehmes Schweigen legte sich über sie, das schließlich von Gina unterbrochen wurde, die ihre Frage von vorhin wiederholte, allerdings mit einer geringfügigen Modifikation: »Was, um Himmels willen, ist passiert?«

Greta überließ es Lorena, Gina aufzuklären. Sie selbst beobachtete ihre Tante, deren ungewöhnliche Fröhlichkeit und Freundlichkeit ihr ein wenig unheimlich wurden. Sie bemerkte die Schweißperlen auf Adelinas Stirn und die unnatürliche Blässe, die sich seit dem Besuch des Gerichtsvollziehers nicht mehr geändert hatte. Hinter ihrem angestrengten Lächeln konnte man den Schock erkennen, in den diese Nachricht sie versetzt hatte und den sie durch fröhliche Betriebsamkeit zu unterdrücken versuchte. Greta begann, sich ernsthaft Sorgen zu machen. Ihre Tante mochte theatralisch sein, oft schwer auszuhalten in ihrer nörgelnden, negativen Art und ihrer Gewohnheit, aus jeder Mücke einen Elefanten zu machen, doch das hier war etwas anderes. Sie wirkte tatsächlich schwer getroffen. Greta berührte sie am Oberarm. »Ist dir nicht gut, Tante? Möchtest du dich vielleicht ein wenig hinlegen?«

Adelina warf ihr einen ungewohnt dankbaren Blick zu. »Vielleicht sollte ich das, ja«, sagte sie leise. »Es ist die Hitze. Und dieser schreckliche Mann ...« Sie schloss für einen Moment die Augen.

Greta erhob sich. »Komm, ich geh mit dir nach oben.« Sie half ihr aufzustehen und ging mit ihr hinein, Lorenas Stimme noch im Ohr: »Ich hatte keine Ahnung! Wir müssen uns unbedingt Vaters Buchhaltung ansehen ...«

Adelinas Wohnung im ersten Stock bestand aus einem Wohnzimmer mit einer winzigen, nie genutzten Kochnische und zwei weiteren Zimmern, wovon eines in den vergangenen fünfundzwanzig Jahren Gretas Vater bewohnt hatte. Sie gingen ins Wohnzimmer, wo Adelina sich in ihren elektrisch verstellbaren Polstersessel sinken ließ, der vor dem Fernseher stand.

»Soll ich dir deine Tabletten bringen?«, fragte Greta, doch ihre Tante schüttelte matt den Kopf. »Danke *cara*, aber die brauche ich jetzt nicht.«

Cara? Greta glaubte einen Moment, sich verhört zu haben.

»Bleib doch noch kurz«, sagte Adelina und sah sie bittend an. Greta nickte, noch immer erstaunt, und setzte sich auf das Sofa. Adelina hatte sie, soweit sie sich erinnern konnte, noch nie *Liebes* genannt, und die Momente, in denen sie in den letzten Jahren im Wohnzimmer ihrer Tante auf dem Sofa gesessen hatte, konnte sie an einer Hand abzählen. »Kann ich dir irgendwie helfen?«, fragte sie. Ihre Tante schüttelte den Kopf. »Wir werden die Insel verlassen müssen. Nach über hundertfünfzig Jahren«, sagte sie leise. »Wenn wir die Trattoria und das Haus verlieren, dann hast du kein Auskommen mehr, Greta. Du wirst dir etwas auf dem Festland suchen müssen. Und ich ...« Sie hob schwerfällig ihre dicklichen, schlaffen Arme und ließ sie wieder sinken. »Vielleicht gehe ich in ein Altersheim.«

»Blödsinn, Tante!«, widersprach Greta vehement. »Was willst du denn in einem Altersheim? Du bist doch topfit.«

Adelina reagierte nicht darauf. Schweigend starrte sie vor sich hin. Als sie schließlich doch weitersprach, war Greta sich nicht sicher, ob ihre Tante ihre Erwiderung überhaupt registriert hatte. Sie hatte den Blick gesenkt, musterte ihre abgearbeiteten, knotigen Hände und murmelte: »Wenn ich die Trattoria nicht mehr habe, habe ich nichts mehr.« Ihre Stimme klang so resigniert, so gottergeben verzagt, dass es Greta einen Schauer über den Rücken jagte. »Sag so etwas nicht«, bat sie. »Du hast doch uns.«

»Ja, euch. Die Kinder meines Bruders.« Adelinas Mundwinkel zuckten, und in ihren Augen standen plötzlich Tränen. »Ich war euch ein denkbar schlechter Ersatz für eure Mutter. Ich weiß das. Aber ich konnte es nicht besser.« Sie wischte sich mit dem Zipfel ihres Ärmels über die Augen.

»Es waren schwierige Zeiten«, sagte Greta, die Adelinas unerwartete Reue erschreckte. Mit allem hätte sie umgehen können – mit dem üblichen Gezeter, mit einem dramatischen Herzanfall, ja, sie hätte sogar einen Rosenkranz mit ihrer Tante gebetet, wenn sie das gewollt hätte –, aber diese sanfte, stille Traurigkeit, die ihre Tante so plötzlich erfasst hatte, war ihr neu, und sie wusste sie nicht einzuordnen. Sie beugte sich vor und griff nach Adelinas Hand. »Wir werden schon eine Lösung finden, Tante. Lorena ist gut in so etwas.«

»Du hast das Foto entdeckt.« Adelina wechselte jäh das Thema. »Das Foto von Theobaldo und mir.«

»War er dein Verlobter?«, fragte Greta.

Als Adelina nickte, wirkte ihr Gesicht plötzlich eingefallen und faltig, und ihre Adlernase stach scharf hervor. »Er war aus dem Norden«, sagte sie versonnen. »Groß und blond. Und er hat mich geliebt.«

»Was ist passiert?«, wollte Greta wissen, doch ihre Tante schüttelte nur traurig den Kopf. Dann entzog sie ihre Hand Gretas sanftem Griff und deutete auf die schwere Kredenz aus Nussbaumholz, die neben dem Fernseher stand. »Sei so lieb und bring mir die Schachtel, die ganz oben in der Schublade liegt.« Greta tat wie geheißen, ging zu der Anrichte und entnahm der Schublade ein Schächtelchen aus blauem Samt. Doch als sie es ihrer Tante reichen wollte, schüttelte diese den Kopf und meinte stattdessen: »Mach es auf.«

Greta hob den Deckel. Darin lag ein dünnes weißes Taschentuch mit umhäkeltem Rand. Es war offenkundig sehr alt, leicht vergilbt und die Häkelspitze bereits brüchig. Als Greta Adelinas Blick auf sich spürte, schlug sie das Taschentuch vorsichtig zurück und entnahm einen schmalen Goldring mit einem kunstvoll gefassten Amethysten, der in einem zarten, warmen Violett glühte.

»Wie schön«, sagte Greta.

»Ich möchte ihn dir schenken«, sagte Adelina. »Es ist nichts im Vergleich zu dem, was ich dir und deinen Schwestern angetan habe, das weiß ich, aber er ist das Wertvollste, was ich besitze.«

»Aber Adelina«, widersprach Greta, »du hast uns doch nichts angetan! Es stimmt schon, du warst streng und meist nicht besonders liebevoll, aber du hast es dir schließlich auch nicht ausgesucht, plötzlich drei halbwüchsigen Mädchen die Mutter ersetzen zu müssen.«

»Bitte!«, sagte Adelina eindringlich. Sie nahm Gretas Hand und schloss sie fest um den Ring. »Und wenn du ihn dir ansiehst, ihn womöglich irgendwann einmal trägst, denkst du vielleicht daran, dass ich nicht immer ein böses Weib war …«

»Tante! Rede doch nicht so!« Greta sah sie entsetzt an. »Was ist denn bloß in dich gefahren? Mach dir keine Sorgen, wir kriegen das hin …«

Doch Adelina hörte ihr offenkundig nicht zu. Ihr Blick war in die Ferne gerichtet, als sie sagte: »Ich habe diesen Ring nur ein einziges Mal getragen, und das war an dem Nachmittag, als Theobaldo ihn mir geschenkt hat, danach nie wieder. Und ich habe ihn keinem einzigen Menschen je gezeigt, außer deiner Mutter. Am Tag ihrer Hochzeit.« Sie warf Greta einen Blick zu, der so tieftraurig war, dass Greta der Atem stockte. »Fast wären wir Freundinnen geworden, Tiziana und ich ...«

Greta fragte behutsam nach, doch Adelina schüttelte nur den Kopf, behauptete, müde zu sein, und bat Greta zu gehen. Als sie aufstand, richtete sich Adelina noch einmal auf und mahnte, sie solle ja den Ring nicht vergessen. Greta schob die kleine Samtschachtel in die Tasche ihres Kleides und ließ Adelina allein.

28

Lorena, Gina und Tonino saßen noch immer auf der Terrasse, als Greta nach unten kam. Sie hatten den Sonnenschirm gekippt, sodass der Tisch im Schatten stand, und wirkten in ihrem Schweigen seltsam verloren. Sie sehen aus wie Fremde, die man aufs Geratewohl zusammengewürfelt hat und die sich nichts zu sagen haben, dachte Greta, als sie näher kam. Vor sich hatten alle drei eine Tasse Espresso stehen. Gina sah sie an: »Ich habe Kaffee gemacht, möchtest du auch?«

Greta schüttelte den Kopf und setzte sich.

»Was ist mit Tante Adelina?«, fragte Tonino. »Geht es ihr nicht gut?«

Greta zuckte unschlüssig mit den Schultern. »Das alles hat sie ziemlich mitgenommen. Aber sie wird sich schon wieder erholen. Adelina ist zäh.« Sie spürte die harten Ecken der Schachtel in ihrer Tasche an ihrem Bein und überlegte, ob sie ihren Schwestern davon erzählen sollte, entschied sich aber dagegen. Wenn Adelina gewollt hätte, dass sie es erfahren, hätte sie es ihnen selbst sagen können. Sie musterte den schmalen, schlaksigen Jungen, der neben seiner Mutter saß und sie noch immer besorgt ansah. Ganz offensichtlich hatte er sich von ihrer Antwort nicht beruhigen lassen, und Greta fragte sich, wie es sein konnte, dass Lorena und Diego einen so sensiblen, empathischen und gleichzeitig widerspenstigen jungen Mann zustande gebracht hatten. Er sah keinem von beiden ähnlich, schien, soweit Greta das nach seiner nachlässigen Kleidung beurteilen konnte, keinerlei Wert auf Äußerlichkeiten zu legen und wirkte mit seinen Piercings, den Rastalocken und dem schlabbrigen T-Shirt neben seiner wie üblich wie aus dem Ei gepellten Mutter wie ein zerrupftes Rabenküken, das zu früh aus dem Nest gefallen war.

»Wir sprachen gerade darüber, dass wir Papas Finanzen überprüfen müssen«, sagte Lorena. »Wir müssen wissen, wie die Trattoria finanziell dasteht.« Sie zögerte ein wenig, dann fügte sie hinzu: »Ich kann nicht verstehen, Greta, dass du das nicht längst gemacht hast. Das wäre doch das Erste ...«

»Für dich vielleicht«, unterbrach Greta sie kühl. »Jeder setzt da seine Prioritäten anders. Ich wäre zum Beispiel nicht als Erstes auf die Idee gekommen, die Trattoria zu verscherbeln ...«

»Bitte, Greta!« Lorena warf einen schnellen Seitenblick zu Tonino hinüber, und Greta begriff, dass sie nicht wollte, dass ihr Sohn davon erfuhr. Offenbar gab es doch so etwas wie eine Schamgrenze bei ihrer Schwester. Nun, dafür war es wohl zu spät. Aber vielleicht hatte Tonino auch gar nicht zugehört. Er hatte sich den Bescheid des Gerichtsvollziehers genommen und las ihn gerade aufmerksam durch. Dann hob er den Kopf und schaute seine Mutter mit einem merkwürdigen Blick an, und Greta begriff, dass er sehr wohl zugehört hatte. »Du wolltest die Trattoria verkaufen?«, fragte er, und Greta sah, wie sich seine Kiefermuskeln, die in dem schmalen Gesicht deutlich zu erkennen waren, anspannten.

»Das war nur so eine Idee«, versuchte Lorena abzuwiegeln. »Ich hatte gedacht, es wäre das Beste für uns alle.« Sie wandte sich an Gina, die schweigend in ihr halb leeres Weinglas starrte. »Jetzt sag doch auch mal was«, blaffte sie ihre Schwester an. »Du warst doch auch dafür.«

Gina nickte zögernd. Als sie den Kopf hob, konnte Greta sehen, dass sich auf ihren Wangen zwei kreisrunde rote Flecken gebildet hatten. Entweder hatte sie zu schnell zu viel Wein getrunken, in der Mittagshitze keine gute Idee, oder sie war hochgradig nervös. Vermutlich beides. Ihre übliche ruppige Art war in den letzten Tagen verschwunden, sie wirkte verletzlich und tief bedrückt. »Ja, stimmt schon«, sagte sie zögernd. »Ich war anfangs auch dafür, aber ...« Sie kam nicht weiter, denn jetzt mischte sich Tonino wieder ein. Seine Augen blitzten vor Zorn, als er sagte: »Das glaub ich gern, dass du dabei warst, Tante. Jetzt, wo du pleite bist, kannst du die Kohle sicher gut gebrauchen. Und wie passend, dass ausgerechnet die Bank meines Vaters die Zwangsvollstreckung betreibt.« Er warf den Bescheid wütend auf den Tisch.

Die Stille, die folgte, war so bleischwer, dass Greta das Gefühl hatte, daran ersticken zu müssen. »Was?«, flüsterte sie mit einer Stimme, die ihr nicht zu gehören schien. »Du bist pleite, Gina? Und Diego ...« Sie griff mit zitternder Hand nach dem Bescheid, und tatsächlich, dort war, was sie in ihrer Aufregung ganz überlesen hatte, als Gläubigerin die Banca Umbria genannt, mit Adresse am Corso Vanucci in Perugia, wo Diego arbeitete. Greta sah ihre beiden Schwestern an. »Könnt ihr mir das erklären?«

Gina schwieg, doch Lorena sagte kleinlaut: »Ich habe es gesehen, aber das muss nichts heißen. Diegos Bank ist die größte von ganz Umbrien. Es kann gut sein, dass er gar nichts davon wusste ...«

»Das glaubst du doch wohl selbst nicht«, höhnte Tonino. »Wenn Großvater sich bei Papas Bank Geld geliehen hat, dann wird er wohl zu seinem Schwiegersohn gegangen sein, um darüber zu sprechen, oder? Sag, war es Papa, der dir vorgeschlagen hat, die Trattoria zu verkaufen?«

An der Reaktion ihrer Schwester sah Greta, dass Tonino voll ins Schwarze getroffen hatte. Lorena wurde abwechselnd rot und weiß im Gesicht, dann fuhr sie Tonino an: »Rede hier nicht über

Dinge, von denen du nichts verstehst. Kümmere dich erst einmal darum, erwachsen zu werden und dein eigenes Leben auf die Reihe zu bringen.«

»*Auf die Reihe zu bringen?* So wie ihr etwa?« Tonino verzog verächtlich das Gesicht. »Auf so ein verlogenes Leben scheiße ich!«

Lorena entfuhr ein Laut irgendwo zwischen gereizter Hyäne und wütender Raubkatze, und Greta, die befürchtete, ihre Schwester würde Tonino eine Ohrfeige verpassen, ging dazwischen: »War es tatsächlich Diego, der darauf gedrängt hat, die Trattoria zu verkaufen?«

Lorena drehte sich von Tonino weg. »Ich hatte keine Ahnung, Greta! Das musst du mir glauben. Wenn ich gewusst hätte, dass Papa Schulden bei der Bank hat, dann hätte ich doch mit euch darüber geredet. Ich habe es genau wie ihr gerade zum ersten Mal erfahren.« Sie tippte auf den Bescheid.

»Aber ich wusste Bescheid«, ließ sich jetzt Gina vernehmen. »Oder ich hätte es wissen müssen.« Die roten Flecken in ihrem Gesicht hatten sich ausgebreitet, waren ihren Hals hinuntergewandert und bedeckten das Dekolleté.

Lorena wandte sich ihr zu. »Was sagst du da? Und was ist das überhaupt für eine Geschichte von einer Pleite?«

»Es stimmt, was Tonino sagt. Ich bin pleite. Gegen mein Geschäft ist ein Insolvenzverfahren eröffnet worden. Ich musste meine Läden und meine Wohnung in Hamburg verkaufen, meine Leute entlassen. Und das, obwohl ich alles versucht habe. Als es eigentlich schon zu spät war, habe ich noch in zwei Foodtrucks investiert. Ich habe mein ganzes Erspartes hineingesteckt und noch mehr.« Sie sah ihre Schwestern nicht an, als sie weitersprach. Mit gesenktem Kopf sagte sie leise: »Ich habe Papa um Geld gebeten. Er hat mir fünfzigtausend Euro geliehen und gesagt, es sei sein Erspartes.« Sie lachte bitter auf. »Wo Papa doch nicht mal hundert Euro im Monat sparen konnte, so ein schlechter Geschäftsmann, wie er war. Ich hätte es also wissen müssen. Meinetwegen hat er das Haus belastet. Aber ich habe mir keine Gedanken gemacht, keine Fragen gestellt, war zu sehr mit mir selbst beschäftigt. Ich habe das Geld genommen und es wie alles andere in den Sand gesetzt. Als er mich das letzte Mal angerufen und gefragt hat, wie es mit den Trucks läuft – das war ein paar Wochen vor seinem Tod –, habe ich gesagt, alles prima, Papa. Bald kann ich dir das Geld zurückzahlen. Dabei waren da die Trucks längst schon versteigert. Ich war zu feige, ihm die Wahrheit zu sagen. So war das.« Sie hob in einer ruckartigen Bewegung den Kopf, zündete sich eine Zigarette an und blies zornig den Rauch aus. »Jetzt könnt ihr mich kreuzigen.«

Greta sagte nichts, und auch Lorena schwieg. Nach einer Weile stand Tonino auf und ging zur Tür. »Wo willst du hin?«, fragte Lorena.

»Ich muss kotzen«, sagte ihr Sohn und verschwand.

Greta stand ebenfalls auf. Ihre Knie zitterten, und sie fühlte sich, als ob ihr jemand den Boden unter den Füßen weggerissen hätte. So hatte sie sich erst ein einziges Mal in ihrem Leben gefühlt. Damals war sie acht Jahre alt gewesen.

»Greta! Warte!«, rief Lorena ihr nach, doch Greta schüttelte nur den Kopf und schloss die Glastür leise hinter sich. Keine der beiden Schwestern folgte ihr. Als Greta ihren Blick durch die leere, stille Trattoria schweifen ließ, schien es ihr, als sähe sie die alte Trattoria plötzlich mit den Augen der anderen. Sie sah den Raum durch die kleinen Augen des Gerichtsvollziehers, die ihn teilnahmslos taxierten, sah ihn mit Diegos abschätzigem Blick und schließlich durch die Augen ihrer Schwestern. Lorena, die in ihrem Haus in Perugia keinen Gegenstand duldete, der nicht irgendeinen Designerpreis gewonnen hatte oder so teuer gewesen war, dass man es ihm unzweifelhaft ansah. Und Gina, die nie einen Hehl daraus gemacht hatte, dass sie die Insel und die Trattoria hasste. Nichts in diesem Raum würde Gnade vor ihrer aller Augen finden, nichts war zu Geld zu machen, nichts war teuer, angesagt oder wenigstens originell. Sie betrachtete die einfachen quadratischen Tische mit den tausendmal gewaschenen und stellenweise schon geflickten weißen Tischdecken, die schlichten Gedecke aus weißem Steingut, die einfachen Gläser. Der grau-weiße Terrazzoboden war schon vor zwanzig Jahren altmodisch gewesen, ebenso die Dekorationen an den Wänden – bunte Keramikteller, billig gemalte Bilder und eine kitschige, hässliche Uhr. Unscharfe Fotos von Leuten, die längst nicht mehr lebten. Ein vergilbtes Bild von einem König, das nun schon fast hundert Jahre dafür herhalten musste, eine Familientradition aufrechtzuerhalten, der sich nur noch Adelina verpflichtet fühlte. Der kleine, unscheinbare König hatte Greta nie interessiert, und sie konnte das lächerliche goldene Pappkrönchen auf den Tagliolini del Principe nicht ausstehen. Was Greta liebte, war einzig und allein das Kochen und die Insel, diesen verwunschenen Ort, der ihre Heimat, ihr Schutz und ihr Glück war. Und sie hatte ihren Vater geliebt. Das Kochen, die Insel und ihr Vater, diese drei Dinge hatten sie hier in der *Trattoria Paradiso* gehalten, keine goldene Krone, keine Tradition, kein König aus einer längst vergangenen Zeit. Greta wischte sich mit beiden Händen die Tränen aus dem Gesicht und lachte bitter auf. Ihre Perspektive verwandelte sich, und sie wurde selbst zu dem alten, kleinen Restaurant, spürte die Blicke der anderen auf sich. Sie war genau wie ihre Trattoria. Schäbig, unscheinbar und aus der Zeit gefallen. Überholt von einem Leben, das ihr fremd war, in dem gelogen und betrogen wurde, in dem die eigenen Schwestern einen übervorteilten und man es vielleicht sogar verdient hatte. Weil man sein Leben lang den Kopf in den Sand gesteckt hatte. Immer davongelaufen war, wenn es schwierig wurde.

Sie ging langsam weiter, quer durch den Raum, stieß die Tür auf und trat auf die Straße hinaus. Ein paar Meter entfernt lehnte Tonino an der Hausmauer und rauchte. Als er Greta bemerkte, ließ er die Hand mit der Zigarette sinken und versuchte halbherzig, sie hinter seinem Rücken zu verbergen. Doch Greta war der süßliche Duft des Marihuanas längst in die Nase gestiegen. Sie trat auf ihn zu. »Geh wieder rein«, sagte sie. »Deine Mutter hat es nicht so gemeint.«

Tonino schnaubte. »Das stimmt nicht, und das weißt du, Tante. Meine Mutter meint immer alles genau so, wie sie es sagt. Wie kannst du sie überhaupt in Schutz nehmen, wo sie und Gina dir das alles hier wegnehmen werden?« Er machte zornig eine Handbewegung, die das Haus und die Insel umfasste.

»Ich nehme sie überhaupt nicht in Schutz.« Greta hob die Hand und strich Tonino mit dem Handrücken spontan über sein angespanntes Gesicht. »Ich möchte nur nicht, dass du unter Dingen leidest, die dich nicht betreffen.«

Ihr Neffe lächelte traurig. »Ich glaub nicht, dass du da was dran ändern kannst.« Er schwieg einen Moment, dann nahm er einen weiteren Zug von seinem Joint und stieß voller Wut hervor: »Ich hasse meine Eltern.«

Greta schüttelte den Kopf. »Tu das nicht. Hass ist wie ein Klappmesser, das man offen in der Hosentasche trägt. Man verletzt sich nur selbst damit.« Sie lächelte ihm tröstend zu und wandte sich dann ab.

»Wo gehst du hin?«, rief Tonino ihr nach, als sie die Straße hinunterging.

»Ich muss etwas klären«, sagte sie und blieb nicht stehen.

Don Pittigrillo war nicht da. Die Tür zu seiner Wohnung war verschlossen, und auf Augenhöhe war ein Zettel befestigt. *Bin um 17.00 Uhr zurück.* Greta warf einen Blick auf ihre Uhr. Es war zwanzig vor vier. Unschlüssig sah sie sich um. Was sollte sie jetzt tun? Zurück in die Trattoria wollte sie auf gar keinen Fall. Sie konnte den Anblick ihrer beiden Schwestern im Moment nicht ertragen und hoffte, dass sie abhauen würden, wenn sie sich nur lange genug nicht blicken ließ. Eine schwarze Katze sprang von der Mauer herunter, die das *Casa del Capitano del Popolo* mit der Kirche verband, und strich leise miauend um Gretas Beine. Sie bückte sich, um sie zu streicheln, als ein Schatten auf sie fiel. In der Erwartung, Don Pittigrillo zu sehen, der früher zurückgekommen war, sah sie auf. Doch es war nicht der Priester, sondern Matteo.

»Ciao, Greta«, sagte er, ohne zu lächeln.

Hastig richtete sie sich auf. »Ciao«, erwiderte sie verlegen. Ihr letzter Auftritt in der Trattoria, wo sie die Gläser vom Tisch gefegt und ihn praktisch hinausgeworfen hatte, stand ihr noch lebhaft vor Augen.

»Ich wollte mit dir reden.«

»Matteo ...«

Er ließ sie nicht zu Wort kommen. »Ich weiß, Greta, es geht mich alles eigentlich nichts an, aber ich wollte dich fragen, ob ihr Probleme habt?«

»Was für Probleme?« Greta sah ihn überrascht an. Ihr ganzes Leben war im Moment ein einziges Problem, doch davon konnte Matteo nichts wissen. Es sei denn ... »Hat Gina mit dir über mich gesprochen?«, fragte sie scharf.

»Gina?« Matteo hob die Brauen. »Nein. Wieso?«

»Ach, nichts.« Sie vergrub die Hände in den Taschen ihres Kleides, und ihre Finger umschlossen Adelinas kleine Schmuckschachtel, was ihr unerwarteterweise ein Gefühl des Trostes gab. Ein Geheimnis, das ihr anvertraut worden war, nur ihr allein.

Matteo wand sich ein wenig, bevor er weitersprach. Schließlich sagte er zögernd: »Es ist nicht zu übersehen, dass du angespannt bist, Greta, und auch Gina kam mir bedrückt vor, als ich bei euch zum Abendessen war. Ich weiß, wir haben eigentlich nichts mehr miteinander zu schaffen, und ich weiß auch, dass du mich aus irgendeinem Grund nicht leiden kannst, aber früher, als wir noch zur Schule gingen, waren wir doch befreundet ...« Er unterbrach sich und sah sie unentschlossen an.

»Was willst du mir sagen?«

Matteo räusperte sich. »Ich frage mich, ob eure Trattoria ... also ... ob ihr vielleicht finanziell in der Klemme steckt?«

Greta starrte ihn an. »Wie kommst du darauf?«

»Also stimmt es? Müsst ihr die Trattoria verkaufen?«

Greta konnte nicht gleich antworten. In ihrem Kopf wirbelten die Gedanken durcheinander wie Wäsche im Schleudergang; er schmerzte bereits vor Anstrengung. »Was weißt du?«, brachte sie schließlich heiser hervor.

»Können wir vielleicht irgendwo weiterreden, wo es etwas schattiger ist?«, fragte er und wischte sich den Schweiß von der Stirn. Sie standen noch immer vor dem Haus des Pfarrers, wo die Nachmittagssonne unbarmherzig auf die Sandsteinfassade brannte. »Vielleicht in eurer Trattoria?«

»Nein. Das geht nicht.« Greta überlegte. »Lass uns zu Mirko gehen.« Mirko war kein Insulaner, er kam aus Castiglione und betrieb die kleine Bar direkt am Bootsanleger, die nur tagsüber und auch nur während der Saison von Mai bis September geöffnet war. An Plastiktischen und -stühlen und unter leuchtend blauen Motta-Schirmen gab es für die Touristen Eis, kalte Getränke und kleine Snacks wie Sandwiches und Tramezzini. Was aber kaum einer wusste: Mirko hatte auch einen kleinen, von einer mächtigen Korkeiche beschatteten Hinterhof, der zum See hin offen war und in den sich die Touristen selten verirrten. Jetzt, an diesem brütend heißen Nachmittag, waren sie dort mit Sicherheit allein und konnten ungestört reden.

Matteo nickte. »Gute Idee.«

Kurz darauf saßen sie an einem Tisch, der wegen der dicken Baumwurzeln, die sich durch den kiesbedeckten Hof zogen, ziemlich schief stand, und nippten an ihren Getränken. Während Matteo sich ein Bier bestellt hatte, beschränkte sich Greta auf ein Glas Wasser. Sie war weder durstig, noch verspürte sie irgendeine andere Regung. Ihr Körper war in einem seltsamen Zustand der Angespanntheit, der alles andere überdeckte. Sie sah Matteo erwartungsvoll an. Dabei bemerkte sie zum ersten Mal, dass er nicht seine staubige Arbeitskleidung trug, sondern eine saubere Jeans und ein gebügeltes hellblaues Hemd. »Was weißt du?«, fragte sie noch einmal, und Matteo, der bis dahin unbehaglich geschwiegen hatte, räusperte sich und begann zögernd: »Ich habe dir doch erzählt, dass ich ein Gutachten für die Denkmalschutzbehörde der Provinz erstellen sollte?«

Als Greta nickte, fuhr er fort: »Ich habe es gestern abgegeben, und heute Morgen hat mich der zuständige Beamte um einen Ortstermin gebeten.«

»Ja, und?« Greta verstand nicht recht, worauf er hinauswollte.

»Das ist sehr ungewöhnlich. Normalerweise vertrauen die Beamten auf meine Einschätzung. Vor allem diejenigen, die nur Verwaltungskräfte sind und keine praktische Ausbildung in diesem Bereich haben, so wie dieser Moretti. Er ist neu, wurde erst vor Kurzem in den Denkmalschutz versetzt und kann ein Fresko nicht von einem Mosaik unterscheiden.« Er verzog verächtlich den Mund. »Ich bin jedenfalls in meinem Gutachten zu dem Ergebnis gekommen, dass die Villa als Kulturgut schützenswert ist. Viele der Wandmalereien im Inneren sind gut erhalten, sie sind zwar nicht wirklich alt, nur aus dem späten neunzehnten Jahrhundert, aber sehr schön gearbeitet, ebenso wie einige Glasfenster im Turm und im Ballsaal. Moretti allerdings ist der Ansicht, dass diese Art von ›Kitschdekor‹, wie er es nennt, nicht den Status eines Denkmals erhalten soll. Die ›neugotische Prunkvilla eines dekadenten Adeligen‹ sei nichts Besonderes in einem Land, das über weitaus ältere und bedeutendere Bauwerke verfüge‹.« Matteo machte eine Pause und trank von seinem Bier. Seine Augen blitzten wütend. »Wenn das das Einzige gewesen wäre, was meine Untersuchung erbracht hätte, hätte er meine Einschätzung vermutlich einfach ignoriert. In meinem Gutachten gab es jedoch eine Passage, über die sich nicht einmal so ein ignoranter Sesselfurzer wie Guido Moretti hinwegsetzen konnte.« Er lächelte Greta triumphierend zu, die ihm schweigend zuhörte und sich dabei die ganze Zeit fragte, wieso ihr Matteo das alles erzählte. »Wie du vielleicht weißt, ist die Villa Isabella auf den Fundamenten eines Franziskanerklosters erbaut worden, dessen älteste Teile auf das frühe vierzehnte Jahrhundert datiert werden können. Ich habe hinter einer nachträglich eingezogenen Mauer im alten Teil des Gebäudes ein Fresko entdeckt, das aus dieser Zeit stammen dürfte. Es stellt Franz von Assisi dar – und es ist fantastisch.« Er zückte sein Handy, wischte ein paarmal darauf herum und zeigte Greta ein Foto. Das Fresko war durch Schmutz und den Staub der Jahrhunderte verblasst, doch das Motiv war gut zu erkennen: Ein Mönch in einer Kutte stand auf einem Hügel, um ihn herum der See, und sprach, die Hände gestikulierend erhoben, mit einem Pfau. Der Vogel war besonders schön gearbeitet, ebenso groß wie der Mönch, mit aufgeschlagenem Rad und stolz erhobenem Kopf. Sogar auf dem Foto konnte man die schillernden Farben erahnen, die sich unter der Schmutzschicht verbargen.

»Sehr schön«, sagte Greta anerkennend. Trotz der momentanen Verfassung, in der sie sich befand, konnte sie sich der Anmut dieses Werks nicht entziehen. Besonders der Umstand, dass ein Pfau darauf abgebildet war, berührte sie. »Ich dachte immer, die Guglielmis hätten die Pfauen auf die Insel gebracht«, sagte sie nachdenklich.

»Ja, so lautet die allgemeine Version. Aber dieses Bild beweist, dass das nicht stimmt. Entweder gab es tatsächlich schon zur Zeit von Franz von Assisi Pfauen auf der Insel, was sehr ungewöhnlich, aber nicht unmöglich wäre, oder der Künstler, der das Fresko geschaffen hat, hat einfach seiner Fantasie freien Lauf gelassen ... Pfauen waren damals in Italien bereits bekannt, schon seit der Römerzeit hielten sich viele Adelige die Tiere in ihren Parkanlagen.« Er lächelte versonnen. »Vielleicht hatte der Maler aber auch eine Art Vision von den ganz besonderen Pfauen des Marchese Guglielmo fünfhundert Jahre später, und das Bild ist so etwas wie eine Prophezeiung, dann würden die Pfauen heute symbolisch gesehen direkt auf Franz von Assisi zurückgehen. Das ist doch eine interessante Vorstellung ...«

Greta nickte etwas ungeduldig. »Ja, eine wirklich schöne Geschichte, aber was hat das mit mir und der Trattoria zu tun?«

Matteo steckte sein Telefon wieder ein. »Entschuldige. Ich bin ein bisschen abgeschweift. Also, kurz gesagt, Signor Moretti hat mich heute Vormittag im Ballsaal der Villa Isabella mehr oder weniger unverblümt gebeten, die Mauer, hinter der das Fresko verborgen war, wieder hochzuziehen und die Passage aus dem Gutachten zu streichen. Für diesen kleinen Gefallen hat er mir einen ziemlichen Batzen Geld geboten.«

Greta riss die Augen auf. »Er hat versucht, dich zu bestechen?«

Matteo nickte. »Ich habe natürlich abgelehnt, was ihn sehr verärgert hat. Er ist wütend abgedampft, und im Park habe ich ihn dann telefonieren hören. Und dabei ging es interessanterweise nicht um die Villa, sondern um eure Trattoria. Ich habe nicht alles verstanden, aber zumindest so viel, dass sie im Moment günstig zu haben sei, weil den Eigentümern angeblich das Wasser bis zum Hals stehe.«

Greta sagte eine ganze Weile nichts. Sie musterte Matteo, vor vielen Jahren ihre heimliche große Liebe, der ihr jetzt, als erwachsener Mann, eigentlich fremd sein müsste. Doch das war er nicht. Da sie mittlerweile wusste, dass er völlig unschuldig an dem vermeintlichen Verrat von damals war, hatte sie wieder Vertrauen zu ihm gefasst. Sie konnte den schlaksigen, witzigen Jungen mit den wilden Locken und dem freundlichen Lachen, der ihr als Zwölfjährige zahlreiche schlaflose Nächte beschert hatte, noch immer vor sich sehen. Daher nickte sie. »Ja, das stimmt. Unser Haus soll versteigert werden.« Und sie erzählte Matteo die ganze Geschichte, ließ auch den Versuch ihrer Schwestern, sie zu einem Verkauf zu überreden, und das Darlehen an Gina nicht aus. Als sie geendet hatte, sah Matteo sie bestürzt an: »Du denkst, das ist eine abgekartete Sache? Deine Schwestern wussten von den Schulden bei der Bank und wollten die Trattoria verkaufen, bevor die Versteigerung anberaumt wurde, um so mehr Geld zu bekommen?«

»Bis vor Kurzem hätte ich gesagt, niemals, so eine Niederträchtigkeit traue ich ihnen nicht zu. Es klang auch so, als wären beide sehr überrascht, und angeblich wusste Lorena nichts von Ginas Schulden. Aber ich bin mir nicht mehr sicher, wem oder was ich glauben soll. Immerhin arbeitet Lorenas Mann bei der Gläubigerbank. Und Gina käme ein Drittel des Erlöses vom Verkauf der Trattoria mit Sicherheit sehr gelegen.« Greta stützte den Kopf in ihre Hände. »Ehrlich gesagt weiß ich überhaupt nicht mehr, wo mir der Kopf steht. Denn diese Sache ist nicht das einzige Problem, das ich momentan habe.« Sie zögerte kurz, dann erzählte sie Matteo, was sie in Florenz herausgefunden hatte. Es war wie heute Morgen bei Domenico, die Worte sprudelten nur so aus ihr heraus. Matteo hörte ihr zu, ohne sie zu unterbrechen. Er musterte sie aufmerksam und nippte zwischendurch von seinem Bier. Als sie endlich, etwas erschöpft von ihrem ungewöhnlichen Redefluss, innehielt, war es einen Augenblick lang ganz still in dem kleinen Hinterhof. Überdeutlich nahm Greta den intensiven Duft des Geißblatts wahr, das sich üppig blühend an der brüchigen Mauer hochrankte, die leichte Brise, die vom See her wehte und ihr den feuchten Nacken kühlte, und den fremden und doch so vertrauten Mann, der ihr gegenübersaß – seine haselnussbraunen Augen, die sie jetzt sehr ernst musterten, die noch immer gelockten und ein wenig zu langen, dunklen Haare, die förmlich dazu einluden, die Finger darin zu vergraben. Sie meinte sogar, seinen Geruch wahrzunehmen: Seife, ein Hauch von etwas Würzigem, Herben. Hastig wandte sie den Blick ab und betrachtete einen vorwitzigen Spatz, der auf ihrem Tisch gelandet war und in Richtung der Erdnüsse hüpfte, die Mirko ihnen zu ihren Getränken gebracht hatte.

»Das ist unglaublich«, sagte Matteo und sah richtiggehend schockiert aus. »Denkst du, es besteht tatsächlich die Möglichkeit, dass eure Mutter noch lebt?«

Greta schüttelte den Kopf, etwas zu schnell, etwas zu hastig. »Ich kann das nicht glauben. Denn das würde ja bedeuten, dass …« Ihr traten Tränen in die Augen. »Dass sie uns zu wenig geliebt hat, um uns wiedersehen zu wollen.« Sie wandte den Kopf ab und wischte sich über die Augen. »Ich muss gehen«, stammelte sie und stand so hastig auf, dass sie dem ohnehin schief stehenden Tisch einen Stoß versetzte und ihr Glas Wasser in Rutschen kam. Mit einer schnellen Handbewegung fing Matteo es auf und erhob sich dann ebenfalls. »Es tut mir leid, was da alles auf dich einprasselt, Greta«, sagte er. »Wenn ich dir irgendwie helfen kann …?«

Greta schüttelte den Kopf. »Danke, das ist sehr freundlich von dir, aber das muss ich allein schaffen, auch wenn ich noch nicht genau weiß, wie. Ich habe viel zu lange den Kopf in den Sand gesteckt …« Sie unterbrach sich und sah Matteo nachdenklich an. Er stand jetzt direkt vor ihr, und ihr fiel auf, wie groß er war. Er überragte sie um mindestens einen Kopf. »Weißt du eigentlich, dass du mich dazu gebracht hast, wieder zu sprechen?«, fragte sie.

Er sah sie überrascht an. »Nein! Wie das?«

»Nachdem das mit unserer Mutter passiert war, habe ich fast fünf Jahre lang kein einziges Wort gesprochen. Dann kam ich aufs Gymnasium, und als ich an meinem ersten Schultag im Bus saß, war neben mir noch ein Platz frei, und du hast dich dort hingesetzt. Ich kannte dich schon ein bisschen aus der Ferne, von Gina …« Sie spürte, wie sie errötete, doch sie redete unerschrocken weiter. Jetzt oder nie. Irgendwann musste er es erfahren. »Und dann hast du …« Sie kam nun doch ins Stocken.

»Was?«, fragte Matteo ein wenig unbehaglich. »Tut mir leid, aber ich kann mich nicht erinnern. Ich hoffe, ich habe nichts Dummes gesagt oder getan, ich muss etwa siebzehn gewesen sein … da ist man oft ein ziemlicher Idiot.«

»Du hast *Guten Morgen* gesagt.«

Matteo hob die Brauen. »Guten Morgen? Das war alles?«

Greta nickte. »Ja. Und ich habe auch Guten Morgen gesagt. Ich habe in der Aufregung ganz vergessen, dass ich ja stumm war.« Sie spürte, wie ihr Gesicht glühte. »Ich … war so verliebt in dich, dass ich einfach etwas sagen *musste*.« Sie lachte verlegen.

»Du warst verliebt in mich?«, wiederholte Matteo, und Greta konnte an seiner Miene erkennen, dass er berührt war. »Davon hatte ich keine Ahnung. Aber ich mochte dich immer schon,

Greta, schon damals, als du in meinen Augen eigentlich noch ein Baby warst, und später ...«

»Ich habe dir sogar einen Liebesbrief geschrieben.« Jetzt, da sie einmal angefangen hatte, fiel es ihr leichter als gedacht, darüber zu sprechen. »Gina hat ihn gefunden und ihren Freundinnen vorgelesen. Sie haben sich darüber lustig gemacht, und ich dachte, du hättest ihn ihr gegeben. Dafür habe ich dich danach mit mindestens der gleichen Inbrunst gehasst, wie ich dich vorher geliebt habe. Inzwischen weiß ich, dass du ihn nie bekommen hast. Gina war böse auf mich, weil sie dachte, ich würde ihnen absichtlich nicht sagen, was mit Mama passiert war, und hat es mir mit allerlei Gemeinheiten heimgezahlt. Es tut mir also leid, dass ich immer so unfreundlich zu dir war. Das war albern ...«

»Schade«, sagte Matteo.

»Was ist schade?«

»Dass ich deinen Brief nie bekommen habe.«

Etwas an seinem Blick veranlasste Greta, nervös an ihren Haaren herumzunesteln. Sie kam sich plötzlich wieder vor wie der schüchterne Teenager, der sie damals gewesen war.

Matteo zögerte kurz, dann sagte er: »Denkst du, du würdest ihn heute noch einmal schreiben?«

Greta sah ihn an. »Du meinst, ob ich noch immer ...« Sie sprach es nicht aus, sah jedoch an seinem Blick, dass das tatsächlich seine Frage war. Und dass sie vollkommen ernst gemeint war.

»Ich weiß nicht«, sagte sie, und das war die Wahrheit. So lange war Matteo Ferraro für sie das Maß aller Dinge gewesen, und noch viele Jahre über die Schmach mit dem Liebesbrief hinaus hatte sie insgeheim alle Männer an Matteo gemessen, das erkannte sie jetzt. Und nun, da er vor ihr stand, sie mit diesem Blick ansah, der vieles erhoffte und vieles versprach, konnte sie nicht mehr sagen als *Ich weiß es nicht?* Verwundert über sich selbst horchte sie in sich hinein, ob sich nicht doch noch mehr regte, ob sich nicht ein paar Schmetterlinge in ihrem Bauch aufmachten, ein wenig zu flattern, ob ihr Herz nicht ein wenig schneller schlug bei dem Gedanken, dass Matteo Ferraro wünschte, sie möge noch immer verliebt in ihn sein. Doch da war nichts. Nichts als ein liebevolles, warmes Gefühl der Zuneigung zu einem alten Schulfreund. Sie hob bedauernd die Hände. »Es tut mir leid.«

Matteo nickte. »Dann bedauere ich noch mehr, dass ich deinen Brief nie bekommen habe.« Er streckte ihr die Hand hin. »Freunde?«

Als Greta einschlug, zog er sie zu sich heran und umarmte sie kurz und heftig, bevor er sie hastig wieder losließ. »Ich glaube, ich muss jetzt gehen, das Boot …«, sagte er verlegen.

Greta nickte. »Danke. Für alles.«

29

Als Greta ein zweites Mal an diesem Tag zum Pfarrhaus kam, war der Zettel verschwunden, also war der Priester offenbar zurück. Sie drückte energisch auf die Klingel. Das in jeder Hinsicht überraschende Gespräch mit Matteo hatte ihr Selbstvertrauen gegeben und ihr bewiesen, dass Reden mitunter doch ganz hilfreich sein konnte. Vielleicht war es an der Zeit, ihre eigenen Wahrheiten zu überdenken, überlegte sie, während sie darauf wartete, dass Don Pittigrillo herunterkam und ihr öffnete. Bisher war sie immer der Überzeugung gewesen, dass Worte mehr schadeten als nutzten. Worte schlugen brutale Schneisen, wo es angebracht wäre, die friedvolle Stille zu bewahren, sie verletzten, legten bloß, zerstörten. Aber sie schufen auch Klarheit, dort wo Schweigen mitunter zur Qual wurde. Deshalb würde sie jetzt nicht lockerlassen, so lange nicht, bis Don Pittigrillo ihr die Wahrheit über die Nixe sagte. Endlich hörte sie Schritte auf der steilen Treppe, dann öffnete sich die schwere Haustür, und der alte Priester stand vor ihr. »Greta!«, sagte er nur. Er ahnt, weshalb ich gekommen bin, dachte Greta und erklärte: »Ich muss mit Ihnen sprechen, Don Pittigrillo.«

Er fragte nicht nach, sondern nickte, keineswegs überrascht. »Bitte, komm rauf.«

Dieses Mal bat er sie nicht in sein Arbeitszimmer, sondern in ein Wohnzimmer, das den Blick in einen kleinen, idyllischen Garten freigab. Von Süden her von der Kirchenmauer begrenzt umschlossen im Westen und im Norden zwei weitere, etwas niedrigere Mauern das quadratische Grundstück. In allen Pink- und Rottönen leuchtende Bougainvilleen kletterten die Mauern hinauf, dazwischen wucherten Salbei, Lorbeer und wilder Thymian. In der Mitte des Karrees stand ein Orangenbaum, noch in voller Blüte, obwohl es dafür schon reichlich spät im Jahr war. Eine kleine Holzbank im Schatten eines Rosenstrauchs lud zum Verweilen ein. »Wie schön«, entfuhr es Greta, als sie aus dem Fenster sah.

Don Pittigrillo trat neben sie. »Ja, nicht wahr? Ich liebe diesen Garten und sitze oft am Abend noch dort unten und trinke ein Glas Wein. Die Mitarbeiterinnen des Museums haben mir immer mal wieder nahegelegt, dass es angebracht wäre, etwas Ordnung zu schaffen und die Pflanzen zurückzuschneiden, aber ich habe ihnen klargemacht, dass das nicht infrage kommt. Im Paradies hat eine Gartenschere nichts zu suchen.«

Greta lächelte, und erneut wurde ihr bewusst, wie sehr ihr Don Pittigrillo, seine Güte, Klugheit und sein trockener Humor fehlten. Sie hoffte inständig, die Sache zwischen ihnen beiden aus der Welt schaffen zu können. Doch bevor sie darauf zu sprechen kommen konnte, ergriff der Priester das Wort.

»Du kommst wegen der Nixe«, sagte er.

Greta nickte. »Sie haben mich angelogen.«

»Nun, ich habe nicht direkt gelogen, sondern nur nicht gesagt, was ich weiß«, widersprach der Priester. »Und was ich weiß, ist wenig genug.«

»Etwas verschweigen ist das Gleiche wie lügen.«

Don Pittigrillo lächelte. »Das schätze ich so an dir, Greta. Keine Kompromisse. Keine Zwischentöne. Aber manchmal ist es nicht so einfach.«

»Dann klären Sie mich auf.«

Er nickte. »Komm, setzen wir uns.« Er ging voraus zu einer

Sitzgruppe, bestehend aus zwei Polstersesseln und einem niedrigen Tisch, auf dem ein Stapel Bücher lag. In einer Ecke stand ein moderner Flachbildfernseher. Alles in dem Raum war schlicht und schön und erkennbar auf eine einzige Person ausgerichtet.

»Einen kleinen Nocino?« Der Priester wartete Gretas Antwort nicht ab, sondern entnahm dem Sideboard eine unetikettierte Flasche mit dunkelhonigfarbener Flüssigkeit und zwei Likörgläser und schenkte ihnen ein. »Den macht meine Schwester«, erklärte er, während er ihr ein Glas reichte und sich dann in einem der Sessel niederließ. »Sie lebt in der Nähe von Neapel und hat mehrere Walnussbäume im Garten. Jedes Jahr zu Weihnachten bekomme ich eine Flasche geschenkt.« Er wollte Zeit gewinnen, das war Greta klar. Sie setzte sich schweigend und nippte an dem Likör. Er war köstlich, schmeckte intensiv nach Walnüssen, aber sie identifizierte auch Aromen von Zimt, Orange und Muskatnuss. Einen Moment lang war sie versucht, Don Pittigrillo zu fragen, ob sie seiner Schwester wohl ein paar Flaschen für die Trattoria abkaufen könne, doch dann rief sie sich ins Gedächtnis, dass die Gefahr bestand, dass die *Trattoria Paradiso* in vier Wochen Geschichte war. Also war es mehr als unsinnig, sich Gedanken über einen neuen Likör auf der Speisekarte zu machen.

Sie stellte das Glas auf den kleinen Tisch und verschränkte die Arme. »Die Nixe.«

Der Priester nickte. »Natürlich.« Er richtete sich ein wenig auf. »Zunächst einmal möchte ich sagen, dass ich dich nicht hintergehen wollte, Greta, das musst du mir glauben. Ich befand mich in einem Zwiespalt und wusste nicht, wie ich mich verhalten sollte.«

Greta sah ihn abwartend an.

»Ich habe diese kleine Nixe im Zusammenhang mit einem Beichtgespräch erhalten. Oder besser gesagt, es war kein Gespräch. Jemand kam zu mir, wollte vermutlich beichten, ist jedoch wieder gegangen, ohne ein Wort zu sagen. Er hat diese Figur im Beichtstuhl zurückgelassen. Gewissermaßen war also die Nixe seine Beichte, auch wenn ich nicht verstanden habe, was es zu bedeuten hat.« Er hob die Arme.

»Es war ein Mann?«

Don Pittigrillo nickte.

»Und Sie haben ihn nicht erkannt?«

»Mehr gibt es darüber nicht zu sagen. Ich habe ihn nicht gesehen, und er hat nicht gesprochen, und selbst wenn es anders gewesen wäre, dürfte ich es dir nicht sagen.« Sein Ton klang endgültig.

Greta war sich nicht sicher, ob sie ihm glauben sollte. Doch sie wusste, dass der alte Priester sich niemals über das Beichtgeheimnis hinwegsetzen würde. Falls der Mann also doch etwas gesagt hatte, würde sie es von Don Pittigrillo nicht erfahren.

»Wann war das?«

»Greta ...«

»Wann?«

»An dem Tag, nachdem deine Mutter verschwunden ist.«

Greta sah ihn fassungslos an. »Wollen Sie damit sagen, dass Sie glauben, der Mann, der die Nixe dagelassen hat, hat etwas damit zu tun?«

»Nein. Also ... ich weiß es nicht. Damals habe ich überhaupt keinen Zusammenhang hergestellt. Erst als du mir von dieser Figur erzählt und mir gesagt hast, dass du sie am Grab deines Vaters gefunden hast, ist mir die Geschichte wieder eingefallen. Ich fand es seltsam, dass nach so vielen Jahren eine ähnliche Nixe an Ernestos Grab auftauchte, aber ich habe nichts gesagt, um dich nicht zu beunruhigen.«

»Warum haben Sie die Figur fünfundzwanzig Jahre lang aufgehoben?«

Don Pittigrillo schwieg lange. Schließlich sagte er: »Es war ja der Tag, an dem alle nach deiner Mutter gesucht haben, die ganze Insel stand Kopf, und da war es schon sehr ungewöhnlich, dass jemand zur Beichte kam. Und eigentlich kenne ich ja jeden auf der Insel ... mir kam die Geschichte seltsam vor, ohne zu wissen, weshalb.« Er schüttelte schweigend den Kopf.

»Sie hatte eine Affäre, nicht wahr?«

»Du weißt davon?« Der Priester sah Greta überrascht an.

»Bis vor ein paar Tagen wusste ich gar nichts«, sagte Greta und erzählte ihm von der Kiste, den Briefen und ihrer Fahrt nach Florenz.

Als sie geendet hatte, seufzte der alte Priester und schenkte sich von dem Likör nach. »Das zwischen Ernesto und Tiziana war eine tragische Geschichte. Sie hat mir wieder einmal vor Augen geführt, dass die Ehelosigkeit nicht die schlechteste Entscheidung ist.«

»Inwiefern war sie tragisch?«

»Deine Eltern haben gegen den Willen ihrer beider Eltern geheiratet. Tiziana stammte aus sehr noblem Haus, ihre Eltern waren vermögend, die Mutter eine Baronessa. Sie fanden es schlicht indiskutabel, dass ihre Tochter einen Koch heiratet, und haben den Kontakt nach der Hochzeit nahezu vollständig abgebrochen. Und Ernestos Eltern, nun ja, Umberto war ein Choleriker und ein Despot. Seine Frau, Nonna Rosaria, die du ja noch kennengelernt hast, hatte ihm nicht viel entgegenzusetzen. Sie war eine herzensgute Frau, aber konservativ erzogen: Der Mann hatte das Sagen. Und begeistert war sie auch nicht von dem gebildeten, freigeistigen Mädchen aus der Stadt. Sie passt nicht hierher, hat sie einmal gesagt. Das hatte ihr Sorgen bereitet. Die beiden heirateten trotzdem und zogen nach der Hochzeit erst einmal nach Bologna, wo Tiziana noch studiert hat. Sie wollten sich dort ein eigenes Leben aufbauen und erst wieder zurückkommen, wenn Umberto seinem Sohn die Trattoria übergeben und sich nicht mehr in alles einmischen würde. Doch es ist anders gekommen. Nur ein paar Monate nach der Hochzeit erlitt Umberto einen schweren Schlaganfall, und Ernesto musste zurückkommen und die Trattoria weiterführen. Tiziana hat ihr Studium abgebrochen und ist mitgekommen. Kurz darauf war sie mit Lorena schwanger.« Don Pittigrillo sah Greta traurig an. »Die beiden haben sich sehr bemüht, doch Tiziana konnte nie richtig Fuß auf der Insel fassen. Man hat sie nicht akzeptiert, und sie war sehr unglücklich, fühlte sich eingesperrt und unter ständiger Beobachtung. Sie haben es wirklich versucht. Hatten ihre Krisen und versöhnten sich wieder, es war ein ständiger Kampf. Deine Eltern haben sich wirklich geliebt, musst du wissen. Die ganze Zeit über. Aber die Umstände waren gegen sie.« Er sah nachdenklich aus dem Fenster. »Es war eine andere Zeit und viel schwieriger als heute, sich zu trennen, noch dazu mit drei Kindern, und im Grunde wollten sie es auch gar nicht. Ernesto hat mir dann eines Tages erzählt, dass er glaubt, dass Tiziana einen Geliebten hat. Sie sei anders, distanziert und viel unterwegs, nachts fahre sie immer mit dem Boot raus auf den See.«

»Hatte er denn einen Verdacht, wer dieser Mann war?«

Don Pittigrillo schüttelte den Kopf. »Wenn, dann hat er es mir nicht gesagt. Er meinte nur, dass er vermutlich aus Passignano komme. Und als deine Mutter dann ertrunken ist, in jener schrecklichen Nacht, und man ihre Leiche nicht gefunden hat, hat er sich nach und nach in diese wahnwitzige Vorstellung hineingesteigert, dass Tiziana noch am Leben sei. Ich habe versucht, ihm das auszureden, aber er hat nicht auf mich gehört.«

»Sie haben nicht daran geglaubt?«

»Keine Sekunde. Tiziana mag unglücklich gewesen sein und

sich bei einem anderen Mann Trost gesucht haben, aber sie hätte euch drei niemals verlassen. Ihr wart ihr Sonnenschein, ihr Ein und Alles. Wenn sie mit euch zusammen war, war sie glücklich.«

Greta spürte, wie Don Pittigrillos Worte ein helles Licht in ihr entzündeten, und ihr wurde bewusst, wie dunkel es in ihrem Inneren gewesen war, seit sie von dem Verdacht ihres Vaters erfahren hatte. Die verrückte Hoffnung, die bei dem Gedanken, ihre Mutter könnte womöglich noch am Leben sein, kurz in ihr aufgeflackert war, war im gleichen Moment wieder erstickt worden von dem Gefühl abgrundtiefer Trostlosigkeit bei der Vorstellung, Tiziana könnte ihre drei Töchter aus freien Stücken im Stich gelassen haben.

»Und was war mit Adelina?«, fragte sie und griff unwillkürlich nach der Schmuckschatulle in ihrer Tasche, ohne sie jedoch herauszuholen. »Sie hat mir erzählt, dass sie einen Verlobten hatte.«

»Theobaldo, ja.« Don Pittigrillo fuhr sich mit einer Hand über sein runzeliges Gesicht. »Noch so eine tragische Geschichte. Adelina hatte diesen jungen Mann ein paar Monate vor Ernestos Hochzeit kennengelernt. Soweit ich weiß, scheint er ein anständiger Kerl gewesen zu sein. Dennoch hat sie sich nicht getraut, Theobaldo ihrem Vater vorzustellen. Ich weiß nicht, ob sie es ihm jemals gesagt hat. Es spielte auch keine Rolle mehr. Als Umberto den Schlaganfall erlitt, war es jedenfalls vorbei mit Theobaldo.«

»Warum?« Greta runzelte die Stirn.

»Adelina hat ihren Vater gepflegt. Fünf Jahre hat er noch gelebt. Er war gelähmt und brauchte rund um die Uhr Pflege. Die hat überwiegend Adelina übernommen, obwohl er sie ständig terrorisiert hat. Und als er dann gestorben ist – endlich, muss man fast sagen –, war sie am Ende ihrer Kräfte. Zu guter Letzt hat sich dann noch herausgestellt, dass Umberto ihr keine einzige Lira hinterlassen hat. Vermögen war keines da, und das Haus und die

Trattoria gingen an Ernesto. Er hätte ihr einen Pflichtteil auszahlen und dafür das Haus beleihen müssen, doch eure Tante wollte das nicht, sie hat auf den Pflichtteil verzichtet. Und so war Adelina praktisch an die Trattoria gekettet. Sie war damals dreiunddreißig Jahre alt und hatte nichts gelernt außer kochen, lebte immer nur auf der Insel, in der Trattoria. Schon vorher hatte ihr Vater sie an der kurzen Leine gehalten, sie gegängelt und kontrolliert, und nach fünf Jahren Pflege war sie nur noch ein Schatten ihrer selbst, eine unsichere, unselbstständige Frau.«

»Und der Mann, der sie hatte heiraten wollen, war weg«, ergänzte Greta traurig.

Der Priester nickte. »Adelina hat mir erzählt, dass sie die Beziehung beendet hat, als klar war, dass sie bei ihrem kranken Vater bleiben musste. Theobaldo stammte aus dem Norden, und sie wären wohl sonst zusammen dorthin gezogen. Sie brachte es nicht übers Herz, ihre Familie in dieser Situation alleinzulassen, fühlte sich verpflichtet. So ist er ohne sie zurückgegangen. Und Adelina ...« Er unterbrach sich, kratzte sich verlegen am Kinn und murmelte: »Ich sollte das als Priester vielleicht so nicht sagen«, bevor er dennoch fortfuhr: »Sie hat sich als Ersatz für ein ungelebtes Leben in die Religion geflüchtet, was auch nicht immer gesund ist. Ein Leben sollte in Fülle gelebt werden, dann ist man auch bereit für Gott.«

Greta tastete nach der Schachtel in ihrer Tasche und begriff Adelinas Erschütterung über den Besuch des Gerichtsvollziehers etwas besser. Mehr noch als für sie selbst war dieses Haus und die Trattoria alles, was Adelina hatte. Und dabei gehörte ihr nicht einmal ein einziger Stuhl, ein einziger Stein davon.

»Konnte ich dir damit weiterhelfen?«, fragte Don Pittigrillo nach einer Weile.

Greta nickte. »Es ist nicht viel Neues dabei herausgekommen«, sagte sie nachdenklich, »über den Ursprung der Nixe wissen wir immer noch nichts. Und auch sonst bleiben mehr Fragen als Antworten. Aber es ist trotzdem gut, dass Sie es mir erzählt haben. Ich verstehe jetzt Adelina besser. Und auch meine Eltern, denke ich.«

Der Priester nickte ebenfalls. »Ihr wart Kinder damals. Du hast deinen Großvater nicht mehr erlebt, und deine Schwestern waren noch sehr klein, als er starb. Und was die Schwierigkeiten zwischen Ernesto und Tiziana anbelangt, so haben sich eure Eltern sehr bemüht, dass ihr davon nichts mitbekommt.«

Greta trank ihren Nocino aus. Süß und bitter zugleich rann er ihr die Kehle hinunter. »Ich weiß nicht, ob das immer das Richtige ist«, sagte sie. »Es hätte uns allen geholfen, wenn unser Vater nach Mutters Verschwinden mit uns gesprochen hätte. Aber das hat er nicht getan. Er hat uns gezwungen, unsere Erinnerungen an sie zu begraben, an einen dunklen Ort in uns selbst. Ich habe das Gefühl, dass dieser Ort mit der Zeit immer mehr Raum beansprucht hat, und jetzt lässt er sich nicht mehr ignorieren.«

Don Pittigrillo erwiderte lange Zeit nichts. Fast glaubte Greta, er habe ihr nicht mehr zugehört, so abwesend war sein Blick. Doch dann sagte er: »Etwas Ähnliches habe ich bei der Beerdigung gedacht. Euer Vater war wie ein Pflaster, das man über eine unbehandelte Verletzung klebt.«

»Und was passiert jetzt, wo das Pflaster abgerissen ist?«, fragte Greta.

»Jetzt kann Licht und Luft an die Wunde, und sie kann endlich heilen.« Der alte Priester lächelte sie an. »Du bist stark, Greta. Und eigentlich weißt du das auch.«

Greta blinzelte irritiert. Sie hatte das deutliche Gefühl, dass Don Pittigrillo ihr damit etwas sagen wollte. Zögernd stand sie auf. »Ich glaube, ich sollte jetzt gehen.«

Der Priester erhob sich ebenfalls. »Es war gut, dass du mich besucht hast«, sagte er. »Ich hoffe, du bist mir nicht mehr böse.« Greta schüttelte den Kopf. Er begleitete sie nach unten, doch als sie im Erdgeschoss angelangt waren, ignorierte er die Haustür, sondern ging mit ihr den Flur entlang und öffnete eine andere Tür, die in den kleinen Garten hinausführte. Sie folgte ihm, als er hinaustrat, und blickte sich bewundernd um. Er war so zauberhaft, wie er von oben ausgesehen hatte. Das dichte Blattwerk überall dämpfte die Hitze des Nachmittags, es war fast kühl, während sich über ihnen blau und wolkenlos der Himmel wölbte und die Sonne noch ein paar letzte tiefe Strahlen in den schattigen Garten schickte und die Bougainvilleen aufleuchten ließ. Kleine Töpfe mit Kakteen standen aufgereiht an einer der Mauern, Geißblatt und Blauregen ergänzten den Mauerbewuchs um ein paar weitere Schattierungen von Blau und Orange, und in den Mauerritzen steckten kleine Nester von Hauswurz und Mauerpfeffer. Es duftete zart nach Orangenblüten. Greta drehte sich um die eigene Achse. Auf der Rückseite des Hauses gab es mit Ausnahme des Wohnzimmerfensters der Pfarrwohnung kein einziges Fenster. Der Garten war wie ein Versteck, ein verwunschener Ort, um für eine Weile zu verschwinden. Greta konnte gut verstehen, dass Don Pittigrillo den Museumsdamen nicht gestattete, hier mit der Gartenschere zu wüten. Jetzt bückte er sich und hob einen leeren Blumentopf hoch. Darunter befand sich ein Schlüssel, den er Greta reichte. Dann deutete er auf eine niedrige Holztür in der Mauer, die fast vom Grün der Pflanzen verdeckt war. »Die Tür führt in den Kirchhof. Wenn du magst, kannst du jederzeit hier hereinkommen. Du wirst nur mich gelegentlich antreffen, wenn dich das nicht stört.« Er deutete auf die Bank unter dem Orangenbaum. »Hier bin ich mit deinem Vater oft gesessen, und wir haben geredet. Er liebte diesen Platz. Hier konnte er zur Ruhe kommen. Der Baum ist sehr alt und, soweit ich weiß, der einzige Orangenbaum auf der Insel. Er ist etwas Besonderes, blüht seit Jahren unermüdlich, und wenn ich Sorgen habe oder betrübt bin, vermag er mich immer zu trösten. Außerdem fröne ich hier meinen Lastern.« Mit einem verschmitzten Grinsen zog er eine Packung Zigaretten aus seiner Hemdtasche. Greta musste auch lächeln. »Danke, Don Pittigrillo, dieses Angebot nehme ich gern an.«

Sie konnte später nicht sagen, was es genau war, was sie plötzlich innehalten ließ, als sie gerade die Hand ausgestreckt hatte, um nach dem Schlüssel zu greifen, den der Priester ihr hinhielt. Vermutlich der Anblick der überwucherten alten Steinmauern, die Stille, der intensive Duft der Orangenblüten, oder aber eine Mischung von allem. Es erinnerte sie an einen Ort ihrer Kindheit: den Pavillon im Garten der Villa Isabella, wo sie als Kind gern gespielt hatte. Beim Gedanken daran überkam sie ein warmes Gefühl von Frieden, das jedoch jäh überschattet wurde von Angst, und die altvertraute Panik erfasste sie erneut. Dieses Mal jedoch ließ sie sich nicht davon niederstrecken wie in Florenz. Sie hielt stand, sah sich wieder an der Klippe stehen, den Sturm betrachten, spürte die Panik aufsteigen und wieder abflauen wie eine Welle und wusste mit einem Mal, was sie zu tun hatte. Sie nahm den Schlüssel entgegen und drückte in einem unerwarteten Anfall von Übermut Don Pittigrillo einen Kuss auf die Wange. »Danke!«, sagte sie noch einmal. »Danke!«

Sie schlüpfte durch die verborgene Tür, die sich von innen leicht öffnen ließ, drehte sich noch einmal um und winkte dem Priester zu, der ihr überrascht nachsah. Dann zog sie die Tür fest zu und lief durch den Kirchhof zurück auf die Straße und zur Anlegestelle. Ein Blick auf die Uhr sagte ihr, dass sie, wenn sie sich beeilte, die nächste Fähre nach Passignano noch erreichen konnte.

Es war kurz nach sieben, als Greta wieder vor dem rosa Haus in der Via Fiorita stand. Erhitzt von ihrem forschen Marsch vom Bootsanleger bis hierher, blieb sie kurz stehen, strich sich ihre Haare aus dem Gesicht und wartete, bis sich ihr Herzschlag etwas beruhigt hatte. Nachdem sie Domenico nach ihrem Heulanfall heute Morgen so überstürzt verlassen hatte, hatte sie ihm noch eine SMS geschrieben und ihn etwas kleinlaut gefragt, ob er morgen wieder zur Arbeit komme. Er hatte mit *Ja!* geantwortet. Nicht mehr, aber immerhin mit Ausrufezeichen. Sie warf einen Blick zu seiner Wohnung hinauf. Hinter dem Küchenfenster brannte Licht, also war er vermutlich zu Hause. Sie fächelte sich mit den Händen Luft zu, schüttelte ihre Locken aus und ging ins Haus. Dieses Mal öffnete Domenico selbst. Er sagte nichts, fragte nicht, ob etwas passiert war, aber vermutlich sah man ihr das ohnehin an. »Darf ich reinkommen?«, erkundigte sich Greta. Domenico nickte und trat zur Seite. Sie gingen wieder in die Küche. »Wo ist deine Tochter?«, fragte sie, als sie sich an den Tisch setzte. Dort standen eine Flasche Wasser und ein Teller mit Brot, Salami und Käse. Offenbar hatte sie ihn gerade beim Abendessen gestört. Domenico stellte ihr ungefragt ein frisches Glas und einen sauberen Teller hin. »Auf einer Grillparty bei einem ihrer Schulfreunde. Er hat Geburtstag, und die halbe Klasse ist eingeladen«, sagte er. »Sie übernachten auch dort, angeblich haben es alle anderen Eltern erlaubt. Vermutlich stimmt das nicht, aber ...« Er zuckte mit den Schultern.

»Es ist besser, ihr zu vertrauen, als etwas zu verbieten«, sagte Greta und fragte sich gleichzeitig, wie, um alles in der Welt, sie dazu kam, Domenico Tipps in Erziehungsfragen zu geben. Davon hatte sie nun wirklich keine Ahnung. Domenico lächelte amüsiert. »Emilia vertraue ich schon. Aber den Jungs nicht.« Er goss ihr von dem Wasser ein und schob ihr den Teller hin. »Nimm dir was. Ich habe auch Wein ...« Greta schüttelte den Kopf, nahm sich ein Brot und zupfte nervös die Rinde ab. »Willst du nicht wissen, weshalb ich schon wieder hier bin?«

»Ich vermute, du wirst es mir sagen«, erwiderte er.

»Ich weiß nicht, wo ich anfangen soll.« Sie sah ihn ratlos an. War es eine Schnapsidee gewesen hierherzukommen? Sie musterte seine Miene, die nichts verriet als höfliches Interesse. Domenico hatte sehr dunkle Augen, umgeben von feinen Lachfältchen, und seine Haare waren im Gegensatz zu Matteos Locken kurz geschnitten. Auch war er nicht so groß wie dieser, nicht schlaksig, sondern breitschultrig, mit kräftigen Armen und großen Händen. Er trug Jeans und ein graues T-Shirt, das seine Muskeln betonte.

»Wie lange kennen wir uns jetzt schon?«, fragte Greta.

»Acht Jahre«, antwortete er wie aus der Pistole geschossen.

»So genau weißt du das?«, erwiderte sie verwundert.

Er nickte. »Auf den Tag genau. Siebter Juni 2011.«

»Warum hast du dir den Tag gemerkt?«

»Ich weiß nicht, ob ich dir das sagen möchte.« Er griff nach seinem Glas und trank einen großen Schluck.

»Und wenn ich dich darum bitte?«

Er sah sie misstrauisch an. »Wieso willst du das plötzlich wissen? Bisher hat es dich doch auch nicht interessiert.«

Greta betrachtete die Weißbrotkrümel auf ihrem Teller. »Ich weiß. Aber mir ist heute so einiges klar geworden.«

»Und das wäre?«

»Zum Beispiel, dass es sinnvoll sein kann, miteinander zu reden.«

Domenico sah sie verdutzt an, dann lachte er auf. »Das glaube ich jetzt nicht. Das sagt nicht Greta Peluso.«

»Bin ich wirklich so schlimm?«

Domenico zögerte, dann sagte er bedächtig, nach Worten suchend: »Nicht schlimm, nein. Du bist ... wie ein Pinienkern. Glatt und schön und ziemlich hart. Man weiß, dass sich etwas Weiches, Zartes darin befindet, aber man kommt nicht ran, ohne die Schale kaputt zu machen.«

»Ein Pinienkern ... das gefällt mir.« Greta lächelte. »Früher als Kind habe ich mich gern mit Pinienzapfen unterhalten.«

»Kein Wunder. Das sind deine nächsten Verwandten«, gab Domenico trocken zurück und fügte hinzu: »Näher verwandt jedenfalls als deine beiden Schwestern.«

»Da könntest du recht haben.«

Sie schwiegen eine Weile, doch es war kein unangenehmes Schweigen, Greta hatte nicht wie sonst oft das anstrengende Gefühl, ihr Gegenüber warte darauf, dass sie das Gespräch fortsetzte. Schließlich warf sie Domenico einen scheuen Blick zu und fragte: »Was ist mit deiner Frau passiert?«

Domenico reagierte nicht sofort, er trank erst sein Glas leer und drehte es dann in seinen Händen hin und her. »Meine Frau ...«, begann er schließlich stockend und unterbrach sich sofort wieder. Er sah Greta nicht an, hielt seinen Blick starr auf das Glas gerichtet, das zwischen seinen Händen klein und zerbrechlich wirkte, und sagte: »Ich habe sie getötet.«

30

Und so erfuhr Greta die Geschichte von Maddalena und Mimmo, wie Domenico damals von allen genannt wurde. Beide wuchsen im gleichen Vorortviertel von Rom auf und waren schon in der Schule ein Paar. Sie heirateten früh, noch während Mimmos Maschinenbaustudiums und Maddalenas Ausbildung zur Dolmetscherin. Nach dem Studium bekam er einen guten Job bei einem Autohersteller, Maddalena wurde schwanger, und Emilia wurde geboren. »Eines Abends fuhren wir nach Ostia«, sagte Domenico, den Blick auf das Wasserglas in seiner Hand gerichtet. »Ein Freund hatte Geburtstag und feierte in einem Restaurant am Meer. Emilia war damals drei Monate alt, und Maddalenas Eltern haben auf sie aufgepasst, damit wir zusammen hingehen konnten. Wir waren zu viert im Auto, und ich bin gefahren. Auf dem Rückweg hatten wir einen Unfall. Ich fuhr zu schnell, bin von der Straße abgekommen, und wir sind gegen einen Baum geprallt. Maddalena, die neben mir saß, war sofort tot, unsere beiden Freunde wurden schwer verletzt, nur ich hatte lediglich ein paar Kratzer abbekommen.« Er schluckte, und es kostete ihn sichtlich Überwindung weiterzusprechen. »Ich war betrunken an dem Abend, nicht sehr, aber es hat gereicht. Ich Trottel habe mit den anderen mitgetrunken, obwohl ich der Fahrer war, dachte, ich hätte es im Griff ...« Er stellte das Glas ab und rieb sich mit beiden Händen heftig über das Gesicht. »Man hat mich zu drei Jahren Gefängnis verurteilt, und Emilia kam zu ihren Großeltern. Als ich rauskam, war ich gerade dreißig geworden. Ich habe versucht, wieder Fuß zu fassen, aber es ist mir nicht gelungen. In der Firma, in der ich gearbeitet hatte, haben sie mich nicht mehr genommen, und auch sonst wollte mich niemand einstellen. Mit einer Vorstrafe wegen fahrlässiger Tötung schlägt dir jeder die Tür vor der Nase zu. Und auch privat konnte ich nicht mehr an früher anknüpfen, wie auch? Maddalenas Tod stand zwischen mir und den anderen, alle wussten es – meine Freunde, Bekannte, Nachbarn. Ich sah in ihren Blicken, dass sie mir nicht verzeihen konnten. Und ich konnte sie verstehen. Ich selbst konnte mir auch nicht verzeihen und werde es wohl nie können. Aber ich wollte mir trotzdem ein neues Leben aufbauen, Emilias wegen. Ich wollte das Sorgerecht zurückbekommen. Und deshalb bin ich weggegangen. Ich habe alle Brücken hinter mir abgebrochen, um irgendwo anders ein neues Leben anzufangen. Und bin an diesem See gelandet.« Endlich hob er den Blick. »Als ich zum ersten Mal einen Fuß auf die Insel setzte, am siebten Juni 2011, wusste ich, hier will ich bleiben. Diese Insel ist der richtige Ort für mich. Dein Vater hat mich eingestellt, ohne viele Fragen zu stellen, aber nach ein paar Monaten bei euch habe ich ihm alles erzählt. Es hat seine Meinung über mich nicht geändert, ich konnte bleiben, und wir haben nie wieder darüber gesprochen. Am liebsten wäre ich ganz auf die Insel gezogen, doch Emilias wegen war es klüger, nicht so isoliert zu wohnen, wegen der Schule und damit sie leichter Freundschaften schließen konnte. Sie war sieben Jahre alt, als ich sie endlich zu mir holen durfte.« Er atmete tief durch, als habe er die ganze Zeit über die Luft angehalten, und warf Greta vorsichtig einen Blick zu. Sie wusste, er versuchte, von ihrer Miene abzulesen, was sie von seiner Beichte hielt. In seinen Augen sah sie Furcht vor Ablehnung, aber auch Trotz und eine deutliche Warnung. Denk von mir, was du willst, sagte sein Blick. Ich bin trotzdem kein schlechter Mensch, ich bin für Emilia da und werde sie beschützen, um jeden Preis. Greta konnte alle diese Gefühlsregungen verstehen. Es war eine furchtbare Geschichte, und sie empfand großes Mitleid für den Mann, der er gewesen war und dessen Leichtsinn so furchtbare Folgen nach sich gezogen hatte. Sie streckte die Hand über den Tisch und ergriff seine. »Danke, dass du mir das erzählt hast«, sagte sie.

Domenico erwiderte den Druck ihrer Hand, sie spürte die Wärme und Kraft seiner Finger, die sich um ihre schlossen, dann entzog er ihr behutsam seine Hand, lehnte sich zurück und zündete sich eine Zigarette an. »Jetzt du«, sagte er.

»Was willst du wissen?« Greta spürte, wie sich augenblicklich Abwehr in ihr regte, und schalt sich eine Idiotin. Immerhin war sie gekommen, um Domenico um Hilfe zu bitten.

Domenico lächelte. »Fangen wir doch damit an, weshalb du hier bist. Schon zum zweiten Mal heute. Was hast du wirklich auf dem Herzen?«

Greta hob die Arme. »Es ist so viel passiert. Der Gerichtsvollzieher war da ...« Sie schüttelte den Kopf, als sie Domenicos erschrockene Miene sah. »Aber deswegen bin ich nicht gekommen. Es geht um etwas ganz anderes. Ich brauche dich.« Und dann erzählte sie Domenico, wobei sie seine Hilfe benötigte.

Es war schon spät, als sie losfuhren, kurz vor Mitternacht. Domenico hatte sich angehört, was Greta zu sagen gehabt hatte, und das war nicht wenig gewesen. Sie hatte ihm von ihren Albträumen erzählt, vom *Vorher* und *Nachher* und von dem Druck, der auf ihr gelastet hatte, seit man sie in jener Nacht dort draußen gefunden hatte, durchnässt und völlig verstört. »Immer denke ich, ich *muss* mich doch erinnern können, doch dann, wenn ich es versuche, bekomme ich solche Angst, dass ich fast ohnmächtig werde. Hin und wieder bin ich tatsächlich schon umgekippt.«

Er bat sie, von ihrem Traum zu erzählen, und sie tat es stockend und mit vielen Pausen, während sich in ihr der unheimlich vertraute Sturm wieder aufbaute und sie hinwegzufegen drohte. Sie widerstand der Versuchung, sich die Hände auf die Ohren zu pressen, und flüsterte: »Ich stehe an der Klippe. Der Wind heult und zerrt an meinem Kleid. Er will mich in die Tiefe reißen, dorthin, wo Agilla wohnt. Ich weiß, sie wird jeden Moment auftauchen, um auch mich zu holen ...« Sie unterbrach sich und sah ihn an. »Ich habe mir immer eingeredet, dass dieser Traum nur ein Bild ist, doch das stimmt nicht. Ich bin tatsächlich auf dieser Klippe gestanden in jener Nacht. Und ich weiß jetzt auch wieder, wo das ist. Ich dachte mir ... vielleicht kann ich mich an mehr erinnern, wenn ich dort hingehe, nachts, so wie damals. Aber das schaffe ich nicht allein.«

Domenico ließ den Motor seines Bootes an, das im Hafen von Passignano vertäut lag, und sie fuhren los. Es war eine klare, milde Nacht, der Mond stand voll am Himmel. »Damals, als meine Mutter verschwand, war der Mond rot«, sagte Greta und senkte unwillkürlich die Stimme. »Blutmond haben ihn die Leute genannt. Ich sehe ihn deutlich vor mir. Das Gewitter hatte sich gelegt, und die Wolken sind aufgerissen ...« Sie verstummte und zog die Jacke, die Domenico ihr geliehen hatte, enger um sich. Domenico warf ihr einen aufmunternden Blick zu. Wie sie besprochen hatten, steuerte er zunächst die Trattoria an, und als sie sich dem Steg näherten, machte er eine Rechtskurve und drosselte den Motor. Gemächlich tuckerten sie an der Uferlinie des Parks der Villa Isabella entlang, wo die Baumkronen der mächtigen Pinien sich schwarz vom mondhellen See abhoben. Nach einer kurzen Weile deutete Greta nach links. »Dort ist der alte Hafen der Villa.« Domenico ließ das Boot in die schmale Bucht gleiten, sprang ins seichte Wasser und zog es an den Strand, noch bevor

Greta ihm ihre Hilfe anbieten konnte. Er reichte ihr die Hand, und sie kletterte hinaus. »Früher befand sich hier eine Hafenanlage«, erzählte sie, was sie von ihrem Vater wusste. »Die Guglielmis hatten drei Raddampfer, mit denen sie ihre Gäste auf die Insel bringen konnten. 1941 gab es ein großes Hochwasser, das die Hafenanlage unterspülte, und danach ist der Wasserspiegel dramatisch gesunken. Von dem Hafen ist nichts mehr übrig geblieben außer dieser Treppe.« Sie deutete auf eine in Stein gehauene Treppe, die an einer Klippe steil nach oben führte. »Aber man hat den Hafen auch nicht mehr gebraucht, weil die Guglielmis nach 1941 nicht mehr auf die Insel zurückgekehrt sind. Die Villa wurde ein Gefängnis für politische Gefangene, und die Ära der Familie Guglielmi war vorüber.« Greta war sich bewusst, dass sie nur deshalb so viel plapperte, weil sie den Moment, in dem sie die Treppe hinaufsteigen musste, so lange wie möglich hinauszögern wollte. Sie zwang sich, ihren Fuß auf die erste Treppenstufe zu setzen. Als sie langsam die verwitterten, teilweise abgebröckelten Steinstufen hinaufging, blieb Domenico so dicht hinter ihr, dass sie seinen Atem in ihrem Nacken spüren konnte. Womöglich fürchtete er, sie könne stolpern und die Klippe hinunterstürzen. Sie hätten natürlich auch durch den Park kommen können wie als Kind, doch Greta war es so lieber gewesen. Das Tor an der Einfahrt zur Villa war jetzt, da Matteo mit seiner Arbeit fertig war, vermutlich wieder verschlossen, deshalb hätten sie in den Garten ihrer Trattoria gehen müssen, um in den Park zu gelangen. Das Loch in der Mauer, wo sie als Kinder immer hindurchgeschlüpft waren, existierte zwar nicht mehr, doch in ihrem Garten war die Mauer niedrig genug, um darüberklettern zu können. Sie hatte jedoch keinesfalls riskieren wollen, Adelina oder ihren Schwestern in die Arme zu laufen. Als sie an der Trattoria vorbeigefahren waren, waren alle Fenster hell erleuchtet gewesen, und sie vermutete, dass ihre Schwestern wider Erwarten auf der Insel geblieben waren. Sie hatten sie, als sie nach ihrem überstürzten Aufbruch nicht mehr zurückgekehrt war, mit Telefonanrufen und besorgten Textnachrichten bombardiert, aber Greta hatte keine beantwortet, sondern ihr Handy ausgeschaltet. Erst gegen Abend hatte sie Lorena eine kurze SMS geschickt, in der sie ihr lapidar mitteilte, dass »alles in Ordnung« sei, was bei genauer Betrachtung natürlich eine Lüge war, denn rein gar nichts war in Ordnung. Doch Greta hoffte, es würde ihre Schwestern einstweilen beruhigen.

Sie waren auf der Klippe angekommen. Hier wehte ein leichter Wind, und Greta fröstelte in ihrem dünnen Kleid. Domenico trat neben sie. »Wohin jetzt?«, fragte er leise. Sie deutete nach Osten. Ein schmaler, gewundener Pfad, kaum mehr zu erkennen, führte etwa fünfzig Meter die Klippe entlang durch Macchia und an Felsen vorbei, bevor er vom Dunkel der Pinien verschluckt wurde. Dort oben, an der Grenze zwischen Klippe und Wald, erhob sich wie der dunkle Buckel eines großen, schlafenden Tieres die Ruine des Pavillons, der Spielplatz ihrer Kindheit. Sie gingen darauf zu. Obwohl der Mond hell schien, hatte Domenico seine Taschenlampe angeschaltet und leuchtete vor ihnen auf den Boden, wofür Greta ihm dankbar war. Das zähe Gestrüpp und die Felsen dazwischen waren tückisch, man konnte leicht ausrutschen oder stolpern. Sie war seit rund zwanzig Jahren nicht mehr hier gewesen. Nach jener verhängnisvollen Nacht war sie noch eine Weile regelmäßig hergekommen, um in dem Pavillon zu spielen, was ihr jetzt, aus der Sicht einer Erwachsenen, seltsam vorkam. Immerhin hatte man sie hier gefunden – stumm, verstört, regelrecht panisch –, sodass man hätte annehmen können, ein kleines Mädchen würde diesen Ort, den es mit einem offensichtlich schrecklichen Erlebnis verband, danach für immer meiden. Doch so war es nicht gewesen, und Greta hatte das so interpretiert, dass es vielleicht daran lag, dass der Pavillon ihr Schutz geboten und das Schreckliche irgendwo anders stattgefunden hatte. Was mochte sie gesehen haben? Und wo? Das hoffte sie heute herauszufinden. Seit sie zu groß geworden war, um mit Pinienzapfen zu sprechen und Eichelhäherfedern zu sammeln, war sie nicht mehr hergekommen. Um genau zu sein, seit jenem Tag, als Matteo Ferraro ihr im Schulbus einen guten Morgen gewünscht und sie geantwortet hatte. In dem Moment, in dem sie wieder zu sprechen begonnen hatte, hatte sie ihren Kokon des Schweigens, die verwunschene Welt der flüsternden Dinge und der tröstlichen Zeichen verlassen, um in der realen Welt weiterzuleben. Ihre Besuche im Park gehörten von da an der Vergangenheit an.

Jetzt waren sie am Pavillon angekommen. Das Dach des an einen kleinen kreisrunden Tempel erinnernden Baus war schon eingestürzt gewesen, als Greta hier noch Zwiesprache mit den Pinienzapfen gehalten hatte, und jetzt hatten die Brombeeren die verwitterten Säulen zur Gänze überwuchert, sodass sie kaum mehr zu sehen waren. Greta drückte die Ranken vorsichtig zur Seite und winkte Domenico heran, um hineinzuleuchten. Etwas raschelte, ein kleines Tier huschte davon, als er den Strahl der Taschenlampe auf die gesprungenen Bodenfliesen richtete. »Hier gab es ein Mosaik«, sagte Greta und deutete auf den schmutzigen, unkrautüberwucherten Boden. »Es war kreisförmig. Ich habe dort meine Zapfen und andere Dinge angeordnet, Steine, Federn ...« Sie hielt inne und sah nach oben. Der silberne Vollmond stand direkt über ihr, kein Blutmond wie damals, keine Wolkenfetzen, die über den Himmel jagten. Greta wandte sich ab und ging weg vom Pavillon, zurück in Richtung Klippe. Dort gab es einen Felsabbruch, von wo aus man direkt auf den ehemaligen Hafen sehen konnte. Greta trat an den Rand der Klippe und sah hinunter. Domenicos Boot war im Mondlicht gut zu erkennen.

Ihr wurde plötzlich schwindlig. »Ein Boot«, murmelte sie. »Da war ein Boot …« Sie schwankte leicht und spürte, wie Domenicos kräftige Arme sie umfassten und vom Klippenrand wegführten.

»Bist du dir sicher, dass du das tun willst?«, fragte er.

»Nein«, sagte Greta, »ich bin mir alles andere als sicher. Was, wenn das, woran ich mich erinnere, schrecklicher ist als die Unwissenheit, mit der ich nun schon fünfundzwanzig Jahre lebe? Was, wenn ich erfahre, dass ich meine Mutter hätte aufhalten oder retten können und es nicht getan habe?« Sie griff nach Domenicos Hand und löste sie sacht von ihrem Arm. »Aber ich muss es trotzdem versuchen.«

Domenico nickte. Sie gingen zurück zum Pavillon und setzten sich auf ein abgebrochenes Stück Säule. Greta hatte gehofft, den Pavillon betreten zu können, aber das war unmöglich. Sie blieben auf dem Stein sitzen, der noch die Wärme des Tages gespeichert hatte. Domenico zündete sich eine Zigarette an und lehnte sich zurück an die Mauer des Pavillons, verschmolz mit den Brombeerranken und war mit seiner dunklen Jacke kaum mehr zu erkennen. Greta begriff, dass er sich absichtlich unsichtbar zu machen versuchte, um sie dabei zu unterstützen, sich zu erinnern. Gleichzeitig war sie sich seiner Anwesenheit überdeutlich bewusst. Sie wusste, er würde auf sie aufpassen, wäre zur Stelle, falls sie ohnmächtig werden sollte oder sonst etwas passieren würde. Einstweilen passierte jedoch nichts. Die Nacht war still und friedlich, die Wellen plätscherten leise ans Ufer, und vom Festland blinkten die Lichter von Castiglione herüber. Sie dachte daran, was sie eben an der Klippe zu erinnern geglaubt hatte: ein Boot. Da war ein Boot gewesen. Aber wo … Sie schloss die Augen, versuchte, sich zu konzentrieren, doch dann unterbrach ein schriller Laut sie jäh in ihren Bemühungen, sich zu erinnern. Es war der Ruf eines Pfaus. Sie spürte, wie Domenico neben ihr ebenfalls zusammenzuckte, doch er schwieg eisern. Der Pfau schrie noch einmal, und in diesem Moment begann die Erinnerung in Gretas Geist zu sickern wie ein Rinnsal, das langsam stärker wurde. Sie hatte den Pfau auch in jener Nacht gehört. Als sie gelaufen war ... ja ... sie war gelaufen, schnell ... schnell weg ...

Irgendetwas hat Greta geweckt. Draußen tobt ein Gewitter, der Sturm rüttelt an den Fensterläden, und die Blitze tauchen ihr Zimmer in zuckendes violettes Licht, das alles fremd erscheinen lässt. Was war es, was Greta geweckt hat? Sie weiß es nicht, kuschelt sich tiefer in ihr Bett und kneift die Augen zu, so fest sie kann. Tagsüber hat sie keine Angst vor Gewittern, im Gegenteil, sie findet es spannend, den Blitzen zuzusehen, die zuckend ins Wasser einschlagen, sie mag den wohligen Schauer, der sie überläuft, wenn der Donner über den See grollt, und sie liebt den böigen Wind, der sie erfasst, so als wolle er sie mitnehmen, hinauf in die dunklen Wolken. Wenn sie kein kleines Mädchen wäre, wäre sie gern eine Schwalbe, dann würde sie auch bei Gewitter fliegen, sich tragen lassen, ganz nahe an die Blitze heran, um dann im Sturzflug auf den Boden hinunterzusausen und im letzten Moment einen Haken zu schlagen und wieder hinaufzufliegen in das stürmische, wilde Dunkel, das sie magisch anzieht. In der Nacht allerdings ist das etwas anderes. Da kann man die Wolken und den See nicht sehen, die Welt ist verschluckt vom Dunkel, und die Blitze und alles, was sie in Sekunden erhellen, wirkt fremd und unheimlich. Greta kneift die Augen noch ein bisschen fester zusammen, als eine ganze Serie von Blitzen ihr Zimmer beleuchtet. Ihr Papa fällt ihr ein. Er ist nicht da. Heute ist Ruhetag, und er ist bei seinen Freunden in Passignano beim Kartenspielen. An diesen Abenden kommt er immer sehr spät mit dem Boot nach Hause, und sie hat Angst, dass er womöglich in das Gewitter geraten ist. Oder vielleicht ist er schon wieder zurück, und seine Stimme war es, die sie geweckt hat? Es waren Stimmen, die durch ihren Traum gedrungen sind, glaubt sie. Vielleicht ihre Eltern. Vielleicht hat Mama mit Papa geschimpft, weil er trotz des Gewitters über den See gefahren ist. Das ist gefährlich, weiß Greta. Der See kann bei Sturm böse sein, obwohl er bei Sonnenschein nicht so aussieht. Es ist Agilla, die Nixe im See, die die Wellen so gewaltig aufpeitscht, aus Kummer über ihren verlorenen Geliebten, auch das weiß Greta. Sie sucht den Prinzen Trasimeno, und jeden, der ihr in ihrer Trauer und ihrem Schmerz auf ihrer Suche begegnet, den zieht sie unerbittlich hinunter in die Tiefe. Plötzlich ist Greta froh, dass die Stimmen ihrer Eltern sie aufgeweckt haben. So kann sie sicher sein, dass ihr Vater gut nach Hause gekommen ist und Agilla ihn und sein Boot nicht entdeckt hat. Entschlossen schält sie sich aus ihrer Decke und steigt aus dem Bett. Sie wird ihrem Papa Hallo sagen. Er wird ihr einen Kuss geben, sie wieder hinauf in ihr Zimmer bringen und zudecken, und dann wird sie wieder einschlafen können. Es ist ganz still in der Wohnung. Ihre Schwestern schlafen, und weder ihre Mutter noch ihr Vater ist da. Alles ist dunkel, die Küche und das Wohnzimmer sind leer, und auf dem Bett im Schlafzimmer ihrer Eltern liegt noch die geblümte Tagesdecke. Sie öffnet die Wohnungstür, um hinunter in die Trattoria zu gehen. Es kommt oft vor, dass ihre Eltern und Adelina noch unten im Restaurant sind. Entweder sie räumen noch auf, oder an Ruhetagen wie heute erledigen sie »elenden Papierkram«, wie ihr Papa es nennt, oder sie sitzen auf der Terrasse und trinken noch ein Glas Wein zusammen. Manchmal streiten sie auch, und dann werden sie so laut, dass man es bis oben in die Wohnung hören kann. Doch jetzt ist alles ruhig. Was immer sie geweckt hat, Stimmen oder andere Geräusche, es ist verstummt. Nichts ist zu hören außer dem Heulen des Sturms, Donnergrollen und dem leisen Tapsen ihrer nackten Füße auf den Steinstufen. Im Gastraum brennt auch kein Licht, aber in der Küche. Die Tür ist nur ange-

lehnt, und der Lichtschein dringt auf den Flur heraus. Sie drückt die Tür leise auf und geht hinein. »Mama? Papa?« Niemand ist da. Die Küche ist aufgeräumt und leer, die Arbeitsflächen und der Herd glänzen. In ihrem Magen bildet sich ein kleiner fester Klumpen, als ihr klar wird, dass ihre Eltern beide nicht da sind. Sie sind ganz allein. Nein, Tante Adelina ist oben in der Wohnung. Greta will gerade wieder nach oben gehen, als sie etwas sieht, was nicht in die aufgeräumte blitzblanke Sauberkeit der Küche passt. Halb unter dem Herd liegt ein Schuh. Eine einzelne Sandale ihrer Mutter, die mit den leuchtend grünen, glänzenden Lackriemen und dem kleinen Absatz. Die Sandalen sind neu, ihre Mutter hat sie vor ein paar Tagen in Castiglione gekauft. Greta bückt sich und hebt die Sandale auf. In diesem Moment sieht sie noch etwas. Rote Farbe, die über den Boden verschmiert ist. Greta folgt der Spur um den Herd herum, und da sieht sie sie. Ihre Mutter liegt auf dem Boden, und um ihren Kopf herum ist eine rote Pfütze. Ihr Kleid ist nach oben gerutscht. Greta schaut auf den nackten Fuß, um ihr nicht ins Gesicht blicken zu müssen. Sie will die schrecklich starrenden Augen nicht sehen, den weit offenen Mund. Beides sagt ihr, dass das Rote auf dem Boden keine Farbe ist. Es ist das Blut ihrer Mutter, die auf dem Fliesenboden liegt, in dem schmalen Durchgang zwischen Herd und Kühlschrank, und tot ist. In ihr zerbricht etwas, sie kann es spüren, wie etwas in ihr in tausend Stücke zerbirst. Sie geht in die Knie, greift nach der ausgestreckten Hand ihrer Mutter, die sich noch warm anfühlt. »Mama«, ruft sie, hofft auf eine Antwort. »Mama!« Plötzlich hört sie an dem Bimmeln des Glöckchens, wie sich die Tür der Trattoria zur Straße öffnet und wieder schließt. Jemand kommt. Sie springt auf und weicht zur Tür zurück. Die Schritte kommen näher, sie sind jetzt an dem Durchgang, der vom Gastraum in die Küche führt. Greta wartet nicht ab, bis sie noch näher kommen. Sie schlüpft auf den dunklen Flur und durch die Hintertür hinaus und beginnt zu laufen. Das Gewitter hat noch nicht nachgelassen, der Wind peitscht ihr den Regen ins Gesicht, zerrt an ihrem Nachthemd, an ihren Haaren, doch sie spürt es kaum. Sie läuft durch den Garten, duckt sich jedes Mal, wenn ein Blitz die regennasse Umgebung erhellt, ins Gras oder unter die Büsche, aus Angst, man könnte ihr gefolgt sein, könnte sie entdecken. Fast spürt sie schon, wie jemand sie am Arm packt und herumreißt. Sobald es wieder dunkel ist, läuft sie weiter, dann kriecht sie durch das Loch in der Gartenmauer und ist im Park, sie läuft und läuft, stolpert über Pinienwurzeln, reißt sich die Füße an Steinen auf und spürt nichts. Sie sieht nur Mamas Gesicht vor sich, mit starren Augen, den Kopf in einer Blutlache ...

»Greta ...« Eine leise Stimme holte sie zurück. Sie öffnete die Augen, spürte, dass ihre Kleider, ihre Haare trocken waren, kein Sturm zerrte an ihr, ihre Füße waren nicht nackt und zerschunden, sie steckten in weißen, trockenen Turnschuhen. Dann war Domenicos Gesicht ganz nah bei ihr. Er hatte seinen Arm um sie gelegt und sah sie besorgt an.

»Was ist passiert?«, stammelte Greta benommen. Sie spürte, dass ihr Gesicht nass von Tränen war.

»Du hast bitterlich geweint«, sagte Domenico bestürzt. »Ich weiß, ich habe dir versprochen, nur im Notfall einzugreifen, aber ich habe es nicht ausgehalten, dir dabei zuzusehen ...« Er zieht sie fester an sich. »Und du hast gezittert, so als ob dir kalt wäre.«

Greta lehnte den Kopf an seine Brust, spürte die Wärme, hörte sein Herz klopfen, stetig und beruhigend. »Es ist gut«, sagte sie und schloss die Augen. »Ich habe sie gesehen. Meine Mutter ist tot. Sie lag in der Küche, in ihrem Blut. Deshalb bin ich weggelaufen, hierher ...« Sie löste sich aus Domenicos Armen und stand auf. Da war noch mehr, es stand ihr jetzt klar vor Augen. Langsam ging sie auf den Felsabbruch zu und blickte hinunter.

... Der See ist voller Zorn. Hellgrün schäumend drängt das Wasser

ans Ufer, und der ungestüme Wind zerrt an ihren Haaren, an dem dünnen Nachthemd, das sie trägt. Am Himmel steht ein roter Mond. Ihre nackten Zehen graben sich in den weichen Boden. Es rauscht in den Wipfeln der riesigen Pinien, die Zapfen landen krachend auf dem Boden, zerbersten hinter ihr auf den Steinen. Ihr Blick ist auf den See gerichtet. Sie weiß, gleich wird sie auftauchen, zwischen den tobenden Wellen, schön und schrecklich zugleich. Gleich ...

»Da war ein Boot«, sagte sie, an Domenico gewandt, der neben sie getreten ist. »Ich weiß nicht, wie lange ich mich in dem Pavillon versteckt habe, doch irgendwann habe ich ein Geräusch gehört und bin nach draußen gegangen. Es war windig, der See aufgewühlt, doch es regnete nicht mehr. Der Mond stand am Himmel, rot ... da war etwas Dunkles auf dem Wasser – ein Boot. Es kämpfte sich durch die hohen Wellen, wurde wie ein Spielzeug hin und her geworfen, und dann ...« Greta spürte, wie ihr alles Blut aus dem Gesicht wich. Ihre Knie wurden weich, und sie musste sich bei Domenico abstützen. Er umfasste ihre Schultern, hielt sie fest. »Sollen wir zurückgehen?«

Greta schüttelte den Kopf. »Es kam direkt auf mich zu. Ich dachte, es kommt, um mich zu holen ... es war nicht Agilla, die aus den Fluten steigt wie in meinem Traum, es war ein Mann mit einem Boot. Er ist hierher in die Bucht gefahren so wie wir gerade eben. Doch er ist nicht bis an den Strand, sondern kurz davor ins Wasser gesprungen und ans Ufer geschwommen, und das Boot ist weggetrieben. Der Mond hat einen langen Schatten geworfen, als er an Land gekommen ist, er sah aus wie ein Riese ...« Sie schauderte und versuchte, das Bild vor ihren Augen deutlicher zu sehen. »Ich konnte mich nicht bewegen, keinen Millimeter. Dann ist er nach oben gekommen. Ich war mir sicher, dass er mich holt, habe mich aber im allerletzten Moment hinter einen Felsen geduckt. Doch als er oben war, hat er nicht einmal zu mir hergesehen, sondern ist in Richtung Park verschwunden.« Erschöpft rieb sie sich mit den Händen über ihr tränenfeuchtes Gesicht. »Ich bin geblieben, wo ich war, hinter dem Felsen zusammengekauert, habe nicht mehr gewagt, mich zu bewegen. So haben sie mich am nächsten Morgen gefunden.«

»Hast du gesehen, wer der Mann war?«, wollte Domenico wissen, als sie vorsichtig die Steinstufen wieder hinunterstiegen.

»Nein. Sein Gesicht habe ich nicht gesehen. Nur seine Gestalt. Aber sie kam mir riesig vor.«

»Das kann täuschen, das Mondlicht verzerrt die Proportionen, außerdem warst du ein kleines Mädchen und hattest große Angst.«

»Stimmt, also könnte es jeder gewesen sein.«

Sie konnte sehen, wie Domenico, der vor ihr ging und mit der Taschenlampen die Stufen beleuchtete, den Kopf schüttelte.

»Nicht jeder. Es war jemand von der Insel.«

Greta spürte, wie ihr bei Domenicos Worten mulmig wurde. Er hatte recht. Es konnte nur jemand von hier gewesen sein. Er war mit dem Boot ihrer Mutter hierhergefahren und hatte es von der Strömung abtreiben lassen, damit es am nächsten Tag irgendwo gefunden wurde. Dann war er zu Fuß durch den Park zurückgegangen. Doch was hatte er mit ihrer Mutter gemacht? Was war vorher passiert?

»Es waren mehrere«, sagte sie plötzlich. »Es waren nicht nur die Schritte von einer Person, die in die Trattoria gekommen sind. Ich habe jemanden näher kommen hören, während jemand anderes noch die Tür geschlossen hat.«

»Es ist kein Wunder, dass du Angst davor hattest, dich zu erinnern, Greta«, sagte Domenico, als sie wieder im Boot saßen. »Du hast nicht nur deine tote Mutter gesehen, du bist Zeugin eines Verbrechens geworden. Und der Täter muss jemand von hier sein. Jemand, den du vermutlich kennst.«

31

Sie fuhren am Ufer entlang, bis sie zu ihrem Steg kamen. In der Trattoria brannte noch immer Licht. Greta warf einen Blick auf die Uhr. Halb elf. Da sie sich nicht vorstellen konnte, dass Adelina mutterseelenallein in der Trattoria saß, waren ihre Schwestern und Tonino offenbar tatsächlich hiergeblieben. Normalerweise wäre ihr das unangenehm gewesen, doch jetzt war es ihr sehr recht. Sie konnte nicht mehr warten. Domenico hatte zunächst vorgeschlagen, nach Passignano zurückzufahren. Sie könne bei ihm übernachten und morgen früh wieder hierherkommen, doch Greta hatte abgelehnt. Sie war zu aufgewühlt und außerdem von der irrationalen Furcht gepackt, sie würde über Nacht wieder vergessen, woran sie sich jetzt erinnerte. Am Steg kletterte sie als Erste aus dem Boot, und als Domenico keine Anstalten machte, ihr zu folgen, drehte sie sich erstaunt um. »Was ist?«

»Ich denke, es ist besser, wenn du allein reingehst. Ich fahre zurück …«

»Kommt gar nicht infrage«, erwiderte Greta heftig. »Bitte! Lass mich jetzt nicht allein.«

Er widersprach nicht, sondern stieg schweigend aus und vertäute das Boot. Als sie auf die Trattoria zugingen, griff er nach ihrer Hand und drückte sie.

Ihre Schwestern saßen an dem Katzentisch neben dem Durchgang zur Küche. Weder von Tonino noch von Adelina war etwas zu sehen. Nur die Hängelampe über dem Tisch brannte, der Rest des Raumes lag im Dunkeln. Sie hatten eine Flasche Rotwein zwischen sich stehen und einen Berg Papiere vor sich liegen. Am Boden neben dem Tisch stapelten sich mehrere Aktenordner. Als Greta und Domenico durch die offene Terrassentür eintraten, schraken beide hoch.

»Greta!«, rief Lorena. Aus ihrer Stimme war Erleichterung zu hören. »Wo, um alles in der Welt, bist du gewesen?«

Gina sagte nichts, ihre Augen waren gerötet und ihr Gesicht blass, doch auch sie wirkte erleichtert.

Greta ließ Domenicos Hand los, als sie näher traten. »Sagen wir mal so, ich war in der Vergangenheit.«

Lorena runzelte die Stirn. »Was hat das zu bedeuten?«

»Erzähle ich euch gleich. Was macht ihr hier?« Sie deutete auf die Papiere, die verstreut auf dem Tisch lagen.

»Das sind Kontoauszüge, Rechnungen, Mahnungen, Briefe von der Bank. Stell dir vor, Papa hatte eine ganze Schublade voll davon. Er hat seit Monaten seine Post nicht mehr geöffnet!« Jetzt klang ihre Stimme vorwurfsvoll.

Greta zuckte mit den Schultern. Sie erinnerte sich dunkel, an ihrem ersten Abend im Büro ihres Vaters eine Schublade geöffnet und eine Menge Briefe gesehen zu haben, doch sie hatte nicht weiter darauf geachtet. Sie hatte nach etwas anderem gesucht, einem Testament, etwas, das ihre Trattoria vor dem Zugriff ihrer Schwestern retten würde, und später, als sie die Kiste und die versteckten Schreiben der Detektei entdeckte, hatte sie nichts anderes mehr interessiert. Und wenn sie ehrlich war, interessierte sie es auch jetzt nicht sonderlich.

»Wie geht es Adelina?«

»Ganz okay. Wir haben am Nachmittag noch mal nach ihr gesehen. Sie wollte aber nicht mehr herunterkommen, meinte, sie würde früh zu Bett gehen. Vermutlich schläft sie schon.«

»Und Tonino?«

»Er ist zurückgefahren. Ich wollte hierbleiben und mit Gina auf dich warten.«

»Wie ist er von Passignano nach Perugia gekommen?«

»Mit meinem Auto. Er hat ja seit zwei Monaten den Führerschein.« Sie seufzte. »Wenn ich daran denke, was er mit seinem Motorino alles angestellt hat, befürchte ich das Schlimmste. Morgen früh holt er mich wieder ab, sofern mein armer Wagen noch läuft.«

Greta brannte darauf, ihren Schwestern zu erzählen, woran sie sich erinnert hatte, und fürchtete sich gleichzeitig davor. Während sie vor ihnen stand und noch immer zögerte, wurde ihr bewusst, wie wenig sie mit Lorena und Gina verband. Sie waren Schwestern, ja, aber im Grunde hatten sie nur acht Jahre ihrer Kindheit zusammen verbracht. Im *Nachher* kamen sie als Schwestern nicht mehr vor, so wie sie selbst vermutlich auch bei Lorena und Gina nicht mehr wirklich vorgekommen war. Das Verschwinden ihrer Mutter und das nachfolgende, von ihrem Vater verordnete Schweigen hatte etwas zwischen ihnen durchtrennt, was nie wieder zusammengewachsen war. Jede war für sich erwachsen geworden. Sie hatten weder ihren Schmerz noch ihre Träume und Hoffnungen je miteinander geteilt. Im Grunde waren Lorena und Gina Fremde für sie. Dennoch mussten sie davon erfahren. Gina hatte Lorena vermutlich bereits erzählt, was Greta bei ihrem Besuch in der Detektei in Florenz in Erfahrung gebracht hatte, und sie musste ihnen sagen, dass ihr Vater sich geirrt hatte. Sie warf Domenico einen hilfesuchenden Blick zu, und er nickte unmerklich. Sie räusperte sich und sagte: »Ich erinnere mich.«

Die Wirkung dieser drei Wörter war beängstigend. Lorena und Gina erstarrten mitten in der Bewegung. Lorena hatte die Hand mit dem Brief erhoben, mit dem sie gerade herumgewedelt hatte, und Gina hielt das Weinglas umklammert, als wolle sie es zerdrücken. Beide starrten Greta an wie einen Geist aus der Vergangenheit, und sie selbst erkannte schaudernd, dass sie das in gewisser Hinsicht auch war. Sie zog einen Stuhl heran, setzte sich und nickte Domenico, der unschlüssig stehen geblieben war, aufmunternd zu. Als er sich neben sie setzte, erwachte Lorena aus ihrer Erstarrung und sagte, an Greta gewandt: »Ich will mich ja nicht einmischen, aber das ist doch eine Familien...«

»Dann misch dich auch nicht ein«, unterbrach Greta, die plötzlich tief in sich eine ungeahnte neue Kraft spürte. »Domenico bleibt hier. Wenn dir das nicht passt, musst du ja nicht zuhören, was ich zu sagen habe.«

Lorena klappte erschrocken den Mund zu, und Gina lachte auf. »Wunderbar!«, sagte sie und klatschte in die Hände, doch ihr Lachen klang brüchig, und man konnte die Angst dahinter hören.

Greta erzählte ihnen, was sie gerade erlebt hatte, und als sie endete, herrschte schockierte Stille im Raum. Lediglich das Zirpen der Zikaden drang durch die offene Terrassentür herein.

»Mama wurde getötet?«, fragte Gina ungläubig nach. »Hier? In unserer Küche? Das glaube ich nicht.« Sie schüttelte heftig den Kopf.

»Ich habe sie gesehen«, sagte Greta leise. »Sie lag dort, in ihrem Blut, die Augen geöffnet. Und sie hat nicht mehr geatmet.«

Gina schüttelte weiter den Kopf. »Das kann nicht sein. Wer tut so etwas? Warum? Mama hatte keine Feinde. Niemand würde ... vielleicht war es ein Unfall?«

»Möglich. Aber sie war nicht allein. Jemand hat sie um die Ecke gezogen. Vermutlich, damit man sie nicht sofort sieht. Am Boden waren blutige Schleifspuren zu sehen. Und ihr Schuh lag ganz woanders.«

»Aber wer war dieser Jemand?«, rief Gina. »Ich verstehe das nicht. Wer könnte denn Mama ... in unserer Küche ...« Sie kramte in ihrer Handtasche herum und fischte schließlich eine Packung Zigaretten heraus. Als sie sich eine in den Mund steckte, gab Domenico ihr Feuer. »Danke«, sagte sie und nahm einen tiefen Zug. »Ich verstehe das nicht ...«, murmelte sie erneut, und Greta sah, dass ihre Finger zitterten.

»Dieser Jemand war vermutlich der gleiche Mann, der danach ihr Boot in die Bucht gefahren hat, damit es später verlassen gefunden wird.«

»Und wo hat er Mama hingebracht? Wo ist sie?«, fragte Gina laut und so drängend, als erwarte sie, dass sie nur eine Tür zu öffnen bräuchten und ihre Mutter dahinter fänden.

»Vermutlich hat er sie auf den See hinausgebracht«, ließ sich jetzt Domenico vernehmen. »Bevor er dann weiter zum alten Hafen der Villa gefahren ist, um das Boot loszuwerden.«

»Du meinst, er hat sie versenkt ...?«, flüsterte Gina.

»Herrgott noch mal Gina, natürlich meint er das!«, fauchte Lorena erbost. »Stell dich doch nicht dümmer, als du bist!«

Alle sahen zu Lorena, und Greta wurde bewusst, dass sie bisher kein Wort gesagt hatte, was so gar nicht ihrer Art entsprach. Außerdem sah sie seltsam aus. Ihre Haut unter ihrem Make-up war wächsern fahl, ebenso wie ihre Lippen. Ihre Augen dagegen schienen zu brennen. »Warum fragt ihr euch nicht das Naheliegende?«

»Und das wäre?« Gina klang aggressiv. Sie war sichtlich gekränkt, von Lorena so angefaucht worden zu sein.

»Wo war Papa?«

»Du denkst, es war Papa?«, fragte Greta fassungslos. Jetzt war es an ihr, den Kopf zu schütteln.

»Er ist doch sicher schon vor dem Gewitter zurückgefahren. Statistisch gesehen passieren die meisten Gewalttaten innerhalb der engsten Familie ...«

»Niemals! Er hat doch nicht einmal geglaubt, dass sie tot ist!«, rief Greta erregt. »Fünf Jahre hat er sie suchen lassen! Ich zeige dir die Unterlagen.«

»Klassischer Fall von Schuldverdrängung.« Lorenas wächsernes Gesicht sah in seiner Unbewegtheit ein wenig unheimlich aus. »So etwas gibt es öfter, als man denkt. Menschen, die mit ihrer Schuld nicht fertigwerden, bilden sich die seltsamsten Dinge ein ... ich könnte euch Fälle nennen ...«

»Halt den Mund!« Gina war aufgesprungen und beugte sich zu ihrer Schwester hinüber. »Du bist hier nicht bei Gericht, verflucht noch mal!«, schrie sie ihr ins Gesicht und gab ihr eine heftige Ohrfeige. Lorena wehrte sich nicht, und diese Passivität war es, die Greta am meisten erschreckte. Sie berührte Gina am Arm. »Beruhige dich«, sagte sie leise, und Gina ließ sich zurück auf ihren Stuhl sinken. Sie schien am Ende ihrer Kräfte zu sein.

»Weshalb denkst du das?«, fragte Greta, an Lorena gewandt. »Hast du irgendwelche Gründe, so etwas anzunehmen?«

Lorena schloss die Augen und nickte. Unter ihren getuschten Wimpern drangen Tränen hervor. »Ich habe euch das nie gesagt, aber Mama ... Mama hatte tatsächlich eine Affäre. Ich habe gehört, wie Papa und Mama deswegen gestritten haben. Sie wollte ihn verlassen. Und er war so wütend. Er hat getobt und gefleht ... es war furchtbar.« Ihr Kinn zitterte. »Ich konnte es nicht mit anhören und bin zurück in mein Zimmer gelaufen. Dort habe ich mich ins Bett gelegt und mir mit dem Kopfkissen die Ohren zugehalten.«

»Wann war der Streit?«, fragte Greta.

»Etwa zwei Wochen bevor sie verschwunden ist.«

Es dauerte eine Weile, bis Greta die Tragweite dessen begriff, was Lorena ihnen sagte. »Dann hast du nie geglaubt, dass Mama ertrunken ist?«

Lorena schüttelte den Kopf. »Ich war mir sicher, dass sie ihren Entschluss in die Tat umgesetzt hat und mit ihrem Liebhaber durchgebrannt ist. Aber ich konnte es doch nicht sagen! Niemand hat darüber gesprochen, sogar Papa hat behauptet, sie sei ertrunken ...«

Gina starrte sie an. »Aber all die Jahre ... hast du dich nicht gewundert, weshalb sie sich nie gemeldet hat ...?«

»Ich dachte, ich ... wir wären einfach zu wenig liebenswert gewesen.« Die wächserne Starre ihrer Miene löste sich auf. Sie begann zu weinen. »Ich habe sie so gehasst! Jeden Tag habe ich ihr den Tod dafür gewünscht, dass sie uns im Stich gelassen hat. Und dabei« – sie schluchzte auf –, »dabei war sie längst tot ...«

Lorena ließ sich nicht mehr beruhigen. Sie brach förmlich unter der Last der so lange ungeweinten Tränen zusammen. Gina ging zu ihr, umarmte sie, entschuldigte sich für die Ohrfeige und begann, ebenfalls zu weinen, während Greta sich überwand, Lorenas eisig kalte Hand nahm und sie fest drückte. Als Domenico ihr auf die Schulter tippte, schrak sie zusammen. Er war aufgestanden und machte mit Daumen und kleinem Finger ein Zeichen, dass er sie anrufen würde. Als Greta nickte, strich er ihr mit der Hand über die Wange, gab ihr einen Kuss und ging. Kurz darauf hörte Greta das leise Tuckern des Motorboots.

Sie blieb sitzen, lauschte dem Schluchzen ihrer Schwestern, und in ihrem Kopf wehten die Gedanken durcheinander wie Blätter in einem Sturm. Auch wenn sie es nicht glauben konnte, nüchtern betrachtet war Lorenas Verdacht nicht so abwegig. Wenn ihre Mutter an jenem Abend ihre Koffer gepackt hatte und Vater wegen des Gewitters früher heimgekommen war und sie dabei ertappt hatte ... Sie schüttelte den Kopf. Sie war sich sicher, dass sie zwei Personen gehört hatte, doch ihr Vater hätte niemals jemanden um Hilfe gebeten, wenn er gerade seine Frau getötet hätte. Andererseits konnte sie sich auch täuschen. Es war so lange her, wie zuverlässig mochten ihre Erinnerungen an solche Details da noch sein?

Doch selbst wenn sie sich getäuscht hatte und nur die Schritte eines Mannes zu hören gewesen waren, hätte sie ihren Vater oben auf der Klippe dann nicht erkennen müssen? Nicht unbedingt, gestand sie sich ein. Sie war in Panik gewesen, und wie Domenico erklärt hatte, verzerrte der Mond die Proportionen. Und sie hatte sein Gesicht nicht gesehen. Dennoch ... etwas stimmte nicht, und das nicht nur, weil sie nicht wollte, dass auf ihrem Vater, der sich nicht mehr wehren konnte, ein so schrecklicher Verdacht lastete. In dem Moment schwebte ein weiterer Gedanke durch ihr aufgewühltes Gehirn, und sie wusste, was noch fehlte. Das letzte Teil, das sie noch nicht beachtet hatten und das bewies, dass ihr Vater unschuldig war. Sie ließ Lorenas Hand los und lief aus dem Zimmer.

Als sie zurückkam, hatte sich Lorena endlich so weit beruhigt, dass sie nicht mehr von Schluchzern geschüttelt wurde. Sie sah auf, als sich Greta zu ihr setzte. »Es tut mir leid«, sagte sie mit belegter Stimme. »Ich bin eigentlich nicht so ... so ... emotional.«

»Es wäre ganz gut, wenn du es öfter wärst«, erwiderte Greta gutmütig und lächelte. »Es hätte uns vermutlich allen ganz gutgetan, ab und zu so zu sein, wie wir wirklich sind.« Dann wurde sie wieder ernst und sah ihre beiden Schwestern eindringlich an. »Papa war es nicht.«

»Wie kannst du dir da so sicher sein?«, fragte Lorena schniefend und schnäuzte geräuschvoll in eine Papierserviette, von denen ihr Gina gleich einen ganzen Stapel gebracht hatte. Sie sah völlig verändert aus mit ihrem verheulten Gesicht, den zerzausten Haaren und der verschmierten Wimperntusche.

Greta legte Don Pittigrillos Nixe, die sie gerade aus ihrem Zimmer geholt hatte, auf den Tisch. »Deswegen.« Und dann erzählte sie ihren Schwestern die Geschichte der beiden Nixen und das, was sie dazu von Don Pittigrillo erfahren hatte.

»Wieso hat Adelina die Nixe verbrannt?«, fragte Lorena und griff nach der Skulptur.

»Sie meinte, sie sei ihr unheimlich gewesen. Ein böses Omen«, antwortete Greta schulterzuckend.

»Aber du glaubst ihr nicht?«

»Ich weiß es nicht. Normalerweise hätte ich ihr schon geglaubt, es ist ja typisch für sie, überall böse Vorzeichen zu entdecken. Aber da es noch eine zweite davon gibt und nach dem, was Don Pittigrillo darüber erzählt hat, kann es gut sein, dass sie lügt. Vielleicht weiß sie, wer sie ans Grab gelegt hat, und will es uns nicht sagen.«

»Du denkst, die Nixe könnte von Mamas Liebhaber stammen, und Adelina weiß das?«

»Vielleicht.«

»Aber würde er sie ausgerechnet an Papas Grab legen? Das ist doch seltsam.«

Greta hob resigniert beide Hände. »Ich habe keine Ahnung. Trotzdem bin ich mir sicher, dass diese Nixe etwas mit Mama und dieser ganzen Geschichte zu tun hat. Und deshalb bin ich mir auch sicher, dass Papa es nicht war. Es gibt da noch jemanden. Und wenn wir wissen, wer das ist, dann haben wir auch den Täter.« Sie verstummte einen Moment, dann fügte sie hinzu: »Ich habe die Skulptur Matteo Ferraro gezeigt, als er hier in der Villa gearbeitet hat, und er meinte, sie könnte Agilla darstellen.«

»Die Nymphe aus der Sage, die uns Mama immer erzählt hat?«, ließ sich jetzt Gina, die die ganze Zeit geschwiegen hatte, vernehmen. Als Greta nickte, nahm Gina Lorena die kleine Nixe aus der Hand und drehte sie nachdenklich zwischen ihren Fingern. »Ich habe so etwas Ähnliches erst vor Kurzem irgendwo gesehen …«, murmelte sie. Dann hob sie den Kopf und sah ihre Schwestern aufgeregt an. »Natürlich! Es waren Teller und so Zeug, aber …«

»Könntest du bitte nicht in Rätseln sprechen?«, forderte Lorena sie auf, und Greta freute sich, dass in ihrer Stimme bereits wieder etwas von ihrer forschen Art mitschwang. Ihre älteste Schwester mochte manchmal anstrengend und oft auch verletzend sein, aber eine geschlagene, verzweifelte Lorena war keine Alternative.

Gina sah Greta an. »Ich habe dir doch erzählt, dass ich vorgestern beim Schwimmen fast ertrunken wäre? Das war nicht die ganze Wahrheit. Ich habe toter Mann gespielt und mich dann absichtlich sinken lassen.« Ihr Gesicht färbte sich dunkelrot. »Ich dachte mir, wenn ich einfach auf den Grund des Sees sänke, dann müsste ich mir und euch nicht eingestehen, was ich für Mist gebaut habe. Aber es hat nicht geklappt, ich hänge wohl doch zu sehr am Leben, und die tragische Heldin passt auch nicht recht zu mir. Ich habe mich panisch an die Oberfläche zurückgestrampelt, aber ich war völlig fertig und weiß nicht, was passiert wäre, wenn mich nicht ein Fischer aus dem Wasser gezogen hätte.« Sie verstummte kurz, warf erneut einen Blick auf die Nixe in ihren Händen und fuhr fort: »Er hatte eine Kiste mit so Kunsthandwerkszeug im Boot, ihr wisst schon, bemalte Teller, Spanschachteln, kleine geschnitzte Schälchen, alles ganz bunt. Als ich ihn gefragt habe, ob er das selbst gemacht hat, hat er genickt. Er war nicht sehr gesprächig, aber ich vermute, er verkauft die Sachen an Marktleute, die im Sommer in Passignano und Castiglione für die Touristen Souvenirs anbieten.«

»Und da waren auch solche Nixen dabei?«, fragte Greta aufgeregt.

»Nein. Wie gesagt, keine Figuren, aber der gleiche Stil der Bemalung. Hundertprozentig. Und im Übrigen heißt sein Boot Agilla.«

Die Schwestern sahen einander an. »Kanntest du den Mann?«, fragte Greta, und Gina nickte. »Es war König Tano.«

32

»Meint ihr, das ist eine gute Idee?«, fragte Lorena unbehaglich. »Es ist schon nach elf. Vielleicht sollten wir lieber morgen …«

»Nein. Es brennt Licht, also ist er noch wach.« Gina deutete auf das winzige Fenster von Tanos Hütte, aus dem ein schwacher Lichtschein drang.

»Mit Sicherheit ist er betrunken. Am Ende hetzt er die Hunde auf uns.«

Greta beteiligte sich nicht an dem Gespräch. Sie stand dicht vor dem windschiefen Gartentor und versuchte, in der Dunkelheit auszumachen, wo sich die Tiere befanden. Waren sie in den Zwinger gesperrt, der an Tanos Hütte grenzte, oder liefen sie frei herum? Sie konnte nichts erkennen. Ihre Hand wanderte in die Tasche von Domenicos Strickjacke, die sie noch immer trug. Sie war warm, ein wenig rau und roch schwach nach seinem Aftershave, was ihr ein Gefühl von Vertrautheit und Kraft verlieh. Endlich war sie nicht mehr allein. Im Grunde war sie das schon lange nicht mehr, doch sie war zu sehr in ihren Kokon eingesponnen gewesen, um es zu bemerken. Ihre Finger schlossen sich um Don Pittigrillos Nixe, während sie mit der anderen Hand vorsichtig das Tor öffnete, damit es nicht quietschte. Der Hof vor Tanos Hütte lag still im Mondlicht, nur ein windschiefer Olivenbaum warf einen langen Schatten. Heute Nacht würde sie das Rätsel lösen, und keine zehn Höllenhunde würden sie davon abhalten. Sie machte leise ein paar Schritte in den von Unkraut und Unrat übersäten Hof und konnte hören, wie ihre Schwestern ihr mit einigem Abstand folgten. Dann quietschte das rostige Gartentor beim Zuschwingen, und es dauerte keine zwei Sekunden, da hörte sie die Hunde. Sie kamen laut bellend aus dem Dunkel hinter der Hütte gelaufen, wo allerlei Gerümpel Tanos Grundstück vom Seeufer abgrenzte. Greta hörte, wie Lorena hinter ihr scharf die Luft einzog.

»Bleibt stehen!«, zischte sie ihren Schwestern zu, ohne sich umzudrehen. »Nicht weglaufen.«

»Bist du noch ganz bei Trost?«, flüsterte Lorena zurück. »Sollen wir uns etwa bei lebendigem Leib auffressen lassen?« Dennoch blieb sie stehen. Von Gina war kein Laut zu hören, womöglich war sie vor Schreck erstarrt. Greta wusste, dass Tanos Hunde trotz ihres wilden Aussehens eigentlich recht gut erzogen waren. Er hatte sie oft dabei, wenn er durchs Dorf ging, und sie hatten noch nie Ärger gemacht. Meist lief er mit ihnen hinauf zur Kapelle und nahm von dort den Wanderweg über die Insel, so wie beim letzten Mal, als sie ihn am Grab ihres Vaters angetroffen hatte. Diese Begegnung fiel ihr jetzt wieder ein. Das war der Tag gewesen, als sie die Nixe am Grab gefunden hatte. Womöglich hatte Tano sie, nur wenige Sekunden bevor sie den Friedhof erreicht hatte, dort abgelegt.

Die Hunde sprangen auf sie zu, schwarzen Schatten gleich, und auch Greta musste sich zusammenreißen, um nicht auf dem Absatz kehrtzumachen. Das Bellen war verstummt, und als sie Greta erreicht hatten, blieb der erste von ihnen, der womöglich der Leithund war, etwa einen Meter vor ihr stehen und knurrte bedrohlich. Er hatte die Lefzen hochgezogen, und Greta konnte seine Zähne leuchten sehen. Die beiden anderen Hunde blieben in einigem Abstand ebenfalls stehen.

»Und jetzt?«, flüsterte Lorena dicht an Gretas Ohr.

»Wo ist Gina?«, fragte Greta, ohne auf Lorenas Frage einzugehen.

»Ich bin hier«, kam es furchtsam von hinten, und als Greta sich umwandte, sah sie in der Dunkelheit Gina, dicht hinter Lorena. In dem Moment begannen die Hunde, wieder zu bellen.

»Warum kommt er denn nicht raus, wenn seine Köter so einen Lärm machen?«, flüsterte Gina angstvoll. »Er müsste doch nachsehen, was los ist.«

»Tano wartet vermutlich, bis wir Hackfleisch sind«, erwiderte Lorena, und trotz ihrer bemühten Flapsigkeit konnte man die Furcht in ihrer Stimme deutlich hören.

»Das machen sie nicht, wenn er es ihnen nicht befiehlt«, sagte Greta und hoffte, recht zu behalten.

»Was macht dich da so sicher?«

»Nur ein Gefühl.«

»Oh. Ja, dann ...« Lorena verstummte.

Greta nahm ihren ganzen Mut zusammen und rief, so laut sie konnte: »Tano! Komm raus! Wir müssen mit dir reden.« Nichts passierte. Nur der Leithund kam ein paar Schritte näher, den Kopf gesenkt, die Lefzen noch immer drohend hochgezogen. Greta konnte spüren, wie Lorena zurückwich.

Dann erschien endlich ein Schatten hinter dem Fenster, und kurz darauf öffnete sich die Tür, und Tano tauchte im gelblichen Licht auf. »Was wollt ihr?«, knurrte er, seinen Hunden nicht unähnlich. Greta ging auf ihn zu, während sie aus dem Augenwinkel die Hunde weiter beobachtete. Sie beobachteten ihre Bewegungen, rührten sich aber nicht vom Fleck. Greta war sich jedoch sicher, dass es nur eines kleinen Winks ihres Herrchens bedurfte, damit sie sich auf sie stürzten. Als sie so nahe bei Tano stand, dass ihr sein penetranter Geruch nach Alkohol, ungewaschenen Kleidern und Schweiß in die Nase stieg, sagte sie noch einmal: »Wir müssen mit dir reden.«

»Einen Scheiß müsst ihr«, blaffte Tano sie an. »Haut ab von meinem Grundstück. Ich hab mit euch nix zu bereden.«

»Ich glaube doch«, sagte Greta leise, nahm die Nixe des Pfarrers aus der Jackentasche und hielt sie ihm vor die Nase. Als Tano die kleine Skulptur sah, weiteten sich seine Augen. Ob vor Erstaunen oder Furcht, das konnte Greta nicht sagen.

»Wo hast du die her?«, fragte er tonlos.

»Von Don Pittigrillo.«

Tano murmelte etwas, was wie »verfluchter Pfaffe« klang, doch dann trat er zur Seite und ließ sie in seine Hütte. Als sie zu viert in dem Raum standen, wirkte dieser noch winziger, als er von außen aussah. Es gab kaum Möbel, lediglich eine niedrige Pritsche, zwei rote Plastikstühle und einen kleinen Tisch, auf dem eine Flasche Schnaps und ein überquellender Aschenbecher standen. Im hinteren Teil des Raums, halb abgetrennt durch einen schmuddeligen Vorhang, konnte man eine Kochstelle erahnen sowie eine schmale Tür, die womöglich zu einer Toilette führte. Es roch ranzig nach Fisch, vermischt mit Zigarettenrauch, Terpentin und Alkohol. Jeder freie Fleck im Raum war vollgestellt mit leeren Flaschen, Angelzubehör, Farben, Pinseln, Schachteln, Holzstücken, Dosen mit Hundefutter, Kleidung, Schuhen und mehreren aufeinandergestapelten Kisten mit bemalten Souvenirs, so wie Gina sie beschrieben hatte. Greta warf einen kurzen Blick in die oberste Kiste und gab ihrer Schwester recht: Der Stil der Bemalung war identisch mit dem der Nixe. »Ich wusste gar nicht, dass du ein Künstler bist«, sagte Greta.

Tano kniff die Augen zusammen. »Du weißt vieles nicht von mir, Greta Peluso.« Er griff nach der Schnapsflasche, trank einen großen Schluck, wischte sich den Mund mit dem Handrücken ab und deutete mürrisch zu der Pritsche hin. »Bitte. Mehr Sitzgelegenheiten hab ich nicht.«

Greta hörte, wie Lorena scharf die Luft einzog, und schob sie unauffällig zu einem der Stühle, bevor sie sich selbst auf die durchgelegene Pritsche setzte, die quietschend nachgab. Gina ließ sich neben ihr nieder, während Tano sich auf den anderen freien Stuhl setzte. »Keine Desinfektionstücher dabei?«, feixte er, als er Lorenas angewiderte Miene sah. Sie saß am äußersten Rand des Stuhls, peinlich darauf bedacht, nichts anzurühren. »Pass nur auf, Lorena, hier kannst du dir sonst was holen.«

Lorena hob die sorgfältig gezupften Brauen. »Sie erinnern sich an meinen Namen?«

Tano lachte rau. »Ich kenn euch drei, seit ihr noch in die Windeln geschissen habt. So viel Hirn, dass ich mir eure Namen merken kann, ist schon noch übrig.« Dann wandte er sich an Greta: »Ich hab geahnt, dass du kommen wirst. Seit dem Tag, an dem wir uns oben am Grab deines Vaters begegnet sind. Ich wusste, du würdest nicht lockerlassen. Du nicht.« Tano war jetzt ernst geworden, der Hohn in seiner Stimme war verschwunden, ebenso der mühsam unterdrückte Zorn, den er für gewöhnlich zur Schau stellte. Sein Gesichtsausdruck war schwer zu deuten. Resignation womöglich, eine Art von Schicksalsergebenheit. Er wirkte wie jemand, der etwas Schlimmes erwartet hat, das nun endlich eingetreten ist.

»Warum hast du die Nixe ans Grab gelegt?«, wollte Greta wissen.

»Vermutlich genau deshalb, damit du hier auftauchst«, gab Tano mit einem schiefen Lächeln zurück. »Ich hab euren Vater geschätzt, müsst ihr wissen. Er war ein feiner Kerl. Immer wollte ich ihm die Wahrheit darüber sagen, was damals passiert ist. Er hätte sie verdient.«

»Wir auch«, sagte Greta leise.

Tano stutzte kurz, nickte dann aber. »Wahrscheinlich. Aber ihr wart Kinder. Denen erzählt man solche Sachen nicht. Und ich sowieso nicht. Ich hab's ja nicht mal fertiggebracht, mit eurem Vater zu reden. Und plötzlich war's zu spät. Da hab ich ihm die Nixe ans Grab gelegt. Agilla. Das war mein Name für Tiziana. Wie die Nixe aus dem See, die den Prinzen so verrückt macht, dass er für sie ins Wasser geht.«

»Das war also eine Art spätes Geständnis? So wie du diese Figur hier vor fünfundzwanzig Jahren in Don Pittigrillos Beichtstuhl zurückgelassen hast?« Greta beugte sich vor und legte die kleine grüne Nixe vor ihm auf den Tisch. Er nahm sie und drehte sie behutsam in seinen knotigen Händen. »Vielleicht. Ich wollte damals beichten, aber es war ja sowieso zu spät. Außerdem war die Kirche noch nie so meine Sache.« Er zuckte mit den Schultern und trank einen weiteren Schluck Schnaps. »Ich hab stattdessen mit dem Saufen angefangen, was sicher keine bessere Idee war. Damit habe ich meine Frau und meinen Sohn verjagt. Der ist jetzt schon erwachsen, und ich hab keine Ahnung, wo er lebt oder was aus ihm geworden ist, hab ihn seit über zehn Jahren nicht gesehen. Mein Haus hab ich auch verloren, mir ist nichts geblieben außer dem hier.« Er deutete mit der Schnapsflasche in die Runde. »Schlimmer hätt's in der Scheißhölle der Kirche auch nicht sein können, das könnt ihr mir glauben.«

»Vielleicht hättest du Vergebung erhalten«, sagte Greta leise und wunderte sich über sich selbst. Sie saß dem Mann gegenüber, der vermutlich ihre Mutter getötet hatte, und sprach von Vergebung, noch bevor sie wusste, was überhaupt passiert war? Aber von Tano ging ein so abgrundtiefer, zerstörerischer Selbsthass und gleichzeitig eine verzweifelte Sehnsucht nach Vergebung aus, dass sie sich beklommen fragte, wie ihr das all die Jahre entgehen konnte. Wie alle anderen hatte sie nur seinen Zorn gesehen, den er vor sich hertrug wie ein Schild, und den Alkohol, den Schmutz und die Verwahrlosung, und das hatte ihr gereicht, um ihn als den Dorftrinker abzustempeln, ohne sich ein einziges Mal zu fragen, was ihn so hatte werden lassen.

Tano starrte sie einen Augenblick lang völlig perplex an, dann lachte er, bis ihm die Tränen kamen, und als er endlich aufhörte, bebten seine noch immer mächtigen Schultern, als amüsierte er sich über einen Witz, den nur er verstand.

»Was ist passiert?«, fragte Greta.

»Tja, was ist passiert?« Er senkte den Blick auf die Nixe in seiner Hand und murmelte: »Tiziana ist mir passiert.«

Er erzählte ihnen, unterbrochen von vielen Schlucken aus seiner Schnapsflasche, wie er sich in Tiziana Peluso verliebt und sie ein heimliches Verhältnis begonnen hatten. »Wir haben uns in der Bucht am alten Hafen der Villa Isabella getroffen. Tiziana ist abends nach der Arbeit oft noch allein mit dem Boot rausgefahren, und ich war ohnehin meist draußen, da hat sich meine Frau nichts gedacht. Wir wollten das eigentlich nicht, hatten ja beide Familie. Es ist einfach passiert. Ich schätze, wir haben einander gebraucht.« Greta hörte gebannt zu, wie der zottige, ungepflegte und nach billigem Schnaps stinkende Mann in unbeholfenen Worten von der verrückten Liebe zwischen ihm und ihrer Mutter erzählte, die alle Vorsicht und alle Vernunft hinweggefegt und zwei Menschen dazu gebracht hatte, alles über Bord zu werfen, was ihnen bis dahin lieb und teuer gewesen war. »Und irgendwann, als wir kapiert hatten, dass es so nicht weitergehen kann, hab ich ihr vorgeschlagen, von hier wegzugehen. Lass uns woanders ganz neu anfangen, hab ich gesagt und sie gedrängt, mit Ernesto zu reden. Und ich wollte auch meiner Frau alles erzählen.« Er senkte den Blick auf den schmutzig grauen Holzfußboden. »Ich hätt's besser wissen müssen. Tiziana war keine Frau, die ihre Familie im Stich lässt, um mit 'nem einfachen Fischer durchzubrennen. Das war völliger Blödsinn, was ich mir da zusammengesponnen habe. Als wir uns das nächste Mal getroffen haben, hat sie mir das auch gesagt. Es geht nicht, hat sie erklärt, und auch, dass wir uns nicht mehr sehen dürfen. Sie hat behauptet, sie habe sich mit Ernesto ausgesprochen und eine Lösung gefunden.«

»Was für eine Lösung?«, fragte Lorena, die ihre Abscheu gegen diesen Ort überwunden zu haben schien und Tano ebenso fasziniert lauschte wie Greta und Gina.

»Sie haben sich entschlossen, die Trattoria aufzugeben und die Insel zu verlassen.«

»Was?« Der ungläubige Ausruf kam von Greta. »Unsere Eltern wollten von hier weggehen?«

Tano nickte. »Tiziana war sehr aufgeregt deswegen, hat sich so gefreut. Und da bin ich endlich aufgewacht.«

»Was heißt das, aufgewacht? Habt ihr gestritten? Bist du wütend geworden, weil sie dich verlassen wollte?«, fragte Greta. Gina griff nach ihrer Hand und drückte sie. Ihr Gesicht war so angespannt, dass die Kieferknochen hervortraten. Sie hatte die Augen weit aufgerissen und starrte Tano an wie eine Erscheinung.

Dieser schüttelte den Kopf, müde, wie es schien. »Nein. Ich hab nur verstanden, dass ich nie 'ne Chance hatte. Und irgendwie war ich sogar froh. Ich bin mit dem Boot nach Hause gefahren, hab mich an den Küchentisch gesetzt, ein paar Glas Wein getrunken und endlich begriffen, dass wir uns um ein Haar in ein Riesenschlamassel gebracht hätten. Ich war verflucht erleichtert, noch mal davongekommen zu sein.« Er seufzte und machte eine Pause. »Und dann ist Adelina aufgetaucht.«

Greta hob überrascht den Kopf. »Adelina? Unsere Tante?«

»Genau die.« Tano verzog den Mund zu einem bitteren Lächeln. »Sie war total aus dem Häuschen, hat geweint, die Haare hingen ihr ins Gesicht, sie hat zum Fürchten ausgesehen. Und als ich das

Blut an ihren Händen und ihrer Bluse gesehen hab, wusste ich, dass was Furchtbares passiert ist.« Er schnappte sich die Flasche und trank in großen Zügen, so als wäre es Wasser. Dann kramte er aus seiner Hosentasche ein zerknittertes Päckchen Tabak heraus und begann, sich langsam und umständlich mit ein paar kümmerlichen Tabaksfuseln eine Zigarette zu drehen, bis Gina ihm ihre Schachtel Zigaretten und ein Feuerzeug auf den Tisch legte. Die Anspannung der drei Frauen war wie ein fünfter Gast im Raum. Greta konnte sie spüren wie etwas Fremdes und gleichzeitig Verbindendes, während sie Tano dabei zusah, wie er eine Zigarette aus der Schachtel fischte und sie sich mit unsicheren Bewegungen anzündete. Vermutlich würde es nicht mehr lange dauern, und er wäre zu betrunken, um weitererzählen zu können. Sie drückte Ginas Hand, die eiskalt war, fester und warf Lorena einen Blick zu, den diese mit angstvoller Miene erwiderte. Sie alle drei fürchteten sich davor, was jetzt käme. Tano nahm einen langen Zug von seiner Zigarette, und als er fortfuhr, hatte seine Stimme einen spröden Klang bekommen. »Adelina hat mich angefleht, ihr zu helfen, ohne zu sagen, was passiert war. Ich wollte nicht, dass meine Familie aufwacht, und deshalb bin ich mit ihr in die Trattoria gegangen. Es war ja nicht weit, wir haben damals fast gegenüber gewohnt. Adelina hat mich in die Küche geführt und ... da lag sie.« Die Blicke der Schwestern trafen sich, und Greta las in den Augen der anderen die gleiche Ungläubigkeit und Fassungslosigkeit, die sie selbst verspürte.

»Adelina ...?«, fragte Greta leise.

Tano nickte. »Als Tiziana von unserem Treffen zurückgekommen ist, hat Adelina sie schon erwartet. Sie hatte alles herausgefunden und hat Tiziana damit gedroht, es Ernesto zu erzählen. Da hat Tiziana ihr gesagt, dass er längst Bescheid weiß, sie sich versöhnt hätten und die Insel verlassen würden. Ernesto hatte geplant, das Haus und die Trattoria zu verkaufen, um Startkapital für etwas Neues zu haben. Adelina hätte davon ihren Anteil bekommen, aber ...« Er zuckte mit den Schultern.

»Das war nicht das Gleiche«, sagte Greta leise und dachte an ihr Gespräch mit Don Pittigrillo und an die Opfer, die Adelina gebracht hatte, damit die Trattoria, die ihr nicht einmal gehörte, weiter existierte. Ihr wurde kalt.

»Adelina muss völlig ausgerastet sein. Sie hat gesagt, sie könne sich an nichts mehr erinnern, nur dass Tiziana am Boden gelegen sei und sie über ihr stand. Vermutlich hat sie sie gestoßen, und Tiziana ist irgendwo dagegengefallen. Jedenfalls war sie tot, als ich kam.«

»Und du solltest Adelina helfen, sie verschwinden zu lassen?« Gretas Mund war so trocken wie Sandpapier. Sie konnte kaum noch sprechen. Das Bild ihrer Mutter mit den aufgerissenen, leeren Augen drängte sich ihr auf wie eine überbelichtete Fotografie, deren Grellheit in den Augen schmerzte.

»Sie hat mir gedroht, mich als Mörder hinzustellen, wenn ich es nicht mache. Also hab ich ihr geholfen. Ich hatte Angst, dass unsere Affäre rauskäme, wenn ich es nicht tue, und am Ende würde ich tatsächlich noch als Mörder in den Knast kommen, weil niemand mir glauben würde, dass ich es nicht war. Es musste schnell gehen, weil wir ja nicht wussten, ob Ernesto trotz des Sturms vielleicht schon losgefahren war. Adelina hat einen Koffer mit Kleidern von Tiziana gepackt und wollte ihn erst mal irgendwo verstecken, damit es so aussah, als sei Tiziana abgehauen, und ich hab sie in der Nacht noch mit ihrem eigenen Boot rausgefahren, so weit, wie es ging bei dem Sturm, und sie ...« Er stockte, dann nuschelte er leise und undeutlich: »... Agilla hat sie sich geholt. Und nicht mehr losgelassen. Bis heute.«

»Dann bist du zu eurem Treffpunkt am alten Hafen und hast das Boot davontreiben lassen.«

Tanos gerötete, zunehmend glasig werdende Augen fanden sie nur noch mit Mühe. »Woher weißt'n das?«

»Ich war dort. Ich habe dich gesehen.« Sie beobachtete, wie Tano sich anstrengte zu begreifen. Endlich nickte er. »Dann hat Adelina also recht gehabt. Sie meinte, du müsstest uns gesehen haben, weil du so verstört warst, als sie dich fanden. Sie hat immer Angst gehabt, dass du dich irgendwann erinnerst.«

»Hat Adelina dich für dein Schweigen bezahlt?«, ließ sich Lorena vernehmen. »Oder hast du sie erpresst?«

»Anfangs nicht. Aber als bei mir dann alles vor die Hunde ging, war ich mal bei ihr. Sie hat's mir aber freiwillig gegeben. Jeden Monat ein bisschen was, für den Schnaps und damit ich über die Runden komm.«

Lorena nickte. »Mir ist aufgefallen, dass auf Papas Geschäftskonten Geld fehlte. Es war immer weniger Geld da, als hätte da sein müssen.«

Greta wollte etwas sagen, doch sie wurde von lauten Rufen unterbrochen. Die Hunde begannen wieder zu bellen. Greta sprang auf und lief mit ihren Schwestern hinaus. Tano folgte ihnen leicht schwankend. Draußen auf der Straße rannten Leute herum und klingelten und klopften an alle Türen. »Kommt helfen!«, rief eine dünne Frau im Nachthemd und Morgenmantel schon von Weitem, kaum dass ihr Blick Greta und ihre Schwestern erfasste. »Es brennt.«

33

Greta befiel eine böse Vorahnung, als sie mit ihren Schwestern durch Tanos dunklen Hof lief, um der Frau, die, wie sie erst jetzt erkannte, Cinzia Locatelli vom Supermarkt war, zu folgen. Cinzia lief bereits voraus, und ihr offener Morgenmantel wehte hinter ihr her wie eine Fahne. Tatsächlich lief Cinzia immer weiter die Via Guglielmi entlang, ohne stehen zu bleiben. Rauchgeruch stieg Greta in die Nase, und als sie sich ihrem eigenen Haus näherten, bestätigte sich ihre Ahnung. Die Trattoria stand in Flammen. Hinter dem geborstenen Restaurantfenster glühte es gelborange, und fetter schwarzer Rauch, mit Funken und Aschefetzen versetzt, verdunkelte die Straße. Es roch beißend, und die Luft war erfüllt von unheilvollem Knistern.

Greta stürzte auf Cinzia zu und packte sie am Arm. »Wo sind Clemente und die anderen?«, rief sie.

»Sie schließen gerade die Pumpe an und werden jeden Moment hier sein«, erwiderte Cinzia nervös. Nach einem Brand in der Bar am Hafen vor ein paar Jahren hatten die Inselbewohner sich eine kleine freiwillige Feuerwehr samt einer tragbaren Pumpe geleistet, deren Kommandant Gretas Nachbar war. Jetzt kamen sie auch schon zu viert die Gasse vom See heraufgelaufen, den Schlauch zwischen sich.

»Wo ist Adelina?« Greta sah sich um.

»Ist sie nicht bei dir?«, fragte Cinzia erstaunt. »Die Männer waren oben in den Wohnungen, aber da war niemand.«

»Und in der Trattoria?«

»Sie haben reingesehen, soweit es möglich war mit dem Feuer. Der Gastraum war leer.«

»Und die Küche?«

»Da war kein Reinkommen«, rief ihr im Vorbeigehen Orazio Mezzavalle zu, der ebenfalls zur Löschtruppe gehörte. »Offenbar ist das Feuer in der Küche ausgebrochen. Aber es ist fast Mitternacht, und ihr hattet ja heute geschlossen, hat Clemente gesagt. Was sollte Adelina so spät in der Küche?«

Greta umfasste die kleine Schmuckschatulle, die sich noch immer in der Tasche ihres Kleides befand, und glaubte zu begreifen. *Und wenn du dir den Ring ansiehst, ihn womöglich irgendwann einmal trägst, denkst du vielleicht daran, dass ich nicht immer ein böses Weib war ...* Das waren die Worte ihrer Tante gewesen, als sie ihr den Ring gegeben hatte. Sie hatte vielleicht geahnt, dass alles ans Licht kommen würde. Oder vielleicht hatte sie es auch einfach nicht mehr ausgehalten. *Das ist die Strafe Gottes für meine Sünden*, hatte sie gesagt, als es um die Existenz der Trattoria gegangen war.

Greta lief zu Orazio, der jetzt zu den anderen gegangen war und mit dem Löschen begonnen hatte. »Wir müssen in die Küche! Adelina ist noch da drin!«

Orazio schüttelte den Kopf. »Das ist unmöglich, Greta«, schrie er gegen das Brausen des Wasserstrahls und das Fauchen des Feuers an, das wütend aus dem Fenster und der Tür loderte. »Selbst wenn ...« Er schüttelte den Kopf und deutete auf das kleine Küchenfenster, aus dem die Flammen züngelten wie aus einem Ofen. Greta ließ ihn stehen und lief zu ihren Schwestern. »Adelina!«, schrie sie verzweifelt. »Sie ist noch in der Küche!« Sie wartete die Antwort nicht ab, sondern rannte weiter auf die Trattoria zu und stieg durch die zerborstene Glastür in den Gastraum. Jemand rief ihren Namen, doch sie drehte sich nicht um. Hier, direkt am

Eingang, war das Feuer bereits eingedämmt, aber nur ein paar Meter weiter loderte es ungehindert. Die Vorhänge, die Tischdecken, die Holzbalken an der Decke – alles brannte lichterloh. Greta hielt sich einen Zipfel der Strickjacke vor Mund und Nase und stolperte durch den dichten Rauch in Richtung Küche, kam jedoch nicht weit. Orazio hatte recht gehabt. Die Theke stand in Flammen, und der Durchgang zur Küche sah aus wie das Tor zur Hölle. Die Hitze war so stark, dass jeder Atemzug sich anfühlte, als flöße glühende Magma in die Lunge, und der dichte, ätzende Rauch machte sie blind und nahm ihr den Atem. Sie schnappte nach Luft, um gleich darauf von quälenden Hustenkrämpfen geschüttelt zu werden, und spürte, wie sie taumelte. In dem Moment packte jemand sie von hinten, sie wurde von kräftigen Armen hochgehoben und nach draußen getragen. Als der Rauch sich zu lichten begann, erkannte sie Gina und Lorena, die auf sie zustürzten. Beide weinten, und als Orazio, der sie hinausgetragen hatte, sie behutsam absetzte und ihr half, sich an die Hausmauer der Capellutos zu lehnen, kniete sich Gina neben sie, schlang ihr die Arme um den Hals und schluchzte herzzerreißend, während Lorena sich auf die andere Seite setzte, Gretas Hand hielt und dabei murmelte: »Was machst du denn für Sachen, Schwesterchen, was machst du denn für Sachen …«, während ihr die Tränen übers Gesicht liefen.

»Adelina!«, krächzte Greta und schloss vor Schmerzen einen Moment die Augen. Ihre Kehle fühlte sich an wie mit einer Stahlfeile abgeschmirgelt.

»Sie sagen, man kann nicht rein«, sagte Lorena leise. »Selbst wenn …« Sie sprach nicht weiter.

»Vielleicht hat sie einen Mondscheinspaziergang gemacht und kommt jeden Moment ganz überrascht um die Ecke«, sagte Gina hoffnungsvoll. Greta und Lorena erwiderten nichts. Es war auch nicht nötig. Schweigend saßen die drei Schwestern nebeneinander, an die Hausmauer gelehnt, und hielten sich an den Händen so wie damals, als sie noch Kinder gewesen waren. Sie bekamen mit, dass Don Pittigrillo auftauchte und mit Clemente sprach, schlossen aus seiner bestürzten Miene, dass ihm ihr Nachbar von Gretas Befürchtung erzählte, sahen wortlos auf, als der alte Priester zu ihnen trat, jenseits aller biblischen Tröstungen hilflos nach Worten suchend, beobachteten, wie Clemente, Orazio und die anderen weiterlöschten, wie das Feuer langsam unter Kontrolle gebracht wurde, bis nur noch Ruß und Rauch übrig waren und der trostlose Geruch nach verbranntem Holz, Asche und Löschwasser sich über alles gelegt hatte. Orazio und Clemente gingen hinein und kamen kurz darauf zurück, die Köpfe gesenkt. Sie sahen scheu zu Greta und ihren Schwestern hinüber, und als Clemente den Kopf schüttelte und sich mit einer resignierten Handbewegung über das rußverschmierte Gesicht wischte, begann auch Greta zu weinen. Es war das dritte Mal an diesem bizarren Tag, dass sie weinte. Und sie weinte nicht nur um Adelina, deren traurige Geschichte sie erst heute erfahren hatte. Sie weinte auch um alles andere, was viel zu spät passiert war, um all die Gespräche, all die Umarmungen, alle Tröstungen, die nie stattgefunden hatten. Sie weinte angesichts der Vergeblichkeit jeglichen Versuches, etwas nachzuholen, und sie weinte angesichts der Endgültigkeit des Todes.

34

Drei Monate später

Lorena stand am Deck der Bootsfähre zur Isola Maggiore und reckte ihr Gesicht in die milde Septembersonne. Luca und Alessia lehnten an der Reling, schauten aufs Wasser und unterhielten sich. Lorena hörte nicht zu. Es spielte keine Rolle, worüber sie sprachen, sie konnten sich auch kabbeln, sogar ernsthaft in die Haare kriegen, Hauptsache, sie redeten miteinander. Lorena hatte vor drei Monaten Lucas Smartphone eingezogen und rückte es seitdem nur unter streng festgelegten Regeln heraus, und Alessia hatte zum Geburtstag statt des ersten Smartphones einen Ausflug ins Rainbow Magicland geschenkt bekommen, inklusive zweier Übernachtungen in Rom, nur sie drei – Luca, Alessia und Lorena. Sie würde nie vergessen, wie Alessias kleines, zartes Gesicht an diesen beiden Tagen nahezu ununterbrochen vor Freude gestrahlt hatte, und sie konnte nicht mehr verstehen, wie sie einmal geglaubt hatte, ihre Tochter sei hässlich, nur wegen der Brille, die sie trug und die sie selbst kein bisschen zu stören schien. Auch Luca, sonst ganz abgeklärter großer Bruder, hatte sich dazu hinreißen lassen, albern zu sein und Spaß zu haben, und hatte sich in der Dunkelachterbahn ordentlich gefürchtet, auch wenn er das natürlich niemals zugegeben hätte. Lorena selbst hatte sich dabei ertappt, wie sie im »Haunted House« gekreischt hatte wie ein Teenager und sich bei den zu Musik und Beleuchtung tanzenden Wasserfontänen im See des Parks diskret eine Träne aus den

Augenwinkeln wischen musste. Auch hatte sie Eis, Pommes und Pizza bis zum Abwinken gegessen und den Kindern nahezu alles erlaubt, was bislang verboten gewesen war. Am zweiten Tag waren sie schon am Nachmittag ins Hotel zurückgekommen, erschöpft von Spaß, Lärm, Eis und Aufregung, und hatten zu dritt im Bett gelegen und sich den Film »Das Dschungelbuch« angesehen.

Lorena ließ den Blick über den See gleiten, der heute glatt und funkelnd wie ein Spiegel war, und betrachtete dann die anderen Passagiere an Bord. Der Bootsschaffner, der schräg gegenüber an der Kabine stand, schäkerte gerade mit einer blonden, langbeinigen Touristin und legte sich dabei ordentlich ins Zeug. Sie beobachtete den jungen Mann mit den gegelten Locken und dem auffallenden Goldkettchen eine Weile amüsiert und wünschte ihm, dass er Erfolg hatte. Er kam ihr vage bekannt vor. Nach kurzer Überlegung wurde ihr klar, woher sie ihn kannte: Es war der kleine Bruder von einem von Ginas früheren Freunden, die bevorzugt karierte Hemden und ausgeleierte schlammfarbene T-Shirts getragen und seltsame Musik gehört hatten. Einer davon war Orazio Mezzavalle gewesen, der noch immer auf der Insel lebte und bei dem Brand Greta aus dem Haus geholt hatte. Wie hatte der kleine Junge nur geheißen? Paolo? Pasquale? Während sie weiter seine Bemühungen beobachtete, das blonde Mädchen zu einem Date zu überreden, kam ihr Giacomo in den Sinn. Seit fast zwei Monaten schliefen sie miteinander, und es war jedes Mal ein Vergnügen, gegen die das Rainbow Magicland sich wie ein Nähkränzchen von alten Jungfern ausnahm. Natürlich war es eigentlich nicht richtig, etwas mit einem Mann anzufangen, der nicht nur so unverschämt gut aussah, sondern auch noch fünfzehn Jahre jünger war. Aber darüber machte Lorena sich inzwischen keine Gedanken mehr. Giacomo hatte es darauf angelegt, er hatte, auf Teufel komm raus, mit ihr geflirtet. Der hübsche Barista war ihr vorgekommen wie eine süße, reife Frucht, die ihr vor der Nase hing, und schließlich hatte sie zugegriffen. Mit großem Vergnügen. Und jetzt genossen sie es, solange es ihnen beiden schmeckte.

Die Fähre legte an, und Lorena und ihre beiden Kinder stiegen aus. Gemächlich schlenderte sie mit ihnen die Via Guglielmi entlang und betrachtete die vertrauten Häuser ihrer Kindheit, als sähe sie sie mit neuen Augen. Das ging ihr bereits eine ganze Weile so. Sie war in den letzten drei Monaten öfter auf die Insel gekommen als in den letzten Jahren zusammengenommen, und das lag nicht nur daran, dass ihr Ältester, Tonino, sein Vorhaben in die Tat umgesetzt und bei Greta zu arbeiten begonnen hatte. Allerdings war es dabei zunächst nicht, wie erwartet, darum gegangen, Pasta, Pizza und Tegamaccio zuzubereiten, sondern darum, die Brandschäden zu beseitigen und die Trattoria wieder herzurichten. Der Brand hatte viel zerstört, und die Versicherung hatte nicht bezahlt, weil es Brandstiftung gewesen war. Wie sich herausgestellt hatte, hatte Adelina in einem Akt der Verzweiflung das Feuer gelegt. Sie hatten im Garten, auf dem Tisch unter dem Olivenbaum, einen Abschiedsbrief gefunden, in dem sie das, was Tano ihnen bereits erzählt hatte, schilderte. Sie und Tiziana waren in einen heftigen Streit geraten, und Adelina hatte ihre Schwägerin in einem Anfall von Wut und Hass heftig gestoßen. Dabei war Tiziana mit dem Kopf gegen die Kante der Arbeitsplatte gefallen und sofort tot gewesen. »*Ich wäre so gern Tizianas Freundin geworden*«, hatte sie am Ende noch geschrieben. »*Ich weiß, in einem anderen Leben hätte ich es werden können. Aber in diesem Leben konnte ich sie mit jedem Tag, an dem wir zusammen unter einem Dach lebten, weniger ertragen. Sie hatte alles, was ich nicht hatte: einen Mann, der sie vergöttert, drei liebenswerte Kin-*

der, unsere Trattoria, während ich zeit meines Lebens immer nur eine Dienstmagd war. Ich hätte alles dafür gegeben, an ihrer Stelle zu sein. Doch sie wusste nichts von dem, was sie hatte, zu schätzen.«

Adelinas Beerdigung war erwartungsgemäß eine traurige Angelegenheit gewesen. Wie auch bei ihrem Vater waren alle Inselbewohner gekommen, als sie auf dem Hügel neben ihrem Bruder beigesetzt wurde. Aufgrund der Umstände sowie der aufsehenerregenden Enthüllungen betreffend Tizianas Tod, die sich in Windeseile auf der Insel verbreitet hatten, ohne dass Lorena und ihre Schwestern bewusst etwas dazu beigetragen hätten, hatte bei dieser Bestattung ein seltsamer Unterton mitgeschwungen. Ein Missklang, ähnlich der schiefen Töne, die Orazios Kapelle mitunter produzierte, der zwischen Bestürzung, Scham und Schuldbewusstsein changierte. Nunzia, ihre Nachbarin, hatte es beim nachfolgenden Leichenschmaus treffend auf den Punkt gebracht, als sie meinte, sie fühle sich mit verantwortlich dafür, dass diese Geschichte so lange ein Geheimnis geblieben ist. »Wir leben so nahe beieinander und glauben, uns gut zu kennen, dabei wissen wir nichts voneinander. Zumindest nichts von dem, was wirklich wichtig ist.« Vielleicht war das auch der Grund dafür, dass die ganze Inselgemeinschaft mitgeholfen hatte, die Trattoria wieder auf Vordermann zu bringen. Jedes Mal, wenn Lorena zu Besuch kam, hatte sie Nachbarn angetroffen, die die verkohlten Holzreste herausrissen, die Küche ausräumten, die Fliesen erneuerten oder, als krönenden Abschluss, die Wände strichen.

Und sie, Lorena, hatte auch ihren Teil dazu beigetragen, dass dieses Kapitel der *Trattoria Paradiso* nicht das letzte gewesen war – für sie das reinste Vergnügen. Lorena lächelte, als sie daran dachte, wie sie die Sache mit den Schulden gedeichselt hatte, und warf dabei im Vorübergehen schnell einen Blick in das Fenster des kleinen Supermarkts. Neuerdings hatte sie einen kürzeren und sehr viel praktischeren Haarschnitt, was gut war, denn sie hatte keine Zeit und keine Lust mehr, jede Woche zum Friseur zu gehen. Außerdem trug sie bequeme Freizeitkleidung, Jeans, T-Shirt und Turnschuhe irgendeiner angesagten Marke, die Luca für sie ausgesucht hatte. Dennoch war sie zufrieden mit sich. Mehr als zufrieden, um genau zu sein, und das trotz der Brille, die sie neuerdings ständig trug und die ihr ganz unerwartete Einblicke in ihre Umgebung bescherte: Sie konnte beispielsweise Blätter an Bäumen unterscheiden und sah nicht nur diffuses Grün. Außerdem erkannte sie Bekannte auf der Straße aus einer Entfernung, aus der vorher jedes Gesicht nur ein verschwommener Fleck gewesen war. Und jetzt kam die Trattoria in Sicht. Lorena hob den großen Blumenstrauß, den sie dabeihatte, und spürte, wie ihr Herz etwas schneller zu schlagen begann. Um sich abzulenken, dachte sie noch einmal an die Aktion mit Diego zurück. Als sich die Aufregung nach dem Brand und Adelinas tragischem Tod ein wenig gelegt hatte, hatte Greta ihren Schwestern erzählt, was sie von Matteo Ferraro erfahren hatte. Bei Lorena hatten dabei sofort die Alarmglocken geschrillt. Sie musste an Diegos Geschäftsfreund Silvio Andreotti denken, der auch Kunde seiner Bank war und eine große Feinkostfirma besaß, und nicht nur das. Eigentlich leitete er einen Konzern mit sehr unterschiedlichen Bereichen. Einer davon war es, Nobelresorts für Superreiche zu bauen. Er kaufte dazu aufgelassene Klöster, alte Gutshöfe und ganze Dörfer in entlegenen Winkeln irgendwo in den Abruzzen oder sonstwo auf und baute sie in »Luxus-Hideaways« um. Umgeben von einer hohen Mauer und von einer privaten Sicherheitsfirma geschützt konnten sich dort italienische Industrielle, Politiker und Mafiabosse zusammen mit russischen Oligarchen, Fußballspielern und amerikanischen Filmschauspielern von ihrem anstrengenden Leben erholen. Lorena war klar geworden, dass die Isola Maggiore ein ideales Investitionsobjekt für Andreotti darstellte, und sie hatte Diego sofort nach diesem Gespräch darauf angesprochen. Er hatte es nicht einmal geleugnet. »Stimmt, Andreotti hat Interesse an der Villa Isabella«, hatte er gemeint und schamlos hinzugefügt: »Am liebsten wäre ihm natürlich, er bekäme gleich die ganze Insel, aber das wird wohl noch eine Weile dauern, bis man die Leute alle von dort weghat.«

»Und die *Trattoria Paradiso*?«, wollte Lorena wissen.

»Die ist aus Andreottis Sicht das Filetstück. Die Villa Isabella braucht einen Privathafen, damit die Leute mit ihren Jachten anlegen können. Der alte Hafen der Villa existiert ja nicht mehr. Der Park steht, wie die ganze Insel, unter Naturschutz, also kann man den Hafen dort nicht wieder herrichten und an die heutigen Bedürfnisse anpassen: Man müsste sprengen, und das kann nicht mal ein Schlitzohr wie Andreotti machen, ohne dass die Behörden davon Wind bekommen.« Diego lachte. »Mit dem direkten Seezugang vom Grundstück der Trattoria aus ist das natürlich ganz etwas anderes ... das steigert den Wert des Grundstücks für Andreotti um ein Vielfaches.«

»Hast du deswegen die Vollstreckung in die Wege geleitet?« Lorena hatte Mühe, ruhig zu bleiben und ein harmlos-interessiertes Gesicht zu machen.

»Nun ja, sagen wir mal so, die sofortige Fälligstellung des gesamten Kredits hat das Ganze für Andreotti beschleunigt.«

»Aber Papa hat seine Raten bis dahin immer bezahlt, es gab keinen Grund, den Kredit zu kündigen.«

»Es kommt vor, dass Kredite verkauft werden, Schätzchen. Und was dann die andere Firma damit macht ...« Er zuckte mit den Schultern.

»Die andere Firma ist auch deine Bank.«

Diego lächelte unverbindlich. »Irgendwie steckt doch immer eine Bank dahinter, oder?«

»Was hast du davon?«

»Nicht ich, meine Liebe, wir beide! Andreotti zahlt mir für die Vermittlung des Geschäfts eine satte Provision, dafür könnten wir uns locker eine Villa auf Sardinien leisten. Oder in den Cinque Terre. Du willst doch immer Urlaub am Meer machen ...«

An diesem Punkt war Lorena ausgerastet.

»Du elender Bastard verscherbelst mein Elternhaus und am liebsten die ganze Insel gleich mit und versuchst, mir weiszumachen, dass du das für mich tust?« Sie hatte ihn angeschrien, außer sich vor Wut.

Diego hatte sie nur herablassend angesehen und gemeint: »Tu doch nicht so scheinheilig, Lorena. Dir sind doch die Trattoria und die Insel die letzten zwanzig Jahre am Arsch vorbeigegangen. Woher kommt also jetzt diese plötzliche Sentimentalität?«

»Du hast mich angelogen. Du hast gesagt, ein Kunde eurer Bank hätte ›zufällig‹ Interesse an der Trattoria, dabei war das ein abgekartetes Spiel.«

»Ich hatte keine Lust, dir das Ganze zu erklären. Das sind Bankinterna, für die du dich bisher auch herzlich wenig interessiert hast.«

Nach diesem Kommentar hatte Lorena das Gespräch abgebrochen. Sie wusste, Diego würde den Sachverhalt so lange drehen und wenden, bis sie als diejenige dastand, die ihn dazu gedrängt hatte, mit Andreotti Geschäfte zu machen. Sie war in die Kanzlei gefahren, hatte sich in ihr Büro zurückgezogen und sehr lange nachgedacht. Ein Ergebnis ihrer Überlegungen war gewesen, dass sie Diego vor die Tür gesetzt hatte. Mit der Drohung, seine »internen« Geschäfte mit Silvio Andreotti der Bankenaufsicht zur Kenntnis zu bringen, war es ihr gelungen, eine für sie äußerst günstige Trennungsvereinbarung zu treffen, die auch im Falle einer Scheidung gelten würde und in der ihr das Haus zugesprochen wurde. Nachdem die Vereinbarung unterzeichnet war, hatte sie sich noch einen kleinen Spaß erlaubt und klammheimlich Diegos heißgeliebten Maserati verkauft. Mit dem Erlös konnte sie die Schulden ihres Vaters bei der Bank zurückbezahlen, und es blieb sogar noch etwas für die Renovierung übrig. Das zweite Ergebnis jener Überlegungen vor fast drei Monaten im Büro ihrer Kanzlei war, genau betrachtet, noch beglückender als die längst überfällige Trennung von ihrem Ehemann. Sie lächelte in sich hinein, als sie an den Umschlag dachte, der sich in ihrer Designertasche befand, und freute sich darauf, die Neuigkeiten ihren Schwestern mitzuteilen.

Gina stand unschlüssig vor der verschlossenen Tür zu Nonna Rosarias Nähzimmer. Sie kam sich albern vor, aber zugleich verspürte sie eine drängende Neugier sowie Sehnsucht danach, etwas von diesem Trost, von dem Greta ihr erzählt hatte, zu erhalten. An einem der milden, langen Sommerabende, die sie in den letzten drei Monaten hier verbracht hatte, hatte Greta ihr erzählt, was es mit Nonna Rosarias Nähzimmer auf sich hatte. Sie waren allein gewesen, Tonino war nach Perugia gefahren, um mit Kumpels einen draufzumachen, wie er sich ausgedrückt hatte, und Domenico war an diesem Abend zu Hause bei seiner Tochter gewesen. Greta und sie hatten am Steg gesessen, eine Flasche Wein zwischen sich, die Füße ins Wasser baumeln lassen und den Schwalben zugesehen. Greta hatte ihr von ihrer Einsamkeit als kleines Mädchen erzählt, von ihrer Unfähigkeit, ihren schützenden Kokon zu verlassen, und von ihrer ersten Begegnung mit Nonna Rosaria. Diese Geschichte hatte Gina sehr berührt, doch sie war der Überzeugung gewesen, das sei nicht real, nur etwas, was sich ein kleines Kind ausdenkt, um mit einer schwierigen Situation fertigzuwerden. In den letzten Wochen jedoch, die ausgefüllt waren mit harter körperlicher Arbeit während der Renovierung und zufriedenen, stillen Abenden, in denen sie zum ersten Mal seit vielen Jahren innerlich Ruhe gefunden hatte, waren ihr Zweifel gekommen. Immer wieder hörte sie das Rattern der Nähmaschine aus dem Raum neben Gretas Schlafzimmer, das sie ihr freundlicherweise noch immer überlassen hatte. Auch jetzt wieder ratterte hinter der verschlossenen Tür die Nähmaschine. Gina schüttelte leise lächelnd über sich selbst den Kopf, nahm den Schlüssel vom Türrahmen und steckte ihn ins Schloss. Das Geräusch brach nicht ab, als sie ihn herumdrehte und die Tür öffnete. Sie blickte zum Fenster, wo das Rattern herkam, und ihr Herzschlag setzte für einen Moment aus. Dort saß tatsächlich, rundlich und kurzbeinig, ihre Großmutter und nähte. Sie hatte einen großen geblümten Stoff unter ihren dicken, kurzen Fingern und ließ ihn flink durch die Nähmaschine sausen, während ihre Beine emsig das Pedal bedienten.

»Setz dich, Ginetta«, sagte sie, ohne sich zu ihr umzudrehen. Gina schluckte. Es war ihr alter Kosename, es war die Stimme ihrer Großmutter. Es *war* ihre Großmutter, die dort saß und nähte. Sie setzte sich auf die Truhe neben der Nähmaschine und flüsterte fassungslos: »Das ist nicht möglich. Ich muss träumen ...«

»Was macht dir Sorgen, Ginettaschatz?«

»Ähm ...«

Gina konnte den Blick nicht abwenden. Sie war völlig gefesselt von dem, was sie sah. »Ich ... frage mich ...«, begann sie und unterbrach sich dann beschämt. Es war zu verrückt. Sie konnte doch nicht hier sitzen und ihre vor sechsundzwanzig Jahren verstorbene Großmutter um Rat fragen.

»Dein Vater wollte weggehen. Um zurückkommen zu können.

Es war ein großer Fehler von mir, ihn daran zu hindern.« Nonna Rosaria hielt im Treten des Pedals inne, und die Maschine stoppte. Sie nahm den Stoff heraus und biss den Faden ab.

»Und wenn ich nicht mehr zurückkomme?«, fragte Gina.

»Mach dir keine Sorgen. Du musst nicht immer laufen und suchen. Deine Heimat wird dich finden, egal, wo sie sein mag.« Sie legte das Stoffstück zusammen, nahm ein neues, kleineres Stück aus dem Korb neben sich und schob es unter den Nähfuß. Das Rattern begann erneut, und Gina begriff, dass ihre Großmutter nicht mehr sagen würde. Sie stand auf. »Auf Wiedersehen, Nonna Rosaria«, sagte sie, wohl wissend, dass sie sie nicht wiedersehen würde, und verließ das Zimmer. Während sie langsam die Treppe hinunterstieg, wurde ihr mit jedem Schritt leichter ums Herz. Unten im neu gestalteten Gastraum wurde sie bereits von Greta und Lorena erwartet. Lorena bewunderte gerade den luftigen vanillegelben Anstrich, die schlichte neue Theke, die modernen Fliesen. Greta führte sie herum und deutete immer wieder auf Details. So stand auf dem Tisch neben dem Eingang zur Küche, wo ihr Vater immer gesessen hatte, eine Vase, die mit Zweigen eines Orangenbaums gefüllt war und einen zarten Duft verströmte. »Wo hast du die denn her?«, fragte Lorena verwundert und strich mit den Fingerspitzen über die dunklen Blätter, zwischen denen eine Orange hervorspitzte. »Es gibt doch gar keine Orangenbäume auf der Insel.«

»Auf dieser Insel gibt es so manches, was du noch nicht weißt«, sagte Greta lächelnd und erzählte ihrer Schwester von Don Pittigrillos geheimem Garten, wo der alte Priester und ihr Vater immer zusammen gesessen und geredet hatten. Greta hatte Gina den Garten bereits vor ein paar Tagen gezeigt, und sie hatten ein paar Zweige des Orangenbaums in Erinnerung an die Freundschaft ihres Vaters mit Don Pittigrillo mitgenommen.

Sie gingen in die Küche, deren funktionale Edelstahleinrichtung blitzte und blinkte, und Gina folgte ihnen. »Nächste Woche kommt endlich der neue Herd, dann können wir wieder loslegen.« Greta strahlte. Als sie Gina erblickte, fragte sie: »Ich hab dich gesucht, wo warst du?«

»Ich war bei Nonna Rosaria«, sagte Gina und merkte selbst, dass sie breit grinste.

»Und?«, fragte Greta neugierig.

»Sie wünscht mir gute Reise.«

Greta nickte. »Gut.«

»Hab ich was verpasst?« Lorena blickte verständnislos von einer zur anderen.

Greta lächelte: »Nonna Rosaria hat Gina ihren Segen gegeben.«

»Wofür? Und weshalb Nonna ...«

»Für ihren neuen Job.«

»Ich habe auf einem Containerschiff angeheuert, das von Hamburg nach Lappland fährt. Als Köchin.« Gina grinste noch breiter, als sie Lorenas verdutztes Gesicht sah. »Übermorgen geht's schon los. Deshalb muss ich heute Abend noch fahren.«

»Und ich dachte, ich wäre die Einzige, die eine Überraschung zu vermelden hat«, sagte Lorena trocken, aber ihre Augen lächelten.

»Was hast du für eine Überraschung?«, fragten Gina und Greta gleichzeitig, und Lorena legte schmunzelnd den Umschlag auf die Arbeitsfläche. Greta griff danach und sah zusammen mit Gina hinein. Es war ein Kontoauszug darin. Mit einer Überweisung eines sehr hohen Geldbetrags.

»Was ist das?«, fragte Greta verständnislos.

»Das ist mein Anteil an der Kanzlei. Ich habe ihn verkauft.«

»Wie?«

»Du hast was?«

Gina und Greta redeten ungläubig durcheinander.

»Ich habe die Kanzlei verlassen und werde mich selbstständig machen. Carlo, ein junger Kollege, und Stefania, eine der Sekretärinnen, gehen mit mir. Wir haben auch schon Büroräume gefunden. Nicht direkt am Corso Vanucci, aber nicht weit davon entfernt. Ich kann zukünftig zu Fuß hinlaufen, und die Kinder können mich auch jederzeit besuchen.«

»Zu Fuß?« Gina runzelte die Stirn. »Ich verstehe nicht. Du wohnst doch so weit draußen.«

»Ich verkaufe unser Haus und ziehe wieder in die Wohnung in der Stadt. Sie ist nicht groß, aber sie reicht für uns, und für Tonino ist auch noch Platz. Aus dem Verkauf des Hauses bekomme ich genug Geld, da dachte ich, ich investiere das Geld aus der Kanzlei gewinnbringend in unsere Trattoria. Hattest du nicht erwähnt, du und Domenico denkt darüber nach, das Haus in ein Bed and Breakfast umzubauen? Jetzt, nachdem Matteo die Geschichte mit dem Fresko öffentlich gemacht hat und die Villa unter Denkmalschutz steht und restauriert wird, könnte sich das richtig lohnen.«

Lorena lachte, als sie die Gesichter ihrer beiden Schwestern sah. »Es ist nur eine Investition, schließlich bin ich eine kluge Geschäftsfrau.« Sie wedelte übertrieben affektiert mit der Hand und fuhr energisch fort: »Jetzt lasst uns nicht mehr vom Geschäft reden. Wo treibt sich eigentlich mein ältester Sohn herum?«

Greta ging mit ihr in den Gastraum zurück und deutete nach draußen. Dort auf dem Steg saß Tonino in Badehose und hatte den Arm um ein dunkelhaariges Mädchen im knappen Bikini gelegt. Luca und Alessia waren ebenfalls auf dem Steg, sprangen abwechselnd ins Wasser und versuchten, die beiden nass zu spritzen.

»Und wer ist das Mädchen?«, wollte Lorena verblüfft wissen.

»Emilia. Domenicos Tochter. Er kommt nachher und backt Pizza im neuen Ofen. Don Pittigrillo kommt auch. Und überhaupt das ganze Dorf.«

Lorena sagte nichts mehr. Sie schaute auf den See. Gina folgte ihrem Blick. Am Ende des Stegs lag ein himmelblau gestrichenes Boot und wartete auf sie.

Sie fühlte sich von Greta gemustert. »Bereit?«

Gina nickte.

Der See war glatt und still. Greta lenkte das Boot, das sie neu gekauft und zusammen mit ihren Schwestern auf den Namen Tiziana getauft hatte, vom Ufer weg, immer weiter, bis sie ungefähr die Mitte des Sees erreicht hatten. Dort angekommen legten sie die Blumen, die Lorena mitgebracht hatte, eine nach der anderen aufs Wasser und sahen ihnen zu, wie sie davontrieben und nach einer Weile untergingen. Greta stellte sich vor, wie die Blumen nach unten sanken, immer tiefer, wo sie zwischen tanzenden grünen Wasserpflanzen zur Ruhe kamen in Agillas Reich, in dem die Nymphe zusammen mit ihrer Mutter wohnte und keine von beiden mehr allein war.

ENDE